U0008635

人·與·法·律 ❺

辯方證人

Witness For The Defense

The Accused, the Eyewitness and the Expert Who Puts Memory on Trial

伊莉莎白·羅芙托斯（Elizabeth Loftus）、
凱撒琳·柯茜（Katherine Ketcham）著
浩平　譯

〈出版緣起〉

爲中國輸入法律的血液

何飛鵬

衡諸中國歷史，法治精神從未眞正融入政治傳統，更遑論社會倫理和國民教育。現代國家以人民爲「理性之立法者」的立憲精神，在台灣顯然是徒具虛文。法律和國家的基本精神一樣遭到政客和商人的任意蹂躪，國家公器淪爲權力鬥爭的手段，司法尊嚴如失貞的皇后，望之儼然卻人人鄙夷，我們的司法體制眞的與社會脫了節。

近年來，台灣正面臨司法改革的轉捩點。然而長期以來，司法啓蒙教育被獨裁者的愚民政策所壓抑，使得國人普遍缺乏獨立判斷的法學教養，在面對治絲益棼的司法亂象時，失去了盱衡全體制度及其社會脈絡的根據。改革之聲高唱入雲，而所持論據卻總是未能切中時弊，不是見樹不見林，就是病急亂投醫，國家之根基如此脆弱，豈不危乎殆哉。

司法體制之矮化爲官僚體制，連帶使我們司法人員的教育和考選，成爲另一種八股考試，完全忽視了法律與社會互相詮釋的脈動。學生只知道死記法規和條文解釋及學說，成爲國家考試的機器人；至於法的精神和立法執法的原則卻置之罔顧。如此國家所考選的司法人員知法而不重法，不是成爲爭功諉過的司法官僚，就是唯利是圖的訟棍。在西方國家裡，法學專家與司法人員由社會菁英與知識份子構成，

不惟力執超然公正的社會角色，甚至引導風氣之先，爲國家之中堅。在歐洲，在美國，法律的歷史和社會變遷是息息相關的，布藍迪斯（Louis Dembitz Brandeis）大法官曾說：「一個法律人如果不曾研究過經濟學和社會學，那麼他就極容易成爲社會的公敵。」我們希望法律人能夠眞正走出抽象法律的象牙塔，認眞思考社會正義與價値的問題，這才是法的精神所在。

「人與法律系列」之推出，正是有感於法學教育乃至大眾法律素養中的重大缺陷，提出針砭之言，以期撥亂反正，讓法的精神眞正在國人心中植根。我們想推薦讀者「在大專用書裡看不到的司法教育」，爲我們整個司法環境中出現的問題，提供更開放的思考空間。選擇出版的重點，旨在（一）譯述世界法學經典；（二）就我國司法現況所面臨的問題，引介其他國家之相關著作，以爲他山之石。（三）針對現今司法弊病提出建言。系列之精神在於突破學校現有法律教育之窠臼，致力司法教育與社會教育之融貫。

就翻譯作品部分，計畫以下列若干範疇爲重點：（一）訴訟程序與技巧；（二）法律與社會、政治的關係；（三）西洋法理學經典。

卡多索（Benjamin Nathan Cardozo）大法官說過：「法律就像旅行一樣，必須爲明天作準備。它必須具備成長的原則。」對我們而言，成長或許是明天的事，但今天，我們期待這個書系能爲中國輸入法律的血液，讓法律成爲社會表象價値的終極評判。

《人與法律》系列叢書之出版，要感謝司法界和學術界中有志司法改革與教育的各位先進，其中我們必須特別提到蔡兆誠律師，沒有他的推動，是不會有這個書系的。

（本文作者爲商周出版發行人）

〈專文推薦〉

當心理學遇到法律的時候

蔡兆誠

本書是精彩動人的法律著作，對現在或未來的專業法律工作者（律師、法官、檢察官、警察、法律系教授、學生等），也是深具啓發性的讀物。

本書取材自伊莉莎白・羅芙托斯以專家證人身分參與審判的八個眞實案例，藉由現實生活中扣人心弦的法庭劇，闡明心理學，尤其是有關「目擊證人記憶」的研究心得。

故事內容是根據實際個案的審判筆錄、警方報告、新聞報導等書面紀錄，並且與個案中的證人、被告、辯護律師、陪審員等訪談後所寫成。某些場景，爲求簡化或便於說明，分別做程度不一的改寫。

刑事審判，必須決定被告的生與死、自由或監禁，被告有罪、無罪的關鍵則往往繫於證人，尤其是目擊證人的證詞。目擊證人的證詞可信嗎？這幾乎是許多刑事審判的核心問題。但是，在心理學深入研究以前，我們對於證人的認知與記憶程序，卻可以說是充滿誤解與迷思。

書中舉了許多在美國轟動一時的案例。一位羅馬天主教的神父皮加諾（Bernard Pagano）曾被七位目擊證人宣誓指認，說他就是連續持械搶劫的歹徒，直到眞凶克勞瑟（Robert Clouser）出面投案，坦承犯罪，檢方才撤銷對皮加諾神父的控訴。克勞瑟說，他原本以爲皮加諾神父不會有事，所以一直沒有出面投案。

目擊證人的指認有時錯得太離譜，連眞正的歹徒都看不下去。國內幾年前轟動的「東海之狼」連續強姦案，在被告紀富仁自白，被害人也指認無誤之後，卻傳出DNA比對不符，引起軒然大波；「計程車之狼」羅讚榮，也是在證明被害人指認有瑕疵，DNA比對不符後，改判無罪。

目擊證人指認錯誤的情況，不分中外，所在多有。前述案件，如果沒有DNA的反證，被告恐怕早已鋃鐺入獄。

美國法制爲防止目擊證人的指認錯誤，要求原則上必須以列隊指認（**line-up**）的方式來進行指認，避免單一指認；目擊證人指認時，被告律師有在場權，以觀察或防止警方對目擊證人的不當暗示或誘導；指認程序還受正當法律程序的規範。

這些措施能夠有效防止指認錯誤嗎？實證經驗證明，答案並不樂觀。這些措施即使有作用，效果也是有限。何以如此？本書有深入的分析。

心理學專家證人的證詞，是另一項對抗錯誤指認的利器，其效果可能比前述正當法律程序的要求，更爲強而有力。

一般而言，此種專家證人在審判中闡明心理學實驗的研究心得，例如跨種族指認的高錯誤率；暴力犯罪中被害人承受的高度壓力會使觀察認知有瑕疵，嚴重影響日後的指認；誘導詢問對證人記憶的不當影響；目擊證人對指認的信心與其指認的正確度無必然關係。這些例子，本書中俯拾即是。

美國各地法院對此種專家證人的容許與否，意見不一。反對者有的主張，上述專家證詞的內容不過老生常談，一般陪審員也知道；有的擔心專家證人的科學形象會使陪審團過度高估其證詞的重要性，並造成不必要的困惑；有的甚至說評估證人的可信度是專屬陪審團的職權，不容專家證人侵奪。

美國權威的證據法教科書《*McCormic on Evidence*》（1992）則認爲，以美國最高法院對目擊證人指認錯誤問題的高度重視，而立下多號判例以律師在場權、正當法律程序等予以規範，足見，如果沒有適當的平衡作用，陪審團容易高估證人指認的證據力。

反對此種專家證人的理由，彼此自相矛盾。如果專家證人所說的不過是老生常談，怎麼會使陪審團過度高估其重要性。

重點在於，專家證人能否有助於陪審團判斷眞相？將心理學的實驗結果應用到特定案件中，固然可能有差距，但是，我們不得不承認，心理學的研究確實提供了有力的分析概念與方法，以協助適切評估特定案件中目擊證人的可信度。特別是在除了目擊證人以外，別無其他物證的案件。

國內似乎尚未聞此種將心理學研究應用到司法程序的發展。作爲刑事辯護律師，即使想聲請法院傳訊某個心理學家作證，也不曉得要找誰，姑且還不論台灣的法官會不會准許，或可不可以駁回此種聲請。

從實務觀點來看，刑事辯護律師、檢察官或法官目前可以做的，是採用本書所提供的分析概念和方法，來評估目擊證人的可信度，這樣的分析方式，當然遠比對目擊證人證詞「全盤接受」或「全盤否定」的態度，來得客觀，而且科學。也許不久的將來，本書中「武器焦點」、「事件後資訊」、「下意識移情」等心理學概念，會在我國法庭辯論中出現。

本書應是國內此一領域的第一本中文書，故事感人又發人深省，尤其第九章「辣手伊凡」，是作者職業生涯中最沉重的道德考驗，值得每一位律師與關心正義的人士深思。

（本文作者現任瑞士文斐律師事務所律師）

作者序

《辯方證人》是根據伊莉莎白．羅芙托斯博士以專家身分，爲眾多刑案作證的親身經驗所寫成的集子。筆者希望能藉著社會上活生生的案例，來喚起人們重新定位一般心理學，尤其是記憶，所傳達的訊息。

我們的素材來自審判紀錄、警方紀錄、新聞報導，以及與辯方律師、檢察官、陪審員和家屬的會談。爲了表達重要的訊息，或簡化故事情節，部分場景經過改寫；審判紀錄和證詞也予重新組合，以使本書更易懂並增加可讀性。爲了保障當事人的隱私，某些人名和身分已作更改。

在講故事的時候，我們非得仰賴與案情相關的人，以及我們自己對案情的記憶。雖然我們已經盡可能糾正明顯的矛盾處，並依據已知且確證的事實來重塑整個案件，但無可避免地，這些解釋必有其記憶上之缺失。

從心理學研究和書寫本書的經驗，我們一次又一次地驗證了記憶不必然就等於事實。

目錄

就是「撒謊」這個字眼讓我們偏離了理性的軌道。你要知道，將手指指向無辜被告的目擊證人並不是在撒謊，因為他們的確相信自己的指證為真；他們眼前的那張臉，就是犯罪者的臉。無辜之人的臉，已經變成犯罪者的臉了。這聽起來令人毛骨悚然，但我們的記憶確實可能產生天衣無縫的變化，而我們以為自己所知道的事情，我們全心全意相信的事情，不見得就是事實真正的過程。

我在刑事案件中作證，並不能保證清白的人一定會無罪開釋，但絕對會增加他獲釋的機會。我們既不能，也不敢假設我們的刑事訴訟體系運作得完美無瑕，能讓所有清白的男女都得到充分的保障。法官傑若米・法蘭克說：「審判是人的事情，既然是人的事情，就不免有殘缺。」未來仍將有誤判，清白的人也仍會被司法系統的複雜機制所虜獲，而且有些人可能從此不見天日。在美國，從二十世紀初以來，已有超過七千人被處決；近來有一項研究顯示，這裡面至少有二十五個人是清白的。有二十五條性命因錯誤而被處決。現在，等著受刑的人還有近一萬六千人，這裡面有多少人是清白的？

這是關於史提夫面對黑暗司法的故事。它也是史提夫和韓德森之間的友誼故事，這段奇怪的友誼改變了他們的一生。這也是後來出現在報紙頭條的故事，雖然我們都已經淡忘了，像是褪色的黑白照片一樣。我們這些旁觀者永遠無法知道被誤判了罪是什麼滋味。從外面往裡看，我們只能猜測那大概是熾熱、恐怖、煎熬且憤恨的。史提夫．第多斯的遭遇讓我們體會到了無辜者的苦悶。這是個再悲哀不過的故事。

世界霎時間似乎只剩下黑與白，一切矛盾、不同的假設與統計基準都消失了，我心中浮現了泰德．邦迪英俊的臉龐，帶著冰冷的眼神和神祕的笑容，然後我感覺到：這張臉真是邪惡啊。我想起我對泰德的第一印象。當時我距離他不過三呎，我心裡想，他看來滿討人喜歡的。我是不是跟其他許多人一樣，一開始就被這個平易近人、彬彬有禮，臉上隨時帶著笑容的青年騙過去了？是不是因為不習於與邪惡周旋，所以在與惡魔四目相對時，我竟認他不出來？

七月四日下午四點十九分，陪審團的判決出爐了：提默西．漢尼斯下士被判三項一級謀殺罪名以及一項一級強暴罪。漢尼斯轉身對著比利．理察森，把手上的結婚戒指扭了下來，說道：「把這交給安琪拉。跟她說我永遠愛著她。」理察森接過戒指，緊緊地握在手裡。他知道這是什麼意思。漢尼斯認定自己永遠沒法子活著出獄了；他覺得他這一生已經完了。

一九八六年七月七日，被告等待量刑的裁定。陪審團在聽取辯方籲請從寬處置之後，判處漢尼斯死刑，並讓他在毒氣室與注射毒針之間作一選擇。漢尼斯選了注射毒針。

我心裡很確定，這兩個小女孩是真的相信自己所講的故事。所以，以最深刻的言語層次而言，她們講的確實是真話。記憶雖是假的，但若自己深信為真——如果凱蒂或珮姬全心相信自己曾經被性騷擾過——那麼誰能指責她說謊呢？因此，「你相不相信孩子？」這個問題其實沒有問到重點。我們真正應該問的要緊問題是：「這孩子的記憶是原始的真相，還是事後營造的真相？」在法律之前，東尼・赫瑞拉固然是清白的，但那段記憶伴著這兩個孩子一同成長，她們心裡永遠會刻著一九八四年七月的盛暑中，東尼碰觸她們「不好的地方」的印象。那是她們的記憶，是她們告別童稚之始，而她們終其一生，都得活在那形影、那聲音，以及那觸感之中。

我在妳作證的時候，仔細地觀察了陪審團的反應，我覺得有妳作證，真的是不一樣。霍華德・郝普特會在這個法庭受審，並為他自己的生命而奮鬥，唯一的原因就是目擊證人的指認，而妳讓眾人打從心底懷疑這些指認的可靠性。妳知道嗎，這是刑案辯護律師一輩子可遇而不可求的案子。像他這樣你明知道他是清白的，也打從心裡相信他是清白的當事人，是我所企盼的一切，是我從法學院畢業以來的夢想。現在我就活在這夢想裡面。我有點擔心，在這高潮過後，說不定我下半輩子都覺得過得沒有滋味，也許我接下來那三十年，就等著再接一個這樣的案子！

莎莉・布萊克威的證詞差點就把克萊倫斯・凡・威廉斯送進監牢裡關五十年。她不能面對這個重大的錯誤。當她在法庭上，不怕因偽證罪而受罰，言之鑿鑿地選擇了這張臉，說就是這個叫做克萊倫斯・凡・威廉斯的人犯案的同時，她也選擇了自己的記憶，不再接受所有其他相符的訊息。在不同臉孔的衝擊下，她只能把新的臉孔否決掉，因為新的臉孔不符合她儲存在心裡的印象。

一九八八年四月十八日星期一，由三位法官組成的審查團達成一致判決。約翰．丹揚佑克被判有罪，罪狀有戰爭罪、違反人道罪、迫害罪和屠殺猶太民族。一週之後，四月二十五日這一天，約翰．丹揚佑克被判處死刑。一九八八年十二月。丹揚佑克的以色列律師之一，杜夫．伊坦，從耶路撒冷一家飯店頂樓縱身跳下。他的親朋好友堅稱説他是被推下去的；他們説這是謀殺。

我們所關心的，不就是正義嗎！警方怎麼可以把這些線索忽略掉？怎麼可以把七個沒有指認布里克斯的目擊證人忽略掉？怎麼可以把完全沒有物證的情況忽略掉？我仔細看了一審的全部經過，才開始了解到這個審判與正義無關，它的重點在於輸贏。檢方好像一點也不在乎泰倫到底是不是無辜的；反正是這個人受審，這個人被逮住了，所以他們要全心全意、不擇手段地贏得這場審判。就是要贏。既然這麼注重輸贏，那麼誰還有時間去想正義不正義呀？

哈姆雷特：你瞧，天邊那片雲，可不是隻駱駝嗎？
波隆尼斯：這麼大朵雲，確是有駱駝樣兒。
哈姆雷特：倒是覺得它像鼬哪。
波隆尼斯：整體上看來是像鼬沒錯。
哈姆雷特：還是比較像鯨魚罷？
波隆尼斯：可像著呢！

——莎士比亞，《哈姆雷特》，第三幕，第二景

第一部

故事背景

1

心理學家的審判

有多少人能夠了解，對於清白的人來說，無罪有多麼重要？

——電影《暗夜哭聲》（*A Cry in the Dark*）之對白

我走過一排排的木椅，鞋跟敲在光滑的地板上，每一個回聲都將周遭的寧靜放大再放大。法庭書記官在盡頭等我，她雙頰兩圈圓圓的紅暈，是位老祖母型的人。我舉起右手，聽她將誓詞默背出來：「妳可願意起誓，妳所說的話句句爲眞，毫無作假，以上帝爲證？」我不假思索地答道：「我願意。」法庭書記官退下，我上前幾步，坐上證人席，面對整個法庭。每一隻眼睛都盯著我看。

辯方律師走向證人席，對我點了個頭。他辯護的對象是個二十三歲的男子，被控闖入加州凡耐斯市的中上階級住宅區，並槍殺了一名老人。

「請說出您的姓名，」法庭書記官問道。

「我的名字是伊莉莎白·羅芙托斯。」這些程序我早已默記在心，所以我接著便將我的姓拼出來：「L-O-F-T-U-S」

「羅芙托斯博士，」辯方律師開口了，他的聲音，深厚得如同教堂唱詩班的男低音一般，在整個法庭內迴響：「請確實告訴我們您的專業領域或職業。」

「我目前是西雅圖華盛頓大學的心理學教授。」

「您能談一點您的教育背景及任教經驗嗎？」

接下來，我花了十分鐘背誦我的資歷：史丹福大學的博士學位，其他榮譽學位，參加數個學術性專業社團，獎章獎項，著作及所發表之文章等等。那十二位陪審員面露不耐煩的表情——好啦、好啦，她確是專家，讓我們開始吧。

「您是否就目擊證人的指認問題出庭擔任過專家證人？」辯方律師問道。

「是，次數相當多；大約一百次左右。」

「在本州嗎？」

「是，但也有在其他州。我總共在三十五個州作過證。」

「好的，」辯方律師一邊說著，一邊走回辯方席位，翻閱著桌上的文件。霎時間，換個姿勢坐的聲音、鞋底磨著木頭地板的聲音、清喉嚨的聲音，都跑出來了。過了半晌，庭內又靜了下來。

「羅芙托斯博士，請問您，關於記憶的問題，有沒有一般公認的理論呢？」

「在我的專業領域中，一般公認的理論認爲，人的記憶並不像是錄影機那樣。人是不會把事件錄在腦海中，稍後再倒帶播出的。這個過程比我們想像的複雜得多……」

於是我談起記憶的習得（acquisition）、保留（retention）與檢索（retrieval）等不同階段，細述我過去曾多次背誦過的理論細節。檢察官看著我，手裡轉著鉛筆；他的眉頭愈來愈皺，顯然是相當地憂心。他巴不得在我編織出來的證詞中找到漏洞，哪管只是一丁點大，他也能藉此把我撕成碎片。

我談起記憶運作的方式，以及記憶如何喪失，一連講了近兩個鐘頭。上午十一點時，法官宣布暫時休息十五分鐘。我站起來，步出證人席，穿過法庭大廳，到外面的走廊上喝口水，也換個環境。經過被告席時，被告抬起頭，直視著我的眼睛。他唇鼻間的細小汗珠，與漿得筆直的襯衫，我都看得一清二楚。他是個技工，二十三歲，已婚，有兩個小孩，一邊工作，一邊念高中夜校。在作證之前，我已看了數百頁的文件，而這些基本資料，是我在遇見被告本人之前，對他唯一的認識。有時候，還是不要知道太多比較好。

他的眼神中寄予無限的期望，在這肅穆、無窗的大廳內，他的恐懼一望即知，他與我的初次交會，突兀得令我震動。我在這裡做什麼？一個心理學研究者，在法律至上的廳堂中，講述無數科學實驗所得出的條理，冀望能藉此指出，我們的記憶，有時候不過是扭曲的現實，或者殘缺不實的往事，這與法律事件有何相干？

我心裡存著這個問題，雖然腳下沒停地走過成排的觀眾席，步入走廊中，思緒卻不禁飄回到史丹福大學凡圖洛中心（Ventura Hall）會議室裡的那張木頭桌子上。

在學校裡的研究

那是在一九六九年。身旁一個研究生絮絮叨叨地講著「影像知覺之衰退率」，我則忙著寫一封短信給住在匹茲堡的喬伊舅舅。當時我的博士論文作了一半，題目叫做《決定文字處理器解決問題之困難程度的結構化變數之分析》（*An Analysis of the Structural Variables that Determine Problem-Solving Difficulty on a Computer-Based Teletype*），不過說眞的，我覺得很煩了。此時，在聖塔克拉拉山谷某個中學裡的毛頭孩子們，正坐在電腦前，設法解答日益困難的文字問題。而我將把這資料記下來，統計答案，並初步歸納出青少年如何解題的模式，哪些問題較難解決，以及爲什麼比較難以解答。

這個工作極其枯燥。我的指導教授早在數年之前便把理論模型設好了，而我們這幾個研究生，不過是個別地針對特定課題，將自己的統計分析計算出來，等著把所有的結果統合起來罷了。我突然覺得，我做的事情，有點像是把蘿蔔切一切，丟進湯鍋裡煮。坐我前後左右的學生們，也跟我一樣，急切焦躁、小心翼翼地切著他們洋蔥、芹菜、馬鈴薯、牛肉塊，然後把菜料丟進大湯鍋裡。原來我不過是在切蘿蔔而已，這個念頭一出現便停不下來。

我的論文已進行到初稿的最後階段，我的社會心理學研究也已經作了五個星期，可是我這整潔乾淨但稍嫌枯燥的世界，卻開始傾斜了。在講台上，聰明過人且幽默風趣的社會心理學家瓊恩・富利曼（Jon Freedman）教授正在談關於「態度改變」的課題；我在他演講中途問了個問題：記憶在態度改變之中扮演了什麼角色。

下課後，富利曼把我叫住，問道：「噢，妳對記憶有興趣嗎？其實我也挺感興趣的。如果妳想作點研究的話，我有個研究計畫倒是需要人幫忙。我想探索的問題是，人們如何從長期記憶儲存區叫出相關資料，並針對特定問題作出適當的回應？我們知道人做得到這點，而且大家一天到晚都在回憶；但是大腦到底是如何整理、儲存及檢索那些長期記憶的，這點還有待探討。」

就因爲這一番話，我的人生變得截然不同。富利曼與我設計了一個實驗，我們給受試者兩個字作爲提示，然後測量他們要用多久的時間，才能掃過記憶區，講出一個答案來。我私下幫這個研究取了個名字：「哪種動物的名字以Z開頭」。其中一組，我們給受試者兩個字的提示，例如「動物／Z」，「水果／小」，然後測他們的反應時間。另一組也給兩個字的提示，不過提示字的順序是顚倒的（「Z／動物」，「小／水果」），然後測他們的反應時間。比較過這兩組的反應時間之後，我們發現，以觀念爲首的提示字（動物或水果）可以激起較快的反應，大概快個四分之一秒。這使我們推導出一個假定：人類的大腦在整理資訊時，是以觀念或種類來作區分，例如「動物」或「水果」，而非以特性作區分，例如「小的」或「以Z爲首的字」。

在研究所最後的那半年，我只要一得空就泡在富利曼的實驗室裡，或者設計實驗，或者與受試者作測試，或者運算資料，分析結果。計畫慢慢成形，富利曼和他的學生們也了解到我們可能會有突破，我們可能發現大腦運作的脈絡；這時，我才第一次認爲自己是個「研究心理學家」（research psychologist）。噢，這六個字眞是棒極了：我可以設計一個實驗，把實驗環境安排好，並從頭看到尾。我開始覺得自己是個科學家，這是生平第一次，而且我十分清楚這就是我想要一生致力的方向。

〈自長期記憶中檢索文字訊息〉（Retrieval of Words from Long-term Memory）這篇文章，首見於一九七一年的《語言學習暨語言行爲學報》（*Journal of Verbal Learning and Verbal Behavior*）。一年後，富利曼和我發表了第二篇有關長期記憶的論文；這次我是資深作者，名字擺在前面。對於記憶的研究不但是我的專長，也是我的最愛。接下來那幾年，我寫了十幾篇關於記憶如何運作，又如何失效的論文，但與大多數研究記憶的學者不同的是，我的研究總是延伸到眞實世界——我會去探索，人的記憶可以被「提示」影響到什麼程度？人們可否以額外的、不實的訊息來擴充記憶？我要的是實在的東西，我希望我所歸納的結論，不只是一團理論的熱空氣而已。我希望我所做的事情，能眞正改變人們的生活。

我生命中的轉捩點

一九七四年，我寫了一篇文章，使得自己的人生方向完全改觀。〈重構記憶：不可思議的目擊證人〉（Reconstructing Memory: The Incredible Eyewitness）刊行於一九七四年十二月號的《今日心理學》（*Psychology Today*）中。我在文末談起我在實驗室裡所作的研究顯示，誘導性的問題會在記憶中加入新的線索，並改變人們對於事件的記憶；此外，我也援引我在西雅圖公設辯護人辦公室參與過的一個個案爲例。一位年輕女性在與男友劇烈爭吵之後，衝進臥室，拿出一把手槍，對著男友開了六槍。檢方以一級謀殺罪起訴，但辯方律師宣稱該女子只是自衛而已。開庭審理之時，雙方爭議的焦點在於拿到槍與開第一槍間隔多久時間；被告和她的妹妹都說是兩秒，不過另一位證人說是五分鐘。這段間隔時間，是整個審判的關鍵，因爲辯方堅稱謀殺是臨時起意，出於恐懼，一點遲疑都沒有。最後，陪審團相信了被告而判決其無罪開釋。

那一期的《今日心理學》出版之後沒幾天，我的電話便鎮日響個不停。律師們想聽聽我的看法，因爲他們的當事人也受到目擊證人的指控；這些被告，從被控販毒、持械搶劫、強暴到謀殺的都有。我提供了我的意見，也開始就記憶之可能謬誤（the fallibility of memory）問題，出庭擔任專家證人。

一九七五年十二月底，接近聖誕節的時候，我接到一通電話，對方是猶他州的律師，名叫約翰・歐康諾（John O'Connell）。歐康諾受託爲一位年輕的法律系學生辯護；這個學生被控在鹽湖城綁架了一位十八歲的女性。受害的少女在案發十一個月之後，看過千百幀檔案裡的半身照片（mug-shot picture）之後，才指認他是加害人。而審判的紀錄中，則充斥著詢問者的誘導和暗示的問題，以及受害人流露出來的遲疑與不確定性。

我決定接這個案子。一九七六年二月二十五日，我在鹽湖城作證，最後被告仍被判加重綁架罪（aggravated kidnapping）。這個人，叫做泰德・邦迪（Ted Bundy）。

在泰德・邦迪案之後，因爲類似的原因被判刑的仍不乏其人。一九八四年，我同意爲安其羅・布歐諾（Angelo Buono）作證；布歐諾最後仍因被控對洛杉磯的九名女性性侵害並加以勒斃而被定罪；一般人把布歐諾和他的表兄弟肯尼斯・畢昂其（Kenneth Bianchi）叫做「山坡之狼」（Hillside Stranglers）。

一九八四年，我爲威利・梅克（Willie Mak）作證；梅克後來因爲在西雅圖的瓦米大屠殺（Wah Mee massacre）中殺害了十三個人而被定罪。六十一歲的威欽（Wai Chin）是那場屠殺過後唯一存活下來的人；威欽對一位記者表示，在我出庭作證，說明經歷親人被殺戮的巨大創傷會對他的記憶產生什麼樣的影響之後，他眞想往我臉上吐口水。

另一個不受大眾歡迎的案子，是我斷斷續續地參與了好幾年的「麥馬丁托兒所案」。在加州曼哈頓海灘開設托兒所的佩姬・麥馬丁・布其（Peggy McMartin Buckey）與雷蒙・布其（Raymond Buckey）這對母子，因爲對托兒所內的孩童性侵擾，而被控以六十五項罪行。孩童們作證說，雷蒙・布其曾將鉛筆、銀器與其他物體塞入他們的陰道與肛門內，還以棒球棒打死了一匹馬，更帶他們到墓地去郊遊。（一九九〇年，陪審團判決，對於六十三歲的佩姬，所有的指控都不成立；對於三十一歲的雷蒙，除了十三條罪行之外，其餘也都不成立。在二審時，對於這十三條罪行是否成立，陪審團一直無法達成一致判決，而檢方也決定不再上訴。這場審判爲時三年，耗費一千五百萬美元。布其母子各在獄中服刑了兩年及五年。）

一審進行了二十八個月之久，我在看那份量驚人的筆錄時，發現了好些關於記憶的動人註解。一審紀錄第二八八五七頁，法官於一九八八年二月二十五日時表示：

知識可能是有意識的，也可能是無意識的。換句話說，有個概念是（我想這個概念是對的）：你的記憶裡，永遠都存著你看過或聽過的東西，不過人們喚出這些記憶的能力，卻有限得很。

和記憶錯誤抗辯的生涯

在我二十年來的職業生涯裡，一直致力於駁斥所謂人類記憶絕不會錯誤、亦不會遭受扭曲的謬論，這就是「麥馬丁托兒所案」之所以求教於我的原因。有一名孩童證人，四歲時據稱受到虐待，七歲時首次向社工人員提起這件事，八歲時向大陪審團陳述該事實，等她在法庭上作證時，已經十歲了。在這六年之中，她的記憶有沒有可能發生什麼變化？對我來說，這應該是陪審團在衡量被告是有罪或無辜時最關鍵性的問題，不過，就這敏感案件而言，能夠冷靜看待我的證詞的人，卻少之又少。最近我在與一個朋友共進午餐時，提到我對這個案子的看法；朋友是個幼稚園教師，小孩也在上托兒所的年紀。她轉過頭來看著我，好像我是一隻剛掉進她湯裡的蒼蠅。「妳怎麼做得下去？」她質問我說：「難道妳都沒有道德，沒有良心了嗎？」

幾年前，我爲一宗強暴案裡的被告作證；該案的檢察官，在庭外的走廊上和我發生衝突。他迎向我走來，以沉重且憤怒的語調對我說：「臭婊子，妳算什麼東西。」辯方律師立刻拉住我的手臂把我架開。

法官們通常認爲我只會讓案情更加複雜而已，就算接受我的證詞，也總是很不情願；他們說，這類的專家作證侵害了陪審團的權限，不然就說，我提供給陪審團的，不過是一些常識而已。

心理學界的同儕們對於專業心理學說之證詞的正當性，也都爭執不休。持反對意見者辯稱，我的研究尚未在現實生活中驗證過，因此我的證詞不夠成熟且極爲偏頗。

受害者團體則怒斥我玩弄眞理與正義，因爲我破壞了證人的可信度。他們認爲，我既然讓犯罪者逍遙法外，便應負起個人的道義責任。

最近我在某個強暴案中，對於目擊證人的可疑證詞作證。強暴犯被開釋後，被害人的母親寫了一封很長而且很氣憤的信給我。她說，我爲被告作證，就等於侮蔑她女兒的證詞，並對她造成二度傷害；又說，我因作證而收取費用，就是與爲虎作倀，與謀殺犯、強暴犯共謀，棄無辜受害者於不顧。

這封信給我什麼感覺？糟糕透了。一連幾天，我不停地想著，我爲什麼要做這些事情，我是不是應該回到與世隔絕的實驗室，在那裡待個一、二十年再說。但生命眞的很奇怪。我收到那位母親的信之後一個禮拜，有個律師打了個電話來，我們先前曾合作過一個青年被控性騷擾的案子。「聽證會剛剛結束，」他說：「我們正在想辦法取消這個案子，因為最後發現檢方隱藏了一個女性證人，這名女子顯然是被同一人所騷擾，而且她很肯定騷擾她的不是我的當事人。檢方對我們撒了謊，扭曲了證據，把所有與控訴不符的證據都丟到一邊，為的就是要讓我的當事人脫不了罪。這麼一個無辜的人，因為這個千瘡百孔的體系而被起訴定罪，還進了監牢。現在想起來，説實話，我真以身為律師為恥。」

面對司法的不義，我怎麼能袖手旁觀？

我已聽過不少辯方律師提起警方和檢方爲了把被告定罪而走火入魔的事情。就大多數案例而言，這類情事並非因惡意而起，甚至也不是因爲無能而起。警方和檢察官之所以扣住證據，扭曲事實，或對證人施壓，是因爲他們徹頭徹尾堅信，他們所拘留的這人就是罪犯本人，而他們的職責就是要伸張正義。一旦他們跟自己說：「我們找到罪犯了，我們不能讓他回到社會上去危害他人。」他們就不會覺得扣留證據或稍微扭曲一下證據有什麼錯。但這不是問題的結束，而是問題的起點，因爲不實的訊息會傳達給證人，而證人也許會把自己的疑心與掛慮放在一邊，自信滿滿地在法庭上作證說，他們絕對肯定被告確實就是那個眞正的罪犯。在這個情況下，無辜的人被定罪的風險便增加了。

十六世紀的法蘭西斯・培根（Francis Bacon）曾經說過：「法庭一旦偏向不義，則法律就變成公開的強盜，人們以獸性互相對待。」我記得，十九世紀偉大的法學家，威廉・布雷史東（William Blackstone）曾說：「寧可讓十個罪犯逍遙法外，也不要將一個無辜的人定罪。」我也記得，被誤控於一九三八年持械搶劫的菲力浦・卡羅素（Philip Caruso）簡單卻異常沉重的那幾句話：「你若是有罪，被關在牢裡，那沒什麼要緊，你仍可睡個好覺。但我是無辜的，而且腦子裡一直轉個不停，所以我怎麼也睡不好。」

我們的刑事審判體系不能免於錯誤；它令人失望的次數，多到我們無法輕鬆以待。例如，在伊沙多雷・齊莫曼（Isadore Zimmerman）一案中，刑事審判體系便讓我們失望了。在該案中，監獄的警衛給了齊莫曼最後一餐，讓他抽了根菸，幫他剪了頭髮，又在他褲管上扯了開口，以便貼上電極，連到電椅上去。然後他們讓他和家人獨處，一起痛哭，一起祈禱，設法凝聚力量來面對他生命中的最後時刻。直到臨刑前一刻，警衛才通知說，他的死刑已經減爲無期徒刑。

齊莫曼被控於一九三七年四月十日在紐約搶劫並謀殺一名巡警，因而遭到起訴並且定罪。在獄中，齊莫曼被警衛毆打，又因與另一個囚犯打架而瞎了右眼，也曾企圖以頭撞牢房牆壁來自殺。在這長達四分之一個世紀的苦難中，他始終堅稱他是無辜的，他被地方法院檢察官誣陷了。

直到他坐牢二十四年之後，才以案發時尚未問世的科技，證明他的確不可能是犯案的人。

一九八三年，齊莫曼差點就喪命之後四十四年，紐約州的索賠法院（Court of Claims）裁定給他一百萬美金作爲賠償，這是美國史上對於冤獄最大的一筆賠償金之一。但是齊莫曼仍苦不堪言。「我錯失了看著我的家人和子姪們成長的機會，」聽到法庭判決後，他對記者這麼說：「我錯失了我父母對我的愛。要是有機會的話，我是很渴望當爸爸的。但我沒有收入，又是個跛子，而且一無所有。在我有生之年，這個惡夢會一直跟著我。多少錢都彌補不了我失去的那些東西，那些是無法取代的。」

在法蘭西斯・何摩爾（Francis Hemauer）一案中，刑事審判體系也讓我們失望了。一九七一年，被害人指認何摩爾爲三年前強暴她的那個人。何摩爾服刑八年後，才被釋放出來，因爲血液測試顯示加害人血型是B型，但何摩爾的血型是A型。

納撒尼爾・華克（Nathaniel Walker）一案又讓我們失望了。被害人在嫌犯的列隊指認中，指出三十八歲的華克就是強暴犯。華克服刑近十年之後，才由一份實驗室報告證明出他當時根本不可能犯下此案。

在藍道・亞當斯（Randall Adams）案、羅伯・迪倫（Robert Dillen）案、賴利・史密斯（Larry Smith）案、法蘭克・麥肯（Frank McCann）案、或金・柏克（Kim Bock）案……，刑事審判系統都讓我們失望了，這個名單不止於此，只是你不認識這些名字，他們對你來說並沒有意義。對於指認者伸手一指而毀掉一生的人，我們只有短暫的記憶。這些人被認爲是必要的損失。「世界上沒有完美的體系，」人們這樣對我說：「錯誤本來就是預料中事。」我看著他們，什麼也沒說。我只想悲憤地問一句話：如果那是你的生命，你會滿意「錯誤」這兩個字的解釋嗎？

被記憶欺騙的目擊證人

驀然間，法警打開了通往法庭的門，我也被拉回到現實。眾人魚貫地踱回座位，我順著人潮，經過一排排的旁聽席，打開及腰的小門，走上證人席。我面對著法庭，聽到法官一記槌響；於是迅速地把個人的回憶放在一邊，進入關於記憶與知覺的專業訓練與觀念。檢察官站起身來，審視著他將要詢問我的問題。我挺起背，吸了一口氣。我得保持警覺，完全專注於此時。這關係到某一個人的未來。

我偷偷地往坐在被告席上的被告瞧了最後一眼。他是無辜的，還是有罪的？一位被告律師曾對我說，他從不讓自己思考這個問題，因爲這個問題會使他無法全力爲當事人辯護。當事人差不多都是有罪的，他說。然而，代表史提夫·第多斯（Steve Titus）（一位因錯誤指認而使人生毀於一旦的悲劇性受害人）的律師，就是這個人。我記得，電影《捍衛正義》（*True Believer*）中，詹姆士·伍德（James Wood）在面試一位充滿理想的律師時揶揄地說：「這麼說，你想當辯護律師囉。那我先告訴你罷——他們全都是有罪的。」不過依好萊塢傳統，這個憤世嫉俗的律師，後來遇到了一個因自己從未犯過的罪而鋃鐺入獄的人，並在後來爲正義所作的奮鬥中，找回自己對律師工作的熱情。

我很明白，無辜的人的確會進入法庭，就像法庭裡的這位被告無助又無望地坐著，眼睛睜得大大的，害怕到了極點，感到恐慌。無辜的人進了法庭，卻披著犯罪的外衣，他們看起來像罪人，聞起來也像罪人，而且當目擊證人手指著被告席並說「是他做的！就是他！」時，你幾乎可以聽到蓋棺封釘的聲音。

目擊證人的指認是對被告最殘忍的證據。當目擊者將手指指向被告說：「我親眼看到他做的。」那這案子可眞如一位檢察官所講的，是「銅牆鐵壁，密不透風」。因爲，目擊證人若絕對肯定他們所言屬實，我們怎能不相信他們在宣誓之下所作的證詞？畢竟，他們何必撒謊呢？

噢，就是這個字眼：撒謊。就是這個字眼讓我們偏離了理性的軌道。你要知道，將手指指向無辜被告的目擊證人，並不是一定在撒謊，因爲他們的確相信自己的指證爲眞；他們眼前的那張臉，就是犯罪者的臉。無辜之人的臉，已經變成犯罪者的臉了。這聽起來令人毛骨悚然，但我們的記憶確實可能產生天衣無縫的變化，而我們以爲自己所知道的事情，我們全心全意相信的事情，不見得就是事實眞正的過程。

2

心靈的魔術

想想看。這三磅重的含水組織，內含千萬個連接到網路上的微處理器，在化學物質與電子驅動下，便創造了心靈的魔術。

——羅傑・賓漢（Roger Bingham），製作人

一九七九年八月。檢察官對於禿頂、五官深邃、時年五十三歲的羅馬天主教神父的控訴，顯然是罪證確鑿。有七個目擊證人宣誓作證說，伯納多・皮加諾（Bernard Pagano）神父就是那個衣冠楚楚、手持一把銀色的小手槍指著他們，並在一連串的持械搶劫中，客氣地要求他們把收銀機裡的錢倒出來的人。

皮加諾神父堅稱他是錯誤指證之下的受害者。但有個問題深深地困擾著每一個陪審員：「怎麼可能七個目擊證人同時弄錯？」

檢察官剛作完結辯，法官便宣布了一個震驚全場的大新聞：有另一個男子承認是他犯下了搶案。羅伯・克勞瑟（Robert Clouser）對警方說，他沒有早一點投案，是因爲他覺得皮加諾神父一定會被無罪開釋。克勞瑟知道一切只有搶匪才可能知道的細節，而這些細節從未在法庭上或對媒體公布。克勞瑟比皮加諾小十四歲，而且有一頭濃密的頭髮，不過他和神父的確長得非常相像。

一九八二年，八月二十三日。藍諾・吉特（Lenell Geter）在德州的葛林威爾市被捕，罪名是

搶劫一家肯德基炸雞店。吉特時年二十五歲，大學畢業，受僱於葛林威爾市一家機械設計公司，擔任機械工程師一職。有五個目擊證人指證吉特就是那個搶匪，但吉特的九個同事則反駁說，吉特一整天都待在公司裡，所以搶案絕不是他做的；搶案發生的時間是下午三點二十分，遠在五十哩外的達拉斯市郊。機械公司的主任解釋說，吉特是他那個部門裡唯一的一個黑人，「明顯得像白米飯裡的一顆葡萄乾」，要是他在中午時分溜出去好幾個鐘頭，同事們是一定會知道的。

一九八二年十月，吉特案開始審判。五個目擊證人，肯定地在法庭上指著吉特說他就是搶匪。吉特的律師（他沒有聘用律師，是由法庭指派的律師幫他辯護的）主張目擊證人的指證不足採信，因爲那速食店的員工（全爲白人）原來形容搶匪是個五呎六吋高，可是吉特站起來足足有六呎高。但這個主張被法官駁回了。

吉特被清一色爲白人的陪審團定了罪，被判終身監禁。他在牢房裡待了六個月，在這段期間，他的同事們則與「美國有色人種協進會」的律師合作，設法讓此案重審。接著在一九八四年三月，另一個嫌疑犯落網，原先指證吉特爲搶犯的那五個目擊證人中，有四個改變了意見，認爲這個新的嫌疑犯才是搶了速食店的那個人。吉特在爲了一宗他未曾參與的搶案坐了六個月的牢之後，總算重獲自由。

一九八五年，我與皮加諾神父和吉特碰了面，因爲波士頓的電視台製作了有關「指證錯誤」的節目，並訪問我們三人。皮加諾神父仍然憤憤不平，他認爲，身爲「指證錯誤」的受害者，理當要有人跟他道歉的，但迄今仍無人向他承認錯誤。此外，他依然債台高築，因爲他的辯護費用超過七萬美金。

吉特的案子因爲在《六十分鐘》這個電視節目裡出現過而聲名大噪；他告訴我，這個經歷令他傷痕累累。「竟有五個人指證是我做的，」他說：「怎麼會有這種事？怎麼可能五個人一起錯得這麼離譜？」

我們的記憶真的完好無缺嗎？

目擊證人的證詞，能夠左右審判結果；而目擊證人作證，靠的是人類記憶的正確性。對於陪審團而言，除了還冒著熱煙的手槍之外，再也沒有別的事物比眞正目擊案件過程之證人的言詞更加有力。證人的記憶不但對刑事案件至爲重要，對於民事案件的影響亦不可小覷：例如在車禍事件中，目擊證人的證詞便對於肇事責任的歸屬影響重大。

目擊證人的證詞之所以具有證據價値，是因爲一般有個觀念，認爲人類心靈是個精準的記錄器和儲存槽。一般人堅信，我們的記憶其實被保存得完好無缺，我們的思維本質上是無法抹滅的，而且我們絕不可能眞正遺忘對事件的印象。佛洛伊德相信，長期記憶埋在潛意識底下，深得不會受日常事件與經驗所驚擾；現在大多數人仍將佛洛伊德的觀點奉爲圭臬。

我曾與外子，同爲心理學教授的喬飛・羅芙托斯（Geoffrey Loftus），作過一項調查；我們詢問了來自全美各地的人士對於記憶運作方式之看法。在這一百六十九人之中，有七十五人擁有心理學領域的碩士學位，另外九十四人則否。這些非心理學家們所從事的行業各異，有律師、祕書、計程車司機、醫生、哲學家、火災調查員，甚至有一名十一歲的孩童。他們被問到的問題是：

下列的敘述哪一則最能反映出您對於人類記憶運作方式的看法：

一、我們所知的一切都永久地儲存在心中，只是有時候特定的細節無法取得。但若藉著催眠或其他特殊技巧，這些無法取得的細節終究還是可以復原的。

二、我們所知的某些細節可能會永遠喪失，不復在記憶之內。這些細節是怎樣也無法藉著催眠或其他特殊技巧予以復原的，因為這些細節根本就不在那裡。

百分之八十四的心理學家和百分之六十九的非心理學家選了第一項，這意味著他們相信一切長期記憶都是存在的，雖然裡面大部分是取不出來的。之所以選擇第一項，最普遍的理由是，根據個人經驗，每個人都曾經回憶起很久不曾想過的觀念；第二個理由則是基於心理學家們普遍接受的魏德．潘菲德（Wilder Penfield）的見解，潘菲德對癲癇症患者所進行的腦部刺激，可證明人類記憶是穩定且永久的。另有些人則以催眠、心理分析、潘德諾（Pentothal，一種鬆弛劑），甚至輪迴轉世說等，來佐證「人類記憶恆久存在」的觀點。

遺忘是生命中的另一面真實

不過，人類記憶事實上遠不及完美或永久的程度，而「忘性」（forgetfulness）乃是生活的一部分。人之所以會忘記某些訊息，最明顯的理由是，該訊息在一開始根本就沒有存在記憶裡；即使連最普遍、最平常的事項也往往擠不進我們的記憶之中。就以美國的一分錢銅板爲例。大多數人都會很肯定地說，他們知道一分錢銅板長什麼樣，他們看到一分錢銅板的時候絕對認得出來。但根據一九七九年的一項研究，能夠從十五個一分錢銅板的圖樣中，挑中正確的那一個的人，還不到一半。（R.S. Nickerson and M. J. Adams, "Long-Term Memory for a Common Object", *Cognitive Psychology*, 1979, 11, pp. 287-307）

另一個我們每天都會接觸到的事物是電話。你記得電話上的那十個數字鍵上面各寫著哪幾個字母嗎？

即使我們眞的是審慎的觀察者，並且將某些事物或經驗以合理的方式準確地記下來，它們也不會完好如初地留存在記憶裡。其他的力量會磨滅初始的記憶。隨著時間逝去，在適當的驅動下，或在引進干擾或衝突的情境片段時，記憶的線索會改變，而且我們一般而言是意識不到這改變的；於是，我們便眞正開始相信自己對於從未發生過的事件的記憶。

兒童心理學家尚・皮亞傑（Jean Piaget）曾在《孩童時期之遊戲、夢想與模仿》（*Plays, Dreams, and Imitation in Childhood*）一書中，提到他親身經歷的一段關於記憶之可塑性（malleability）的故事：

> 如果我記得沒錯的話，我最初的記憶，應可溯至我兩歲的時候。直到我十五歲的時候，我仍能清晰地回想起當日的情景。那天保姆推著坐在娃娃車裡的我，走在香舍麗榭大道上，卻有個男人企圖綁架我。一方面，我被綁在娃娃車上，另一方面，我的保姆勇敢地擋在我跟那綁匪之間。她身上多處受傷，連臉上都有傷痕。後來人群漸漸聚集，又有個穿著短斗篷、拿著白警棍的警察走過來，所以那人便落荒而逃。那整個場面我都記得，我甚至能指出，那個地點就在車站附近。但在我十五歲時，我父母親接到保姆寫來的一封信，上面說她已經皈依，加入了救世軍。對於過去的過錯，她深感懊悔，尤其當年因為這個事件而獲得一只手錶作為獎勵，現在她也要退還；因為，這整個故事都是她編出來的，連臉上的傷痕也是故意弄的。這麼說起來，我一定是因為小時候聽多了，而且父母親又深信不疑，才以視覺記憶之形式，將這個事件投射到過去的時光中。

視覺記憶，的確，多年以後，皮亞傑不但能在心中想像出保姆臉上的傷痕，還能想出從未存在的群眾，穿斗篷、帶警棍的警察，以及那「落荒而逃」的綁匪！

記憶如何運作，又如何發生錯誤的？科學家們一般都同意，當神經原結合，形成新的網路（circuits），眞正地改變兩個細胞之間的連結時，記憶便成形了；記憶便在這個過程中被儲存了起來。長期記憶，包括幾分鐘前剛剛發生的事情、甚至幾十年以前的訊息，都儲存在我們腦中某處的「抽屜」裡。「抽屜」的確切位置，沒有人知道，但據估計，在一生的時光中，長期記憶能夠掌握高達一千兆個位元的資訊。

儲存記憶的「抽屜」顯然收藏得擁擠不堪。而且這些抽屜被完全倒空，東西散落一地，又重新塞回去，乃是常有之事。我們的大腦，就像好奇且好玩的小孩子，爲了找一件上衣或一條褲子而翻遍整個抽屜，還會自得其樂地搜索記憶的抽屜，把線索丟得到處都是，再依照序號或重要性，把所有的東西塞回去。新的資訊片段加進長期記憶時，舊的記憶會被移開、替換掉、壓到底下去，或掃到角落裡。小細節可能會加一點上去，令人困惑或無關的因素則被除掉，而這逐漸建立起的前後一貫之事實，可能跟原來的事件相去甚遠。

記憶不只會褪色，也會增長。會褪去的，是一開始的觀念，與該事件眞實的經歷。但每次要將事件喚取出來，便得重建記憶，而每回憶一次，記憶都可能因爲後續事件、其他人的回憶或建議、進一步的了解，或新增的內容，而起了變化。

真相就在記憶的褪色和扭曲中悄然流失

透過人類記憶的濾網來看，眞相與現實並非客觀的事實，而是主觀的、經過解釋的事實。我們會解釋過去，糾正自己，增加一些片段，刪去不相關或令人困擾的線索，掃一掃，撢撢塵，稍事整理一下。因此，過去的記憶，其實是活生生的、不斷變化的現實，它絕不是固定且不受干擾的；過去的記憶，並不像鐫刻在石板那般紋風不動，它是如阿米巴原蟲一般，會改變形狀、會擴大、會縮小、又再擴大的活體，有著令我們爲之悲喜，或是咬牙切齒的力量。那力量巨大無比，甚至能令我們相信從未發生過的事情。

我們是否察覺到心靈對我們過去經驗的扭曲？在大多數案件中，答案是否定的。隨著時間流逝，記憶亦逐漸改變，而我們會更加確信記憶中我們所看到、所說或所做過的事情。我們眞誠地相信，事實與虛構所混合出來的記憶最是完整，而且絕對爲眞的。我們確是心靈操控之下的無辜受害者。

就連最博學、最聰明的陪審員，也無法抵擋那隻手指頭的巨大力量。七年之前，我作了一項實驗，請受試者扮演刑事案件中的陪審員。他們先聽到關於一宗搶案的描述，接著聽到檢方陳述，然後是辯方陳述。實驗的版本之一是，檢察官只提供情況證據（circumstantial evidence，又稱間接證據）；面對這種證據，只有百分之十八的「陪審員」會將「被告」定罪。在第二個版本裡，檢察官呈現該案的方式有個小變化：加進了一個目擊證人，一個指認被告為搶匪的出納員。這時候，有百分之七十二的陪審員會判決被告有罪。

目擊證人的危險性是顯而易見的：世界上任何一個人，都可能由於與自己毫不相干的罪證而被定罪，或喪失自己應得的獎勵，只因為目擊者說服了陪審團，使陪審團相信目擊者所記憶的景況為真。為什麼目擊證人的證詞如此有力且令人信服？因為一般人（尤其是陪審員）都相信，人的記憶是將經驗之事實拷貝在永不磨損的磁帶上，像唯讀的電腦磁片或防盜拷的錄影帶一樣，不會被覆蓋過去。當然了，就大部分情況而言，我們的記憶功能已經遊刃有餘。但我們有那麼需要精確的記憶嗎？朋友談起他的假期，我們不會反問：「你確定旅館房間裡有兩張，而不是三張椅子？」當我們看完電影之後，同伴通常不會窮追猛打地問：「金・哈克曼（Gene Hackman）的頭髮是小卷的，還是大卷的？」「酒吧裡的那個女人搽的是紅色還是粉紅色的口紅？」我們就算講錯了，人們通常也不會注意到，更不會去更正；椅子是兩張還是三張，演員的頭髮是小卷還是大卷，有什麼要緊的？一般人之所以相信記憶是正確無誤的，是因為我們從未檢證過。

但在犯罪或意外事件中，記憶突然變得重要起來。就連微末的細節也得錙銖必較。暴徒是蓄鬍的，還是一點鬍渣都沒有？他是五呎八吋，還是五呎十一吋？當時是紅燈，還是綠燈？凱迪拉克的車闖過紅燈，是黃燈還是紅燈？撞上福斯車的時候速度是多快？那車是越過了中心線，還是一直在它那邊的車道上？刑事或民事案件通常就是要靠這些看來無關緊要的細節來論定是非，而這些細節通常又是很難得到的。

一九七七年七月的《飛行雜誌》（*Flying*）曾報導過一架小飛機失事墜毀事件，機上八人全部罹難，地面上亦有一人死亡。有六十位目擊者接受訪談，眞正看到飛機撞擊地面那一刻的兩位目擊者，還在調查這宗意外事故的聽證會上作證；其中一位說，飛機「筆直地朝著地面撞上去」。這個目擊者顯然不知道，事故的照片清楚地顯示出，這架飛機是以幾乎水平的角度著地，還滑行了將近一千呎遠。

人腦弄錯了細節，不是因爲人類記性不好，而是人類記憶正常運作的結果。當我們嘗試記起某件事時，我們並不是將整個記憶原封不動地從「記憶區」裡取出來。那個記憶，事實上是從儲存的資訊片段重建起來的；其中的任何空隙，則下意識地以推理的資訊予以補滿。當所有的片段整合爲一個合理的整體之後，就成了我們所謂的記憶。

有太多因素會污染了我們的記憶

然而，還有別的因素會影響認知的正確性，而認知的正確性會影響我們對事件的回憶。那事件是暴力的嗎？有多暴力？當時是亮的還是暗的？在那之前，目擊者有任何期待或興趣嗎？這裡有一件悲劇性的眞實事例，恰好突顯出對於事件之初始認知的重要性。

兩個二十幾歲的男子一起到蒙大拿州郊外去獵熊。他們走了一天，又倦又餓，準備要打道回府了。夜幕迅速地降了下來，他們獨自地走在林中深處的泥路上，嘴裡談的是熊，心裡想的也是熊。走到一處彎道附近，前方約二十五碼外的林裡，有個動個不停且發出聲音的巨大物體。這兩個人都認爲那是隻熊，於是舉起獵槍射去。但是那隻「熊」原來是個黃色的帳棚，裡面的那一對男女正在做愛。其中一發子彈，射中了那女子，她當場便死了。這個案件送審之後，有一個扣緊案情的認知問題，令陪審員百思不解；他們怎麼也想像不出，怎麼有人會把一頂黃色的帳棚看作是一隻咆哮的黑熊。開槍射死人的那男子後來被判過失殺人罪。兩年之後，他自殺了。

這個戲劇性的案件正說明了心理學家所謂的「事件因素」（event factors）：特定事件中可能改變認知、扭曲記憶的固有因素。當時是昏暗的夜裡，而在昏暗之中，既無法區分顏色，也無法分析細節。這兩個獵人有著強烈的期待與動機：他們期望自己可能與熊不期而遇，他們想要看到熊，他們很緊張，很興奮，又因在森林裡待了一天而倍感疲乏。當他們看到巨大的、會動又會發出聲音的物體時，他們自然而然地認爲那就是熊，於是舉槍瞄準，要讓牠一槍斃命。

事件因素和記憶的習得階段有關，也就是我們認知到事件時，大腦隨即作出要丟棄還是要儲存該資訊的那個時間點。然而，記憶被儲存之後，並不是就此消極遲鈍地停留在大腦裡，等著往後被取出來用。記憶的保留與習得階段可能會發生很多事情；隨著時間的消逝，記憶也跟著消退，更重要的是，我們接觸到會改變或增加原始記憶的新資訊。

設想有一刑案發生，警方接到通知，到達現場並開始問訊。先問目擊者：「發生了什麼事？」

再問：「暴徒長什麼樣子？」目擊者若說他記得暴徒的長相，警方可能會請他到警局裡看一組照片。此時目擊者可說在作一項認知測驗，在這個認知測驗中，警方或者提供單一的物件（照片），或者提供一組物件（列隊指認），讓目擊者指出他先前是否看過這裡面的哪一個人。

在這裡要提醒各位一件事：大多數的目擊者都是好意。他們想幫個忙，尤其對於暴力案件，他們更有個額外的動機，就是幫助警方抓到凶手。此外，研究顯示，目擊者相信，如果警方已經確定嫌犯是誰，就不會安排列隊指認了。雖然目擊者盡一切努力要指認出眞正的凶手，但他們如果不太肯定，或者列隊指認中，沒有一人完全符合他們的印象的話，他們通常會轉而指認最符合他們對凶嫌印象的那個人。不過這樣選出來的人通常都是錯的。

有偏差的列隊指認

顯然地，列隊指認的組成，裡面該有幾人、這些人應該是什麼外貌、做何打扮，對於辦案至爲重要。列隊指認必須盡可能避免給目擊者任何暗示性的影響，否則目擊者的指認會被污染而失去其證據價值。

就「有偏差的列隊指認」（biased lineup）而言，如果嫌犯是個高大且蓄鬍的人，列隊指認中便不應安排兒童、坐輪椅的婦人、或持拐杖的盲人。除非列隊指認中的人與嫌犯的特徵相吻合，否則嫌犯的指認，不過是因爲目擊者無從選擇而已，而不是因爲目擊者眞的認出了嫌犯。

但是眞正的刑事案件中的列隊指認，有很多是帶有暗示性的，因此而產生的指認，應該視爲無證據價值。在明尼蘇達州有個案例，指認隊伍裡有一個黑人，其餘五人都是白人；另一個案例是，六呎三吋高的嫌疑犯和其他幾個不及五呎十吋的非嫌疑犯站在一起；還有一個例子，明知加害人的年紀是十幾歲，卻安排了十八歲的嫌疑犯和其他五個全部超過四十歲的非嫌疑犯一起讓證人指認。一九八六年至一九八八年間，我參與過一個案子，一名男子被控謀害了阿拉斯加州漁船上的八個人。目擊者將他們在現場看到的男子的大致體格特徵告訴警方，還講了一樣非常特別的細節：那人戴著棒球帽。但在指認照片時，所有的照片中唯有嫌犯戴了棒球帽。

再設想一下，目擊者看到了公正的列隊指認，隊伍裡面的每一個人起碼大致上是一般高，也都符合所描述的體格特徵。目擊者注視著指認隊伍，集中注意力，此時警官突然說了一句：「你再看一下第四個人。」接下來，也許警官會在目擊者設法指認出嫌犯時，對四號投以狐疑的眼光。也許目擊者看著四號，感到很遲疑，此時警官靠過來，補了一句話：「你覺得這個人怎麼樣？」

目擊者收到這些微小的訊息之後，可能會下意識地將照片上這個人的印象「塡入」模糊的記憶中。那印象一變，線條一閃，霎時間，四號的臉孔便與自己對嫌犯的記憶合而爲一。於是目擊者可能會說：「四號看來有點眼熟。」過後則說：「對，我肯定那人就是四號。」

錯誤指認造成的冤獄

只有一人的指認，或只讓目擊者看到一個人的情況，尤其危險。一九七〇年秋天，二十一歲的巴比·李斯特在波士頓街角與朋友聊天，突然兩個警察從巡邏車上跳下來，拔出了槍對著他，說他就是謀害了一家商店老闆的凶手。他們將巴比銬上手銬，送往波士頓市立醫院，又把被害人的遺孀帶到巡邏車的車旁，請她看一下車裡的嫌疑犯。「妳覺得怎麼樣？」警官一問，她便開始抽動、啜泣。「沒錯，」她邊哭邊說：「他很像是開槍殺害我丈夫的那個人。」雖然這是唯一對巴比不利的證據，但他仍被控謀害殺人，並於一九七一年七月二十二日被判處終身監禁，不得假釋。

六年以後，波士頓地方法院指派父子檔律師羅伯·繆斯與克利斯多佛·繆斯爲巴比·李斯特的上訴辯護。與巴比談過一次之後，繆斯父子便直覺認爲，這個受刑人與與其他宣稱自己是清白的人不太一樣：這個人說不定眞的是清白的。繆斯父子爲該案花了九年的心血，卻拒絕向他收取任何服務費用。有次羅伯·繆斯的朋友問他，他願意把多少家產押上去，賭巴比是無辜的；羅伯·繆斯立刻答道：「全部押上去。」

一九八六年十一月，經過彈道比對，從被害人身上取出的子彈與另外一宗強案的犯罪用槍相符，那是在一九七〇年十月，即謀殺案件發生過後兩週，兩個嫌犯因爲搶劫酒類專賣店被捕。一九七〇年十二月，巴比・李斯特重獲自由，至此，他已經在牢裡待了快十六年了。

照片誘導偏差的列隊指認

在眞實生活中，的確會發生錯誤指認的情形，而且錯誤指認有時候是因爲日常的辦案程序而發生的。警方找到嫌疑犯之後，通常仍是只讓目擊者看一些比較照片，直到需要指證時，才安排一次列隊指認。幾乎毫無例外地，在比對照片時被指認出來的那個人，會在列隊指認時又出現一次；而且幾乎毫無例外地，目擊者會將自己曾在比對照片時看過的那個人指認出來。這個情況稱之爲「照片誘導偏差的列隊指認」（photo biased lineup），而且在類似的情況下，錯誤指認的機率會大大提高。

一九七七年內布拉斯加大學的一項研究，突顯出「照片誘導偏差的列隊指認」的強大效果。參與實驗的學生「目擊者」先看到「罪犯」的犯罪場面。一個小時之後，讓「目擊者」看一些半身照片，其中也包括他們方才看到的那些「罪犯」。一個星期之後，安排了一次列隊指認，並請學生「目擊者」指認哪些人是眞正涉及該案件。在列隊指認的行列裡，有百分之八是既未曾涉及該「案件」，也沒有出現在半身照片裡的，但他們還是被指認出來。在半身照片裡，也有百分之二十的未涉案者的照片被指認了出來。這些人既沒有涉案，之前也沒有跟目擊者打過照面，然而「目擊者」仍從照片中指認出他們就是罪犯。

有多少人為此沉冤莫白呢？

錯誤指認的機率有多高？有多少個皮加諾神父和藍諾・吉特陰錯陽差地被捕、被定罪，而且爲了他們從未犯下的罪行待在監獄裡服刑？關於這個課題，法律學者艾德溫・波沙（Edwin M. Borchard）在他的經典之作《控訴無辜者》（*Convicting the Innocent*）中，提到了六十五個「錯將無辜者定罪」的例子。這些案子中，有二十一個，也就是百分之四十五，誤判的原因是目擊證人的錯誤指認。波沙的結論是：「這些案子顯示出，被害者與目擊者的情緒早就因為自己不尋常的經驗而飽受折磨，所以他們的認知能力變得扭曲，而他們的指證也經常是最不值得採信的。」

人們通常會將錯誤指認怪罪於眞正的罪犯與被錯認的人之間過於相似。但波沙說，在二十九個因目擊證人錯誤指認而造成冤獄的案件中，「……有八個案件的眞正罪犯與被錯認的人一點也不相似，而另外那十二個案件，雖有些相似，但沒有那麼接近。這其中只有兩個案件，其罪犯與被錯認之人可說是明顯相似的。」

一九八三年，俄亥俄州州立大學研究所的阿葉・拉特納（Arye Rattner），完成了一篇博士論文，題爲《控訴無辜者：司法系統是哪裡出了差錯》（*Convicting the Innocent: Where Justice Goes Wrong*）。拉特納估計，在聯邦調查局所謂的「登記有案的重大案件」（indexed crimes）裡，如謀殺案、搶劫案、強暴案、詐欺案、竊盜案、暴行案與軍火案，被起訴與定罪的人之中，有千分之五的人是清白的。這個統計數字似乎很小，但這其實卻是我所看過最大的估計值：照這樣算起來，在美國，每一年就有八千五百個冤獄的案件。

我們就假設拉特納的估計高得離譜罷，說不定那個比例比實際的高了一倍，也就是說，在美國，每一年有四千兩百五十件案子是被錯判了的。說不定這個數字還估得太高，其實還要再減去一半，也就是一年有兩千一百二十五件案子是錯判了的。我們可以把這個數字一減再減，但這個估算終究會讓我們心頭淌血；這些人畢竟是有血有肉，與你我一般無異的人，他們突然被拉離日常的生活，接受審判，判刑確定，接著鋃鐺入獄。然而他們是清白的。這樣的人就算只有十個，還是嫌太多。

在拉特納的研究裡，有多少人是因爲錯誤的目擊證人指認而被定罪？拉特納仔細地檢查了兩百多件案子，結果發現有百分之五十二點三肇因於目擊證人的誤認。「這個數據，」拉特納作了結論：「顯示出錯誤的目擊證人指認是引起誤判的主因。」

有什麼方法可以化解這個嚴重的問題？雖然目擊證人的指認不免伴隨著巨大風險，但若將所有的目擊證人都排除在法庭之外，也將是一大悲劇，因爲，目擊證人通常是唯一的證據，尤其在強暴案件中。但那些極少數錯誤的情況怎麼辦，如何才能保障清白的人，不會因爲錯誤的指認而喪失權利？如何才能讓陪審員懂得這類證詞中的用途與陷阱？

為了真理，我伸出援手

辯方律師通常會請法官照本宣科地對陪審員指示（instruction）關於目擊證人指認之危險性。但對許多人而言，這些指示太過迂迴難解；甚至還有不少心理學研究指出，陪審員聽不懂這些指示在講什麼。另一個解決的辦法是傳喚專家作證；心理學家能夠對陪審員解釋人類記憶的運作方式，並將實驗的結論應用到起爭議的案件上。

我就是這麼做的。我在法庭上作證，說明人類記憶的本質，以及目擊證人作證時的可能心理背景。我在某些案件裡出庭作證，在這些案子裡，目擊證人的指認是對被告唯一的或主要的不利證據，它們包括死刑案件，因爲在這種案件裡，一旦發生錯誤指認，後果便不堪設想。

我在二十年前開始研究人類記憶學，當時的我和法庭或專家作證一點關係都沒有。當律師們問我，能不能在以目擊證人爲主要證據的案件中作證時，我樂意地接受了下來，因爲我希望相關的心理學研究能協助我們的刑事訴訟體系運作得更公正些。

我在刑事案件中作證，並不能保證清白的人一定會無罪開釋，但絕對會增加他獲釋的機會。我們既不能，也不敢假設我們的刑事訴訟體系運作得完美無瑕，能夠讓所有清白的男女都得到充分的保障。「審判是人的事情，既然是人的事情，就不免有缺陷。」法官傑若米．法蘭克（Jerome Frank）在他的著作《無罪開釋》（*Not Guilty*）一書中寫道。未來仍將有誤判，清白的人也仍會被司法系統的複雜機制所虜獲，而且有些人可能從此不見天日。

在美國，從二十世紀初以來，已有超過七千人被處決；近來有一項研究顯示，這裡面至少有二十五個人是清白的。有二十五條性命因錯誤而被處決。現在，等著受刑的人還有近一萬六千人，這裡面有多少人是清白的？

在這些統計數字和清白抑或有罪的複雜辯論之後，隱藏著一個無法回答的問題，一個沒有解答的困境。在某些案件裡，如皮加諾神父和藍諾．吉特，清白的人終於被證明是清白的。但在許多案子裡，清白之證明則不免籠罩著疑雲。本書所討論的案件中，只有兩件能算是塵埃落定，眞正的罪犯落網在獄，而清白的人洗刷冤屈，並重獲大眾肯定。好萊塢能提供歡喜的收場，但現實生活通常不會給我們條列有序、妥善整理的事實。但是，難道沒有絕對的證據，人就沒法清白嗎？

在黑獄中吶喊的吉米．藍丹諾

就拿吉米．藍丹諾（Jimmy Landano）的案子來說好了。藍丹諾有吸毒的前科，而且入獄過。目前他因爲在一九七六年謀殺了一名警官，而在紐澤西的拉威監獄服刑。他被控搶劫、持有槍械、闖入民宅、竊車與共謀，刑期是無期徒刑。

四名目擊者，與一名承認自己參與謀殺案的共謀，在法庭上指認藍丹諾，說他開了致命的那一槍。在凶手的帽子裡找到的毛髮與藍丹諾的毛髮很相似；另一名共謀的聯絡簿裡也有他的名字；而且他沒有毫無漏洞的不在場證明（alibi）。

有服刑及吸毒前科的被告，本身就已經很有說服力。再加上藍丹諾威脅檢察官說，出獄後一定要給他「好看」，更使法官與陪審團深信這幫人犯下了滔天的罪行，應該終身監禁。

但是藍丹諾堅持說他是被陷害的，幫派的人爲了保護眞凶，而找他來頂罪。藍丹諾說，幫派的人在逃亡的車子上，放了一頂跟他的帽子很像的帽子。尤其是他有毒癮，又有因一級竊盜罪而服刑的紀錄，要栽贓他是再容易不過。

四個目擊者從藍丹諾的照片上指認他就是凶手；但是本案的證據相互之間卻有很大的出入。一個目擊者說，凶手鬍鬚濃密，另一個則說凶手一點鬍鬚都沒有；藍丹諾本人則有著稀疏的鬍鬚。一位鑑識人員作證說，凶手的帽子裡找到的毛髮可能是藍丹諾的毛髮，另一位則說那可能不是藍丹諾的毛髮。凶手的滑雪夾克，穿在藍丹諾身上看來令人發噱：袖子只及他手臂的三分之二長，露出了兩個紋身的花樣。那件夾克擠在藍丹諾的肩頭與胸前，使他難以活動，而且拉鍊也拉不起來。他的母親跟女朋友作證說，謀殺案發生的那天早上，藍丹諾都跟她們在一起；但即使陪審團相信她們的話，理論上而言，藍丹諾仍有足夠的時間犯案。

藍丹諾在獄中一得空就讀法庭與警方的紀錄，向任何肯聽他說話的人請願，寫信給律師及記者，並幫助有類似情形的囚犯。現在他四十四歲，還要等二十年才有假釋的資格。漫長的等待時間令他不耐；他很怕自己在獄中老去，連重新振作的機會也沒有了。他說，仇恨與絕望在監獄中滋長。「你要是把人當動物一樣地看待，」他一而再、再而三地強調：「人就會變成動物。」

就像人們經常悲憤地叫喊著「我是被陷害的」一樣，藍丹諾激動地說：「我是清白的。」一個受難者哭喊著他無罪，他必須對抗四個目擊證人與三個共犯的宣誓指證，而十二個陪審員裁定其證據價值後，卻將他定罪。

到底誰是對的，誰是錯的呢？

（一九八九年七月二十七日，地方法院法官李・沙羅金（H. Lee Sarokin）判定檢察官和調查員藏匿了對藍丹諾有利且指證另一人有罪的證據。藍丹諾獲得保釋。紐澤西州檢方正尋求重審此案。）

第二部

案例

這些真實的案子，訴說著因爲我對記憶的研究工作和對法律的關切，而使我的生命和被控施暴者的生命產生交集的故事；而這也是被告的家人、被害人的家人、律師、法官與陪審員的故事，他們在這些戲裡扮演著重要的角色。

但終究這還是個關於記憶的故事——記憶的機制，既迷人又複雜得難以置信；它允許我們重訪過去，也讓我們重新詮釋過去。西元前二世紀的羅馬雄辯家西賽羅（Cicero）說：「記憶是所有知識的源頭和障蔽。」比西賽羅更早兩百年以前的聖·巴塞（Saint Basil）也說：「記憶……是想像的櫥櫃，是理性的寶藏，是良知的紀錄，也是思想的殿堂。」

我愛這些字句中流露出來的文學意味，這些偉大的心靈對於人類光輝而又幽暗的意象所表現的不安感受。但我得承認，我獨鍾於馬克吐溫對記憶的省思：「真正驚人的，不是我記得那麼多事情，而是我記錯那麼多事情。」

黑暗的司法：史提夫·第多斯

他們躺在那裡，再也不能期待，再也不能祈禱，再也不能去愛，再也不能復原，再也不能哭，再也不能笑。

——隆納德・雷根（Ronald Regan），一九八五年五月五日，於柏根貝森集中營

我永遠也忘不了史提夫・第多斯。我心中清楚地浮現他的形影——孩子氣、臉圓圓的、笑逐顏開、眼睛旁邊有些笑紋。我也記得他如何低眉不語、緊咬著牙根、臉龐因失望及憤恨而扭曲的樣子。

但諷刺的是，我從沒見過他。這些細膩地刻畫在我心頭的形象，全來自於史提夫・第多斯在爲他的生命和榮譽奮鬥的那四年之間，刊印在《西雅圖時報》（*Seattle Times*）上的黑白照片。這樣也好，因爲對史提夫而言，如果世上有任何正義的話，那一定是來自於媒體，和一位獨排眾議、菸抽個沒停、名叫保羅・韓德森（Paul Henderson）的記者。

一個痛苦難忘的故事

這是關於史提夫面對黑暗司法的故事。它也是史提夫和韓德森之間的友誼故事，這段奇怪的友誼改變了他們的一生。這也是後來出現在報紙頭條的故事，雖然我們都已經淡忘了，像是褪色

的黑白照片一樣。

我們這些旁觀者永遠無法知道被誤判了罪是什麼滋味。從外面往裡看，我們只能猜測那大概是熾熱、恐怖、煎熬且憤恨的。史提夫・第多斯的遭遇讓我們體會到了無辜者的苦悶。這是個再悲哀不過的故事。

十七歲的南茜・凡洛普，站在離西雅圖十哩外的太平洋高速公路南向道路的狹窄路肩上，等著有人順道載她一程。當時是一九八〇年十月十二日，下午六點四十五分左右，高懸的路燈，照在雨後溼滑的路面上，反映出一片詭異的光芒。南茜在寒風中打顫，開始擔心回家之後，與母親之間免不了的一場衝突。「妳到哪兒去啦？」母親一定會高聲地責備道：「我擔心死了！」

一輛淡藍色的小車停在路邊，輪胎磨在粗糙的路面上，發出刺耳的聲音，令南茜倒退了一步。蓄鬍的駕駛人傾身到右前座上，把車門打開。「嘿！」她問道：「你要到哪裡？」「塔科瑪，」他答道。「太好了，」她一邊說著，一邊上了車，關上門。「我也要去那裡。」

駕駛人很年輕，大概二十九或三十歲，穿著三件式的西裝。車子慢慢駛回車道上，兩人不發一語地開了幾分鐘。南茜覺得，剛剛搭上便車，跟陌生人坐在一起，總是有點怪怪的。她伸手到皮包裡，搽了點口紅，雙唇抿了抿，享受一下滑潤的感受。

到了南二〇八街出口時，那人突然下了高速公路，南茜看著他，覺得很困惑。「我得到我姊姊那兒去一下，」他說。他轉進南二十二大道，沿著一條狹窄的泥路往前開，巷子底就是一棟傾頹毀壞的破舊房舍。他姊姊就住在這裡嗎？恐懼開始爬上南茜的心頭。她四處環顧，尋找燈光、人、車，任何會動物體的蹤跡，但附近什麼也沒有，只有荒廢的房子，大堆的土石，和腐爛的木料。

那人突然將車煞住，臉朝向她，並用某個硬物抵著她的喉嚨。南茜的心中一片空白，心裡只轉著一個念頭：那不是刀子，太鈍了，感覺上像是螺絲起子。

「乖乖聽話，否則要妳好看，」他說。他要南茜脫下襯衫和牛仔褲。她以顫抖的手解開了襯衫的扣子。「求求你，」南茜乞憐地說。「把褲子脫下來，」那人一邊說著，一邊把武器抵緊南茜的頸項。她褪去衣物之後，他強迫她幫他口交，然後強暴了她。完事之後，他叫她下車，等他離去才能走。他倒轉車頭開出去，揚起了大片塵土。南茜跌跌撞撞地跑去求救，一邊抽抽噎噎哭起來，因爲暗夜與周遭靜寂又黑漆漆的景象而怕得不得了；最後終於在馬路的盡頭，距離犯罪現場六百五十呎的地方，看到一棟前廊點著燈的房子。

紀錄上顯示，從南二十二大道底的那棟房子打到西雅圖港警局的那通電話是在下午七點二十二分；四位員警立刻採取行動。他們與被害人面談；南茜一直在哭，但看來並沒有受傷。她的衣服很乾淨，沒有撕裂，她身上也沒有傷口或瘀血，應該不是暴力的侵犯。她說強暴犯約二十五到三十歲，六呎高，中等身材，落腮鬍，及肩的淺棕色頭髮。他穿著一件米色的三件式西裝。他開的是寶藍色的小型車，很新，可能是一九八〇年出廠的；弧形座椅，棉絨布面。後車窗上貼著臨時車牌。被害人記得後視鏡上掛著一條項鍊，或者是襪帶類的東西。後座上有個棕色的塑膠卷宗。

她帶著員警到現場去查看，指出強暴犯確切的停車地點。泥地裡有新的胎印，看得出那車是在右手邊調頭後開出這泥巴巷的。員警們拍下一大堆照片。

指揮調查工作的，是刑警隆納德・派克。派克推論強暴犯應該跟該區域有地緣關係，甚至是住在該地，所以吩咐員警們巡查太平洋高速公路南向道路沿路的夜間營業地點與停車場，看看有沒有一部掛著臨時車牌的藍色小車。

天外飛來橫禍

凌晨一點二十分，刑警派克與員警羅伯・詹生發現太平洋高速公路南向道路上，西雅圖的塔科瑪機場附近的雨林餐廳外，停著一輛掛臨時車牌的淡藍色車子，於是他們把巡邏車停到不易發現的地方等著。

在餐廳裡，史提夫・第多斯與他的未婚妻葛萊卿・亞柏拉罕已經快要喝完飲料了。三十一歲的史提夫是西雅圖一家餐廳連鎖店的地區經理；葛萊卿則在塔科瑪南邊的丹尼餐廳擔任服務員。一點三十分左右，兩人離開了餐廳，走到停車場。史提夫走到全新的淡藍色車邊，幫葛萊卿開了門，等她繫上安全帶，又把風衣拉好，才把門關上。

他們上了太平洋高速公路，往南朝第多斯的公寓駛去。平常因爲通勤與往返機場的人潮而擁擠不堪的四線車道，現在卻空蕩蕩的；黃色的高速公路燈，無力地映在霧氣深重的夜色裡。一架廣體客機從頭上轟隆而過，光滑的機腹滑過空中，彷彿伸手可及一般。

史提夫開了不遠，就從後視鏡裡注意到巡邏車閃著的紅燈。他把車子靠路邊停好，輕輕咒罵了一聲。派克和詹生走到車旁，禮貌地請史提夫下車。

「警官，請問有什麼事？」史提夫問道，保持聲音鎮靜，臉上還掛著微笑。

派克請史提夫拿出他的駕駛執照和行車執照。他又問史提夫下午和傍晚在哪裡，並追問細節。史提夫說他整個下午都待在他父母位於機場附近的家裡，慶祝他父親的生日。「你幾點離開的？」派克問道，他的筆停了一下。「六點以後，」史提夫答道：「大概六點十分吧，我記得我走的時候還看了一下時鐘。」

「然後呢？」派克問道，同時振筆疾書。

史提夫說他開回位於肯特的公寓，車程大概要十五到二十分鐘。他六點三十分到家，打了幾通電話，跟他最要好的朋友看電視；然後在九點二十分的時候出門跟葛萊卿約會。

派克謝過史提夫，並請他回到車上。他接著單獨訊問了葛萊卿，又問史提夫能不能讓他們搜一下車子，拍幾張照片。「當然，」史提夫說：「請自便。」

史提夫看著這兩名警探前後搜尋，拿著手電筒往後座照來照去，又把臨時車牌號碼記下來，心想他們大概是在尋找贓車吧。不然他們幹嘛把車子裡裡外外都拍了照片？車子是公司租的；史提夫所服務的「伊華海鮮餐廳」，在西雅圖小有名氣；伊華海鮮餐廳的東家是爺根海鮮公司，史提夫擔任該公司的地區經理一職，管理七家賣場大約一百名員工；車子就給史提夫，隨便他怎麼用。他向員警們解釋這些情形，員警們也將細節一一記下。

詹生警官問史提夫能不能讓他拍幾張照片？史提夫笑了。當然啦，有何不可？照下來的正面及側面照片上，史提夫都是笑著的，看起來無憂無慮，左邊眉毛略為上揚。他跟警官開玩笑說，他們介不介意幫他跟他未婚妻拍張照片。現在輪到派克聳聳肩膀了。「當然啦，」他說：「沒問題。」

派克說可以走了之後，史提夫繼續朝南往他的公寓開去。這會兒他覺得有點不對勁了，所以不停地看後視鏡。「別擔心，」葛萊卿安慰他：「不過就是些怪事嘛，會過去的。」但是史提夫一直在想那些照片，他們幹嘛拍他的照片？還有他們幹嘛搜他的車，還把車牌抄下來？

偏差設計的指認

派克刑警回到西雅圖港警局時，已經超過兩點了。但這時派克是蓄勢待發。他拿到一件強暴案，也拿到筆錄，又找到一個差不多符合每一個細節的嫌疑犯；才不過忙了七個鐘頭，這個成效實在無懈可擊。

他不時地看看史提夫的拍立得照片，並根據筆錄——白人男子、二十五至三十歲、六呎高、中等身材、濃密的落腮鬍、及肩的棕色頭髮，開始在檔案裡面找尋符合的照片，以製作照片指認資料。史提夫只有五呎八吋高，但派克並不因爲這麼一點小小矛盾而遲疑。強暴案的受害人不免講錯、做錯或計算錯誤。刀子要是架在你脖子上，你怎麼能記下所有細節？

派克選出了六個人，一個人兩張照片，正面、側面的各一張。他將史提夫的照片貼在這照片集子裡的右上角。照片裡的男子都是棕色頭髮、落腮鬍。他們都是一般長相，年紀在二十五至三十歲之間，臉上沒有顯著的記號或傷痕。派克心想，這些人都不是巨人、怪胎或凶殘暴徒，不過是些很平常的人。他注視每一張照片，把他的頭號嫌疑犯拿來跟其他的檔案照片作比較，覺得很滿意。無疑地，這個照片指認安排得很不錯。

十月十三日星期一，派克與警官史考特．皮爾森親自探訪被害人位於塔科瑪的家中。「這裡有幾張照片，」派克對南茜．凡洛普說。他音調是柔和，如慈父一般。「妳來看一下，看看強暴妳的那個人有沒有在裡面。」

南茜對這些照片研究了幾分鐘，她的牙齒緊咬著嘴唇，咬得都出血了。她不時地搖著頭，很困惑的樣子，勉強忍住眼淚。派克要她集中注意力，努力回想。「妳辦得到的，」派克鼓勵她。最後，她終於以顫抖的手指，指向這照片集子的右上角。

「這個最接近，」她一邊說著，手指頭微微地抖著，停在史提夫的拍立得照片上方一吋高之處。「應該就是這個。」

十月十四日，西雅圖港警局派出車隊，朝西雅圖南方十英哩的一處熱鬧的辦公兼購物區開去，停在爺根海鮮公司前面。數名警官走入該公司辦公室，要找史提夫。史提夫出現後，他們當面唸出了他的權利，然後押著他走到巡邏車旁，給他上了手銬，並把他推進後座。幾個小時後，拖吊車到了，把史提夫開的那輛淡藍色、後車窗貼著臨時車牌的車子給拖走。

當天下午，史提夫在西雅圖港警局機場辦事處的問訊室內，主動對隆納德・派克刑警與羅伯・詹生警官說明他在案發日那天下午與傍晚的行程。史提夫沒有請律師在場陪同，警方也沒有作筆記，他們之間的談話也沒有錄音。

接下來那幾個禮拜，檢察署的暴行小組（special assault unit of the prosecutor）審閱了對史提夫不利的證據，決定和他來個交易：如果史提夫能通過測謊（polygraph），就取消告訴。但如果他沒通過測謊，就以強暴的罪名起訴他，雖然以法理而言，測謊的結果並不能當作是對被告不利的證據。

沒有通過測謊

史提夫聘請了華盛頓州最好的辯護律師之一的湯姆・希利（Tom Hillier）幫他辯護。從未在強暴案上失利的希利，把檢察署開的條件跟史提夫說了，並解釋這基本上是個穩贏不輸的局，因爲要檢察官方面既要求測謊，可見他們對證據感到困惑。在沒有絕對罪證的情況下，通常只要通過測謊結果，就足以排除合理的懷疑，讓告訴駁回。

「如果你通過了，檢察署便有充分的理由去取消此案，」希利對他的當事人說：「如果你沒通過，檢察官心理也會掙扎著要不要起訴你。你之所以可能是強暴犯，只是個巧合——你的車、臨時車牌、受害人的陳述、還有你當晚在那附近。但你有確實的不在場證明、素行良好、有不在場證明的證人、有穩定的工作、又沒有前科。你就去作測謊罷，這是讓案子撤銷的大好機會。」

史提夫接受了測謊，出來的結果是一場糊塗。測量他的血壓、心跳頻率、呼吸速率與皮膚之電流反應（**galvanic skin response**）的那四根指針，都畫出了可以解讀爲「欺騙」的線條。測謊的理論根據是，當一個人說謊的時候，會因情緒激動而觸動生理反應；這生理反應可以檢測得知，並拿來跟在情緒上中立問題的「平靜」反應作比較。但人們也可能辨別出何爲「相關」問題，並對這些問題產生緊張與害怕的反應；這些反應都會被記錄下來，因爲測謊所測的就是緊張與害怕的反應。

測謊的問題之一是：「你是否在十月十二日時強暴了南茜・凡洛普？」史提夫很清楚這個問題會左右他的將來，於是他慌了，而指針便把驚慌的反應記下來。

檢察署看到史提夫驚人的測謊表現之後，決定要起訴他。所以史提夫必須以強暴案被告的身分出庭受審。

不在場證明

開庭時間預定在二月底；湯姆・希利只擔心當事人的憤怒與痛苦反而會對他不利。史提夫氣憤難當，滿腹的仇視與敵對，都指向派克刑警和整個西雅圖港警局；他在希利的辦公室裡來回踱步，握緊雙拳，整個人都綳得緊緊的。他提醒希利，關在籠裡的野獸，會因爲被監禁而發狂，這樣的動物是沒法子馴服或安撫的。希利很明白，他若不能讓史提夫在審判之前鎮靜下來，麻煩就大了。陪審團只消對這個充滿敵意、疑心重重、尖酸挖苦的人看上一眼，便足以達成最糟糕的結論——有罪。

史提夫和他的父母親把一九八〇年十月十二日中午到午夜這段期間史提夫的行蹤與活動確實地描繪出來。他們都認爲，史提夫離開他父母親位於塔科瑪機場北邊兩哩的家中，是下午六點十分，到達他位於肯特的公寓時，是下午六點三十分。他剛進門時，電話鈴響起，但他拿起電話來的時候就斷了。他原本打算跟他最要好的朋友寇特・薛佛見面，但時間遲了，所以他立刻打電話給薛佛。薛佛與史提夫住在同一棟大樓裡。

薛佛在十到十五分鐘內，就到史提夫這兒了。「那時不超過六點五十分，」史提夫對希利說，因爲在史提夫於七點整打長途電話給葛萊卿之前，他們兩個人至少聊了十分鐘。打過電話以後，史提夫和薛佛一起看電視上播放的《超人》影集。九點二十分，史提夫開車去接葛萊卿出來約會。

史提夫的不在場證明可說毫無破綻，唯一比較弱的，是從從六點十分，史提夫離開他父母親家以後，到七點整，有長途電話單可佐證他在公寓裡打了電話的這段時間。史提夫和薛佛都堅持說，史提夫是在六點三十分左右打電話給薛佛，而薛佛是在六點四十五分到六點五十分之間到達史提夫的公寓。但這個說法沒有旁證，而且陪審團一下子就會聯想到，薛佛是爲了掩飾他的至交好友而撒謊。不過被害人對警方說，她是在六點四十五分搭上歹徒的便車，而根據西雅圖港警局的通聯紀錄，報警的時間是七點二十二分。史提夫根本不可能在離開他父母家後，接了被害人，開車載她去報廢的空屋前，強暴她，又在七點整之前趕回到自己的公寓打那通長途電話。不管再怎麼擴大解釋，也沒辦法把強暴案和二十分鐘的車程，塞進這僅僅十五分鐘的時間裡。

其他有利於被告的證據

另一個對史提夫有利的因素是，歹徒所穿的衣服與史提夫所穿的不符。南茜・凡洛普對警方說，強暴犯穿的是米色的三件式西裝。而史提夫離開他父母家的時，穿的是深色的休閒褲、深色的毛衣和綠色的襯衫。生日會上所照的照片可以證實這一點。史提夫何必在強暴之前改裝呢？即使檢察署中，有人想得出強暴犯需要穿一套三件式西裝的合理說法（就算有，史提夫也表明了他沒有這種衣服），也不能把時間緩下來，讓史提夫有足夠的時間換西裝、犯下案子、再換回原來的衣服，開二十分鐘的車子，在七點整之前，趕回自己的公寓裡。這根本就辦不到。

七點整的電話，有長途電話單的進一步佐證，可說是史提夫這方面最強的不在場證明，但好消息還不止於此。檢察官完全找不到將史提夫跟這個案子連在一起的物證。華盛頓州犯罪實驗室用一把細齒刷子刷過史提夫的車子和被害人的衣服，卻什麼也沒找到——毛髮樣本、衣服纖維樣本、指紋等，沒有一樣是吻合的。西雅圖港警局從史提夫的車子裡採到十八枚指紋，但都與被害人不符。警方又把車裡的藍色天鵝絨（是天鵝絨，而不是被害人所說的棉絨）剪下來，檢測上面是否曾沾染精液；結果通通是否定的。被害人毛衣上所找到的歹徒頭髮，也與史提夫的頭髮不符。

還有別的好消息，不，應該說是大好的消息。西華盛頓州犯罪實驗室判定，檢察署的重要證據，泥地上的米其林輪胎印子，不可能是史提夫的車子輪胎壓出來的。許多與史提夫的公司車類似的進口車子，都以輻射輪胎作爲標準配備。

對史提夫最不利的證據，是目擊證人指認。南茜·凡洛普指認史提夫就是強暴她的人；想必她不可能在最後一分鐘改變她的心意。她一定會在法庭上指著史提夫，講出最要命的那句話：「就是他。」希利很清楚，倚重目擊證人指認的案子，總是問題重重，但在強暴案中，因爲被害人與加害人四目相對，所以目擊證人的指認格外地重要。強暴案會造成的心理上的巨大創傷，這點對陪審團的決定也很有影響。一名十七歲的少女，就因爲歹徒的暴行，而使得她的人生完全走樣，在這個情況下，陪審團在看待被告的時候，是不會帶有一絲一毫的憐憫的。

處境對史提夫不利

目擊證人的指認雖無可動搖，但希利也知道，派克做的檔案照片，明顯有暗示的意味。史提夫的拍立得照片比較小，差不多只有其他五對照片的一半大；另外，史提夫這一組照片，正面與側面照間沒有黑線，這點也跟其他人的不同。還有，他臉上帶有笑容。希利在審判之前的聽證會上曾爭論說，這些檔案照片帶有暗示意味，不應該拿給陪審團看，但法官駁回這個動議，認爲陪審團能夠自己判定這些照片是否帶有暗示意味。

除此之外，希利還得與車牌問題相抗；被害人指稱的歹徒車牌號碼，跟史提夫的車牌號碼很像。根據派克刑警的報告，被害人宣稱，歹徒的臨時車牌號碼，開頭不是六六七，就是七七六。史提夫那輛公司租來的車的臨時車牌，則是六碼的六六一六七七。

這的確是很大的巧合：這兩部車子車型相仿，顏色相仿，臨時車牌號碼也幾乎相同，駕駛人的體型特徵也相符，又在同一時間，出現在同一個區域。檢察官一定會咬著這點不放，對陪審團堅持說，這種巧合，在統計學上來說根本就是不可能的事。

希利打電話給州監理所，發現只要是新買的車，車牌號碼確實是可能很類似的。例如，在一九八〇年九月及十月，所有從華盛頓州奧林匹亞市發出來的臨時車牌，開頭都是六六。另外那部車子的購買時間，若是在史提夫那部車前後，那麼可想而知，兩車的車牌號碼是相差無幾的。

隨著審判日期的迫近，湯姆・希利發現自己愈來愈肯定這個當事人是無辜的。他心裡曉得，史提夫確是錯誤指認之下的受害者。但是，他還是擺脫不掉緊張的感覺，萬一案子失手了，或無法收拾，或有什麼意外呢？南茜・凡洛普會走進法庭，在宣誓之後，手指向著史提夫，斬釘截鐵地說，歹徒就是他。那是希利最大的問題。

但是在審判之前，希利得化解另一個阻力，那就是他的當事人。史提夫怕到了極點，而他的恐懼已經將他逼到恐慌與歇斯底里的邊緣。希利一再努力要讓史提夫鎮靜下來，教他要謹言慎行，要放輕鬆，盡量控制自己的憤怒。但是啃蝕史提夫的，不管是什麼，反正已將他啃蝕殆盡了。隨著審判日期一日日迫近，湯姆・希利開始猜疑，他的當事人，會不會是他自己最大的敵人。

在法庭上

審訊於一九八一年二月二十五日開始，地點是在國王郡法院三樓的法庭裡。證人席離陪審團席不過幾呎；當被害人作證的時候，陪審員可以清楚地看到她眼淚盈眶的模樣。該案的檢察官，克利斯・華盛頓（Chris Washington），仔細地詢問她十月十二日那天傍晚，她搭上那部藍色小車的確實時間。

「下午六點三十分，」她立刻充滿信心地答道。

史提夫和希利瞠目結舌地對望了一眼，希利的臉上寫著不屑，史提夫露出驚懼的表情。被害人剛剛把她的時間往前調了十五分，從六點四十五分調到六點三十分。有了多出來的這十五分鐘，理論上講，史提夫就有足夠的時間，剛好足夠的時間，犯下案子，又趕在七點之前回到他的公寓。希利會在反詰問的時候指出證詞前後不一致，這分明是檢方為了要辦人所做的小動作。但是如果南茜．凡洛普這時候才想到她是六點三十分搭上歹徒的便車，那誰也不能阻止她在法庭上這樣講。

檢察官拿出檔案照片，問被害人是否認得歹徒。「認得，」她答道，同時指向史提夫的照片。「這個人在法庭裡嗎？」「是的，」她一邊回答，一邊指向史提夫。檢察官請她下台階，走到被告的桌旁，跟史提夫靠得近一點，就像案發當晚那樣。

南茜．凡洛普出了證人席，往被告的方向走沒幾步，人就崩潰了，痛不欲生地哭了起來。希利對於檢察官刻意對陪審團動之以情的伎倆大為震驚，站起身來大喊抗議。法官急急地請陪審團暫退，但希利還是喊破喉嚨地大叫，希望讓陪審團聽到他的憤怒。法官為了安撫希利，不但認可他的抗議，又叱責檢察官的不當作為。但事情已經無法收拾了。陪審團歸位的時候，個個神情嚴峻，眼光低垂，根本不願看希利或史提夫一眼。

檢方的證人一個接一個走過這個狹小幽閉的法庭。諷刺的是，被檢方請上證人席的專家，大多提供了對史提夫有利的證據。該州犯罪實驗室的專家對陪審團說，他們在史提夫的車子裡，找不到被害人曾經停留過的證據。另一位專家證明說，從史提夫車裡採到的指紋，沒有一個是與被害人相符。從史提夫車上剪下的天鵝絨墊布，也驗不出有精液的反應。車內採下的毛髮，以顯微鏡檢驗後，發現通通與被害人的毛髮不符。車內採到的衣服纖維，跟被害人當晚所穿的衣服不同。從被害人毛衣中採到了許多頭髮，也與史提夫的頭髮相去甚遠。

車裡沒有螺絲起子或刀子，不過檢方認爲，右前座與車門之間縫隙中找到的黑色奇異筆，就是歹徒架在被害人脖子上的凶器。

控方扭曲了證據

派克刑警也是證人之一。超重、大臉，雙手夾在膝間的派克，看來像是可靠而正直的那種警官。派克鎮定地以清楚而穩定的聲音作證說，強暴案當晚他照的照片裡，其實沒有照到歹徒車子留下的胎痕。他解釋說，他最近與被害人回到犯罪現場去，而被害人憶起了歹徒是直接開進去，又直直地倒車出來的。所以，照片裡的胎紋，當然跟史提夫的車不符。

希利聽得目瞪口呆。警方根本就是在改變案情，他們把對史提夫有利的舊證據丟到一邊，然後把毫無基礎、無法證明，卻一定會使陪審團對史提夫產生偏見的新證據引進來。

幾分鐘之後，派克發射了第二發砲彈。他作證說，他曾在史提夫車內，後座的天鵝絨墊上看到一個棕色的塑膠卷宗。希利與史提夫大驚失色地對望，之前警方紀錄上從未提到這一點。

但是派克還沒完。他提出了一份打好字的報告，說這是史提夫於十月十四日被捕當天自動講出的供詞，史提夫在裡面交代了自己當晚的行蹤。派克一直到審判之前那個星期，才把他對那場談話的回憶記錄下來，史提夫在派克作證的前一日晚上看到這份報告時，直呼這是謊話連篇。派克在這篇報告表示，史提夫自稱案發當晚自己進入公寓的時間是下午六點五十五分，而不是史提夫從十月十三日凌晨第一次被派克問訊起便一直堅持的六點三十分。

「這個騙子，」史提夫咬牙切齒地說。希利拍了拍史提夫的手臂：「史提夫，小心點，」他低聲說道：「你不能跑出去說他是個騙子，那樣的話整個陪審團都會偏到他那邊去。鎮靜下來，我們自有我們的機會。」

在反詰問時，希利不斷強調，這種證據前後不一致，直到最後一分鐘才大翻供的手法，明顯地是檢方急著要把證據微弱的案子哄抬得強一點。但希利也怕人家覺得他很急，所以遲遲不願出招直接攻擊警方或被害人。在對被害人進行反詰問時，希利既溫和又體貼，為了避免引起陪審團的不悅，他一直小心翼翼地不去直接攻擊她或表現得很強硬。希利仔細拿捏他對南茜．凡洛普的最後一個問題：

「如果我能提出證明，案發當時史提夫確實在別的地方，您還會說他就是歹徒嗎？」

「會，」南茜．凡洛普毫不遲疑地回答。希利注視著陪審團，希望他們會注意到這個重點。希利想表達的是，被害人是銜著史提夫來的，即使有充分的證據證明案子不可能是他做的，她也不管。希利希望陪審團能看出，她對最後那個問題的答案，證明了她對史提夫的指認根本就是不負責任且毫無理性的執著。

結辯的時候，希利仍使用溫和且直接的策略。他試著對陪審團傳達一個訊息：這一切都是個悲劇性的錯誤，沒人想要害史提夫；警方不過是盡其職責，但這個人是清白的，他可沒有犯罪。這案子裡沒有任何跟史提夫有關連的物證。看看事實罷。要冷靜，要理性。

但等到他回到座位上，坐在他的當事人身邊，抬頭看到皺著眉頭，面露懷疑之色的陪審團時，心裡突然湧出了恐懼。也許我應該強硬一點，他想。檢方可是玩陰的；他們扯謊不說，還捏造證據，扭曲證據，而我們只是坐在這裡，臉上掛著微笑，兩手一攤。去他的。

有罪！

希利覺得這個案子已經失控了。事情發生得太快，還沒空回馬一槍呢，就被檢方釘死了。他從陪審團的眼裡看到這一點：他們斜坐著，頭微微地撇向一邊，好像害怕直接面對他的目光似的。他很確定這裡面有幾個人是保不住了。他坐在被告席上，很快地禱告了一下；不要讓我失去全部的人吧，只要留住一個，只要一個，那麼史提夫就還有機會。

陪審團考慮了十二個鐘頭。前兩次表決都是八比四，主張無罪開釋的有八票。第三次表決時分裂了，變成七比五，還是主張無罪開釋的占多數。兩個鐘頭後，第四次表決，也是最後一次表決，全體一致認爲被告有罪。史提夫被判一級強暴罪。

法庭上的反應非常激動。史提夫的親戚對陪審團大吼大叫；他的未婚妻倒在地上痛哭。法官急忙要法警護送陪審團出去。史提夫坐在被告桌旁，遠離這場混亂，前途茫然一片。

《西雅圖時報》的記者

一九八一年四月初，《西雅圖時報》記者保羅·韓德森接到一通自稱是史提夫的男子打來的電話。史提夫講話講得很快，彷彿怕韓德森聽到一半的時候掛掉電話似的。他說，他被控強暴罪，但他是清白的，他是錯誤指認之下的受害者。再幾個禮拜就要宣判刑期。韓德森可願意查一查這個故事嗎？

韓德森點了根菸，這大概是他這天第四十根菸了，一邊聽著史提夫的故事。史提夫跟他講十月十二日與十三日的事情：生日會，開車回公寓，七點鐘打電話給女朋友。他談起審判，描述被害人如何在法庭激動得哭起來，如何把搭上歹徒便車的時間從六點四十五分提前到六點三十分，以及派克刑警關於輪胎痕跡和塑膠卷宗的謊言。

韓德森又點了根菸。這裡面或有値得推敲之處，或許可以寫成一篇獨家頭條。那個聲音吸引了他。韓德森像是著魔似的。

當天下午，韓德森開上了I5州際公路，朝西雅圖以南十五英哩的肯特而去。他在中途停下來買了六罐裝的啤酒，心裡尋思這應有助於放鬆氣氛。他找到了史提夫住的公寓群，敲了門，一個長相俊俏、留著淺棕色卷髮、大鬍子、約三十歲上下的男子開了門。韓德森伸出手，握得很用力。他脫下夾克，坐到沙發上，點了根菸，開了罐啤酒。

接下來的四個鐘頭，韓德森坐在史提夫的客廳裡，聽著這個走投無路的男人講他的故事。過了個把鐘頭，韓德森心裡冒出了個念頭，嘿，這傢伙說不定真是清白的。如果史提夫有罪，他應該會講得慢一點，動作也慢一點，講話之前也會多衡量衡量。他應該是成竹在胸，一步一步計畫好的。但這「東西」就哽在史提夫的喉嚨裡，使他不吐不快。你看他不停地走來走去、文件一疊疊地搬、連珠炮的說話樣子就知道了。

史提夫解釋，唯一能扭轉判決，贏得新審判的方法，就是找出「新的實質證據」；他一邊說著，一邊朝廚房桌子上那幾大疊警方紀錄、法律文件和審判紀錄比了比。每晚他都熬到凌晨一兩點，把那些文件拿來互相比較，一讀再讀，設法找出漏洞、矛盾和不連貫之處。他把有出入的地方都列了出來，共有七十項。

但這對於檢察署而言還不夠；他們只看「新的實質證據」。所以這三週以來，史提夫坐在太平洋高速公路南向道路的路肩上，看看有沒有符合被害人所描述的，像案發當晚他開的藍色車子那樣的車子。有天他看到一輛朝南開的車子，駕駛人蓄鬍，穿著棕色的西裝和背心。史提夫跟蹤那輛車子到塔科瑪，停在人家看不到的地方，記下地址和車牌號碼，然後開車回家。但等他跟監理單位查證後發現，那車是在強暴案之後才買的。

史提夫跟韓德森說，爲了查看汽車銷售紀錄，找出一九八〇年十月十二日之前那兩個星期所賣出的車子，他在監理所花了很多時間。他光查一個賣場的資料，就要六到八個小時；而當地賣場總共有二十五個之多。他付錢找了個打工的人來幫他查資料，但那人也沒什麼好運氣。

「我已經破產了，」史提夫說：「我現在一無所有。」審判的律師費要五千美元，上訴的律師費開價一萬。保釋金要兩千五百，而且只接受現金。請了個私家偵探，帳單上寫一千二。史提夫的老闆跟他說，他相信史提夫是清白的，但他總不能把定罪了的強暴犯留在公司裡；史提夫五月就會被辭退，正式的理由是他「無法應付工作」。

史提夫喝了最後一滴啤酒，把罐子放在廚房地板上，然後大腳下去踩扁。「你知道嗎，我以前是個無憂無慮的人，有點漫不經心的，」他說：「那些好日子都過去了。」

韓德森花了六星期來研究史提夫的故事，每個細節都檢查過，然後才撰文發表。五月十五日星期五，《西雅圖時報》登出了韓德森寫的故事，標題是：「爲清白而戰」。該案的法官讀過之後，決定把宣判的時間再延幾個禮拜。

五月二十九日星期五，《西雅圖時報》又刊登一篇關於史提夫案的報導，法官也再將宣判的時間延了一個禮拜。但對於每一個相信史提夫是清白的人而言，這就好比在載了幾噸木料、時速七十哩、正駛下三十度斜坡的運木卡車上多裝一個煞車踏板。他們感受到宣判日期逼近的沉重，聽到刺耳的煞車聲，車喇叭大鳴，空氣中瀰漫著濃重的橡膠磨擦地面的焦味。

福爾摩斯的嗅覺

史提夫判刑之前幾天，韓德森跟幾個要好的哥兒們，在西雅圖夏日的暴風雨中，一邊喝啤酒，一邊打槌球。就在此時，突然有個不知從哪兒冒出來的念頭，令他倒抽了一口氣。「那可不是強暴案的最佳場所嗎？」韓德森想著，槌球桿握在手裡，雨水自棒球帽的邊緣滴落。那眞是強暴犯的天堂，那些荒廢的房子，寬闊的車道，一堆堆的泥土和木料，死巷子又多。說不定那傢伙不只犯案一次。說不定他又回去過。說不定受害人報了案，說不定警方有紀錄。

這全得靠「說不定」。韓德森曉得，每十宗強暴案裡，也許才有一宗會報案。他想，說不定會有那麼一宗，如果走運的話，也許什麼也沒有。他回家睡了幾個鐘頭。次日一大早，他撥電話給肯特警局和諾曼地公園警局，請他們查個資料：在一九八〇年九月到十一月間，南二十二大道有沒有碰巧傳出別的強暴案？

兩天之後，消息來了。金郡公共安全署的性犯罪小組跟韓德森說，同一地點發生過另一宗強暴案，這案子歸在「普通」的檔案裡，好不容易找了出來。被害人是十五歲的逃家少女；她是打電話報案的，但面談卻屢次約不到。

該案的編號是八〇—一八七六七六。一九八〇年十月六日下午兩點四十分，被害人在太平洋高速公路南向道路上搭便車。一位打扮體面，開著淡藍色跑車的男子停下來，答應要載她到塔科瑪。不過他下了高速公路，跟被害人說他要去看他哥哥，接著將她載往南二十二大道的偏僻的泥巷裡，把折合刀架在她脖子上，說：「乖乖聽話，否則要妳好看。」被害人描述歹徒是蓄鬍，棕色頭髮，二十九或三十歲，打扮是棕色外套，棕色領帶，藍色西裝褲。

中了！樣樣符合：日期、車子、鬍子、提早下高速公路的藉口、泥土巷、架在脖子上的凶器，連威脅的話都相同。但最棒的是，十月六日是星期一——那天史提夫應該是在上班的。

韓德森打電話給爺根海鮮公司人事部，請史提夫的前主管，鮑伯．丹尼斯，查查人事的檔案裡，有沒有一九八〇年十月六日星期一這天，史提夫在哪裡、做什麼事的紀錄？丹尼斯找到一張請款單，上面註明一九八〇年十月六日星期一這天，史提夫向公司請了一筆開車九十一哩的交通費，從他位肯特的公寓，開到西雅圖市區，回到肯特的伊華海鮮吧，又到公司位於聯邦路的店面。

那他開的是什麼車？韓德森問。答案是：公司自有的一九七九年龐帝克（Pontiac LeMans）旅行車。

十月六日史提夫開的是旅行車；強暴了十五歲逃家少女的人，不管是誰，開的卻是跑車。

韓德森帶著資料去找警方，找出了十月六日的強暴案被害人是在塔科瑪的寄養家庭裡。警官哈林‧包林傑準備了八組蓄鬍之人的檔案照片，包括史提夫的在內，帶給十五歲的被害人看。如果她將史提夫的照片指認出來，那麼縱然有人事報告的不在場證明，事情也一樣會重新陷入僵局。但被害人沒對史提夫的照片多瞧一眼。

要求重審

一九八一年六月八日星期一，史提夫的律師帶著韓德森的調查報告，到高等法院要求重審史提夫案，因爲先前未受注意的強暴案正是「新的實質證據」。檢察署大力反對重新審判的提案；但法官查爾斯‧強森（Charles V. Johnson）審閱過證據之後，就推翻了十月十二日強暴案的有罪判決，並核准重新審判的提案。

三週後，在一九八一年六月三十日，檢察署撤回了對史提夫的控訴，並宣布他們找到十月十二日的強暴案的新嫌犯，丹尼‧史東（Danny Stone），來自華盛頓州肯特市的失業業務員。史東與史提夫算是很相像的，兩人都蓄鬍，年紀、身高和體重都差不多。丹尼‧史東被起訴的案子有十月六日與十月十二日的強暴案，還有另一宗發生在一九八一年一月的強暴案，以及在六月，也就是他被捕之前兩週所犯下的強暴案；此外，檢方還在評估他是否有犯下另外三起強暴案的嫌疑。

南茜‧凡洛普被帶到警察局總部來看列隊指認。她隔著單面玻璃，一看到丹尼‧史東時，便哭了起來。「噢，上帝，」她啜泣不止地說：「我怎能那樣對待史提夫先生？」

丹尼·史東承認了其中兩件強暴案，並被判至華盛頓州西州立醫院參加「性精神病患者復健計畫」。

揮之不去的夢魘

史提夫的故事本應就此打住。檢察署和西雅圖港警局應該對史提夫公開道歉。史提夫應該收拾破碎的生活，重回爺根海鮮公司，娶葛萊卿為妻，並建立美滿家庭。他應該把這九個月的記憶，當作是令他驚惶恐懼、但終於事過境遷的夢魘。

正義曾一時地逸出軌道，但終又回歸如常。史提夫的罪名已被洗清，現在誰都不會懷疑他是清白的。一切都很順利，也有很好的結局。

但史提夫並不認爲事情已經改善了。史提夫覺得他受了很大的煎熬。爺根海鮮公司再也沒請他回去工作。檢察署從未公開道歉。葛萊卿不願跟這個憤憤不平、仇恨縈心、已經不知道笑容爲何物的男子共度一生，所以解除了婚約。

史提夫實在無法釋懷。他原來很相信這個體系，認爲這個體系會給他正義，誰知這個體系卻背棄了他，認定他是有罪之人。這個體系剝奪了他的工作，他的未婚妻，他的名譽。這個體系摧毀了他的生活，讓他落至這般田地，確是有人應該付出代價。

一九八一年八月中旬，一個炎熱晴朗的日子裡，我開車到先鋒廣場，赴理察·韓森（Richard Hansen）和大衛·艾倫（David Allen）的約；韓森和艾倫都是辯護律師，我曾與他們在其他疑爲錯誤指認的案子裡合作過。先鋒廣場是西雅圖市內既古老又具歷史性的地方，鵝卵石路面，百年之久的磚造建築物，四星級餐廳，還有饒富趣味的酒吧。這裡也聚集了西雅圖所有落魄的邊緣人：酒徒、乞丐和遊民以人行道爲居，或蜷曲在公園椅上。我的車子停得稍微遠些，一路走來，或見到身體攤成大字型曬太陽的乞丐，或與穿著講究、疾步赴約的專業人士擦身而過，然後才踏進名列國家歷史建築物保護名單，也是西雅圖最古老的辦公大樓：先鋒大廈。

我和韓德森見面

我們在大衛與理察位於三樓的圖書室碰面。房裡是深色原木家具，厚重法律書籍，皮面鑲金邊的那種，排滿整牆。理察將保羅·韓德森介紹給我認識；韓德森偏瘦，大概四十歲，頭髮稀疏，靦腆的笑容，扁鼻子，像個捱了太多拳頭的輕量級拳擊手。

「很高興見到妳，」他的聲音低沉且沙啞，顯然是多年來菸不離手的關係。我握著他的手，告訴他我終於見到他有多興奮。「我覺得我們像是多年的老戰友，」我說。

「是爲了正義、眞理，以及美國化的生活方式而戰嗎？」他問道。

「對呀，就那一類的，」我說著，兩人都笑起來了。大家環著會議桌坐下來，理察首先解釋爲什麼他今天邀請我們前來。

「史提夫決定控告西雅圖港警局。」理察說：「他相信派克刑警在作證時說謊，並且捏造證據；他要跟他當庭對質，把眞相與他所經歷的一切公諸世人。他聘請我們兩人在這個民事案件裡代表他出庭，而我們希望能請兩位以專家的身分出庭作證。」

理察人往前靠，雙手交握，一雙藍眼定定地望著我們。「保羅，你以你身爲記者兼偵探的高超技巧與直覺破了這個案子。警方應得像你這樣，想到在凡洛普案前後，同一地點可能還發生過別的案子。早就先做到。但我們要提出一點：你所做的事情，警方早應該在起訴史提夫之前就先做到。每一個碰過刑事案件的人都知道，強暴案通常是慣犯所爲，而處理強暴案的標準程序，就是要找出是否有類似的案子。保羅自己想到了這一點，而我認爲，本州的公民有權期待他們的警官們有採取基本步驟的能力。如果他們善盡了職責的話，史提夫根本不會被起訴。總而言之，我們希望你能協助證明是警方把事情搞砸了，並談談你如何求證出史提夫的確是清白的。史東已經認罪了，但我們要讓陪審團明白史提夫眞的是無辜的，而且讓他們心服口服。」

接著理察把目光轉向我：「我們希望妳能讓陪審團了解，目擊者很容易就在不知不覺間就被人操控，或在誘導之下，迅速地相信自己挑對了人。根據我們與被害人的會談，我們相信派克是先跟她說，做出這等喪心病狂之事的歹徒已經找到了。派克讓她在沙發椅上舒服地坐好，安慰安慰她，然後說他有些照片，要她把強暴她的歹徒指出來。」

「果眞如此，」我說：「那麼你可以強調，這些話有暗示意味，這些話在被害人心中種下了個想法：警方已經逮捕強暴犯，而她唯一要做的事就是去把他指認出來。偏差的暗示，誘導證人相信歹徒就在裡面，在照片裡或在列隊指認中，這會給目擊者壓力，使他們覺得自己非指認出某個人不可，隨便什麼人都可以。」

我略述了紐約州立大學的羅伊・瑪帕斯（Roy Malpass）所作的研究。他們讓學生目擊「犯罪」過程，然後給他們偏差指示（biased instructions）（「歹徒已經被捕，就在列隊指認中」），或是無偏差指示（unbiased instructions）（「歹徒可能不在列隊指認之中，如果沒看到歹徒，就說沒看到」）。接著安排兩個不同的指認列隊。第一個列隊指認，歹徒的確是身在其中。結果受到偏差指示的受試者中，全部都指認了某個人出來；但有百分之二十五的人選錯了。受到無偏差指示的受試者中，有百分之八十三把眞正的歹徒挑出來，但百分之十七的人卻說歹徒不在裡面。

最耐人尋味的是第二個列隊指認；這個列隊指認裡面沒有歹徒，也就是說，裡面每一個人都是「清白的」。受到非偏差指示的受試者，有百分之三十三挑了某個人出來；但受到偏差指示的受試者中，卻有高達百分之七十八的人認定其中某個無辜的人就是罪犯。

理察點了點頭。我接著說：「即使沒有偏差指示，也有個大問題，因爲人們看到列隊指認時，會強烈地期待歹徒就在裡面，而他唯一要做的就是把他揪出來。他們有非把人挑出來不可的壓力，即使你不太肯定，還是得挑個人出來。這種微妙的指示，就像妳說的，會大大地影響被害人的心理，而且被害人不會意識到這一點；尤其在權威人士作出提示的情況下。在這個研究中，作提示的是位外型出眾、念書不多的十七歲女郎；而本案涉及一位講話溫和的、慈父型的警察。這情形已足以釀成災害。」

「我一直都在想，」我問道：「爲什麼當初史提夫的律師不請專家出庭，把記憶和目擊者證詞的問題解釋清楚？畢竟這整個案子裡，唯一對史提夫不利的就是目擊者的那幾句話。」

「第一，是獲准讓專家出庭作證的問題，這在本州是極爲困難的，」理察說：「我敢說這是當初希利沒有這樣做的最大原因。再說，檢方完全沒有史提夫與強暴案扯上任何關係的物證，而且史提夫的不在場證明幾乎是滴水不漏，還有長途電話單可爲佐證。妳知道嗎，我碰巧在希利作完結辯，到咖啡店等陪審團決定的時候碰到他。他跟我談到這個案子，車牌號碼、車子和強暴犯的外型、目擊者的指認等，然後朝坐在櫃檯邊的史提夫比了比。『我知道他們會把他定罪，但他是清白的。』希利說。我就問他：『你爲什麼覺得他是清白的？』那些證據聽起來似乎很有力。『史提夫沒有強暴她，』希利說：『他不是強暴犯。被害人把時間往前挪；派克當庭扯謊。史提夫是被陷害的。』」

被剝奪了一切的史提夫

理察輕輕地顫抖了一下。「妳知道嗎，這案子眞的是辯護律師最大的夢魘。希利非常明白，他由衷地相信史提夫是無辜的。不在場證明有了，電話單有了，時間上也絕無可能。沒有一絲物證能把史提夫和這案子扯在一起。陪審團怎麼能定他的罪呢？可是故事卻在一夕之間變了：被害人突然說她搭上便車的時間其實更早；警方竄改史提夫的自白；而因本案繃緊神經的陪審團感到厭煩了，就像我們在強暴案與謀殺案裡泡了太久之後那樣，決定回頭把這人定了罪。」

理察的筆輕輕扣著會議桌，整個人沉浸在自己的思緒裡。他停了一下，說：「所以，當時希利能怎麼辦呢？他衷心地相信史提夫是清白的，卻苦無重審的機會。他得找出新證據，實質的，能夠證明史提夫之清白的證據。他還有別的當事人要照顧，史提夫又沒錢作全面性的調查。看來史提夫是吃定了牢飯。」

理察朝韓德森揮了揮手：「此時《西雅圖時報》的保羅・韓德森進場。保羅調查了案子，也相信史提夫是無辜的，最後還發現另一個人犯下這宗強暴案的證據。他寫的文章及時糾正了司法系統，同時揭露了目擊證人指證的缺陷，以及試圖以測謊來判斷眞僞的重大錯誤。」

大衛・艾倫，理察的合夥人，首次開口講話：「除了史提夫，大家對這個結論都很滿意。正義雖一時出軌，但在鍥而不捨的調查，以及新聞自由的榮耀之下，終於復歸原位。罪犯伏法，無辜之人獲釋。在六個月的風風雨雨之後，這可眞是圓滿的結局。這個結局別的人都可以接受，唯獨對史提夫而言，舊日的美好卻無一能夠回復。他的生命是徹底地毀了。他不能吃，不能睡，丟掉了工作，存款被榨乾，未婚妻離他而去，連他的名譽也被敗壞了。許多人不曉得史提夫已經洗刷了他的冤情，眞凶也找到了；旁人只記得史提夫的名字，他們眼裡看著他，心裡則想著：『這人是判了罪的強暴犯。』史提夫的生活已經被震爲千百碎片，所以他要求正義。就是要正義，也許帶一點復仇的味道。」

理察和大衛的默契令我爲之一動，以往和他們合作時，總給我一個完美的搭檔的感覺。理察個子高，外表端莊，卷曲的金髮服服貼貼，五官很細緻；大衛比理察矮了半個頭，黑頭髮，花白鬍子，鐵絲框眼鏡。理察外向，腦筋動得快，口才好，永遠是談話的中心；大衛則比較內斂，總是靜靜旁觀，將每一句話，每個動作收進溫和的棕眼裡。

「正義與復仇，」我重複著大衛的話。「既然是民事案子，那麼史提夫是不是希望能要回他的訴訟費用？或者他要的不只於此？」

警方偽造證據

「不只於此，」理察與大衛交換了一個眼色；理察輕輕地點個頭，讓大衛發言。「我們相信派克刑警在作證時說謊，」大衛說：「我們相信他勸使被害人相信她所記得的時間是錯的，而且他捏造了胎痕和塑膠卷宗的事情。我們也相信，爲了指控史提夫，他還竄改證據，就是車牌號碼的事。我們認爲，被害人可能從沒將車牌號碼報給派克，不然就是她報了完全不同的車牌號碼。派克是在逮捕史提夫，抄下他的臨時車牌號碼之後，才竄改警方紀錄，把史提夫的號碼塡上去的。」

韓德森插嘴進來，說他第一次跟史提夫見面，就是他帶著六罐啤酒到史提夫位於肯特的公寓時，就覺得這其中有蹊蹺。這必定是警方失職，韓德森揣度著，史提夫的不在場證明無懈可擊，若不安排車牌的事，他們怎麼釘得住他？韓德森滔滔不絕地講著，夾菸的手在空中揮舞。車牌號碼一直是史提夫最大的困擾，他說，因爲強暴案被害人給的號碼跟史提夫的臨時車牌幾乎一模一樣。但是眞正的強暴犯，丹尼・史東落網並俯首認罪之後才發現，這人的車牌跟警方紀錄裡的完全不同。所以韓德森認爲，派克是硬把史提夫的車牌號碼加進他的報告裡的。

「他眞的就是這麼做的，」理察說：「我們聘請了文證審查專家（document examiner），簡・貝克（Jan Beck）來調查。貝克之前跟聯邦調查局和中央情報局有多年的合作經驗。貝克把警方所有的資料都檢查了一遍，結果發現文件被更改過。史提夫的車牌號碼，是原始的報告打好字，被害人也簽了名之後，才被加進去的。有車牌號碼的那一頁頁碼不對，而且車牌號碼雖是打字的，卻跟那一頁其他的字對不齊。」

「派克怎麼會做出這麼離譜的事情？」我問：「他何必爲了將史提夫定罪而捏造證據，甚至出庭作僞證？」

「有何不可？」理察和藹地對我笑笑，說道：「妳設身處地想想：派克手上有宗強暴案，還有個各方面都與筆錄吻合的嫌犯。他跟被害人談過，但是她不記得車牌號碼，不然就是她給派克一個跟史提夫不盡相同的車牌號碼。他逮捕史提夫之後，發現差就差在車牌號碼這個小地方。看來八成就是史提夫沒錯，只有身高、鬍子、車牌等一兩處不符而已。因此他想，是她記錯了車牌號碼。她不記得車牌號碼，是因爲她害怕得很，心頭亂了。史提夫就是那個壞蛋，一點不錯，但要是我們拿不到鐵的證據，他就會大搖大擺地走出去，然後犯下更多案子。我不能坐視這種事情。所以，派克爲了法律與正義，爲了將歹徒繩之以網，不讓他危害社會，而把史提夫的車牌加進原來的報告裡。那不過是在這個案子上撲點粉罷了；他大概是這樣給自己找理由的。無非是要多一點保險而已。」

「這些報告我們來回看過好多次，」大衛說：「貝克告訴我們可疑的頁數在哪裡之後，我們只要有尺、有放大鏡，就能看出有人拿了做好的報告，塞回打字機裡，加上史提夫的車牌號碼。就這麼簡單，而且不容易察覺。」

「其實這招本來是會奏效的，」理察說：「要不是史提夫奮戰不停，而且韓德森進場插一腳的話。他們只差那麼一點就把史提夫關起來了。韓德森發現另有別的強暴案時，離判刑已經只差幾天。派克差點就得手了。」

「現在派克怎麼樣了?」我問。

「整個警局都給他撐腰，」理察說：「而且他們決定堅持到底。他們的名譽岌岌可危，所以他們不斷地提出聲請，想盡辦法不讓這個案子成立。」

理察和大衛互望一眼，流露出夥伴、友誼，以及熬夜的眼神。理察嘆道：「任何針對警方的直接抨擊，任何起訴警局失職或無能的企圖，都會遭到強烈的抗辯。前頭可有一場漫長而且硝煙十足的仗要打呢。」

仇恨和沮喪毀了史提夫

一九八一年剩下那四個月，以及接下來的一九八二、一九八三與一九八四年，史提夫和律師們在文件的迷宮中和預審的爭辯中披荊斬棘，開出一條路來，也說明了這場民事訴訟有多麼錯綜複雜。西雅圖港警局一吋一吋地撤退，而案子則緩慢地、痛苦地朝法庭之路開展過去。

我每隔幾個月，便會接到理察或大衛的電話，講些新的發展、法庭對案子有利的裁定、警方要求重新審查，或日程的延遲。我總會問史提夫是不是撐得住，而電話那頭總不免微微地遲疑一下。

「他很沮喪，」有次理察談到這個話題的時候說了：「他變得很不信任別人。」

「對你嗎？」我問道。

「對每個人。情況比我們所預料的更糟糕得多。很顯然地，時間並不能治癒所有的傷口，至少史提夫的傷口就好不了。他醒時的每一分每一秒，甚至連入睡後的每一分每一秒都花在這案子上。他仍被這案子弄得遍體鱗傷，而且還是沒人跟他道歉。要是警察局裡或檢察署裡有人肯站出來，說聲：『嘿，我們很抱歉，我們把事情搞砸了。』那麼他的痛苦和憤恨應該會減少一點。但沒人道歉就算了，他們反而說他惹事生非，而另一邊呢，則想盡辦法掩飾自己的醜態，藉口說史提夫的確『看起來』有罪，所以他們不得不起訴他。他們說：『我們做得一點都沒有錯。這案子的證據確實，我們只得一路進行下去。』妳想想看，這些話史提夫聽在耳裡是什麼滋味。那些人不情不願地表達了後悔之意，但他們拒絕道歉。他們毀了他的生命，卻連抱歉也不願說一聲。」

「毀了他的生命，」我重複道：「是暫時的還是永久的？」

「我不知道，」理察說：「我眞的不知道。那天我看到史提夫笑了，然後突然意會到，那是我唯一一次看到他笑。我們在上訴法院，對於西雅圖警局偵查疏失的告訴，雙方辯論得你死我活。兩家大型律師公司張牙舞爪，傾巢而出，毫不留情地攻擊我們。在一連串激烈的爭辯之後，法官給了我們很棒的裁定；他俯看著我們說：『你們可以上法庭了，我不會干涉。』我抬頭看史提夫，發現他笑開了嘴。那笑容在他臉上留了三秒鐘，然後就消失了。我眞不曉得以後還能不能看到他笑。」

「依你看，他終歸能不能將這一切拋在腦後呢？」

「我看很難，」理察答道：「我們也都在問這個問題。我們看到這個男人無止無休地奮戰下去，也不禁在想：爲什麼他不能就去過他自己的生活算了？但我們都沒有體驗過他的恐懼，所以不知道他受到多大的折磨。我們眞的沒法知道他有多大的苦楚。」

悲傷的結局

史提夫案終於要上法庭了。西雅圖港警局所作的一切都被駁回，一切阻礙都已掃除，而審判的時間也正式訂於一九八五年二月十九日。爲了這個能夠作爲原告出庭、伸手直指被告席的日子，史提夫一共等了四年半。

審判日漸迫近，從數月之遙，到僅只數週之遙，我發現自己也變得跟史提夫一樣，每天計算審判還有幾日來臨。一月三十日，離審判還有十九天，史提夫早上醒來，突感疼痛異常；他跌到地板上，仍伸手找尋與他同居的女郎，並低吟道：「別離開我。」

醫護人員趕來的時候，史提夫已經陷入昏迷狀態，心跳也已經停止。他立刻被送往山谷醫院的加護病房，他繼續昏睡，一線生命，全繫於呼吸器與心臟監視器。

一九八五年二月，史提夫過世了，死時三十五歲，距離令他備受煎熬的開庭日子，只有區區十一天。

一九八五年十二月十七日，史提夫家屬從西雅圖港警局那裡獲得兩百八十萬美元作爲和解。

一九八七年七月八日，史提夫案改判的六年以後，隆納德·派克警官被人發現倒斃在他的衣物櫃旁，死因是心臟病突發；時年四十三歲。

史提夫被葬在太平洋高速公路南向道路上，靠近西雅圖的塔科瑪機場的華盛頓紀念墓園。我在一個野風狂嘯的春日裡驅車前往，在一對小小的長青樹下找到他的墳墓。墳前立了個長一呎、寬一呎的墓碑；石碑周圍的草地修剪得很整齊。在我身後，太平洋高速公路南向道路，也就是多年前發生悲劇的地點，車聲陣陣傳來。

我跪下來，把石碑前的鮮花挪開些，這才看到他的墓誌銘：

史提夫・第多斯
一九四九——一九八五
他為自己的自由在法庭上奮戰，
他被司法利用、欺騙、出賣
連臨死都被司法所拒絕

4

鄰家男孩：泰德·邦迪

下手殺害這些鄰家女孩的人，竟是這個鄰家男孩。

——詹姆士・史威爾（James Swell），佛羅里達州州立大學駐校警局副警長

現在回想起來，約翰・歐康諾其實從沒說過他的當事人，二十三歲的泰德・邦迪是清白的。我手上有封歐康諾寄來的信，信上只說，泰德的這個案子「耐人尋味，又與目擊證人的指證有關」。我記得他在電話裡曾說過這個案子「證據薄弱」。他經常強調，綁架案的證據既不清楚又不確定——但有位目擊者，也是唯一的倖存者，卻得以敘述泰德・邦迪的殘忍暴行。

當我收拾起參與邦迪案的痛苦回憶之後，發現腦海中全無歐康諾以他一貫熱烈急切的態度，強調他的當事人是清白無辜的印象。也許我早該從這詭異的緘默中得到啓示吧。

令人髮指的連續殺人案

一九七五年十二月，歐康諾剛開始對我提起泰德・邦迪被控綁架的案子時，我對這個名字絲毫沒留意。不過就是某甲或某乙的名字罷了。但看到歐康諾的信，我登時警戒了起來。他的信密密麻麻地打滿了五張紙，而第二行便赫然出現幾個怵目驚心的字……

親愛的羅芙托斯博士，

泰德・邦迪在鹽湖城被控加重綁架罪（aggravated kidnapping），委託我代表他出庭。邦迪先生是來自西雅圖的法律系學生，他之所以聲名狼藉，是因為這個案子已經使他成為「泰德案」的主嫌……

談到「泰德案」，我再清楚不過了；我敢打賭，住在華盛頓州的女性，沒有人不知道「泰德案」的。從一九七四年一月開始，二十歲左右的年輕女子陸續失蹤，每一位都容貌姣好，留著中分的棕色長頭髮。每個月都有一名女子莫名其妙地失蹤。無情且醜惡的媒體，將失蹤女子稱爲「二月小姐」、「三月小姐」、「四月小姐」及「五月小姐」。（譯註：「某月小姐」通常是男性雜誌上稱呼該月份玩伴女郎的講法。）

到了一九七四年六月，失蹤女子增加到兩人，而且七月時，有兩名女子於同一日在西雅圖以東十二哩的沙莫米湖失蹤。還好此時終於有了目擊者，他們跟警方說，有位迷人有禮、自稱「泰德」的年輕男子，他一隻手包在吊腕繃帶裡，跟好些女子搭訕，請她們幫忙把一艘風帆船搬到他的車上去。這人一邊靦腆地笑著，一邊解釋因爲他扭傷了手，所以一個人做不來。

失蹤案件似乎就此打住，但慘不忍睹的線索開始出現。九月時，一位獵人在西雅圖以東二十哩的廢棄產業道路上，發現了三名女性的屍體。次年春天，兩位森林系學生，在泰勒山的低坡上，靠近北彎鎮一帶健行時，又發現一處棄屍地；該處找到了四個頭顱與其他散落的骨骸，每個頭蓋骨，都有被人以沉重鈍物狠心痛擊的痕跡。

我繼續翻閱，歐康諾來信的第二頁描述綁架案經過，第三頁談的則是邦迪在案發近十個月後，因觸犯交通規則而被捕的事情。

除了被告的血型是O型，而後來也在被害人衣服上找到O型血之外，完全沒有其他被告涉及該案的證據。就這樣而已，但泰德・邦迪卻受到警方前所未有的嚴格偵訊。由於事隔久遠，所以我們無法就相關時間點提出不在場證明。

警方偵訊報告中的疑點

歐康諾的信裡附了二十頁的警方偵訊報告，以及根據被害人於案發當晚供詞的錄音所打成的筆錄；在這兩份文件上，隨處可見歐康諾以粗大的黑筆畫出的重點，以及簡單地在留白上寫下的註腳。我開始讀起來。

被控罪名：誘拐

案發日期：一九七四年十一月八日

嫌犯：男性，白人，美國裔，二十五至三十歲，棕色頭髮，中等身高，約六呎，體型瘦至中等，鬍鬚刮得很乾淨。著綠褲及運動夾克，顏色不詳。漆皮亮面之黑皮鞋。

康諾畫了底線，又拉了一道箭頭，連到左手邊的留白，寫著：「請詳見筆錄——紅褐色皮鞋。」

我快速翻過偵訊報告，注意到有另一處畫了底線的地方：

被害人相信她已抓傷了嫌犯的手或手臂，而她手上的血跡應該是嫌犯留下來的，因為她自己並未受傷。不過，她不記得她到底有沒有傷到嫌犯。

講到嫌犯時，被害人表示，她相信自己若再看到嫌犯，一定認得出來；她在購物中心遇到嫌犯，一起走過停車場，又待在車子裡，一共相處了二、三十分鐘。本報告後附被害人的證詞筆錄，以供參考。

附件的筆錄詳實地記錄了被害人卡羅・達朗與警探萊特之間的對話。我一頁頁地翻過去，找尋歐康諾所畫的重點。在第四頁，萊特警探請被害人形容一下嫌犯。

達朗：約二十五到三十歲。

萊特：妳覺得我大概是幾歲？

達朗：我不會看人家年紀。

歐康諾在「我不會看人家年紀」這幾個字底下畫了線。次頁又有如下的對話：

萊特：他是大鬍子或是上唇留鬚嗎？有沒有傷疤？

達朗：他上唇留鬚。

萊特：是長而稀疏的鬍鬚嗎？還是短的，中等長度的？

達朗：只是中等而已。

邦迪沒有鬍鬚！這幾個字很謹慎地寫在頁邊的括號裡。

這點我覺得很奇怪。爲什麼被害人記得他上脣留鬚，還特別說那是中等的鬚，但嫌犯卻完全無鬚？但換個角度來看，也可能是邦迪貼當時貼了假鬍鬚。

同一頁接下來幾行，萊特警探問到歹徒的鞋子。

萊特：鞋子呢？有沒有注意到鞋子？

達朗：有的，是漆皮鞋子。

萊特：顏色呢？

達朗：紅褐色之類的。

紅褐色之類的。這裡說鞋子是紅褐色，不是偵訊報告第一頁寫的黑色。這是個小出入，但再加上被害人在其他方面的遲疑和相互矛盾之處，我們也可以說，才不過案發後幾個小時，她就不太能憶起自己幾乎被人綁架的事情了。

筆錄的第六頁談到嫌犯的車子：

萊特：妳記得他的車子嗎？

達朗：嗯。是的。大概可以。

萊特：是哪種車子？

達朗：福斯汽車。

萊特：福斯車都長得滿像的，對吧？是金龜車嗎？

達朗：對。

萊特：妳記得那是什麼顏色嗎？

達朗：淡色的，不是淡藍就是白的。

萊特：窗玻璃上有沒有裂痕什麼的？妳還記得嗎？

達朗：不，我不記得了。

萊特：窗玻璃上有沒有貼貼紙？

達朗：不記得了。

萊特：妳記得椅墊是什麼顏色嗎？

達朗：忘記了。

萊特：是深色還是淺色？

達朗：忘記了。

歐康諾粗黑的麥克筆對這些記憶的空檔一點也不放過。「不，我不記得了」、「忘記了」等字句都畫上了底線。我在想，說不定當時萊特警探也覺得灰心；我心中浮現出他整個人靠在嘎吱作響的椅子上，手裡不時用牙籤去戳口香糖的樣子；然後，在我想像的畫面中，他突然把牙籤投入髒兮兮的金屬垃圾桶裡，往前一靠，雙手緊緊地交握在一起，懇求達朗把歹徒在購物中心向她搭訕的情況說得更切確一點。

萊特：他向妳搭訕時用的是什麼說詞？當時他是怎麼說的？

達朗：他問我是不是把車子停在席爾斯停車場裡，我說有啊。……然後他說，有人看到一個傢伙用鐵絲撬開我的汽車門鎖，然後溜進了席爾斯百貨裡。於是我們一起出去，走到席爾斯停車場裡，我開了車門，駕駛座那一邊的門，但什麼東西也沒丟。

萊特：然後呢？

達朗：然後我們走到車子的另一邊，他叫我開車門，我就跟他說……我就問他要做什麼。我說：「車裡有什麼東西我知道，但東西都沒少。」

萊特：所以妳就起了疑心？

達朗：對。

我在便條紙上寫下「壓力，恐懼」。達朗接著描述她如何陪這位「羅倫警官」回到購物中心，然後「羅倫警官」說要載她到警察局去報案；在這個時候，達朗要求要看他的證件。

達朗：他打開皮夾，讓我看他的警徽，全是金色的，我看不出來上面有字，不然就是上面沒有印字。然後他把皮夾收回夾克的內袋。然後我們走到車邊……他開了車門，他真的很體貼，還幫我開了車門。

還幫我開了車門。這幾個字勾起我的記憶，像是打開了一扇門，一道光穿透了黑暗之中。我記得在沙莫米湖遇到歹徒的被害人之中，有一人向警方形容說：「泰德」這個人「非常誠懇」；又說他「很好溝通，眞的很友善，笑起來很好看」。而且我又想到另一個事實：沙莫米湖的泰德開的是灰褐色的福斯車。還有受害人全都是亮麗的年輕女子，中分的棕色長髮。

卡羅・達朗是不是也是留著棕色的長髮？那輛福斯車，到底是像達朗剛剛報案時所說的藍色，還是達朗後來說的灰褐色？泰德是什麼時候從西雅圖搬到猶他州去的？猶他州的泰德，有沒有可能就是沙莫米湖的泰德？

停一停。把心思放在事實上。我深吸了一口氣，又吸了一口氣，重新把注意力專注在褪了色的、影印的偵查報告上。

達朗：他幫我開車門讓我進去，然後繞到另一邊，進了車子，然後跟我説安全帶扣好。我就説……不，我不想扣安全帶。然後他調了車頭，我開始覺得奇怪他怎麼不走國道，反而往東走，然後就在停車的號誌那邊回頭……然後他把車停在路邊，幾乎開上紅磚道，然後才開下來的。我就跟他說：「你在幹什麼？」然後就打開車門，把腳伸出去。但他抓住我的右手臂，銬上了手銬，所以我開始大叫，跟他拉扯，然後他拔出一把槍，說他會斃了我。

萊特警探問她槍的事情，但達朗只記得槍黑黑小小的。「槍我沒有看得很清楚。」她說。

我在記事本上寫下：武器焦點。凶嫌拿著一把槍在她面前揮舞，難怪細節她記不得。

達朗：然後我又開始大叫，又去開車門。他就說他會斃了我，但我還是掙扎出了車子，他也出來了。然後我在他……左手上戳了一個洞。他手上拿著鐵撬，我也把鐵撬抓住，以免他傷到我。但他還是一直拿鐵撬朝我壓下來。當時我有沒有跌倒，已經記不得了。但我不知怎的，就掙脫了手銬，然後跑到大馬路上。我心想他一定在跟蹤我，所以我一看到馬路上有一部車，就開始揮手，然後朝著他們跑過去，然後他們就停了下來。

在這一大段筆錄裡，達朗連珠炮般地，一口氣講出她以牙齒與指甲求生的那一刻恐怖經驗。卡羅・達朗當時怕得要命，這點無庸置疑，而人們在極端恐懼時，記憶會流失，會忽略掉細節，會重構現實狀況。所謂的回憶，其實是從腦海中最神祕的區域中將過去的線索拉出來；這些片斷的、如拼圖碎片般的線索，是經過我們的分類、篩選，以及一再地整理之後，才以最合情合理的方式呈現出來。這個過程的成品，也就是我們心中清澈的記憶，實則爲眞相扭曲重建之後的半眞半假的產物。

即使沒有壓力、懼怕、焦慮或恐慌等情緒，眞相也會被扭曲；因爲人類儲存與擷取資料的能力，本來就不是完美無缺的。但在極度的壓力之下，例如本案的狀況，眞相也相對地受到極度的扭曲。

卡羅・達朗對萊特警探說，她記不得自己被綁架的某些細節，然則她說的確是實情。雖然那段痛苦的遭遇發生了不過一個小時，但她已經記不得凶嫌最明顯的相貌特徵、他開什麼樣的車子，以及他手持的是什麼武器。她的記憶已被恐懼啃蝕得一乾二淨了。

偵查報告只剩下一頁。萊特問到關於「羅倫警官」的警徽的事情。

萊特：有沒有看到上面寫什麼字？上面有沒有老鷹的圖案，或者跟這個，這個是我們這裡的警徽，有什麼相似之處？他拿的警徽有沒有老鷹圖案，跟我們的比起來怎樣？

達朗：他拿的那個比較小，但形狀是一樣的。

萊特：顏色也一樣嗎？

達朗：不，他的警徽整個都是金色的。

歐康諾用粗黑的筆，畫下最後一條線索：不，他的警徽整個都是金色的。他又在留白處草草寫下：「在開庭時，她作證說凶嫌的警徽是藍白金三色相襯的，跟警方拿給她看的莫瑞鎮警察所用的警徽相同。」

我接下這個案子

我拿起電話，撥了歐康諾在鹽湖城的電話號碼。

歐康諾接了電話。「我是伊莉沙白・羅芙托斯，」我應道：「我收到你的信和邦迪案的警方筆錄了。就現有的資料來看，在目擊證人指證方面，應該有幾個要點是可以就心理學的觀點來談一談的。」

「好極了！」歐康諾的聲音排山倒海般地從電話線的另一端傳來。爲了保護耳鼓，我稍微把話筒挪開了些。「我在信裡也提到過，換作是平時，我會認爲這個綁架案證據非常微弱，但因爲這個案子在預審時就被媒體大肆披露，所以情況對我的當事人至爲不利。」歐康諾停了一下，我聽到打火柴，然後是吐一口氣的聲音。不曉得是菸斗還是香菸呢？「我得跟妳說一下，這案子發生在莫瑞鎮，而案發三週之前，密維爾鎮警長的女兒失蹤了。密維爾離莫瑞差不多五英哩。警長女兒的屍體於十天後被尋獲；死前曾遭強暴。雖然沒有證據能將這兩個案子連在一起，但莫瑞鎮警方似乎認定這兩案是同一人所爲，而且是衝著警方來的。他們把這個案子看得非常之重。」

我在筆記本上寫下：警方過度反應？「莫瑞鎮有多少人？」我問道。

「差不多兩萬六千人，」歐康諾答道。

我在「警方過度反應」之後又加上十來個問題點。對於這樣的小鎮而言，在不到兩個星期內接連發生謀殺與綁架未遂的案件，的確太不尋常了。如果我住在莫瑞鎮，我也會把這案子看得很重。

「這案子跟華盛頓州的謀殺案及失蹤案有什麼關連？」我又問。

「全屬推論，」歐康諾說著，音調也柔和了起來。「西雅圖警方跟猶他州及科羅拉多州警方開了會，還是找不出邦迪與其他案件有關的實證。但他們破案的壓力很大，而他們手上的嫌疑犯只有邦迪一人。警方一口咬定他們已經找到跨州作案的連續殺人犯；而大眾的情緒也相當激憤。上個月我還看到西雅圖的報紙上有篇以〈猶他州的泰德，就是西雅圖的泰德？〉爲題的文章。」

我忍著腹中翻攪的反感，將來信的第二頁抽了出來。「你提到邦迪先生是在綁架未遂案之後九個月，才因爲交通事故被捕的？」

「沒錯。他是在凌晨兩點左右，因爲沒有在停止標誌前下來，而被公路巡邏員攔下來的。」

「不過是違反交通規則而已，怎麼會到這步田地？」

「他們在他車上搜出了滑雪面罩、手銬、冰錐、鐵撬，還有一些別的工具，並依持有犯罪器械的罪名將他逮捕。」

我在筆記本上寫下：手銬、冰錐、鐵撬、犯罪器械？這些東西絕對不會對邦迪先生有利。他爲什麼要在半夜兩點的時候，載著手銬、冰錐這些物事在住宅區的街道上逡巡呢？

「後來怎麼了？」我問道。

「邦迪先生因交通事故被告發後不久，便被警方訊問關於女郎失蹤案的事情；當然，他說他自己毫不知情。」歐康諾解釋道：「然後警方把邦迪先生的照片混在一大疊照片裡，拿給被害人看——爲了指認嫌犯，她從一開始到那時候爲止，少說看了幾百張照片——而她就選出了那張照片，並說這人比別的照片更像要綁架她的那個人。如果我猜得不錯的話，她原來應該只是說：『這張看來好像有點像。』」

「但接下來的才眞的是有趣，」歐康諾轉以和緩、自信的語氣說道。我可以想像他坐在氣派的橡木桌旁，一邊鬆了鬆領帶，一邊透過他那玻璃帷幕大樓的落地窗，眺望遠方摩門教堂的樣子。「受害人首次指認邦迪之後數日，警方又把另一張邦迪的照片拿給她看，這次是邦迪的駕駛執照。突然之間，她的記憶大爲增強，並認定了邦迪就是那個人。那些警察，說不定是刻意要在她腦海裡植入邦迪的印象。」

歐康諾說得有理。警方連續讓達朗看了同一個人的不同照片，的確會使她心裡的記憶得到加強。她在看第二張照片的時候，是不「記得」第一張照片的臉的。由於那個記憶牢牢地刻在心裡，達朗可能一下子就把邦迪的臉——此時她已經看過他兩張不同的照片了——疊在她對「羅倫警官」的原始記憶上。

「列隊指認是什麼時候？」我問道。

「一九七五年十月二日。」

「離綁架未遂案都十一個月了，」我大聲地把計算的結果講出來。「你個人認爲那個列隊指認公平嗎？」

「去他的，才不呢。」歐康諾叫道。「在那個列隊指認裡，她看過兩張邦迪的照片，但其他人的照片她一張也沒看過。再說，那些人通通是警察。妳覺得她會選誰呢？」

照片誘導偏差的列隊指認。這幾個字我寫得特別大，下面還畫了兩條線。這是被告的重要線索。一旦讓證人看過某人的照片，又讓此人出現在列隊指認裡的話，證人會覺得這個人格外眼熟。證人有可能會把這張熟悉的臉，與她對犯罪及罪犯的記憶疊合在一起，並做出錯誤的指認。

我把筆放下來。「歐康諾先生——」我開始說道。

「約翰，」他插嘴說：「叫我約翰就好。」

「好。約翰，我看是很清楚，這裡面有幾個可能會導致錯誤指認的因素。但我出庭作證的機會大不大？」

傳統上最高法院的裁定是，平常人應該知道的事情，就不需要由專家證人來作證。我差不多可以肯定，邦迪案的檢察官絕對會以這個裁定來質疑我的證詞，就像我在先前的案子裡所作的證詞，也受到其他檢察官的抗議一樣。我開始就記憶與認知方面的新知出庭作證之後的那兩年間，有七個案子邀請我作證；但這七個案子裡，只有三個案子准予專家出庭作證。

泰德是無辜的嗎？

「我們相信，把妳送上證人席的可能性相當大，」歐康諾說：「較之華盛頓或加州，猶他州的證據法規定是比較開明的，況且我們已經成功地讓另一個案子裡的專家證人出庭作證。不過，審理這個案子的是不同的法官，而且檢方也絕對會更努力地阻止妳作證。可能是一場硬仗呢。」

「這個我習慣了，」我答道。我請歐康諾把預審聽證會的筆錄、檔案照片、照片列隊指認、剪報，以及所有其他與邦迪案有關的資料寄來給我。然後我掛上電話，審視自己的筆記。

壓力

恐懼

警方過度反應

手銬，鐵撬

照片誘導偏差的列隊指認

八月十六日：逮捕邦迪、發現手銬、訊問

九月一日：達朗看到照片，猶豫地指認

九月四日：新照片，強烈地指認

十月二日：列隊指認，肯定地指認

在八月十五日時，泰德・邦迪不過是一個即將升二年級的法律系學生。到了八月十六日，他被疑爲有竊盜的動機；兩週後，他已經是綁架案的可能凶嫌；接下來的幾個月，他更因間接證據而成爲連續殺人案的嫌疑犯。

對於邦迪而言，生命並未按照既有的計畫發展下去，這樣說應不爲過罷。

連續謀殺案之事令我陷入沉思。這個法律系學生，到底是個凶殘的連續殺人犯，抑或只是個在不該出現的時間、不該出現的地點出現的無辜男子？我很清楚時機上的巧合會產生什麼樣的後果：逮捕、審前聽審、聘請辯護律師、證人出庭作證、報刊大肆渲染。壓力愈來愈大，眞相不斷累積，結論逐漸成形，於是乎，刑事司法體系這個沉重且累贅的機器開始運作。而這個被稱爲「被告」的人，成爲機器的一部分，而且就卡在機器的齒輪之間，動彈不得。

大多數的罪案，也許一百次裡有九十九次，被告確是有罪的；他的呼喊，是人類面臨即將失去自己最珍貴的資產——自由——之前的最後抗議。但偶有那麼一兩次，清白的人也會被捲進來。

自由和正義的抗議

我有個檔案夾，裡面都是這類的案子，有幾十件之多。勞倫斯・波森，十七歲的大學新鮮人，一九七三年被捕，因被控多起強暴罪而在紐約市立監獄關了一週，有五名女性指認他為兇嫌。波森後來被釋放，因為有一名與他長相雷同的紐約市計程車司機被捕，被指認，並以強暴罪起訴。

威廉・史瑞格，三十歲，紐約州皇后郡的副檢察官；有四名婦女指認史瑞格對她們性侵害。約翰・布利歐洛，四十五歲，衛生署的司機，被七名性犯罪受害人指認為兇嫌。史瑞格和布利歐洛後來都被釋放，因為一名二十九歲的郵差承認了史瑞格和布利歐洛被控的部分罪行。對於那些錯認史瑞格為兇嫌的被害人，史瑞格有話要說：「她們都那麼聰明，又那麼肯定，我幾乎以為自己真的做了錯事了。」

法蘭克・竇多，四十三歲，被十七名證人指認搶劫了三家超市，並槍殺一名警察。竇多後來洗清了罪嫌，因為警方查驗了他無懈可擊的不在場證明之後，發現他當時所在的地方與犯罪現場離得很遠。

這些案子證明了，記憶不能完全採信，目擊者可能會認錯人，無辜的人會被定罪並服刑。「但這些案子的被害人怎麼辦？」人們這麼問我：「難道妳一點都不關心他們嗎？」我關心，我當然關心。但作爲專家證人，我的首要任務是確保這個案子不會多一個受害人，別讓清白的人關進監獄，而作惡之徒卻逍遙法外。

在邦迪案裡，我不認爲卡羅・達朗對世界的破碎認知是理智且平靜的。我沒有分享她的恐懼、體認她的痛苦的餘力，因爲我必須先考慮她把手指指向無辜之人的可能性有多大。我得先了解有哪些因素可能會損及她記憶的正確性，以及她指認泰德・邦迪的正確性。

「但是，妳怎能站上證人席，把目擊證人說成是騙子呢？」有人這麼問我，但我告訴他們，我的身分並不是要把人說成是騙子。我是受邀來作證說明人類記憶的本質，以及可能損及記憶之正確性的因素。我的證詞是超然的，沒有任何影射，就像病理學家在測試腫瘤切片的時候，並未與等待診斷結果之病人的痛苦或恐懼有任何關連。

「但妳怎能爲犯下此等恐怖罪行的人作證？」人們還會追問。我回答說，我不是在爲他們辯護；我不過是將與記憶有關的研究呈現給眾人。辯護律師的職責是爲他們的當事人辯護，陪審團的職責是決定被告是有罪抑或無罪。我只是把我所知爲眞的實情呈現出來而已。

「可是，妳難道沒想過，由於妳的緣故，陪審團心生懷疑，他們可能會因此而開釋有罪之人？」那麼我會回答說：「在判定有罪之前，陪審團必須在『沒有合理的懷疑』狀況下，才能相信被告的確犯了罪。而如果我的證詞讓陪審團成員懷疑被告是否眞正有罪，那麼根據這個司法體系最根本、最重要的原則，就應該讓被告無罪開釋。」

就無罪推定原則而言，當一個人被起訴接受審判時，只要尚未證明爲有罪，他就是無辜的，而認定並證明被告確爲有罪的重任則落在檢方身上。但我們若從理論世界回到現實世界，便會發現情況大不相同。逮捕、指控並質問被告的過程本身，就在散發一個微妙的訊息：我們一開始即認爲被告是有罪的，而證明被告確爲清白的責任卻落到辯方身上。當然，必須證明某人的清白，表示人們已經認定此人爲有罪的了。罪行愈是嚴重，行爲愈是血腥，辯方律師就得愈加努力，才能洗刷人們認定被告爲有罪的觀念。

要將罪犯繩之以法的想法，最後會訴諸野蠻的衝動，而侵蝕人類的理性。人類的原始心靈急切地渴望報復；是報復，而不是正義：要以眼還眼，以牙還牙，以一命還一命。

這是暴徒心態，應該加以制止。我是記憶及認知方面的專家，是個在控制的環境中從事實驗研究的科學家。保持理性和清醒的頭腦，防止因情緒膨脹而扭曲了理性；事實及眞相，是我無可旁貸的責任。

我追求正義，因爲我不願見到報復。我只請大家想一想那些無辜的人們。揣想一下他們的痛苦、恐懼和絕望。如果可以，就請設身處地想像一下被送上法庭的驚惶失措，失去親友之愛與尊重的苦悶，以及可怕的監獄生活。請將統計數字翻譯爲蹲在牢房中的數千名有血有肉的人們，他們是最能體會司法黑暗的人了。

我深信我必須爲這些無辜男女爭取權利。如果我們不爲他們爭取權利，我們就喪失了人性中最珍貴的那一面。

和歐康諾討論案情

一九七六年二月二十四日傍晚，約翰．歐康諾引我在他家到處看看，並致歉說他只能讓我在他兒子的房間過夜。「恐怕妳得跟路德同寢一室了，」歐康諾一邊說著，一邊指著一隻大烏龜，牠穩穩趴在五斗櫃上的金魚缸裡，頭上下點個不停，還朝我打量半天的。

「路德把我們許多夜半夢醒的客人嚇了一跳，」歐康諾先招認了：「希望妳不怕爬蟲類動物。」

「我只怕蛇而已，」我笑著答道，能在這舒服且安全的家裡作客，讓我覺得輕鬆不少。我在當天稍早飛往鹽湖城的途中，還想著邦迪會不會邀我住在他的公寓裡。我已經研讀過筆記，以及邦迪在一九七四年八月被捕當晚所拍的檔案照片。坐在客機靠走道的座位裡，我把邦迪的照片湊近了看一看。他雙唇緊抿，鼻孔微張，揚起一邊的眉毛，看起來有些傲慢、防備與憤怒。他的眼光冰冷、空洞而無生氣；好像任誰都能看穿過去似的。

歐康諾倒了一杯白酒給我，並引我到他的書房去。「我們來預習一下妳明天出庭作證的重點罷，」他一邊說著，一邊舒服地坐進棕色的皮椅裡。他那亮閃閃的案頭，擺著一頂如公事包般大，看來也如公事包般重的牛仔帽。「還是先談公事吧。我們放棄陪審團了。」

「什麼？」我叫道，我的聲音充分地透露出我的震驚。我手捧著白酒，小心地坐了下來，等著歐康諾跟我解釋。放棄陪審團是個極不尋常的法律手法，很少用在這種高風險的案子裡。若由陪審團來審案，邦迪的命運將落在十二名男女的手上，而這十二名男女必須全數同意他確爲有罪才能定罪。歐康諾既然放棄了陪審團，表示他已經決定只讓一個人，也就是法官，來決定邦迪是爲有罪抑或清白。

歐康諾看到我錯愕的表情，似乎覺得好笑。「我們需要妳的證詞，就是這麼單純，」他說：「檢方之所以能成立本案，主要的著力點在於卡羅・達朗指認了邦迪爲綁架她的人。妳則是我們的明星證人。由妳來證明記憶的缺失，並指出目擊證人指認的重重問題，將使達朗指認的正確性受到質疑。妳知道，爲了走到這一步，我們花了不知道多少時間；檢察官一定會費盡心思不讓妳作證。但是法官會聽妳的證詞；這點我很有信心。」

歐康諾站起來，開始踱步。「還有另一個理由，」他說：「一般人會認爲間接證據很薄弱，但其實間接證據比目擊者要可靠太多。目擊者證詞的問題多多，這點妳知我知，不過陪審團卻最有可能根據目擊者證詞將被告定罪。」

歐康諾伸出雙手，掌心朝上，像是在爲祈求一般：「我們的理論很簡單。既然法官比較明理，那我們何不專注在他身上，而不要在十二個未知的人身上下注？」

我深吸了一口氣。歐康諾已經把整個案子重新整理過，以便讓我作證。這是個險招。即使檢察官抗議，法官還會聽我的證詞，因爲歐康諾會堅持「這點要記錄下來」。但眾所皆知的是，法官對待被告，比對待陪審團更加強硬。他們每天都在血淋淋的案件裡打轉，每天都聽到千篇一律的哀請：「我是無辜的，我沒做這案子，一定是弄錯了。」

如此日復一日地暴露在可怕的犯罪細節之下，令法官們鐵了心腸。法官們對被告毫不留情，就如屠夫習於血腥的場面一般。有個法律小插曲相當耐人尋味：少有人知道，屠夫難得會被選任爲刑事案件的陪審員，這些人一下子就被刷掉了，因爲檢察官很清楚，像這樣以切割動物死屍維生的人，若非極凶惡殘暴之事，是無法令他們感到震撼的。

我推測歐康諾會這樣賭，一定跟本案法官的個性或行事風格有很大關係。「法官這人怎麼樣呢？」

「他叫做史都華・漢生（Stewart M. Hanson, Jr.），我跟他是法學院的同期生。」歐康諾拿起一根菸斗，點了火，噴了噴煙。「他這個人，正直、公平，尊重法律原則，而且不怕引起爭議。他上個月才駁回一宗民事案件，鹽湖城市政府控告一家電影院，因爲他們播放《深喉嚨》（*Deep Throat*）這部電影。這案子他甚至沒交付給陪審團，就不予受理了。我們認爲他是能夠面對公眾壓力的。」

我希望漢生能照著歐康諾的劇本來演戲。我期望在這個案子裡作證，不只因爲這案子可能涉及錯誤指認，也因爲我相信關於記憶的研究應走出實驗室，進入眞實的生活舞台。「在證明爲有罪之前皆爲清白」，就這個觀點而言，我相信我的證詞是值得帶上法庭的。

「我們來談談本案目擊證人的主要問題罷，」我說。

我的論點

歐康諾在桌上的文件裡搜尋了一會，把一張紙遞給我；該頁上方有手寫的「羅芙托斯——主要論點」幾個大字。「我把我們電話裡談的要點記下來了，」他解釋道，一邊對我笑笑。

我開始讀第一點。

> 認知與記憶的運作方式，和電視、錄影帶和照相機是截然不同的。唯有先前曾經認知到的事物，才會留在記憶裡；也就是說，即使把記憶「重播」，也不能得知原始認知中未曾注意到的細節。這就像美式足球一樣；如果觀眾因為都在注意前鋒，而忽略了塊頭很大的阻攻員，那麼雖然看錄影帶時看得到他，但在回憶中，他卻是不存在的。

「這個比喻很不錯，」我說。

「我很迷足球的，」歐康諾一邊說著，一邊噴著煙。「妳何不再跟我解釋一下錄影帶理論。」

這個題目我可說是倒背如流，因爲我已在大學裡作過數十場這方面的演講。「在學理上，大多將記憶分爲三個階段，」我開始說道：「第一是『習得階段』，也就是把原始事件的認知放進記憶系統；第二是『保留階段』，指的是事件發生到擷取回憶之間的這段時間；第三則是『檢索階段』，亦即回想所儲存的資訊。」

「一般以爲，」我繼續說道：「事件眞相一旦被記憶起來，便在腦海中蟄伏不動，不會受到影響或損傷。其實正好相反；我們從環境中擷取到的片段線索，在進入記憶系統後，會與先前的知識與期待——也就是已經儲存在記憶中的訊息——產生交互作用。因此實驗心理學家認爲，記憶是種整合的過程，也就是說，記憶是建構性和創造性的產物，而不是像錄影帶一樣的被動過程。」

接下來，我從普遍性的理論轉入個案：「卡羅・達朗作證時所講的那些『我不知道』、『我不記得』的話，有可能表示那訊息在一開始，也就是在記憶習得的階段，就沒有儲存起來，也可能表示那訊息雖然儲存起來，但後來又忘了，也就是這記憶在保留或檢索的階段出了差錯。至於實情如何，就不可得而知了。」

我看了看歐康諾的文件，第二項是：記憶衰退的速率極快。

「許多研究顯示，記憶會隨著時間消逝而衰退，」我解釋道：「事件發生一週後的記憶，絕比不上事件發生一天後的記憶那樣精準；事件發生一個月後的記憶，絕比不上事件發生一週後的記憶那樣精準；而事件發生一年後的記憶，也絕比不上事件發生一個月後的記憶那樣精準。」

「這樣說起來，十一個月的時間，對卡羅・達朗來說，很難把邦迪的臉記得清楚吧，」歐康諾接道。

「沒錯，」我應道：「雖然許多人誤以爲我們一輩子都記得某一張臉孔。但是我們一定要知道，熟識多年的親友臉孔，與驚鴻一瞥的陌生臉孔，在我們的記憶系統中有著天壤之別。許多人都能憶起數年、甚至數十年不見的朋友；兩人高中畢業後，各自討生活，二十年後開同學會，卻一下子就認出昔日舊友的臉孔。」

「但對於陌生人臉孔的記憶，就不是這麼回事了。對於偶而遭遇的陌生人，記憶卻會隨著時間消逝而衰退。許多研究發現，對於臉孔的記憶，不用十一個月那麼久，就已經衰退得很厲害了。」

歐康諾點點頭，靠上來看了看文件並唸道：「某些刺激會強化認知與記憶，但極度的壓力反而會有反效果。一個人恐懼到了歇斯底里的程度，會對記憶產生負面影響。」

「第三項講的是壓力與記憶之間的關係，」我接著說：「這可以用『雅克與道森定律』（Yerkes-Dodson law）來解釋，他們在一九〇八年就發現了這個關係。『激發』（arousal）狀態極低時，例如早上剛起床，神經系統可能尚未全面運作，感知的訊息也沒有完全傳達，此時記憶功能並不是很好。激發的程度適中時，例如你因爲待會要考試，或可能和兒子吵架而感到有些緊張與焦慮，記憶力的表現最好。但激發程度偏高之時，記憶力反而會衰弱減退。」

「伊莉沙白，妳告訴我，」歐康諾說：「如果妳跟一個人待在車子裡，這人雖自稱是警官，卻開著一輛破福斯，而且朝警察局的反方向走，車子開上了紅磚道不說，還把妳上了手銬，這人不但用槍來恐嚇妳，還想用鐵撬把妳打昏——那這算不算是高度的壓力呢？」

「當然算了，」我說：「不過我得警告你，這裡有個潛在的問題。」

歐康諾睜大了眼睛望著我。

「卡羅・達朗在與『羅倫警官』相處的前五到十分鐘內，並沒有重大的情緒壓力，」我說：「一開始，她是跟著他在燈光明亮的購物廣場裡走動。我們也可以說當時她是處於適中的情緒激發狀態；而這可以使她警醒，並使她記憶清晰。」

「檢察官一定會猛攻這一點，」歐康諾說：「不過，妳只消指出所有現實的疑點，便足以使人重新考慮記憶準確性的問題了。」歐康諾的手指向單子上的第四項。「難以保持個別視覺印象不被移情或疊合。」

「這一點指的是『下意識移情』（unconscious transference）的過程，」我說：「也就是錯把某個狀況當作是另一個狀況，或把兩者搞混的現象。由於警方前後把兩組泰德・邦迪的照片拿給卡羅・達朗看，他們先讓她看到檔案照片，隔幾天又讓她看他的駕照，所以警方可能已在她心中創造了一份新的記憶；這就是你講的：『在她腦海裡植入邦迪的印象。』」

歐康諾點了點頭；這點他很清楚。

「第五項，」我把紙上的最後一段唸了出來：「詢問者的偏差效果——尤其指詢問者不經意的暗示和強調。『治安官員』從九月一日（原始的照片篩選）到十月二日（列隊指認）之間的激烈舉動，可能使得目擊者原來微弱的指認轉變爲強烈的指認。」

「你一直都把警員叫做『治安官員』（peace officers，發音近似警員）嗎？」我問道。

「是啊，」他答道：「我都是這樣講的，因爲治安就是他們的責任。」但是歐康諾覺得，在這個案子裡，「治安官員」做得太過火，他們一定是以言語、動作或別的「暗示」，令證人相信泰德・邦迪就是那個綁匪。達朗在九月一日指認邦迪的照片時還很猶豫，隔幾日又看了邦迪的另一張照片後，才肯定地指認邦迪爲嫌犯；在這之間，警方可能有意或無意地對她傳達一個訊息：人犯已經抓到了。爲了幫助警方，也爲了終止自己的麻煩，達朗可能會攫取這個訊息，並暗自決定邦迪就是綁架自己的那個人。問題本身就提示了答案，而答案又帶出了更尖銳的問題，最後問題與答案糾纏不清，如雪球般愈滾愈大，而邦迪到底是有罪或清白的辯證，也就困於其間，無人能曉。

「伊莉莎白，妳看過筆錄，」歐康諾說：「妳自己就看得出，達朗從案發當晚，到審前聽審之間，證詞改變了不少。爲什麼有這麼多細節前後不一？爲什麼她從原來講的『這張看來有點像那個人』，變成『就是他』？因爲警方對她施壓了。因爲他們在有意或無意間傳達給她一個訊息：案子是邦迪做的。她被洗腦了，這點無庸置疑。」

歐康諾拿起審前聽審的筆錄，快速地翻閱著。「第三十七頁，檢察官游康問達朗關於鐵撬的事情。達朗說，綁匪以右手持鐵撬。游康再次問她：『卡羅，妳確定他是用右手拿鐵撬嗎？』她說：『是的。』」

歐康諾說著笑了起來：「游康聽了很不滿意，因爲邦迪是左撇子。」

歐康諾繼續將書頁往後翻。「第五十七頁，」他說：「游康問她關於車子顏色的事情。他問：『妳可以確定車子是米色還是白色的嗎？』她答道：『可以，』於是他又追問道：『有沒有可能是淡藍色或綠色的？』『不是。』然而在警方的紀錄裡，案發一兩個小時之後，她宣稱那車子是淡藍色或白的。妳認爲是什麼事情使她改變了心意？」

歐康諾相信，當警方找到了一個擁有米色車子的嫌犯之後，證人的記憶便逐漸與這新的訊息靠攏，於是車子的顏色就在不知不覺間從白色或淡藍色轉化爲米色了。

「第六十七頁，」歐康諾繼續查閱筆錄並說道：「在反詰問時，我問達朗看過幾次與本案有關的照片。她承認道：『看過不少次，』我就問她：『能不能說得明確一點，有十次嗎？』她答道：『有啊。』」他翻到下一頁：『邦迪先生的照片妳看過幾次？』『好幾次，大概三、四次。』『妳曾經看過登在報紙上邦迪的照片嗎？』『有，』她答道。」

歐康諾把頭偏了偏，先從左邊到右邊轉了半圓，又從右邊轉回去，然後調了調鏡架。「好，接下來我就照著紀錄唸給妳聽，在第七十九跟八十頁。我在問卡羅．達朗問題，談到她直到案發十一個月後才看到檔案照片。而在這十一個月間，她少說看了幾百張照片。」

他開始唸道：

問：他們給妳看了幾張照片？

答：大概八、九張。

問：所以妳看過了之後就……當時的實際情況到底是怎樣的？是不是妳把邦迪的照片抽了出來，然後把整包照片還給他們，說這裡面的人通通不像，結果他們問妳說：「那妳為什麼把那張照片抽出來了，」於是妳就說：「噢，這個人比別的照片更像，」是這樣的嗎？

答：是。

問：事實上，妳的原句是說，企圖綁架妳的那個人不在那包照片裡面，但是邦迪先生的照片，看起來比別人的照片更像那個人？

答：是。

問：好的。他們隔了多久又帶了另一張邦迪先生的照片給妳看？

答：我不知道。我不記得了。差不多一個禮拜罷。

問：好。他們給妳看的是什麼樣的照片，是檔案照片，駕駛執照，還是別的？

答：我不記得是什麼照片了。有檔案照片也有駕照。

問：第二次的時候妳有肯定地指認出邦迪先生嗎？

答：沒有。

問：那妳這兩次指認邦迪都是猶豫不決的，是不是？

答：是。

歐康諾把那本一百五十頁厚的筆錄丟在他桌上，看了看手錶，然後嘆道：「過十一點了。很抱歉拖到這麼晚，但我還是簡單地跟妳講一下這兩天的審判情形。在主詰問時，游康仔細詢問達朗被綁架當晚，以及十一個月後指認邦迪的情形。在反詰問時，我把重點擺在達朗證詞前後的出入，例如，她最早是說邦迪有鬍鬚，案發不久後，改成說他沒有蓄鬍，過後又重新說他是有鬍鬚的。」

「老天，今天眞是難挨。」歐康諾揚手順了順頭髮，說道：「警探傑利・湯普森作證說，他在搜索邦迪的公寓時，看到兩、三雙亮面的漆皮皮鞋。達朗最早作證時，曾說攻擊她的人穿著黑色或深紅色的漆皮皮鞋。我們這邊有證人作證說，邦迪死也不會穿漆皮皮鞋，但人家卻在他的公寓裡找到這種鞋子。這對我們是不樂觀。

「我們再講一九七五年九月，湯普森警探將照片拿給達朗看的情形。達朗全部看過之後，把邦迪的照片挑出來，剩下的交還給湯普森，說：『這裡面沒有一個長得像那個人。』湯普森就指著她手裡的照片問她說：『那這個怎樣？』達朗答道：『我不知道。這個算是有點像吧。』但現在檢察官在法庭裡詰問湯普森的時候，湯普森卻說當時達朗講的是：『是的，我認爲這人長得很像那個人，但我不是很肯定。』

「所以在反詰問的時候，我特別強調兩點：第一，事實上她說的不是『很像』，而是『有點像』，湯普森在他原來的報告裡就是這樣寫的。第二個重點是，在第二次照片列隊指認中，湯普森把泰德的駕照拿給達朗看；對妳的證詞而言，這是個關鍵。

「我問湯普森說：『你應該知道這樣做是不太妥當的。你不該把同一個人的兩張不同照片拿給證人看，達朗既然說過，這張看來有點像那個人，也就是她已作了某種程度的指認了，你便不應該把那人的另一張照片拿給她看，不是嗎？』湯普森回答說：『我認為，若把同一張照片再拿給她看一次，是不太妥當，可是我給她看的是不同的照片，而且這兩張看起來差得很遠，所以我這樣做的並無不妥。』」

「但這樣做當然不妥，」歐康諾作了結論：「所以接下來要請妳上場。」

「下意識移情，」我說：「達朗先看了一張照片，警探還特別強調過那一張照片；然後又讓她看到同人的另一張照片。此時她覺得這人眼熟了，但這有個可能：也許她只是認出了第一張照片上的人而已。那可能是警方在她的腦海裡創造出來的記憶。」

「一點不錯。」歐康諾對我笑著，然後又看了一次手錶。「這樣暖身夠了。九個鐘頭之後，我們就要出庭。」

哪裡不對勁？

次日早晨，我在法官的房間裡坐著。桌子的另一邊，坐的是泰德・邦迪，近得我觸手可及。

我的第一印象是，他看起來很討人喜歡；這點我覺得很驚訝，因為原本我心中想像的，是個心思深重，性情急切的黑髮青年。但他卻流露著一流大學高材生的魅力，儀表清爽，鬍鬚剛刮過，飄散著沐浴後的清香，看來聰明且進取。我想像得出他在佛羅里達的海灘上玩飛盤，或是穿著乾淨的白色網球裝，在某鄉村俱樂部裡啜飲著雞尾酒，一邊大談他的反手拍如何如何的樣子。他的臉型近乎方正，下巴有力地突起，臉頰上刻著迷人的笑紋。他前額的皺紋似乎從沒有放鬆的時候，那長短合度的眉毛高高揚起，寫盡了輕視與鄙夷之意。

歐康諾、邦迪、韓森法官、游康和我五人，環著法官辦公室的談話桌坐下。我把眼光從邦迪身上挪開，專心注意在即將決定我是否能出庭作證的法律文件上。游康不出所料地抗議我出庭作證，他引述最高法院傳統上的規定，強調平常人應該知道的事情，不需要由專家證人來作證。游康辯道，韓森法官不需要所謂的「專家」，也能裁定卡羅・達朗證詞的證據能力；法官每天都必須跟目擊證人打交道，怎麼可能不知道這類證詞的證據價值呢？

對於游康精心準備的這番條條有理的論點，韓森法官專心地聽著，一邊還點著頭。他耐心地等游康講完話，然後開口說道，猶他州與美國最高法院都正式承認，目擊證人的證詞是所有證據中爭議性最大的一種。他本身雖多少算是個專家，但這只夠他判斷我的證詞的證據價值罷了。游康的抗議被駁回；我可以出庭作證。

我們離開法官室的時候，我瞄了邦迪一眼，看看他對韓森法官的決定有什麼反應。他正對著游康笑著；是那種率直而毫無矯飾的露齒而笑。那種笑容好像在說：「嘿，你看，我眞的不是你所想的那種壞人。別這樣，笑一個嘛。」我覺得很驚訝。邦迪爲什麼會對著檢察官笑？那可是控訴他的頭號敵人呢！他到底在幹什麼啊？

那一笑的印象在我的腦海中燃燒。其他的一切感覺上都沒有錯，保守風格的灰色西裝，修剪整齊的頭髮，連因憂煩而皺起的眉頭也恰到好處。但那個笑容就不對了；那眞是大錯特錯。

我之前代表過清白的人出庭，但我從沒看到他們對著檢察官笑的樣子，我一個也沒看過。代表清白的人出庭，我已經不是第一次了，但我從沒看過這樣的人對檢察官露出笑容，一個也沒有。他們總是充滿痛苦與憤怒，他們因爲不實的指控，而被迫走上法庭，爲他們的名譽，甚至生命而奮鬥，他們在恐懼的陰影下生活，不知道何時會被這巨大的系統輾成碎片。而檢察官就是那劊子手，所以無辜的被告害怕他的權力。

然而泰德・邦迪卻不是這樣。他自信、輕鬆，還給了檢察官一個燦爛的笑容。

眞是令人詫異。我站上證人席，舉起右手宣誓，我將道出眞相，完全的眞相，而句句爲眞，並朝被告席望了一眼。韓森法官在被告席上多加了幾把椅子給邦迪的家人，此時邦迪的母親正熱切地看著我，她雙唇微張，眼睛因爲哭泣過度而腫起，頭微微地往後仰。我在她的眼中，看到了我預期中的恐懼。

歐康諾的主詰問

歐康諾走近了證人席。「羅芙托斯博士，」他開口說道，並掌握這個初次發言的機會來強調我學術上的資歷：「什麼叫做『下意識移情』？」

「『下意識移情』指的是記憶上的錯誤或混淆，誤把在這個情境中看到的人當作是自己在另一個不同情境中看到的人。」我答道，盡量保持聲音堅實平靜，具有完全的專業性。「最典型的範例是，有個火車票售票員遭到挾持，歹徒的槍口就指在他的腦門上；後來那位售票員在列隊指認中，指認一名水手為嫌犯，說持槍搶劫的人就是他。調查後發現，該名水手有確切的不在場證明，但他先前曾向那位售票員買過三次票。這就難怪那位售票員在列隊指認的時候，會覺得那水手看來面熟，但他其實是把臉孔弄混了，他沒認出那是向他買過車票的人，卻誤把那張臉當作是綁匪的臉了。」

「妳可以談談妳的實驗嗎？」

「我的實驗裡有三十位受試者，我給他們看六張照片，一次看一張，同時跟他們講一宗犯罪案件；這幾張照片裡的人都是清白的，只有四號這個人是攻擊他人的歹徒。所以受試者曉得這人基本上是個罪犯。三天後，我們請受試者回來；但他們以為只是要回來拿支票，並不知道要回答問題。這時我們又讓他們看照片，其中有四個是他們沒見過的新面孔，另有一張是之前案件裡看到的不相干的人；然後請他們把罪犯挑出來。事實上，正確的答案應該是：『罪犯不在裡面。』但這些受試者的眞實反應則是：百分之六十的人選了那個不相干的人，百方之十六的人選了個新面孔；也就是說，有百分之七十六的人選錯了。只有百分之二十四的人拒絕挑出任何一張照片。這個實驗顯示出，我們可以藉著控制情境而創造出『下意識移情』的現象，而且『下意識移情』確實存在。」

接下來，歐康諾引導我討論「事件後資訊效應」(effects of postevent information)。人們在目睹重要事件後，所接觸到的訊息，往往不會加強既存記憶，反而會改變既存記憶，甚至使根本不存在的細節與既有的記憶結合為一體。在這個案例裡，卡羅・達朗起初記得「羅倫警官」的警徽「全部是金色的」；等到她看到莫瑞鎮的警徽是金、銀、藍三色的之後，又改稱「羅倫警官」的警徽是「金、銀、藍三色」。我在法庭上表示，她的記憶可能已經受到事件發生後的訊息所影響。同樣的，嫌犯的鬍鬚也有記憶移情的情形：達朗一開始的時候說嫌犯是蓄鬍的，之後又把鬍鬚拿掉，然後再裝回去，好像「羅倫警官」是個紙娃娃，可以隨時隨意地換裝似的。

在我作證的那整個下午，歐康諾所詰問的問題讓我可以強調極度的壓力對記憶的不利效果。我清楚地表達出，憂慮和恐懼並不能強化記憶，也不能將記憶塑成前後一貫的確實事件，反而會在我們的記憶裡畫出鴻溝。邦迪的命運完全取決於一個基本點——卡羅・達朗對於當晚的記憶，到底是正確的或是錯誤的？

韓森法官的苦思

歐康諾問完問題之後，坐在巨大的審判席之後的韓森法官探身招呼我：「羅芙托斯博士，」他輕柔地問道：「妳的資料，是否足以就眞實情況中的被害人可能受到的影響作出結論？」

我了解他問話的意思。他其實是在問我：這些實驗室中所作的研究，跟眞實生活有什麼關係？

「研究結果顯示，」我仔細地斟酌遣詞用字：「在經歷極度的壓力，激發狀態或恐懼之下，記憶力的表現比較不準確且會喪失部分細節。被害人在受到極度激發之時的記憶力表現，實不如她受到中度激發之時的記憶力那麼準確且細節齊全。」

「假設我們以直線來表示時間的進程，」韓森法官繼續問下去：「在一開始的時候，根本沒什麼壓力；但隨著時間的進展，壓力逐漸增加，被害人開始懷疑對方是否懷有惡意。隨著時間線的前進，在某一點被害人已經確定這裡面有很大的問題。以您的判斷，這種情況之下的壓力，對於目擊者的指認有什麼影響？也就是說，這個情況之下的被害人，是否比突如其來的暴力事件，如破窗或破門而入之類事件的被害人，更能辨認出加害者為何？」

「突如其來的事件會使指認的準確度變差，」我答道：「因為這個記憶是在被害人處於極度壓力的情況下形成的。」

韓森一點也不鬆手。他概略描述了卡羅・達朗與「羅倫警官」相遇的那十五分鐘的情景。這樣的際遇對於記憶有何影響？

我毫不猶豫地答道：「中度激發之下，而且是在極度激發之前的記憶力表現？在這個情況下，您可以期待記憶力會有相當理想的表現。」

如果邦迪是在由陪審團審理的話，韓森法官大概會把這些問題放在心裡。

通常在陪審團審理的案子裡，法官會嚴守中立觀察者的角色，避免因爲問了自己所關心的問題，以致使陪審員受到影響。但作爲此案唯一的仲裁者，韓森顯然自己有義務去了解我證詞中的微妙差異。對於他爲求眞相而追問到底的精神，我很是敬佩。韓森清楚地點出了，達朗不是一直都受到極度壓力，而她處於中度壓力的那十五分鐘，可使她的記憶力表現達到「相當理想」的狀況；這點對檢方極爲重要。這也就是說，在尙未受到重大壓力之前，卡羅・達朗應有足夠的時間將「羅倫警官」的臉孔刻劃在腦海裡。

在另一方面，辯方最有力的一點，則是從達朗那次幾乎被綁架，到她首度猶豫不決地指認泰德・邦迪之間，足足有十一個月的差距；而且達朗那次指認出邦迪，還可能是由於她在列隊指認之前，警方先給她同一人的兩張不同照片，而她則把綁匪的臉孔，與現在被警方羈押的嫌犯的臉孔疊合起來了。

我後來聽說，這個案子令韓森法官陷入苦思，他整個週末都埋首於證物之間，再三翻閱審判筆記，並且擬定判決。最後，他是基於他不相信邦迪這一點作出判決的。這並不是說他是因爲心裡有疑問，他的確有疑問——他告訴記者說，想要百分之百肯定某事確實如此，那是任誰都做不到的——但是對於泰德·邦迪便是企圖綁架卡羅·達朗的人這件事，他再也找不到合理的懷疑。

被告泰德·邦迪有罪

星期一，一九七六年三月二日，下午一點三十分，韓森法官宣布了他的判決。「本席判處被告泰德·邦迪加重綁架罪，一級重罪（first degree felony）。」邦迪被判在猶他州的監獄裡服刑十五年，就這樣的罪名而言算是輕的了；不到三年邦迪便可假釋。

一九七七年一月二十七日，與邦迪同監獄的蓋瑞·吉爾摩被處決之後十天，邦迪被移送到科羅拉多州亞斯本的皮金郡監獄；三個月之後他又換地方，這次是移到科州葛蘭溫泉單層磚造監獄的一處小牢房。

此時科羅拉多州當局已向邦迪提出新的控訴，控告他謀殺二十三歲的護士小姐，凱琳·坎貝兒；一九七五年一月十二日，凱琳·坎貝兒於科州的滑雪渡假中心失蹤，她的屍體六天後被人發現，全裸，頭顱上有致命的一擊。好幾個證人半猶豫地把邦迪指認出來，信用卡的消費紀錄顯示，一月十二日邦迪曾在科州的加油站加過油，還有一個聯邦調查局的探員以吸塵器在邦迪的車上吸出一根毛髮，而這根毛髮與凱琳·坎貝兒的頭髮「即使以顯微鏡比對亦無法區分」。

一九七七年六月七日，邦迪趁著亞斯本法院預審的休會時間，到二樓法律圖書館逛逛。負責看守的警員不過出來到走廊上抽根菸，邦迪便跳窗逃走。

不到一個禮拜，六月十三日，邦迪再度被捕，並且重新關進科州葛蘭溫泉的嘉菲爾郡監獄。一九七七年十二月三十日，邦迪又從牢房天花板照明設備的管道間脫逃。

接下來全無消息。那不祥的氣氛，令人不安到了極點。在那六個禮拜之間，我不時失神地呆坐著，希望警察加把勁，讓邦迪趕快落網。邦迪一定得就凱琳・坎貝兒謀殺案，以及在華盛頓州與猶他州的謀殺案出庭受審，不然警方怎麼知道他有沒有犯下這些案子呢？除此之外，又怎能讓這些年輕女子的家人的苦難折磨告一個段落呢？還有，如果邦迪的確犯下這麼多案子，若他果真就是那摧花惡魔，那麼他現在逃亡在外到底是在做什麼？還有多少女子會命喪黃泉？

一九七八年二月十七日，早上八點左右，我走進心理系辦公室聽取電話留言。「妳知道泰德・邦迪的事了嗎？」一個祕書問道，並把當天報紙頭版遞給我。

佛州流彈飛

邦迪重入彀

在逃嫌犯，塔科瑪的泰德・邦迪，昨日於佛羅里達州潘薩可拉一場流彈四射的警匪追逐戰中落網。

邦迪是聯邦調查局的通緝要犯，他被懷疑在西部各州犯下三十六起強暴殺人的案子。邦迪於十二月三十一日自佛州葛蘭溫泉的監獄逃脫，當時他正等待接受一級謀殺罪的審判。

警方表示，雖然當局尚未能指認是邦迪犯案，但他們已經開始訊問他有關於一月十五日佛羅里達州立大學兩名女學生被重擊致死的相關案情。

我的迷惑

我的耳際轟然響起生命的聲音，那些日常的、重複的聲音：熱空氣呼地吹過大小事情，間續的打字機聲、小雨滴答地在窗戶上、走廊上哪一扇門砰地關上。走步聲、呼吸聲、輕笑聲。

我轉身跑下樓梯，高跟鞋清脆地打在塑膠地板上。我看了手錶：傑夫的課再十分鐘就開始了。想到我跟外子能同為心理學教授，在同一所大學授課，辦公室也在同一棟大樓裡，心中突然感到無比的欣慰。結婚九年以來，傑夫總是支持我度過每一個難關。

我衝進傑夫的辦公室時，他正凝神注視著電腦報表上一大串複雜的數字。我把報紙遞給他：「我該不會是幫了『猶他州泰德』作證，讓他脫了罪吧？」我說著，思緒起伏不定：「如果他眞的謀殺了這些女孩子呢？」

傑夫看過報紙，站起來摟住我。「有時候，妳的確會為有罪的人作證，」他說：「這個情況會有，妳避不開的。妳不可能在決定要不要接下案子之前，就知道被告是犯了罪，還是清白無辜。妳不是法官，也不是陪審員；妳不過是個專家證人，法庭上的社會科學家。」

「我應該看得出來的，」我答道：「我每天都在現狀和統計數字堆裡打轉。我應該能從事實看出來誰是清白的，誰是有罪的。」

「妳是學科學的，」傑夫說：「不是學讀心術的，更何況判定另一個人有罪與否並非妳的責任；把妳所知道爲眞的事情講出來，這才是妳的責任。」

世界霎時間似乎只剩下黑與白，一切矛盾、不同的假設與統計基準都消失了，我心中浮現了泰德·邦迪英俊的臉龐，帶著冰冷的眼神和神祕的笑容，然後我感覺到：這張臉眞是邪惡啊。我想起我對泰德的第一印象。當時我距離他不過三呎，我心裡想，他看來滿討人喜歡的。我是不是跟其他許多人一樣，一開始就被這個平易近人、彬彬有禮，臉上隨時帶著笑容的青年騙過去了？是不是因爲不習於與邪惡周旋，所以在與惡魔四目相對時，我竟認他不出來？

一年大概有那麼一、兩次，晚上我會作很可怕的惡夢。夢裡的我站在電梯裡，電梯一直往上升，離地有好幾百呎吧；但按鈕一點也不管用，我根本沒法子把電梯停下來。我心裡愈來愈害怕，整個人靠在窗戶上，雙手緊壓著玻璃，雙膝發軟。猛然間電梯一震，門開了，我直直往下掉，最後重摔在地上時，力道大得骨頭都快擠碎了。

「那是不可能的，」朋友這麼對我說。她以臨床心理學家的專業素養向我保證，在墜落的夢境裡，人是不會摔在地上的。但我就會，我跟她說，我就會。

那天晚上，我重重地摔在外子的辦公室裡，手裡抓著報紙，心頭因爲自己曾在這幕沉重的戲中出過力而苦抑難伸。十一年後，在一個飄著濃霧的西雅圖清晨，我再次重摔在地。我記得那天，一九八九年一月二十四日，我一醒來便看鬧鐘，然後立刻按下遙控器，打開電視。我的手顫抖著；我記得當時心裡想著：眞好笑，我竟然會緊張。

「泰德・邦迪今晨已被處決，比預定的時間晚了三分鐘。」播報員說道。電視攝影機掃過佛羅里達州史塔克監獄外聚集的數百名男女，然後拉近來拍他們的大字牌，上面寫著：「邦迪該死」、「死有餘辜」、以及「快按電鈕」。一名男子穿了一件恤衫，印著「油炸邦迪」的食譜。小販將電椅別針賣給歡天喜地的群眾，還有一群老人在唱著一首民謠改編的歌：

可憐的少女們
被打得滿頭是傷
現在我們才稱心痛快
因為邦迪終於償命

接下來是泰德・邦迪被處決前一晚拍下來的畫面。牢獄生涯抹去了他笑容中的傲氣，也削尖了他的五官。他的眼睛凹陷，鼻子變得更長更直，前額的皺紋成爲永久的刻痕。

鏡頭淡入，播音員描述著泰德·邦迪與他的母親最後一次談話的內容。邦迪的母親只說了：「你永遠都是我的寶貝。」聲音因為激動而顫抖不已。

我關上電視，看著窗外在路燈的照射下迴旋的迷霧。我覺得頭暈暈的，有點反胃。電視畫面不時閃過我的心頭，其中也混雜著昔日邦迪受審時的印象：他跟歐康諾講話的樣子，對檢察官笑的樣子，在我就記憶的可靠性出庭作證時，從被告席上眨也不眨地凝視著我的樣子。

邦迪在他生命的最後幾年，坦承犯下「三、四十件謀殺案」。有些探員認為不僅於此，他可能謀殺了五十名，甚至一百名女子。邦迪不曉得自己為什麼會如此殘酷無情地強暴且殺害這些人，不過他不只一次地大談獵人無論怎麼捕殺野鹿，也不會被罪惡感所苦。那麼，邦迪想要知道，為什麼一扯到人，我們就滿口的仁義道德？人命的價值，為什麼會大過野鹿的命？

這倒是個有趣的問題。我們的社會剛剛作了最極致的懲罰，為已死的眾人而取走一條人命，而觀者無不歡欣慶祝。反對死刑的論點之一是，死刑令大眾漠視並藐視人命。我在乎的，則是比較不那麼哲學，但比較實質的問題；我在乎的是，這一旦錯了，就沒有修正的機會。被處決的若是個無辜者，我們是無力挽回，而重新還予生命的。

那個冬日清晨，坐在自己的房中，四周空蕩無聲，重重影像與臉孔皆從記憶中淡去，但邦迪之母的話卻不斷在我耳邊響起：「你永遠都是我的寶貝。」邦迪確是有罪的，這點再無疑問。不過他也是個人，而如今他已經死了。那麼，我不禁納悶，勝利到底在哪裡，榮耀又在哪裡呢？

5

敲門聲：提默西・漢尼斯

我要説的是，我是清白的。我雖有些過錯，但從未犯下任何罪行。但願我能原諒那些使我陷入這境地的人。

——巴托洛梅・梵納締於一九二七年八月二十三日坐上電椅前的遺言

他們認為一切都始於這個敲門聲，時間大概是一九八五年五月九日晚上十點，地點是北卡羅萊納州法耶維爾的一幢平房。當時正在客廳摺衣服的凱薩琳・伊斯朋被那敲門聲嚇了一跳。會是誰呢？她的丈夫不在家，而三個孩子早就睡熟了。這麼晚了，是誰在側門那兒叫人呢？

暗夜侵入者

她穿過廚房，走進工作房，打開了門。侵入者架著伊斯朋太太回到客廳，以繩子把她的手反綁了，將她強壓在地。他拉開她的襯衫，鈕釦繃掉了兩顆，又用刀子割開她胸罩，並把胸罩褪到她的雙臂上。他用刀子抵住她的喉頭，把她的鞋子和牛仔褲脫了。牛仔褲脫下時，連帶扯了一隻襪子下來。他割開了她內褲的一邊側邊，然後粗暴地扯開，把她的臀部也磨破皮了。然後他強暴了她。

警方靠著現場的蛛絲馬跡拼湊出這些情節，但案情仍疑雲重重。是凱薩琳・伊斯朋應了門讓侵入者進來，還是他用了巧計闖進來，沒留下強力侵入的痕跡？她是不是從窗戶探視出去，認出了這個人？這個人是熟人嗎？還是她毫無戒心，雖然丈夫出門了，任誰在晚上十點來訪她都會應門？

相反地，法醫報告中無法回答的問題就少多了。凱薩琳・伊斯朋陳屍於主臥室床鋪的右邊，臉孔被枕頭蓋住。她的胸部被刺十五刀，頸上有一深裂的傷口，割斷了氣管、食道、兩條主動脈和兩條主靜脈。由於胸前傷口相對而言流血較少，法醫研判是因為頸傷在先之故，該傷口致令被害人於十秒內喪失知覺，於一至十分鐘內死亡。刺傷所用凶器具有尖銳的刀刃，至少有數英吋長，寬則不及一吋；法醫無法判定凶器是否多於一種。

三歲的艾琳・伊斯朋陳屍於主臥室床的左邊，枕頭半蓋著她的臉和胸。她的胸部和上腹部被刺十刀，頸上有一深裂的傷口，割斷了氣管、食道和右頸動脈，左頸動脈亦被割裂。頸部傷口致令被害人於一至六十秒內喪失知覺，於一至二分鐘內死亡。有一處刺傷割斷了主動脈，該傷口可導致被害人於數秒至兩、三分鐘內立即死亡。

順著走廊下去，躺在中間臥室裡的，是五歲的卡拉・伊斯朋，被單拉到腰部以上。她前胸與後胸共中十刀，從背部左方至頸部有一深裂之傷口。根據法醫的說法，頸部的傷口可導致被害人於一至兩分鐘內死亡。

凶手在瘋狂殺戮之時或之後，偷走了凱薩琳・伊斯朋錢包裡的現金和一張信用卡。家中放置銀行密碼和其他重要文件的小保險箱亦被取走。

兇手在離開房子之前，一定會經過一歲又十一個月大的珍娜的房間。他可能在那裡猶豫了一會，心想著：多一個房間，可能多一個證人。說不定他開了門，聽了一下嬰兒輕微的、規律的呼吸聲。此時他的眼睛早已習於黑暗，必能看出這裡有個嬰兒床、嬰兒被、換尿布的檯子和絨毛玩具。是他特別喜歡嬰兒，或只是純粹因爲他殺得夠了？嬰兒的房間對著大街；也許是關車門的聲音，或遠處的警笛，令他猛然撇開自我的狂想。

他關上珍娜的房門，繼續穿過走廊、廚房，進入工作房，從側門離開，消失在飄著細雨的迷濛夜裡。

報案

五月十一日，星期六早晨，蓋瑞．伊斯朋上尉如常地等待太太每週固定打來的電話。目前他駐在阿拉巴馬州，參加軍官訓練學校；再過兩、三個月，他就要帶著全家搬到英國，因爲他奉令派到那兒。隨著時間一分一秒過去，卻還等不到凱薩琳的電話，他開始擔心起來；八點半的時候，他試著打電話給她，早上十一點和下午兩點又各試了一次。

不到五點，伊斯朋上尉心裡便明白事情不太對勁。他打電話給法耶維爾的朋友，請他開車到他家裡去看看。他的朋友用力地在大門上敲了一會，又按了幾次門鈴，又走到屋後從窗外往臥室看，五歲的卡拉便陳屍於單人床上，被子蓋到她的胸部，臉上蓋著枕頭，但是從窗外看不見。既然沒察覺出什麼異狀，所以他回家後，打了個電話給伊斯朋上尉要他放心。但是伊斯朋上尉還是覺得不對勁。打電話報警，他對他朋友說。

當晚約莫子夜左右，一名探員來到伊斯朋家，敲了好幾次門，並在前門門縫裡夾了張紙條，告訴凱薩琳・伊斯朋說她的丈夫在找她。

隔天，也就是五月十二日，星期天。早上的時候，伊斯朋的鄰居，羅伯與諾瑪・雪菲夫婦也開始擔心起來了。他們家的孩子怎麼沒有到公園裡的兒童遊戲區來玩呢？爲什麼他們家的報紙堆在前院裡？早上十一點半，羅伯・雪菲在伊斯朋家的側門上敲了敲，然後走到大門前大力地敲，又按門鈴。他把耳朵靠在門上，聽了一兩分鐘，覺得自己好像聽到微弱的嬰兒哭泣聲；他立刻大聲叫道：「諾瑪，趕快過來一下！」。雪菲太太靠在前門上聽了一會，又隔著圍欄，傾身聽聽前面臥室的聲音。她回頭盯著她丈夫看，臉上露出既害怕又不知所措的表情。「我也聽見嬰兒在哭的聲音，」她說：「我們還是報警吧。」

下午近一點鐘的時候，警員走上伊斯朋家的前廊，隔著圍欄，傾身從前面臥室的窗戶看進去。窗簾是放下來的，但從側邊的小縫看去，可以看到嬰兒站在嬰兒床上哭著，雙手胡亂揮舞的樣子。到底出了什麼事？他割開紗窗，打開窗戶爬了進去。一歲十一個月大的珍娜早因飢餓和脫水而聲嘶力竭，一看到這陌生人便向他伸手要抱抱。警員抱起珍娜，哄了一會，然後把她交給站在窗外的雪菲太太。然後他深吸了一口氣，設法平息內心的不安。這裡一定出了事，他心裡知道，這裡一定出了很大，很大的事。

「我要進去看一看，」他隔著窗戶對雪菲太太說。不到一分鐘，警員匆匆地從嬰兒房的窗戶爬了出來，頭還撞到窗框。出來後他立刻用對講機通報局裡。然後他站在那裡，等待警探和技術人員前來釐清這個毫無道理的三屍命案。

那天是一九八五年五月十二日，星期天。也就是母親節。

主動協助警方調查的漢尼斯

五月十四日星期二，悲痛逾恆的蓋瑞．伊斯朋，終於想起了狗的事情。他太太曾在布萊格堡的報紙上刊登廣告，想幫他們四歲大的賽特犬黛西找個新家。她在寄給她丈夫的最後一封信上說，星期二的時候，有個「滿好」的人來把黛西牽走了，如果黛西能跟他原有的那條拉布拉多犬合得來，他就把黛西留著；凱薩琳打算在星期四的時候打電話過去，看看這兩條狗是不是能作得了伴。

五月十五日星期三，康柏蘭郡警局擬了一篇新聞稿，發布給電視網和各廣播電台，要求牽走伊斯朋家的狗的人立刻跟警局聯絡。新聞稿中詳述了伊斯朋家狗的名字和特徵，以及狗的新主人的相關資料：這人開的是白色的雪佛蘭系列的雪維特車，有一條黑色的拉布拉多狗。

那天剛過中午，陸軍上士提默西・漢尼斯從布萊格堡回到家裡來跟太太安琪拉吃中飯，順便逗逗兩個月大的女兒，克莉絲汀。他們一邊吃飯，一邊看電視新聞；電視上播出快報，而伊斯朋家的狗出現在畫面上的時候，他轉頭對太太說：「天呀，他們要找的人是我！」他立刻給上司打電話，說他下午沒法回去上班，然後開車帶著太太和女兒上警察局。

接下來，提默西・漢尼斯一連被訊問了六個半小時。警方再三對他說，他這不是被拘留，而且他也不是本案的嫌疑犯；漢尼斯根本連想都沒想到要找律師。提默西在自白時，把自己從五月七日星期二，到五月十三日星期一晚上的行程交代得一清二楚。五月九日星期四，也就是發生慘案的前一天晚上，漢尼斯大概在八點三十分回到家；八點四十五分左右，伊斯朋太太打電話來問這兩條狗相處得怎樣。「很好啊，」他答道：「一切都滿順利的。」九點鐘左右，他打電話給他岳父母。九點三十左右，他去雜貨店買百事可樂。他回到家的時候還不到十點，然後他忙了一會，才上床睡覺。五月十日星期五，他清晨四時即起，五時之前就出門上班了。

漢尼斯一邊在接受偵訊，另一邊警探們則急忙把指認照片製作出來。漢尼斯的照片貼在二號的位置。照片都經過修剪，只露出照片裡的人的頭和上半身，所以他們的體型是看不出來的。這個列隊指認中，唯一淺色短頭髮，穿著黑色的「Members Only」夾克的男性，只有漢尼斯。

照片指認

有位警探拿了照片組，進到停在警局外的警車裡。車裡的人是恰克・巴瑞，黑人機械工。巴瑞在五月十二日星期天攔下一名警員，表示他曾於五月十日星期五凌晨三點三十分左右，看到一個白種男子走過他們家的車道；那人穿了一件黑色的「Members Only」夾克，戴了頂黑色的針織帽子，帽緣壓得很低，背上扛著一個黑色的大垃圾袋。那人走到車道盡頭，跟巴瑞只離差不多四呎遠的時候，還對巴瑞說：「今天還滿早的嘛。」然後繼續走到馬路上，鑽進停在路邊的一輛白色的雪維特，開走了。

巴瑞坐在警車後座中間，左右各坐了一個探員。巴瑞仔細端詳著照片，旁邊一個探員問道：「那人在不在裡面？」

「嗯，你知道，還沒想好咧，我得再看一下。」巴瑞答道。他瞧一瞧，揉了揉眼睛，又繼續看照片。這六個人裡面，有四個人跟他在夏丘路上看到的那人根本不像，所以他集中精神看另外那兩個比較像的，他跟探員解釋道，他記得的是那人的髮型和鼻子。五號的鼻子直且細，像他看到的那個人，但二號更像，可是二號的鼻子卻是寬且扁的。

「看到那人了沒？」警探一再催促。

「嗯，你知道，」巴瑞說著，手指著二號的照片：「就是這個人，你知道，就在這裡。」

「你確定嗎？」警探又問。

「不，」巴瑞答道：「這我說不上來。」

警探們把照片交給巴瑞，要他在自己所選的二號旁簽個名，然後護送著他走進執法大樓。他們經過停車場的時候，一個警探指著提默西・漢尼斯的白色雪維特車，對巴瑞問道：「你認得那車子嗎？」

「認得啊，那像是我在夏丘路上看到的那部車子。」巴瑞說。接著那警探轉頭跟他的夥伴說了什麼話，巴瑞記得他聽到的好像是：「馬上要破案了。」

提默西・漢尼斯壓根兒沒想到自己會被當作是伊斯朋家三屍案的頭號嫌犯。他自願讓警方照相，又捺了指紋，也同意讓警方的化驗人員採取他的血液、頭髮和毛髮樣本。晚上七點三十分，在經過近七個小時的訊問之後，警方告訴漢尼斯說，他可以回家了。

你有權利保持緘默

但離開警局還不到六小時，在五月十六日星期四凌晨一點左右，漢尼斯便被前門一陣響亮且急促的敲門聲驚醒。他趕緊套上衣褲，開了前廊的燈，然後打開前門。門廊上聚集了一大群警察。「漢尼斯上士嗎？」一位警官以相當正式的語調問道。漢尼斯點點頭。「我們有逮捕令和搜索令。你有權利保持緘默……」

漢尼斯心裡突然一片空白。他朝路燈直看，眨了眨眼趕走睡意，努力讓自己清醒過來。不知道是誰給他上了手銬，也不知道是架著他的手臂，推著他往前走下台階，進到停在車道上的警車裡。漢尼斯茫茫地回過頭，看到他太太披著睡袍，抱著他們的小女兒站在玄關那兒。他眞想不出要說什麼話才好。再見？打電話給我？我愛妳？這些話飄進了他的心裡，又飄了開，他只曉得要往前走，並硬把滿到咽喉的恐懼給吞下去，他覺得自己好像陷入了無邊的恐懼之中，隨時都會滅頂。有人往他頭上一按，把這六呎四吋高，兩百磅重的人送進後座。警官跟在他身後鑽進來，並說：「老兄，你這下子麻煩可大了，叫你吃不完兜著走。」

提默西．漢尼斯被控謀殺凱薩琳、卡拉與艾琳三人。接下來這六個月，他被關在康柏蘭郡監獄，不准保釋。他聘請了兩名年輕的律師來代表他：傑利．貝佛和比利．理察森。貝佛和理察森剛在法耶維爾贏了一件備受矚目的暴力案件；他們的當事人亨利．史貝爾被捕之後，警方於問訊時，以膝蓋朝他鼠蹊部踢了一腳，傷及睪丸，造成他永久無法生育；最後審理結果判定被告應得到九十萬美元的賠償，加上二十三萬五千美元的律師費用。

這件費時甚久而且引起熱烈爭論的審判雖然才結束不到半年，但三十七歲的貝佛和二十九歲的理察森仍決定接下漢尼斯案。兩位律師在了解過對漢尼斯不利的證據之後，一致認爲這是他們有史以來所碰過證據最薄弱的案子。其實，能將提默西．漢尼斯和這個三屍命案連在一起的證據只有一個，那就是目擊證人恰克．巴瑞的指認；但能將漢尼斯和犯罪現場連在一起的物證卻一個也沒有。貝佛和理察森相當振奮，因爲檢方的證據嚴重不足。

不過，過度自信是不行的；伊斯朋三屍案的手法既殘暴又血腥，這只會使大眾的情緒更加憤慨及躁急。而且這案子也與聲名狼藉的傑佛瑞・麥當諾（Jeffery MacDonald）的案子有諸多近似之處。一九七〇年二月十七日清晨，住在法耶維爾的二十六歲孕婦科莉・麥當諾，與她的兩個年幼女兒，五歲的金柏莉和兩歲的克莉絲同時遇害。凶手的手段極爲凶殘：科莉的頭顱在重棒多次狠擊之下碎裂，身中二十八刀；金柏莉身中約八到十刀，腦漿四溢；克莉絲的背部、胸部和頸部被刺三十三刀。躺在麥當諾太太旁邊的，是傑佛瑞・麥當諾上尉，他腹部中了一刀。麥當諾後來告訴探員們說，一群手持蠟燭，叫著「好耶」、「殺豬喔」的嬉皮闖了進來，殺了他全家。但檢方對此有不同看法，最後是麥當諾被起訴。

住在法耶維爾的人都知道麥當諾三屍案的事情；都過了十五年，但人們談起麥當諾的罪行仍然義憤塡膺。漢尼斯的律師擔心眾人會從伊斯朋案聯想到麥當諾案，並使他們的當事人因此而受到波及。畢竟麥當諾一直都堅稱他是無辜的，不過陪審團判他有罪；漢尼斯也說自己是清白的，但是，人們說不定會認爲，這人大概也是有罪的。

傑佛瑞・麥當諾被判三個無期徒刑；在當年，這算是最嚴厲的刑責了，因爲在聯邦法律的約束下，當時還不能判處死刑。但一九七七年起，北卡羅萊納州重新恢復了死刑。在伊斯朋案之中，如果漢尼斯被定罪，那麼他可能會被判處死刑。

十一月的時候，化驗的結果陸續出爐，所有的測試結果都是陰性反應，從指紋、衣物纖維到血型的測試，通通是陰性反應。沒有一絲一毫的物證指出漢尼斯在伊斯朋家裡待過。於是漢尼斯開始乞求律師們把他弄出去。不過貝佛和理察森提醒他，保守與忍耐方爲上策。「檢方的證據很薄弱，破綻很多，」他們跟漢尼斯說：「但是，如果我們以缺乏物證爲由，要求重新審理開釋的條件，那麼我們等於是在跟檢察官打信號說：你們的證據不夠。趕快去找新證據吧。」

「漢尼斯，你要相信我，」理察森對他的當事人說：「檢方收到這個訊息，絕不會只是將之束之高閣而已，他們會極盡所能、不顧一切地要贏得這場官司。」

「我非出去不可，」漢尼斯說。他提醒律師們，成天坐在狹小密閉的牢房裡，手腳都上了笨重的鐐銬，他已快要受不了，隨時都可能會崩潰。「聖誕節快到了，我得回家陪我太太跟寶寶。」

「再忍一兩個月就好，」貝佛勸他說：「這樣的話，檢方才不會知道我們的想法。等這個案子一上法庭，法官和陪審團馬上就會發現這案子的證據非常薄弱，到時候你就自由了。」

漢尼斯搖了搖頭。即使只在監獄多待一天他也受不了。「我求求你們，一定要把我弄出去。」漢尼斯說。

一九八五年十二月十一日，貝佛與理察森在康柏蘭郡高等法院上主張，檢方的證據既薄弱又無價值，漢尼斯應可具保候傳。法官同意以十萬美元交保；漢尼斯的父母親和岳家湊足了錢，於是漢尼斯便回家過聖誕節了。

目擊證人的切結書

一九八六年一月二十二日，理察森終於在北卡羅萊納州的吉森維爾，恰克・巴瑞的姊姊家裡，找到檢方的這位明星證人。「你確定你那天晚上看到的那個人就是漢尼斯上士嗎？」理察森問道。但巴瑞的記憶渾渾噩噩的；問這個他說他不太確定，問那個他也說他沒什麼把握。他對理察森坦承他的確有些疑慮。

「你介意我把我們的對話錄下來嗎？」理察森問道。

巴瑞說他不介意。

在這場有錄音爲證的交談中，對於指認漢尼斯這見事，巴瑞坦承他確實滿遲疑的，說不定是他自己弄錯了。

「你是說，你實在無法確定漢尼斯就是你看過的那人？」理察森問道。

「對，」巴瑞答道。

理察森和貝佛手上有了這份根據錄音帶作成的筆錄，接下來就是要決定下一步怎麼走。貝佛想就巴瑞的證詞根本不具證據力爲由，提出聲請，要求裁定巴瑞之指認不可信而限制採用。理察森則認爲，這個錄音帶應該留到開庭時，當庭讓檢方啞口無言。但貝佛的考慮是，如果巴瑞一直保持這種說法，拒絕指認漢尼斯，那麼檢方非得撤回這個案子不可，而漢尼斯也就不必經受出庭受審的煎熬了。

最後兩人終於決定要提出該聲請，所以他們請巴瑞簽立一份切結書（affidavit）。他們約在獨立律師，詹姆斯．華克的辦公室裡碰面，然後華克單獨與巴瑞會談。華克把貝佛與理察森所準備的切結書唸出來，請巴瑞確認這些內容所述爲眞。巴瑞持聖經發誓說，他並未受到任何威脅利誘，他承認他對於指認漢尼斯一事確實有些疑慮，他願意在切結書上簽名爲證。

我本以為，我很肯定我從列隊指認中挑出來的人就是我看過的那個人。不過在三思之後，對於自己是否挑對了人這件事，我的確有疑慮。我無法說我在列隊指認中挑出來的那人，就是我在夏丘路上看到的那個人。

審訊於一九八六年二月十三日舉行，理察森與貝佛將錄音帶和巴瑞簽了名的切結書呈給法官。檢察官見狀，急忙要求休庭，並與他們的證人離開了將近兩個小時。他們回到法庭之後，恰克．巴瑞完全否認錄音帶和切結書的說法，改口宣稱那是辯方律師脅迫他講的，他自己並無此意；又說他當時不知道自己簽的就是切結書。法官駁回了禁止援用巴瑞之證詞的聲請，允許巴瑞以檢方證人的身分就漢尼斯案出庭作證。

審判開始

審判於一九八六年五月二十六日開始。檢察官在陪審團席位正前方的橫布條上，掛上一張張笑顏逐開的伊斯朋家老小的照片。「這是在漢尼斯出現之前，」他特別指出；然後他把照片拿下來，換上警方拍攝的伊斯朋家血案照片。他拿照片的樣子，就好像那上面沾的是眞正的人血似的。然後他說：「這是在漢尼斯出現之後。」

法官已批准檢方在法庭裡設立一個大到能夠同時投射兩張幻燈片的特殊布幕。從陪審團的方向看來，那個布幕正好在提默西・漢尼斯頭頂上方。陪審團不管在看哪一張幻燈片，都會看到坐在左下角，抬頭望著殺戮畫面的漢尼斯。

幻燈片的尺寸是五呎寬，八呎長；幻燈機的按鈕一按，出現的是三歲的艾琳・伊斯朋開腸破肚的彩色照片，再一按，又出現另一張片子。三十五張彩色幻燈片交替出現，張張的都是陰狠殘暴、毫無人性的畫面，就出現在被告的正上方。擁擠的法庭裡，不時可以聽到輕聲地嘆息的聲音。

在辯方堅決抗議下，檢方仍放映了九張犯罪現場及陳屍位置圖；檢方亦獲准在兩名法醫出庭作證時放映二十六張被害人的解剖照片。檢方在結辯時，也獲得許可，得以將血肉模糊的彩色幻燈片複製成的照片交給陪審團傳閱；照片一次只傳一張下去，整個過程花了一個小時。

恰克・巴瑞坐上證人席，作證說他現在很肯定，他在案發那天清晨三點三十分看到的那個走過伊斯朋家車道的人，就是提默西・漢尼斯。「就是他——漢尼斯先生，」他一邊說著，一邊指向被告：「我是有過疑慮，但我現在沒有疑慮了。現在我很肯定。」

辯方設法指出，巴瑞看到的是另一個人；他看到的是一個總在夜半時分於附近排迴，被街坊鄰居稱作「夜行人」的人。理察森和一位私家偵探曾連續一個月，於清晨三點時到伊斯朋家附近守候，但「夜行人」從未出現。他就這樣不見了。辯方的對策就是指出，證人看到的不過是個常在夜半時分在附近排迴的人。

巴瑞下了證人席之後，理察森和貝佛以爲檢方的最佳證人已經出場，這下子要拿到無罪開釋應該不成問題。巴瑞是唯一能將提默西・漢尼斯和本案連在一起的目擊證人，但這個「關連」既薄弱又缺乏憑據，光這樣就要定一個人的謀殺罪是不太可能的。

意外的證人

可是接下來發生了一件使審判大逆轉的變化。理察森後來告訴朋友與同業說，他在法庭上再沒有碰過比這更具殺傷力的事件了。檢方宣布他們有一名前所未聞的證人，珊卓・巴恩斯。理察森和貝佛面面相覷，驚訝得呆住了，在回憶中，這是他們感到這個案子也許保不住的開始。他們知道巴恩斯的事情；他們早在案發兩個月內就與她談過了。凶手偷走凱薩琳・伊斯朋的皮夾子，裡面有一張金融卡，另外又拿走一個小保險箱，裡面有金融卡的提款密碼。一九八五年五月十日星期五，晚上十點五十四分，凶手用金融卡提了一百五十美元，五月十一日星期六，早上八點五十六分，又提了一百五十美元。

五月十一日早上八點五十九分，也就是凶手從伊斯朋的帳戶裡提錢之後三分鐘又三十五秒，珊卓・巴恩斯到同一台提款機來提錢。幾週後執法人員與她聯絡的時候，她堅決地強調說她當天在銀行沒看到別的人。理察森與貝佛在九月時與她聯絡，她同樣堅持說那天早上她在銀行沒看到別的人。

但珊卓・巴恩斯現在出現在法庭裡，而且作證說她的記憶突然回復了。一九八六年二、三月時，她聲明說她記起來她在銀行曾看到某個人。當她開車去提款的時候，她看到一個「比常人爲高」，穿著恤衫與軍褲的金髮男子，在提款機附近走動。她看著那男子離開提款機，往他車子的方向走，看了差不多一分鐘左右。他的車子是淡色的雙門小車；當他低頭開電門的時候，有幾絡頭髮落在臉上。

檢察官要她看看被告。「妳當時看到的是這個人嗎？」

「他看來像是我當時看到的人，是的，先生。」她答道。

理察森朝陪審團望了一眼，便知道他們的麻煩大了。直到此刻之前，陪審團都還是向著他們的，理察森幾乎都可以感覺得到他們的心是在一起的。但接著這個意外證人就出現了，而她不但看來十分可信，也十分自信地指著提默西・漢尼斯說：「他看來像是我當時看到的人。」珊卓・巴恩斯找回了她的記憶，然而在理察森的眼中，看似微不足道的記憶線索便能使世界改觀。只要一點記憶，便能將清白化爲有罪。

辯方的抵抗

辯方律師盡了他們最大的能力指出這記憶的缺陷。貝佛在反詰問時問巴恩斯，妳是怎麼找回記憶的？巴恩斯太太答道，她的記憶就這樣突然跑出來了。妳對任何人提過妳的記憶突然改變的事情嗎？貝佛問她。沒有，這事她放在心裡放了幾個月。連對妳丈夫也沒有提起？沒有，連對她丈夫也沒有提起。

「妳百分之百確定被告就是妳在銀行看到的那個人嗎？」

「即使不是，也是個長得很像他的人，你知道，我看到的就是這樣。」珊卓・巴恩斯答道。

「所以說，要不是漢尼斯先生，就是一個長得跟他很像的人。」

「是的。」

辯方召來證人，證明五月十日星期五晚上十點五十四分，也就是凶手第一次用伊斯朋家的金融卡提錢的時候，漢尼斯上士正在上班；而星期六早上八點五十六分，凶手第二次提錢的時候，漢尼斯不過下班幾分鐘而已。那天早上他打卡下班的時間是八點四十五分——這中間隔著十一英哩的路程，又有不少紅綠燈與停止標誌，他怎麼可能在十一分鐘內趕到提款機去提錢呢？

辯方強調，能夠將提默西・漢尼斯與犯案現場連在一起的物證完全付之闕如。現場採到的指紋與掌紋有幾十個，採到而且送去化驗的毛髮也超過兩百根，但是這裡面沒有一個指紋或是毛髮和漢尼斯相符的。聯邦調查局的專家作證說，分析伊斯朋太太陰道中採得的樣本後可得知，雖然我們不能排除漢尼斯犯案的可能性，但同理全國百分之八十八的男性亦有逞凶的嫌疑。

接著辯方傳喚曾任聯邦調查局化學專員的保羅・史東柏；他之所以同意出庭作證，是因爲本案與傑佛瑞・麥當諾案有諸多類似之處。史東柏是麥當諾案中檢方的關鍵證人：他直指在場的物證多到能將傑佛瑞・麥當諾與殺他妻女的凶手連在一起。然而在漢尼斯案中，史東柏另有不同的結論。他告訴陪審團說，他完全找不到提默西・漢尼涉案的證據。

倒是有一樣物證似乎可以幫漢尼斯洗清罪嫌——那就是檢方調查員以化學試驗檢測出來的染有血跡的左腳鞋印。北卡羅萊納州調查局的血清專家，徹底檢查了伊斯朋家肉眼無法辨識的血跡，結果在屋內與屋外都發現鞋印子，而這些印子似乎都是由同一隻硬底的左腳鞋子印出來的。探員們在鞋印旁擺了比例尺，然後拍照存證。州調查局的一位探員作證說，他個人認爲，要以鞋印子的照片來判定鞋子的尺寸是不可能的，因爲你可以用不同尺寸的鞋底和鞋跟做出同樣尺寸的鞋子。

但是，人類學家露意絲・蘿賓博士作過一個特別的研究，主題就是有穿鞋與沒穿鞋的腳印子的差別。她作證說，有不少鞋印子是整個兒的，連鞋底邊緣都印得很清楚；只有鞋跟後面八分之一英吋的地方沒印出來。這印子從鞋跟到鞋尖的長度介於九・三一吋到十・九吋之間；蘿賓博士個人認爲，這些印子都是同一隻鞋子的硬底印出來的，尺寸在八吋半到九吋半之間。

提默西・漢尼斯的鞋子是十二吋，他的鞋子從鞋跟到腳尖是十二又四分之一吋，沒穿鞋的時量起來是十一吋半。所以蘿賓博士作證說，被告的腳怎麼樣也不可能塞進印出這些腳印的鞋子裡面。

被告的衣服上找不到一絲血跡，他的鞋子上，夾克上，連他被捕時皮夾裡放的一把折合刀也沒有任何血跡反應。被告車子的裡裡外外被徹底地搜查過，任何毛髮細屑都細心收集起來，以化學藥劑測試過，但也通通沒有血跡。辯方律師問陪審團，漢尼斯下士怎麼可能凶殘地謀殺了三個人，然後從現場引退，而身體上，衣服上，刀子上，車子內外卻連一絲血跡也沒有？怎麼可能有這種事情？

鋃鐺入獄

一九八六年七月二日星期三，下午四點三十分，陪審團開始退庭審議。他們考慮了近一個小時，然後在傍晚時解散。一九八六年七月三日星期四，陪審團重新聚集，考慮了一天，只有中間休息了一個鐘頭吃午飯。隔天，也就是一九八六年七月四日星期五，他們從早上九點半開始便聚集在陪審團室，一直討論到下午近晚的時候。七月四日下午四點十九分，陪審團的判決出爐了：提默西・漢尼斯下士被判三項一級謀殺罪名以及一項一級強暴罪。

漢尼斯轉身對著理察森，把手上的結婚戒指扭了下來，說：「把這交給安琪拉。跟她說我永遠愛著她。」

理察森接過戒指，緊緊地握在手裡。他知道這是什麼意思。漢尼斯認定自己永遠沒法子活著出獄了；他覺得他這一生已經完了。

一九八六年七月七日，被告等待量刑的裁定。陪審團在聽取辯方籲請從寬處置之後，判處漢尼斯死刑，並讓他在毒氣室與注射毒針之間作一選擇。漢尼斯選了注射毒針。

漢尼斯下士在死刑犯的牢房裡住了八百四十五天，天天等著處決。他每天都穿白襪子，白汗衫和綠褲子。早上七點三十分，他牢房的鎖打開了；然後他吃早餐，寫信，看書，吃午飯，看書，寫信，跟另外十六個共用中庭的囚犯講話。他被准許於下午四點鐘看電視。晚餐時間是五點。晚餐後他清理牢房，洗澡，洗衣服。牢房準時於十點三十分上鎖。

漢尼斯每週可以看一次電影；每兩週可以到外面運動一次。他太太和小孩每星期都來看他。克莉絲汀會用她的小拳頭打著隔開父女兩人的塑膠牆，叫道：「爸爸打開！爸爸打開！」連著幾個月每週都去看爸爸之後，克莉絲汀開始把監獄叫做「爸爸的家」。

一九八七年三月初，有人寄了一封手寫的信給漢尼斯，後來警長把信轉給他。

親愛的漢尼斯先生：

案子是我做的，伊斯朋家的人是我殺的。抱歉這牢飯就讓你吃了。謝謝。

神祕人

漢尼斯瞪著這封信，良久良久。然後他拿出了一張紙，左手執著鉛筆，寫下自己的名字。看著這生硬扭曲的筆跡，再比照信上看來幼稚的的大寫字體，他覺得「神祕人」一定是用左手寫信的。

謝謝。這個字眼簡直要使他發瘋了。謝謝。好像漢尼斯是自願犧牲生命，好像他跟「神祕人」有勾結，共犯，同夥，交換條件的關係似的。

漢尼斯把信交給他的律師。他的律師跟他說，謀殺案多少會吸引一些古怪的傢伙。他們把信歸檔收好，然後專注在上訴狀上。

上訴

一九八八年九月十四日，漢尼斯被判有罪之後二十六個月，理察森和貝佛向北卡羅萊納州最高法院訴請提撤銷漢尼斯的判決，因為審判有誤。他們說，既然對漢尼斯不利的證據完全無證據價值，那麼一開始就不應准予呈給陪審團。檢方缺乏必要的證據及物證，卻以被害人的彩色幻燈片及彩色照片來激起陪審團的情緒。法庭未能禁止援用恰克・巴瑞的證詞亦是個錯誤。

北卡羅萊納州最高法院作出前所未有的迅速決定，於一九八八年十月六日命令重審提默西・漢尼斯案，因爲呈給陪審團看的照片相當「血腥且凶殘」，使得漢尼斯未能受到公平的審判。

對於這個新的審判，貝佛和理察森擬定了新的策略。首先，他們聘了一位新的私家偵探，列斯・伯恩斯；他是特種部隊退下來的，作私家偵探十七年了，主要處理與目擊證人錯誤指認的相關案件。

第二個重大的策略性改變是，他們決定讓漢尼斯出庭作證。在第一次審判的時候，理察森和貝佛顧慮的是，漢尼斯因爲被捕、入獄以及對檢察官的恨意，可能會被人說成是他具有高度敵意，而這會陪審團認定被告的確是可惡、討厭而且可能很暴力的人。辯護律師都知道，被告的舉止，他的手勢、扮鬼臉、語調、遲疑和臉上的表情，都被陪審團看在眼裡，當作是「舉止證據」，跟其他呈庭供證等量齊觀。陪審員極爲注意出庭作證者的態度和習性，而且通常作證者的外表會比他們講的話帶給陪審員更大的影響。如果漢尼斯作證時一付好戰、挑釁的樣子，或者是侵略性太強，陪審團可能會不信任，或甚至討厭他。

但一審時漢尼斯冷靜淡漠的表情，反而產生了反效果。旁觀者批評他太冷酷，太平靜了，並大聲質疑無辜的人怎麼可能這麼沉默冷淡。這次律師們決定試個不同的策略，讓漢尼斯出庭作證。

第三個，也是最後一個改變是，聘請一位目擊證人的專家來證明目擊證人指認在本質上問題重重，以及事後的提示如何改變和創造記憶。他們決定聘請的那個人，就是我。

向專家證人求救

貝佛在十二月初打電話給我，簡短地描述案情經過，並問我有沒有興趣看看與目擊證人之指認的相關資料。

「那還用說，」我毫不猶豫地答道。這個案子之所以引起我的注意有幾個理由。第一，這是個死刑案。如果提默西・漢尼斯眞的是清白的，卻又被判成死刑，那麼結果是無法逆轉的。在較輕微的刑案，如搶劫或強暴案中，刑罰比較不嚴重，而且是暫時性的；如果一個人被錯誤指認，事後政府還是可以承認過失，或者道歉，甚至提供財務上的補償。但在死刑案中，過失所造成的傷害是無法彌補的。

美國政府處決過多少無辜的民眾？這個數字沒有人知道，但近來有個關於死刑案的研究報告指出，在本世紀之中，有三百四十三人曾被誤判而處以極刑，而且二十五人確實執行了死刑。漢尼斯會不會變成那第二十六個人呢？

我想要在漢尼斯案中出庭作證的第二個理由，是爲了我自己。漢尼斯在一審中被判死刑；在發回更審中，漢尼斯會多個專家證人站在他這邊。這會不會造成差別？在大多數刑事案件中，被告只有一次受審的機會，因此我們無法看出，特定因素的改變會不會使陪審團的決定有所不同。我的證詞雖不是這次審判中所改變的唯一變數，但我若想知道專家證詞能對陪審團產生多大的影響，必可從審判結果中得知不少寶貴的訊息。

我會對這個案子產生興趣還有個特別的理由。在電話上談了十五分鐘之後，傑利・貝佛便告訴我，他百分之百相信他的當事人是清白的。「這個人是清白的，」他單刀直入，毫不矯飾地說。「案子不是他做的。」貝佛並沒有讓我覺得他想說服我，或者他想在線索上動手腳，好讓我把案子接下來；當律師們想讓我站到他們的當事人那一邊的時候，往往會發生這種情形。但貝佛有話直說，認眞且誠懇。他要我先看文件，然後自己作決定。我從一開始就很清楚，他全心相信他的當事人是清白的。

案情研究

幾天後我收到文件，並迅速將之分成兩份，一份與目擊證人恰克・巴瑞的指認有關，另一份則與目擊證人珊卓・巴恩斯的指認有關。我先從巴瑞的開始看。

一九八五年五月十四日，案情被揭發之後的第三天，巴瑞主動向警方提供線索。在這份打字得整整齊齊的證詞的最前頭，寫了幾個字：「非被拘捕狀態。」

五月十日星期五凌晨大概是三點三十分左右，我剛離開我女朋友家，走在夏丘路上，然後我看到左手邊有一輛白色車子，是白色的雪維特車。我一直走，然後在走到差不多第二個紅綠燈時，看到一個白人肩上背著一個垃圾袋，走過車道還是停車位那裡，我心想他大概是闖空門的，但我也不能說什麼，所以我一直走過去，然後他突然在我超過他的時候跟我說：「今天還滿早的嘛，」所以我過了紅綠燈，彎身躲在燈柱後，回頭看他在做什麼，結果他也在看我，然後他進了白色雪維特車，迴轉，在亞德金路右轉。然後我就回家跟我老爹說剛發生的事；我老爹跟我說不用擔心，就是這樣。

在他的證詞之後，一位警官接著問他問題。

「你看到那個背著垃圾袋的白人，是從誰家的車道走出來的？」警探問道。

「被謀殺的是哪一家的人？」

巴瑞是以問句回答的，這重不重要？

「你確定嗎？如果確定的話，請告訴我你為什麼很確定。」

「確定，因為我看過他。」

「據你記得的，這個白人的打扮是怎麼樣？」

「他戴了一頂黑色的針織帽子，白色之類的汗衫，薄的黑色夾克，牛仔褲和網球鞋。」

「你還記得什麼別的特徵，關於這個走過謀殺案那家房子前面的白人？」

我注意到，現在問話的探員認定有個人從房子走出來，而非只是經過車道而已。

「他上唇有鬍，短頭髮，像大兵那樣的短髮，淡棕色的……他差不多一百六十七磅重，六呎高……」

貝佛在自白上頭浮貼了一張手寫的字條：「我們第一次知道有這段話是在審判的時候；參閱上訴文件第四十四頁。」

上訴文件第四十四頁的最後一段是這樣的：

辯方意外地在審判時發現，恰克・巴瑞最初對調查人員說的是個棕色頭髮，六呎高，一百六十七磅重的白種男子，所以他比證人恰克・巴瑞本人的體型還要小。被告是金髮，六呎四吋高，重達兩百零二磅；這中間差了四吋，四十磅。因此，辯方在預審上，要求審閱這份關鍵性資料時被拒絕……

辯方在預審時並沒有拿到這份原始資料。貝佛與理察森基於其當事人的體型特徵，與原始資料上所描述的對象有明顯的差距這一點，在上訴時指出巴瑞的指認證詞不可信而且不可靠。恰克・巴瑞在一審時換了一種說法；他說，他看到的那個走在夏丘路上的人，並不像他原來所說的是六呎高，而是六呎四吋高；他看到的那人不是棕色頭髮，而是金中帶棕的頭髮。巴瑞修正了體型特徵以求與提默西・漢尼斯相符。

我接著研讀一九八六年一月二十二日，被告律師比利・理察森與恰克・巴瑞對談錄音所作成的筆錄。在第二頁，有這樣的一段談話：

「你跟我說過，你對於指認漢尼斯的事情想得很仔細，也想了很久，」理察森說：「你是怎麼說的？」

「我說我不是很確定，」巴瑞答道：「一開始我很確定，但現在我不確定。」

「你說你『不太確定』是什麼意思？」

「嗯，你知道嘛，我之前有可能是弄錯了，你知道，就是那個人。」

「你是覺得你有合理的懷疑呢，還是你對於指認覺得有疑慮？」理察森對巴瑞問道。

「是啊，你知道嘛，就現在啊。不過，你知道嘛，我是想要對這事多考慮一點，你知道嘛，但是就目前而言，你知道嘛，事情就是這樣子，你知道嘛，我是有疑慮啦。」

「好。那你為什麼有疑慮呢？」

「這個，你知道嘛，我看了報紙，什麼都看，你知道嘛，這些合起來好像不是那麼回事，你知道嘛，一開始的時候。」

「並不是我說的話或別的使你的疑慮跑出來。」

「不，不不。」巴瑞答道。

「你不是因為恐懼才說你有疑慮吧？」

「不。我很早就有疑慮了，你知道。」

「你很早就有疑慮了？」理察森問道。

「是啊，你知道，我想了很久了，你知道。」

「所以你說你就是無法確定他就是你之前看到的那人？」

「是的。」

從這段對話可以很清楚地看出來，恰克・巴瑞對於自己指認提默西・漢尼斯一事的確有疑慮。一週之後，在一九八六年一月二十九日那天，巴瑞同意簽下切結書，承認他本身的疑慮（「……對於自己是否正確地指認出嫌犯這件事，我的確有疑慮……」）。在那個時候，理察森與貝佛要求召開審前限制令審訊，討論巴瑞的指認是否應該被限制採用。

在限制令審訊上，巴瑞作證之前，辯方在庭上宣讀了巴瑞所簽的切結書。緊接著宣布午餐休庭，然後一位警探陪著巴瑞回到檢察官的辦公室。過了兩個鐘頭休會，下午開庭時，巴瑞推翻了疑慮的講法，並說他是在辯方的壓力下，不得不簽切結書。現在他可確定了，完完全全地確定了，漢尼斯就是案發當晚他看到的那個走在伊斯朋家車道上的人。

警方和檢察官到底說了什麼話讓巴瑞改變心意？我們永遠無法知道，但從他徹底推翻錄音的對話和自己簽了名的切結書來看，我們不免要問：巴瑞是否受到某種逼迫或威脅？我常常聽到辯護律師私下的聊天，說警方或檢察官對他們的目擊證人施壓，或以先前起訴的罪名作爲要脅，或提供免責減罪以換取有利的證詞。

在另一方面，警方也可能以無辜的方式勸服證人說：「其實，人人都有疑慮，我們有好多證人都有過這種下不了決定、無法確認的階段。相信你自己的第一個直覺。你看到什麼，你自己知道。」而急於取悅別人，又因爲這冗長的過程及穿插的各樣事件弄得頭昏腦轉的巴瑞，便拋開了疑慮，回到自己原來的說法。

警方有什麼巴瑞的把柄嗎？傑利・貝佛第一次打電話請我幫忙的時候，曾提過巴瑞三年前曾由於信用卡詐欺的罪名而被逮捕，據說是因爲巴瑞是想要以偷來的信用卡來提錢。巴瑞顯然是在法律上遇到了麻煩；如果警方試以該罪名作爲條件，的確是不費吹灰之力就可以讓巴瑞站到他們那邊去。

接下來，我把焦點轉到與珊卓・巴恩斯相關的資料上。檢方一直密而不宣，直到一審，才在辯方的錯愕中，請巴恩斯太太出庭作證。巴恩斯太太於一九八五年五月十一日上午八點五十九分，在法耶維爾衛理學院裡的銀行提款機提了錢，比凶手於同一提款機提款的時間晚了三分鐘又三十五秒。警方人員於伊斯朋家三屍案發生約一個月後，即六月底或七月初時與巴恩斯太太聯絡，看看她在提錢時有沒有看到附近有別的人。她跟調查人員說，那天早上她「趕得要命」而且她「什麼人也沒看到」。一九八五年九月，辯方聘請的調查人員與她聯絡；她同樣表示，她記得她在那裡「沒看到什麼人」。

一九八六年四月，在漢尼斯交保，以及明星證人的證詞岌岌可危的刺激之下，檢方再度約談每一位在五月十一日早上使用過提款機的人。巴恩斯太太就是在這時候告訴警探說，她的確記得她在那兒看到了人，而且她的記憶非常仔細。她形容那人是高個子，很健壯，白種男子，小綹小綹的金髮，著白色恤衫與軍褲，正離開提款機鑽進一輛米色或是淡色的雙門車裡。

一九八六年四月十六日，警方探員讓巴恩斯太太看了一組指認照片，裡面都是金髮男性，其中一人是提默西・漢尼斯。巴恩斯太太指著漢尼斯的照片，坦承她不確定自己是因爲看了報紙，還是因爲那天在提款的時看到而認出他來。警方給她看被告車子的照片，但她說她認不出那車子與她在提款機附近看到的車子是不是同樣款式。

辯方在珊卓・巴恩斯帶著她的「新」記憶出庭之前，根本沒有得到任何預警。然而，大多數州的檢方都得遵守「證據開示」的規定（laws of discovery），因此他們若意欲傳喚新的證人出庭，必先通知辯方。但是很明顯地，在北卡羅萊納州，辯方不一定會事先知道檢方口袋裡有什麼玩意兒。

貝佛與理察森在上訴文件裡表示，他們曾「……再三要求並提出要求，希望能得知與被告之指認相關的事件及情形，以便有機會可爲審訊及禁止援用之動議作合理的準備。但所有這類的動議皆遭拒絕……巴恩斯太太的指認，及她個人觀察的相關情節，辯方一直被蒙在鼓裡，直到她出庭的那一刻才知道有這回事」。

當辯護律師要求與巴恩斯太太會面時，亦遭到拒絕。

在法庭上，檢察官指點巴恩斯太太去看著提默西・漢尼斯：「這可是妳看過的那個人？」

「他看起來像是我看過的那個人，是的，先生。」她答道。

貝佛與理察森在訴狀中指出，這種當庭指認是「……違反憲法而且暗示得過於誇張，不應被允許」。被告就坐在法庭裡，被告席上；整個「列隊指認」就只有他一人；檢察官還指著他，並要求巴恩斯太太當場指認：「這可是妳看過的那個人？」而她答道：「他看起來像是我看過的那個人，是的。」

正當開庭之際，只有一個人可以選，而檢察官的指頭又指著那個人，在這情況下，幾乎是無法避免地一定指認那個人。在許多案子裡，法官都判定這種一對一的目擊證人指認是違憲的。

我把法律文件和手寫的字條放回卷宗裡，推到書桌的邊邊上。我心裡已經很明白：這確是我此生僅見最爲薄弱的兩個目擊證人指認。珊卓・巴恩斯整整九個月都不記得她在提款機那兒看過誰；又兩度跟探員說她不記得那天早上看到過別的人。等到許多個月之後，她「重獲」記憶並當庭指認提默西・漢尼斯之時，她只說「他像是」她看過的那個人，並承認她不確定自己是不是因爲看了報上的照片把漢尼斯認出來的。

貝佛夾了兩張紙條在珊卓・巴恩斯的檔案裡面。辯方曾將該提款機的使用情況錄影下來，並計算客戶交易所需的時間；平均只要三十到四十秒便可完成交易。凶手在早上八點五十六分使用提款機，而那張卡得自於被他強暴且殺害的女子；他用這卡片提了她的錢之後，難道還會在附近多留個兩、三分鐘嗎？

第二張紙條提到一位願意出庭作證的辯方證人，她曾於五月十日當天提款，並被與珊卓・巴恩斯約談的同一位警探約談。該警探鉅細靡遺地形容了漢尼斯下士的外貌；當證人堅持她並未在提款機附近看到任何類似對方所形容的人時，該警探表現出一付「疑心」而且「不耐煩」的樣子。

被創造出來的記憶

假設提默西・漢尼斯眞是清白的，那麼是發生了什麼事，讓珊卓・巴恩斯認爲她在提款機那兒看到的人確是提默西・漢尼斯呢？她怎麼可能構築出整個想像的情節，又願意宣誓說她所言爲眞？其實就「被創造出來的」記憶而言，我們有個相當簡單的解釋。在我的實驗裡，我只要巧妙地運用有暗示性字眼的問句，就可以讓人們憶起一個「停止」或「通行」的號誌，而其實那兒只是立了一根竿子。一旦有人說：「有，我有看到停止號誌，」我便請他們描述那號誌的樣子。「嗯，妳知道嘛，」有的人會說：「長得就跟一般的停止號誌一樣，有紅有白，八角形的……」有次實驗的時候，一位受試者說她看到了錄音機，事實上它根本不存在，我不過在受試者心中植入「小小的，黑黑的，裝在盒子裡，從外面看不到天線」的印象而已。

我可以在最和善、最不令人起疑的情況下創造出新的記憶來，只要問個暗示性的問題，說某個場景裡也許有個錄音機或是停止號誌就成了。在我的實驗裡，沒有答「對」的壓力；學生們就算詳述一台根本不存在的錄音機，也不會因此而得到二十塊錢或是好成績作爲獎賞。幫我作實驗的研究生都是彬彬有禮的；他們可沒戴警徽，也不會在聽到不喜歡的答案時皺眉、賭咒或不耐煩地用手指頭敲桌子，更不會把證人的回答存檔。還有，當然了，在我作實驗時，被控謀殺罪的嫌犯並不坐在側翼，沒有躺在停屍間的屍體，也沒有發生刑案。饒是如此，我仍然可以創造記憶，只要在受試者的心裡植入意念就可以了。

根據我對於「被創造之記憶」的研究，我想我可以解釋發生在珊卓・巴恩斯身上的是什麼事情。她心裡有個畫面，那是她對於一九八五年五月十一日早上的提款機的印象。有九個月的時間，那畫面裡都沒有凶手的存在。但漢尼斯案的審判開始的前一個月，這時漢尼斯的照片已經在報紙上出現過幾十次了，巴恩斯太太突然憶起，那天早上，她曾在提款機附近看到長得像漢尼斯的人。她心中的靜止畫面開始成長，變形，活起來，並開始把自以從報紙上看到的漢尼斯照片安插進去。於是她看到那天早晨，看到提款機，接著，在巧妙的剪接下，她突然「看到」那個人。那人高高壯壯，頭髮是金色的。她甚至看得到他走向他車子，鑽進車裡開走時，掉在他眼睛上的那幾綹頭髮。

珊卓・巴恩斯絕對有非改變記憶不可的壓力。她的壓力來自於她在那天早上去提錢，她大概是唯一有可能看到凶手，將他指認出來，接受法律制裁的人。但是有沒有較爲不當的壓力呢？警方有沒有以他們的權限和影響力來逼使珊卓・巴恩斯改變自己的記憶？從我對記憶的研究看來，警方顯然用不著脅迫的手段；他們只要問她問題，一再地問她同一個問題，問很多次，這樣過幾個月，她就會感受一股無形卻又無所逃遁的壓力，要趕快把在提款機的那人想起來。如果他們的問題是有暗示性的，或者他們作出不耐煩或疑心的樣子，就像另一位願意出庭作證的銀行客戶所說的那樣，那麼，壓力的強度會變得很高，而且會成爲「被創造之記憶」的重大來源。由此我們可以看出，暗示語言的力量，大到可將從未存在的事實植入記憶之中。

檢方會辯稱，珊卓．巴恩斯的記憶一直都在，不過它是壓抑著的，被近來的記憶埋在底下，只待適合的時機，便如一尾大魚般從池底跳上來。但如果那「魚」一直都在那裡，爲什麼會過這麼久才露出來？既然巴恩斯太太最初的說法是，她在提款機那兒沒看到別人，卻又在八個月後，突然說她在那裡曾看到有個長得「就像是」提默西．漢尼斯的人，那麼可見得，她記憶的池塘底下一開始就是空空的，而那條「魚」是她依據報上的照片植入自己的心裡的；當調查人員開始問問題的時候，那魚只是不安地蠕動著，等到探員不斷地丟出魚鉤，在池裡游移，看看能不能釣起魚兒，那魚就跳上來，一口將鉤子呑入肚腹了。記憶一旦「上鉤」，就變得眞實。我了解巴恩斯確是誠心相信自己在提款機那兒看到一個長得像漢尼斯的人，這點我毫不懷疑。

研究的佐證

在我的研究裡，受試者對於想像出來的記憶的信心，通常絲毫不亞於他們對於眞實記憶的信心。當我們比較受試者對於這兩種不同記憶的描述方式時，我們發現，被創造的記憶感官特徵比較不明確，例如顏色、尺寸或物體的形狀。受試者在描述想像的記憶時，傾向於引用較多的言語防禦（verbal hedges），像是「我認爲」、「我相信」等詞彙。但當我們請受試者描述一下他們扭曲的記憶時，他們通常會絮絮叨叨地講說他們正在想自己「看過的」那個想像物體。

在描述於催眠中得來之記憶時，受試者也很有自信，而且敘述仔細。在某個實驗裡，受試者在催眠狀態下得到提示，過後受試者表示，有天傍晚他被很刺耳的聲音驚醒。「我很肯定我聽到刺耳的聲音，」受試者說：「老實說，我再確定也不過了。我很確定我聽到刺耳的聲音。」

這些和其他實驗都顯示，原有的記憶和暗示的記憶之間有著微妙的差異，但大多數都覺察不出來。換言之，當人們記起了某事時，大多會相信那是眞的；而他們在描述那記憶時，也可以講得既眞實又仔細，好到旁人（如陪審員）聽了都以爲那記憶一點都不假。

到底眞的記憶和被創造出來的假記憶有何不同？心理學家詹姆斯（William James）曾經討論過記憶的「溫度與親密感」。珊卓・巴恩斯記得那人一綹一綹的頭髮，頭髮掉在臉上的樣子，打開車門的嘰嘎聲。頓時間，她的記憶有了形狀、顏色、式樣和實體，也就是眞實事物的「溫度與親密感」。

我確定他不是凶手

由於預審受到媒體的熱切矚目，所以漢尼斯案的重審從法耶維爾搬到北卡羅萊納州的威明頓，一個離南卡羅萊納只有五十英哩，人口才四萬四千人的濱海小城。一九八九年四月十二日星期三，我飛往威明頓，比利・理察森和列斯・伯恩斯，就是那位一直在調查本案的私家偵探，到機場來接我。一個半小時後，我們與傑利．貝佛碰面，地點是海口的一家海鮮餐廳，有大玻璃窗、橡木桌椅，熱帶樹木占據牆角的戰略位置，有個大黑板寫著今日推薦酒的那種。理察森、貝佛和伯恩斯叫了滿滿一桌的菜外加沙拉吧，但我人還停留在太平洋標準時間，飛機上每兩個小時就送來一次的碳酸飲料喝了一肚子，實在是吃不下，只點了一杯雞尾酒和一杯夏東尼酒。

「談談漢尼斯的事情如何，」我說：「你們怎麼這麼肯定他是清白的呢？」

突然之間，我覺得自己像是競賽節目的主持人，而我面前的出賽者個個爭著要按下按鈕來搶答。我們四人一齊笑了出來。

「我先！」貝佛叫道。作爲法律顧問公司的元老，他運用資深的特權，搶先發言：「第一點就是完全沒有可以將漢尼斯與本案連在一起的物證。從客廳和臥室收集到的毛髮數量很多，但這裡面沒有一根跟漢尼斯相符的。一根也沒有。以本案波及的範圍之廣，應該至少會找到一些可將被告與案情連在一起的物證，但是根本什麼都找不到。何況，有不少物證，像是染血的鞋印，還排除了漢尼斯的嫌疑呢！」

理察森插嘴進來。他臉圓圓的，鬍鬚剪得很順，活像是大學剛畢業似的。「我認爲，妳也要把漢尼斯的性格考慮進去——這人天眞善良，而且容易上當。犯了罪的人絕不會像漢尼斯那樣自投羅網：指紋、掌紋、腳紋都蓋了，還留了血液和口水的樣本。漢尼斯在警察局待了快七個鐘頭，回答了警察問的每一個問題，連想都沒想過要找個律師。在我的經驗裡，清白的人跟犯了罪的人確有不同，不同在於清白的人在天性上比較容易受騙，相信別人，毫不起疑，很願意跟警方合作，因爲他們想要幫上一點忙，善盡美國公民應盡的責任。」

接下來輪到伯恩斯了。伯恩斯跟我見過的大多數私家偵探一樣，都屬於不修邊幅型的人，高高瘦瘦，有些邋遢，鬍鬚有些花白，講話直來直往。伯恩斯附和貝佛的觀點，強調此案缺乏物證。「我作私家偵探十七年了，在這麼殘暴的案子裡，喉嚨也割斷了，刺了這麼多刀，死的又不止一個，應該至少會留下一點足以將嫌犯定罪的東西。但幾十個調查人員去查，也找不出一樣足以將漢尼斯定罪的物證。而原因就是案子不是漢尼斯做的。」

伯恩斯看著貝佛和理察森；這三個男人顯然有著共同的想法。「漢尼斯不是凶手，」伯恩斯簡短地說道：「想想看，什麼樣的人下得了手殺死一個母親跟她的兩個幼女？這個人有他自己的小孩，小女娃兒。我不是說我都不會受騙，我是有可能會被騙倒，這點毋庸置疑。但是漢尼斯絕不是凶手那一型的人……。」

「還有就是夜行人的事情……」

關鍵人物

接下來，伯恩斯談他如何找到「夜行人」，講了二十分鐘。據恰克・巴瑞說，他看到一個人從伊斯朋家的車道走下來，走到了路燈的亮處，還對他說了一句：「今天還滿早的嘛。」伯恩斯一聽就知道這裡面有蹊蹺。一個剛剛以殘忍的手法殺了一母二女的凶手，會這般悠悠哉哉地從車道上走下來，晃進了街燈照亮的那個圈子，還好像街坊閒聊似地跟陌生人打招呼嗎？伯恩斯可不這麼想。他的推想是，巴瑞看到的那人跟血案一點關係也沒有；他只是碰巧在凌晨時分走過伊斯朋家的房子罷了。

理察森在一審以前，便挨家挨戶地問過夏丘路上的住戶。他們可曾看過半夜兩點到五點之間，在這附近走動的人嗎？好些人回答說有，說半夜的確有個人在附近走動。他們甚至還給這人取了名字，叫他作「夜行人」。他總上扛著一袋東西在肩上，穿著深色的夾克，一頂深色的帽子蓋到近眉處，個子高高壯壯的的，跟恰克．巴瑞原來說的一樣。

理察森到這附近來守候了四個星期，他每晚上都來，從凌晨三點開始等待，睜大了眼睛看，希望能碰巧遇到「夜行人」。伯恩斯看著理察森和貝佛，搖著頭，臉上露出欽慕的表情。「入行十七年來，這是我第一次有幸與對案子如此投入的律師共事。貝佛一天到晚埋頭在法律典籍裡，而理察森天天跑野外，週末如是，晚上如是，三更半夜亦如是。他們跟這案子生活在一起，有什麼可以找得到的線索絕不放過。這種事情我從沒見過。」

但是「夜行人」說消失就消失了，結果辯方在一審開庭時，只能引用鄰居的話說確有這樣一個人。後來漢尼斯被定了罪，辯方也開始上訴，伯恩斯心裡很清楚，若要讓漢尼斯要有機會脫罪，他非得把「夜行人」找出來不可。所以伯恩斯從與夏丘路相交最熱鬧的大街，亞德金路開始，他一家一家店舖地問過去，請教他們可曾看過一個長相符合「夜行人」的男子？

直到他問到一家小小的雜貨店，店東才點頭說：「當然有啦，這人應該是喬・波金。他以前在我們這兒幫忙搬貨。他都是在深夜搬貨，我們打烊之後才開始搬。」

波金。這個名字令他豁然開朗。一審之後不久，伊斯朋家附近的一位鄰居太太打了個電話給貝佛；她說附近有個年輕人，長得跟提默西・漢尼斯好像。這人個子高，金髮，穿的是深色的衣服，常於深夜時在附近走動。貝佛寫了個紙條請伯恩斯查一查；這人的名字叫做喬・波金。

「波金下了班之後都做些什麼？」伯恩斯問道。

「他白天要上課，」店東解釋著：「所以他來上工的時候，就把課本和換洗衣物放在背袋裡帶來。下班之後，他會扛著他那一袋東西，在附近走一走。」

「他現在在哪裡？」伯恩斯問。

「他前一陣子離開北卡羅萊納了，」店東答道：「他到北邊的什麼地方去上大學了。」

經過一個月的尋訪，伯恩斯和理察森終於在離法耶維爾幾百英哩遠的一所小型學院裡找到喬・波金。他們作了自我介紹，並解釋他們在找一位曾在深夜時分於法耶維爾的夏丘路上漫步的人，此人身著藍牛仔褲，黑夾克，帽子壓在額頭上，一只袋子橫過肩膀背著。

「對呀，那就是我。」波金說：「袋子裡放的是我的課本和換洗衣物。下班後我會在附近走一走，那只是我個人的習慣而已。」

波金告訴伯恩斯和理察森說，在一審時，伊斯朋家的鄰居作證說看到了「夜行人」，所以警察局的探員跟波金聯絡過。事實上，有位警探還把他的夾克和袋子拿走，丟進警車的行李廂裡。波金說，當警方還他東西的時候，他的衣服都掛在衣架上，還套了塑膠套，就好像乾洗過似的。是螢光試劑（luminol），伯恩斯一下子就想到了；警方是在找看看有沒有血跡。他們把螢光試劑噴在上去，有血跡處便會發光，但他們發現找不到線索，所以就把衣服送去乾洗了。

我打斷了伯恩斯的話：「你的意思是說，警方和檢察官在一審的時候就知道『夜行人』的事？」

「答對了，」伯恩斯說。

「但是他們沒告訴辯方說他們已經找到這個人？」我感到非常意外。

「又答對了，」伯恩斯說。

「北卡羅萊納州有關證據開示的規定非常有限，」貝佛插話說道：「辯方只有權取得科學證據或可能與免罪有關的證據。檢察官後來跟我們說，波金不是謀殺案的嫌疑犯，所以沒有必要把波金交給辯方。於法理而言，檢方只須透露可能洗清被告罪嫌的證據，但他們緊咬住一點，說波金跟漢尼斯脫罪沒有關係。」

「他們算是長得像嗎？」我問道。

「像得令我嚇了一跳，」伯恩斯說：「我請人畫了漢尼斯和波金的素描，然後我在他們頭上畫了帽子，比較他們的頭髮和前額蓋起來的時候看來像不像。我把照片拿給人家看，人家還以為是同一人的不同相片呢。」

「但即使他們看起來不像，恰克・巴瑞仍有可能認錯人。」貝佛說著，人傾身橫過桌子，壓低了聲音說：「巴瑞顯然有酗酒的毛病。我們有個證人，他是個麵包推銷員，每天清晨都要送麵包到亞德金路的便利商店；他願意作證說他常看到巴瑞大清早的時在附近走動，而且都喝得醉醺醺的。還有一位警察願意作證，一九八七年，一審之後，他曾舉發巴瑞酒醉及違反秩序。開審時巴瑞沒有出庭，檢方撤回告訴，但保留重新告發的權利。」

貝佛跟著揚了揚眉毛，笑著對我說：「我們發現了一個檢方可能會利用來對巴瑞先生施壓，讓他跟他們站在同一邊的線索。一個月前，警方就一起已經三年之久的信用卡詐欺案，逮捕巴瑞。據說巴瑞企圖以一張偷來的信用卡提錢。」

「而這可是檢方的明星證人哪，」我搖著頭說道。「我眞的很難相信，漢尼斯竟然因為巴瑞和巴恩斯的指認而被定罪。這是我此生所見最薄弱的目擊證人。」

我知道這很奇怪，但那些對話我都記得，清楚得就像是昨天發生的事情一般。我記得我們各自坐在橡木桌邊的什麼位置，我記得伯恩斯花白的鬍鬚，我記得貝佛臉上激動、認眞的表情，和圓臉的理察森的熱切。在我的記憶中，這些細節既鮮明又多彩。但從第二天我出庭作證時候起，我便只剩下模糊的印象了。

我在法庭上作證

我記得那是一間新的法庭，但一切遵照舊制，很正式，大理石階梯又長又陡。我記得那是個溫暖的春日，蜂飛蝶舞，婦女們穿著薄紗的無袖洋裝。我記得證人席是橡木做的，打光得亮晶晶，椅子上還有紅色的靠墊。

作證的時候，我記得我談了暗示的力量，以及證人如何受到下意識訊息之影響。我作證說，當警員訊問證人時，其實是可以在設法從證人身上獲取訊息的同時，將其他訊息傳達給證人。當警方心裡認定了嫌疑犯的人選，或當警方對於案情有一定想法之時，這種情況尤其危險，因爲警方的想法可能會傳達給證人，因而影響證人的記憶。我又說，暗示性的問題，便足以引發從未發生過之事的記憶。爲了眞誠地與當局配合，證人可能會改變說法。

我記得我作證說，證人一開始的說法，無疑地會比後來的回憶準確，因爲時間與穿插的事件都可能使記憶扭曲。珊卓·巴恩斯一開始對探員說，她記得她在提款時沒看到別的人，直到後來，在警方一再追問，也看過許多報紙上的照片之後，她才想起有個長得像提默西·漢尼斯的人。恰克·巴瑞一開始是說有個六呎高，重約一百六十七磅，淡棕色頭髮的男子；直到後來，在與漢尼斯面面相對數次之後，他才加了四吋的高度與四十磅的重量，並將髮色改爲金色，以配合漢尼斯的外表。

我記得我談起跨種族指認有個與生俱來的問題。恰克・巴瑞是黑人，而提默西・漢尼斯和「夜行人」都是白人。大多數人都知道白人不太能區分黑人與黑人的差別，但較少有人知道的是，反過來說，黑人也有這樣的問題。無數的心理學研究證明，許多種族的人難以分辨出其他種族的臉孔。

我記得我在作證之後，跟提默西・漢尼斯談了幾分鐘，但我不記得我們談了什麼。我一定問過他標準問題吧：「你在裡面還好吧？」而他一定也以標準方式答覆了我。他臉修得乾乾淨淨、誠摯、靦腆、有些不自在。他不斷地把重量從一隻腳換到另一隻腳上，換來換去。

我記得我跟因本案而失去太太與兩個女兒的蓋瑞・伊斯朋上尉談過。我不知道我是怎麼跟他談起，或者爲什麼會跟他談起的；大概是在休庭的時候吧，我們都在走廊上，然後我可能覺得有些不自在、有些怪異，因爲我們應該是分屬不同陣營的。我記得我問他說，審判過後他有什麼打算，他講了幾分鐘，談起他要帶小女兒珍娜回到位於英國的空軍基地去。珍娜五歲了，他說，馬上就要過生日了。我們沒談到別的人，他的大女兒、二女兒和他太太，但他講的每一個字，都讓我感受到他的悲情。

我作證之後，伯恩斯送我去機場。在我的班機起飛之前，我們還有一個鐘頭可聊，所以我們在餐廳裡點了個三明治。伯恩斯談起他幾年前做過一個出名的案子，也跟錯誤指認有關係。北卡羅萊納州薄荷丘的兩兄弟，十八歲的隆尼和二十歲的桑弟・索耶，由於發生於一九七五年五月十五日的一宗綁架案而被捕。有位百貨公司的經理指認出他們就是綁架他並以槍脅迫他的人。沒有其他證據指涉他們兩人涉案，兄弟倆也都有充足的不在場證明，但陪審團的投票結果仍是有罪；原先贊成無罪開釋的三位陪審員其中之一後來接受訪談，她承認她之所以順從多數，改投「有罪」票，是因為她「累了」。

索耶兄弟定罪之後，辯方聘請了伯恩斯來調查這案子。伯恩斯順著一個謠言追蹤下去：聽說有另一個人承認涉案。最後他發現了重要線索，可以證明警方對辯方隱藏關鍵證據；警方所隱瞞的包括被害人一開始對綁匪的描述，以及警方所做的綁匪的合成圖片。不管是描述或是圖片，都與索耶兄弟相去甚遠。最後另外那個人承認涉案，兩年之後，北卡羅萊納州釋放索耶兄弟。

「你從業以來，碰過多少錯誤指認的案子？」我問道。

伯恩斯皺起眉頭，又搔了搔鬍子：「我有幾百件跟目擊證人的錯誤有關的案子，我估計其中差不多有十四件是因為目擊證人的錯誤指認而被控或被定罪。現在這些人沒有一個待在監獄裡，當然，漢尼斯是個例外。他絕對是清白那一型的。」

「你會留到判決宣布的時候嗎？」我問道。

「我在夏洛特另有一件案子，」他說：「但在有結果之前，我會每天打電話回來問狀況。我會打電話給妳。」

無罪開釋

一週之後，在四月二十日那天，我飛到芝加哥在西北大學的法學院去作演講。演講之後，我與法學院院長伉儷共進晚餐。我一回房間，電話就響了。是巴恩斯打來的電話。

「無罪開釋！」他在電話的那一頭叫道。

陪審團只考慮了兩小時又二十分鐘。在宣布判決之後，好幾位陪審員告訴記者說，他們之所以這麼快下決定，是因爲檢方根本無法提出證明。他們提到缺乏把漢尼斯跟犯罪現場連在一起的物證，目擊證人的指證太薄弱，以及「夜行人」的存在，證明了要把兩個人搞混是多麼容易的事。自從北卡羅萊納州於一九七七年恢復死刑以來，漢尼斯是第一個以新審判贏得無罪開釋的死刑犯。

伯恩斯談過漢尼斯獲判無罪的種種情節之後，又跟我講了一件令人喪氣的故事。「一九八七年七月，警方又接到一封『神祕人』寫來的信，筆跡跟第一封一模一樣，」伯恩斯說：「沒人跟辯方提起第二封信的事。我們後來會知道，是因爲我們把喬・波金，也就是『夜行人』供了出來。波金作證之後，法官覺得很可疑。還有什麼東西藏在檢方的檔案裡面啊？所以法官下令檢方審閱其檔案，並將任何可能幫得上漢尼斯的資料提供給辯方。這時候他們才抖出神祕人第二封信的事。」

「你認爲神祕人就是眞凶嗎？」我問伯恩斯。

「我不知道。」列斯說：「但我有個推論，謀害伊斯朋家的人不管是誰，應該犯過其他案件。我們發現，伊斯朋血案發生數月之後，有個離法耶維爾四十英哩的小鎮也發生血案，而且手法極爲類似。有個女子強暴後被凶殘地殺死，胸部、頸部和背部被刺了無數刀，而且喉嚨的那一刀劃得之深，幾乎令她身首異處。被發現的時候，她手被綁在身後，臉上蓋著枕頭，與凱薩琳，伊斯朋如出一轍。」

「但這也就算了，」伯恩斯以低沉而穩定的音調說道：「可是這女子被殺的前五天，也在當地報紙上刊登了一個廣告。她有個水床要賣。妳記得凱薩琳・伊斯朋也在報上登了個廣告，要給她的狗兒找個好人家嗎？我想那傢伙就是這樣找被害人的。他去看報紙的分類廣告，打個電話，弄到地址，在屋外埋伏，然後找一天晚上作案。警方對那個血案既沒線索，也沒嫌犯，但我想殺了伊斯朋家三口，與殺這女子的是同一人，而且他還會再犯案。」

我掛上電話的時候已經很晚了。我坐在床邊，環顧這個旅館房間。厚重的繡花窗簾已經拉上，但我把窗簾拉得更緊，讓兩邊的邊緣重疊。電熱器的嗡嗡聲時有時無。我想打個電話出去，到吧台喝杯酒，但已經晚了，我明早還要作一場演講，然後搭機飛回西雅圖。

我作好睡覺的準備，爬上床，抓了本書來讀。但那本書就躺在我的腿上，連開也沒開；而我就坐看天花板，想著漢尼斯案。我努力把注意力集中在我跟伯恩對話的上半段，關於提默西・漢尼斯無罪開釋的好消息。但我的心老是飄到伯恩斯講的故事的後段。我一直想著那個凶手，他從分類廣告裡挑選被害人，照著登在報上的電話號碼撥過去，要到了地址，然後在外面等著，等到每個人都上床睡覺，燈也熄掉了。然後驀然地，門上響起了叩門聲。

童言無忌：東尼・赫瑞拉

我們這個社會，每隔個五十年，就要打個擺子，好像不這樣狂熱地自我滌洗一番，就驅不走邪魔似的。從獵殺賽倫女巫，到麥卡錫時代追捕共產主義分子，到現今激烈的反兒童虐待之風潮，都可以看到這種道德的歇斯底里症。

——桃樂絲·蘿賓諾維，一九九〇年五月號《哈潑雜誌》

一九八四年七月五日下午四點十五分，在伊利諾州芝加哥的市郊，五歲的凱蒂·戴文波特從黃色的旅行車中鑽出來，笑著叫道：「謝了！」此時凱蒂最要好的朋友，珮姬·貝克，坐在後座，對著她擠眉弄眼，凱蒂也朝她扮了個鬼臉。凱蒂同大夥兒揮手道別之後，直接奔向母親的懷裡，來個大大的抱抱和親親。

在幼稚園發生了什麼事？

「小可愛，今天在班上做什麼呀？」麗娜·戴文波特牽著凱蒂的小手向廚房走去，一邊問道。凱蒂聳了聳肩。「有沒有和珮姬玩？有沒有畫媽媽，還是學到什麼新遊戲呀？」戴文波特太太習慣問得鉅細靡遺，也習慣了女兒只用幾個字交代過去。五歲大的孩子就是這麼好動，注意力集中的時間很短，戴文波特太太心裡想著，一邊愛憐地看著女兒。

「我們看了電影。」凱蒂終於透露了一點資訊。

「很好啊。什麼電影？」

凱蒂瞪著地板說道：「好玩的電影。」

「好玩的電影？」

「對啊，卡通的。兔子，小精靈。好玩的電影。」凱蒂咯咯地笑著。「媽咪？」

「怎麼啦？」戴文波特太太撫著女兒棕色的長髮說道。

「『老二』就是小雞雞對不對？」

戴文波特太太一聽，就低身跪下來，手放在凱蒂的肩上；她直視凱蒂，勉強按捺心中的惱怒，盡可能用平靜的音調說：「小親親，妳是在哪裡聽到的？」

凱蒂微微地笑了一笑，只敢用眼角瞧著母親。

「凱蒂，這一點都不好玩。妳跟我說妳是在哪裡聽到這個的？」

凱蒂哭了起來。她媽媽把她抱起來，走到客廳裡，往沙發上一坐，讓小凱蒂留在她的大腿上。「小甜心，」她歇了會兒說：「今天發生什麼事了？妳白天在幼稚園裡做什麼？」

「媽咪，我好餓，我要吃餅乾。」

「妳講了我們就吃餅乾。凱蒂，電影裡演什麼？」

「長頭髮的小女孩在天上飛。還有一個人，頭上有好玩的東西。」

「好玩？」戴文波特太太皺起眉頭。

「對啊，不好的東西。」

「不好？妳是說可怕嗎？凱蒂，妳說不好是什麼意思？」

「就是不好嘛。就像小雞雞那樣。」凱蒂咯咯地笑了起來。「他頭上有個小雞雞。」

「誰跟妳說那是小雞雞？」戴文波特太太厲聲地問道。

「別的小孩說的啊。東尼也這麼說。」

東尼。戴文波特太太集中精神，努力回想是誰叫做東尼。噢，對了，東尼是那個新來的幼教老師，醫學系學生，是哪個大學來著？好像是西北大學的樣子。滿帥的，不是墨西哥裔就是波多黎各裔，開朗，有禮貌，也很疼小孩。他總不忘照顧年幼的孩子，多陪他們玩，多給他們抱抱。

「東尼有沒有碰妳？東尼有沒有給妳摸不好的地方？」

凱蒂皺著眉頭想著，然後說道：「沒有。」

「眞的嗎？」

「沒有。我想是沒有。」

其他家長的反應

那天晚上凱蒂入睡後，麗娜・戴文波特打電話給珮姬的母親，瑪格莉特・貝克，問她珮姬可提到白天的時候，幼稚園裡發生了什麼不尋常的事情？貝克太太說，沒有，珮姬講的事情都很平常。但是凱蒂說，有不好的電影，還有一個人頭上有小雞雞呢，麗娜・戴文波特說。貝克太太大吃一驚，立刻答應次日要好好問問珮姬。接下來的兩個星期，這兩位母親每天都通電話，每天的話題都在孩子身上打轉；慢慢地，她們開始覺得這沒什麼好羞恥的，道出眞相沒什麼不好，再也沒有人能傷害她們。

到了七月底，凱蒂・戴文波特和她母親又有這麼一次對話。

「小親親，記不記得幾個星期以前，妳跟媽媽講過東尼給妳看不好的電影？」

凱蒂臉紅了：「記得。」

「妳有沒有跟東尼單獨在一起過？」

「沒有。」

「眞的嗎，凱蒂？妳眞的沒有跟東尼單獨在一起過嗎？」

「眞的，媽咪，我們只有去浴室而已。」

「浴室？」戴文波特太太的焦躁再也掩藏不住：「妳跟東尼待在浴室裡做什麼？」

「我在穿泳裝。東尼幫我。」

「他有沒有碰妳？」

「沒有。」

「凱蒂，既然他幫妳穿泳裝，他一定有碰妳。」
「我不知道。他在幫我嘛。」
「他碰妳哪裡？」
「手，背後，頭。」
「他有沒有碰妳下面的地方？」
「沒有。」
「眞的沒有嗎？」
「沒有啦。我想是沒有。」
約莫三週後，在八月中旬的某一天，戴文波特太太如常地給凱蒂洗澡。當母親抹肥皀到她屁股上時，凱蒂的臉變得很紅。「只有妳能碰我這裡。」她說。
「當然囉，凱蒂。」
「別人都不可以碰。東尼也不可以碰。」
「東尼有沒有碰妳下面的地方？」
「沒有。」凱蒂搖頭說道。
「凱蒂，如果妳不跟媽媽講實話，媽媽就沒辦法幫妳。」
「噢，對哦。」凱蒂猶豫了一下，然後補了一句：「有啦。」

「什麼，凱蒂……他是在什麼地方碰妳？」

「在浴室。」

「東尼還做了什麼事情？他有沒有要妳去碰他？」

「沒有。」凱蒂答道。

「眞的嗎？」她媽媽撫摩著她的長髮問道。

「對啊。」

「對啊是說他有碰妳還是他沒有碰妳？」

「對啊。」戴文波特太太聽了，便把女兒抱出浴室，用毛巾幫她擦乾頭髮。她盡量保持平靜的音調問道：「凱蒂，他碰妳哪裡？」

「老二就是小雞雞，」凱蒂解釋道。

「凱蒂，東尼到底做了什麼事？」

「他把他的小雞雞放在我頭上，」凱蒂說：「然後放到我嘴裡。」

戴文波特太太隨即報警。

提出控告

一九八四年八月二十三日，芝加哥警察局的楊西警探請戴文波特太太和貝克太太帶她們的女兒到警局來一趟。楊西警探和兒童心理學家瑪莎・山德森跟這兩個小女孩問話問了兩個多小時；珮姬說，她的確不喜歡東尼，因爲東尼「不公平」，還說凱蒂看到的電影，就是裡面有個男人頭上長了小雞雞的那個電影，她也有看到。

「那個男人妳認識嗎？」心理學家問道。

「他就是東尼。」珮姬答道。

九月十五日，貝克太太和戴文波特太太帶著凱蒂和珮姬去醫院檢查是否有性虐待的跡象。醫生檢查後表示，沒有任何跡象可讓他肯定地指出的確發生過性虐待的情事。不過他對兩位心急如焚的母親解釋道，距離據稱的事件已經兩個月，而且其情節若如兩位母親所說的口交，那麼是不會留下任何證據的。

不到一個星期，貝克太太就聲淚俱下地打電話給楊西警探。「珮姬想起來，她看過的電影裡有沒穿衣服的人。她還說東尼摸她的『不好的地方』。」於是楊西警探在原本已卷帙浩繁的檔案裡又添了一頁。

一個月後，在十月二十五日時，貝克太太又打電話給楊西警探。珮姬在和凱蒂相處了一下午之後，想起了別的事情。珮姬說，去年夏天，有次東尼帶她去浴室，把她的衣服脫去，又拍了她沒穿衣服的照片。然後東尼叫珮姬「親」他的小雞雞。

楊西警探聽到這裡再也忍不住，拿了檔案就往檢察官辦公室走。一九八五年四月，大陪審團控告東尼下列三項罪嫌：

「東尼・赫瑞拉涉嫌於於一九八四年六月十八日至七月四日間某日，對他人進行性騷擾，有證人爲證：有意地以武力或是武力威脅，強迫五歲的凱蒂・戴文波特爲他口交；要五歲的珮姬・貝克爲他口交；明知某部尚待查證之電影確實淫蕩猥褻或兒童不宜，仍迫使凱蒂・戴文波特與珮姬・貝克看完電影。」

審判日期定於一九八五年八月的第一個星期。東尼・赫瑞拉在五月初聘請馬克・庫茲曼爲辯護律師；來自明尼蘇達州的庫茲曼，曾漂亮地幫兩名居於明尼蘇達州喬丹市的兩名當事人打贏一場性虐待的官司。

兒童性虐待案件

一九八五年六月三日，馬克・庫茲曼打電話給我。

「我講個故事給妳聽，」庫茲曼在自我介紹並簡介東尼・赫瑞拉案之後說道。庫茲曼的口音是道地的紐約腔，而他講話的習慣也跟紐約人一樣，一個句子拉得老長，文法卻毫無破綻。「大概七個月以前，明尼蘇達的喬丹案之後，民情激憤，爭相檢舉虐待兒童者，就像以前檢舉共產黨那般狂熱，我就在這時接到了一通從威斯康辛州打來的電話。這些案子嘛，妳要了解，那簡直是此起彼落，跟遊樂場的玩具那樣，一打下去馬上又有另一個冒出來。

「好啦，在這個案子裡，據說是有個五歲的男童，我們把他叫做藍迪好了，控訴他的父親，姑且稱之為山姆吧，對他性虐待。這是眞相的最外層。山姆跟藍迪的母親離婚了，她目前是跟一個叫做馬隆尼的傢伙同居。這是眞相的第二層面，接著我們要扒糞了。媽媽跟馬隆尼去找山姆，要他多付贍養費好照顧藍迪。他們要結婚了，但是馬隆尼失業，所以他們租不起公寓，也買不起像樣的食物。山姆甚表同情，但是他破產了，他賺的是最低薪資，又沒有銀行存款，所以他實在無法為孩子付出更多贍養費。既然如此，媽媽跟馬隆尼就不准他來看孩子，現在我們深入臭氣四溢的第三跟第四層了。兩年以來，山姆一直在控告他前妻對於孩子疏於照顧，且有虐待之情事。孩子總是髒兮兮的，身上有無法解釋的瘀青和傷痕，山姆敢說孩子一定是被馬隆尼痛毆了。

「所以啦，」庫茲曼是在嘆氣間吐出了這三個字，「接下來山姆就被控虐待孩童了。警方還有錄影帶；他們把跟孩子約談的過程錄下來作為證據，一切都按部就班地來。我坐下來看錄影帶，看了三個鐘頭以後，差不多只有十秒的一個片段，老天，我要是再輕忽一點，可能什麼也沒注意到，有個警察問那孩子，據說山姆曾在廚房裡舔他的下體。

「『這是怎麼回事？』警察問道。

「『我在吃冰淇淋，』孩子這樣回答。

「『不是，我是說是你爸爸在做什麼，』警察說。

「『爸爸給我冰淇淋。』

「『爸爸有沒有舔你那裡？』

「『不是爸爸，』那孩子答道：『是馬隆尼。』

「這片刻的眞相，躺在爛泥糞堆裡，差點就不見天日。我拿著這一段去找法官，他二話不說就把案子丟了出去，並讓山姆擁有孩子完全的監護權。還有一件眞正駭人聽聞的案子，發生在俄勒岡州。有位母親發現她兩歲孩子的腿上有個奇怪的燒傷痕跡，她帶孩子去看醫生，醫生通知了社工人員，社工人員又通知了警方，警方找來兒童心理學家，然後一夕之間，虐待兒童的指控滿天飛舞，多得令人頭昏腦脹。也許是哪個保母弄傷的；不然，還有人懷疑是不是被媽媽燒傷的。到這地步，他們就把孩子從母親身邊帶開，請寄養家庭照顧。然後，在某次給醫生檢查的時候，一位眼尖的護士提出一個問題：這些『燒傷痕跡』有沒有可能是葡萄球菌感染？當然啦，結果正是如此。

「我並不是說這些指控都是垃圾。我個人認爲，這些性虐待案子裡的被告，有百分之八十五到九十是有罪的。但東尼・赫瑞拉絕對是清白的那一種人。」

沒有任何實質的證據

「你怎麼知道？」這是我必問的問題，不過這個案子跟別的不太一樣。這個案子沒有成年的目擊證人，沒有武器，也沒有物證。因此，證明案情的重擔無形地轉移到被告，也就是東尼・赫瑞拉身上，而他的律師必須證明他並未侵擾這兩個小女孩。可是，要證明一個人做了什麼事倒不難，但要怎樣才能證明一個人沒有做呢？

庫茲曼毫不遲疑地答道：「首先，我們有測謊、音調分析和心理分析的結果。有七、八個心理學家和精神病理學家分別對東尼做過測驗，測驗結果是獨立且匿名的，但卻一致指出東尼沒有做出這件事。第二，其中的一個小女孩兒，凱蒂・戴文波特透露了驚人的事實；她在不對外公開的審訊上對法官說，東尼沒做什麼事，是她媽媽把那些講法灌輸到她腦子裡，要她照著說出來。第三，我們發現凱蒂的媽媽有寫日記的習慣。我們幾乎是爲了看這日記搶破了頭；原本法官讀過之後表示，這日記並沒有可以爲被告洗清罪嫌的證據，但我們不斷爭取，終於給我們拿到手。結果妳猜我們找到什麼？這位母親把母女之間的對話一五一十地記下來了；凱蒂若說東尼沒做什麼事，就會被關進房間裡；但她若承認東尼曾侵擾她，媽媽就給她吃餅乾或拍拍她的頭。小凱蒂是被脅迫的：她如果照著媽媽要她講的話去說，媽媽就會抱她，露出笑容，或給她吃餅乾；但她如果咬定東尼跟她之間沒事，就會受到處罰，被關進房間裡。典型的行爲制約反應，對吧？就是帕弗洛夫跟狗的那個玩意兒。」

「也不盡然，」我答道，想到這位律師對於心理學的粗淺看法，不禁感到莞爾。我對庫茲曼解釋道，帕弗洛夫式的制約反應，也就是典型的制約反應中，必須有兩種刺激，即中性刺激（例如搖鈴的聲音）與引起反射反應（唾液）的刺激（食物）。最後，以中性刺激便足以引發反射反應；

帕弗洛夫在他的實驗裡，只需搖鈴便能使狗分泌唾液。

「而在你講的這個例子裡，」我繼續說道：「這個人不是被獎賞，就是被處罰，而行爲也隨著賞罰而改變；其反應來自於此人了解到特定行爲與意欲結果之關連。這是史基納（B.F. Skinner）於一九三〇及四〇年代提出來的理念。他認爲，我們的行爲乃由正面的與負面的結果塑造而成，而強化原則（the principle of reinforcement）——因特定行爲而得到獎賞——則是控制行爲的機制。凱蒂・戴文波特若答稱自己確實受到侵擾時，她母親會給她餅乾或抱抱她，這是正面的強化，而正面的強化會增加行爲的頻率。凱蒂若答稱東尼沒做什麼事，便會被關進房間裡，這是種負面的強化，而負面的強化會壓制或降低該特定的反應。」

我一邊對庫茲曼解釋這些心理學術語，一邊不免納悶起來。這並不是目擊證人對被告只有驚鴻一瞥的那種典型案例；這兩個孩子跟東尼很熟的，東尼整天都跟她們在一起，講故事給她們聽，把繃帶貼在她們受傷的小指頭上，調解她們的爭執，讚賞她們的笑話，排除她們的恐懼。她們爲什麼要指著這個人說他犯下了這麼駭人的罪行？

壓力和憤怒營造出來的真實

如果他眞的是清白的，那麼她們之所以會指控東尼，我只想得出一個理由：這兩個孩子受到了壓力，這壓力一開始大概是來自於她們的母親，後來警方與心理醫師也帶來無形的壓力。但是一個作母親的人，何必要催促她的孩子做出這麼可怕的控訴呢？

「談談媽媽們吧，」我對庫茲曼說。

庫茲曼嘆了一口氣。「這兩位母親的確都深愛著自己的女兒。而我們得問一個問題：世上難道還有比母親想要保護孩子更強烈的動機嗎？我把我推想的講給妳聽罷。我認爲是，有一天幼稚園裡的小孩在一起講大人不准他們講的事情，妳知道的，就是這個小男生說，嘿，我有小雞雞可是你沒有，然後喬伊說，喂，你知道老二就是小雞雞嗎？」

「可是小朋友講小雞雞，跟小朋友說你對她性騷擾，這之間可差得很遠哪，」我插嘴道。

「沒錯。我想就是媽媽們把這一大段補了起來；她們一聽到孩子在講老二跟小雞雞，就立刻警覺了起來，馬上問出千百個問題，這是可想而知的；然後接下來那幾個月，她們不斷地通電話，又去報警，送孩子去醫院檢查，於是母親們的恐懼，甚至連她們的想法，都透過這難受的過程傳達給孩子了。」

庫茲曼停下來吸了一口氣。「在這個案子裡，性騷擾的證據是一項也沒有，也沒有色情電影的證據。如果東尼眞的放了色情電影給她們看，那麼電影到哪裡去了？這案子唯一的證據，就只有這兩個孩子講的話了。」

「就只有這兩個孩子講的話了。」我的心緊抓著這句話來回地揣度。受虐兒童專家和調查人員的座右銘就是相信孩子。誰不相信孩子講的話，就被認爲是背叛孩童。我勉強把思緒轉回到庫茲曼的獨白。

「……還有媽媽跟媽媽講的話。她們一定彼此談過不知道幾百次了，愈談就愈激憤，她們互相交換訊息，說服對方，而且變得歇斯底里起來。她們每次通過電話，就跟自己的孩子坐下來，想辦法多挖出些消息來。『妳確定他眞的沒有碰妳嗎？不要害羞，要跟媽媽講。不管發生什麼事，都要跟媽媽講。』她們一問再問，溫和但堅定地把孩子帶向她們所要的方向。」

「還有電影的事，」庫茲曼又說：「妳聽聽所謂的色情電影是些什麼罷。『小王子』、『小白兔』、『世界之貓』、『施捨的樹』。在小白兔這部電影裡，有個留著長長的金頭髮、飛過天空的女子，她就是會抱著小兔子在天上飛，飛到森林裡，然後把它們變成眞的小兔子的『神奇仙女』。其中一部卡通裡有個小矮人，戴著一頂又高又尖的帽子，的確蠻像生殖器官的。我想這就是小雞雞那段話的起源。假設大家在看這部電影，小矮人出現時，有個孩子喊道：『哇，他頭上有個小雞雞。』然後孩子們開始交頭接耳，突然間，有人說：『老二就是小雞雞！』於是就沒完沒了了。很快的，這話變成是東尼講的，然後這件事一傳再傳，早就失去原來的樣子，於是謠言和指控滿天飛，過沒多久，東尼就變成大開黃腔的色鬼了。」

「談談東尼・赫瑞拉的事罷，」我說。

「他很開朗，笑得開心，快樂型的，情緒都寫在臉上，訂婚了，念的是醫學院，成績出眾。我們第一次約談的時候，他崩潰了，哭著說他有多疼這些小孩子，眞不敢相信會發生這種事情，他根本沒有做的事，她們怎麼會指著他的鼻子說他做了？他哭了兩個鐘頭，沒停的。這樣的苦痛是演不出來的。我們談到種族歧視，他是全部教職員中唯一的拉丁裔，而幼稚園裡的小朋友大多出自於上層階級的白人家庭。他談起園長在錄用他那一天便跟他說：『你在這裡多少會聽到些虐待兒童的指控，對於在幼稚園工作的男性而言，這種流言是難免的。』」

這個訊息令我大爲震驚。我對於女性在工作上所受到的歧視是很熟悉的，因爲我剛目睹一位女性同仁，爲了將自己的薪水提高到與男性職員相等的程度而發動一場戰爭。但講到因爲你是個在托兒所工作的男子，某些人就會自動把你跟侵擾兒童的色狼劃上等號，這實在是前所未聞。

「我知道妳研究的主要是成人記憶的失眞，」庫茲曼突然轉變了話題：「但妳也研究過暗示性的問題對於孩童的影響，對吧？」

我的心理學研究

我簡單地談了一下我作過的與孩童相關的研究。一九七〇年代末期，我曾與發展心理學的專家戴爾（Phil Dale）合作，一同進行實驗，我們給學齡前和幼稚園的孩童看四段影片，每段影片大約一分鐘。過後我們分別詢問每一個孩童，問了一些有暗示性的問題，結果得到了驚人的反應。有一個孩子在被問到影片裡「有沒有船」的時候，說他看到「水裡有幾條船」。另一個孩子被問到「妳沒看到熊嗎？」，答稱她「記得裡面有一隻熊」。我們問一個孩子說「有沒有看到一群蜜蜂」，孩子則答稱「裡面有一隻蜜蜂」。還有一個孩子被問及：「你看到幾支蠟燭引發了火災嗎？」則答道：「蠟燭引發了大火。」其實，這四段影片裡，既沒有船隻、熊、蜜蜂，也沒有蠟燭。

「換言之，」我對庫茲曼解釋：「我們只要對孩子提出暗示性的問題，就可以改變孩子的反應，說不定還能在孩子心中創造出新的記憶。爲什麼孩子們這麼容易受到暗示性問題的影響？這就不容易回答，因爲這涉及心理的創造面向。我們只知道小孩子就算根本沒看到熊也會說自己看到了。對此我們有兩種解釋。有可能是孩童原始記憶消褪了，況且要讓孩童想像自己看到了熊，這並不太難；而稍後熊眞的成爲記憶的一部分。另一個解釋是，孩童並不眞的認爲自己看到一隻熊，她不過是在附和問問題的人，因爲她認爲自己應該要看到熊的。也就是說，孩子認爲只要表示自己看到了熊，就算是答對了。」

我停了一下，猶豫著要不要把我更早之前的一個實驗告訴庫茲曼；那個實驗針對的是成年人，我們讓他們看一小段車禍的影片，然後問他們暗示性的問題。結果發現，問的時候若以「對撞」取代「擦撞」二字，那麼在回答時，實驗對象不但會把估計的行車速度提高，甚至還會指出連玻璃也撞碎了，雖然影片裡沒有撞碎的玻璃，我們在訪談的時候也沒提到玻璃碎裂等字眼。這個實驗正可佐證受試者原有的記憶確實會改變的理論。

我看了看錶，我有一堂關於目擊證人指證的課，再十五分鐘就開始了，細節的地方，恐怕只得省略了。「庫茲曼先生，我過幾分鐘就要上課了。但是我得讓您知道，我做的雖是關於記憶失眞這方面的研究，但針對孩童所做的實驗，所佔份量並不多。我倒是知道有幾位專家，專攻的是兒童記憶，對於相關文獻的了解也比我多。」

「也許是吧，」庫茲曼說：「但是他們未必有您的出庭經驗，更不像您早就是記憶方面公認的專家。您能在八月初到芝加哥來出庭嗎？」

「我會到的，」我答道。

兒童證人的證詞是否可以採信

一兩週後，我坐在我的辦公室裡翻閱這兩個孩子在警局作的筆錄，腦中突然浮起庫茲曼在電話裡對我說過的一句話：「這案子唯一的證據，就只有這兩個孩子講的話。」

我坐在椅子上，轉了個方向，從檔案櫃裡拿出一個標著「受虐兒童」的卷宗。卷宗最上面是一篇關於明尼蘇達州喬丹市之受虐兒童案的文章，刊登在一九八四年十月號《人物雜誌》上。全文共四頁，我在第三頁找到了我要的東西。該案的女性檢察官凱絲琳・莫里斯，氣憤地指責最早被起訴的一對夫妻——他們被控侵擾六名孩童，包括他們的三個兒子——竟被判無罪。「這樣判並不表示他們是清白的，」莫里斯寫道：「而是表示說，我們活在一個不相信小孩子的社會裡。」

這個判決眞的是這個意思嗎？曾有那麼個時候——距今尚不太遠——孩子們被認爲是不完整、不成熟，無法區分眞相與謊言的個體，而且除非有成年之證人可確認孩童所言，否則是不准孩童出庭。一九一〇年時有位著名的德國小兒科醫師主張法庭上應禁止孩童作證，因爲「所有目擊證人中，最危險者莫過於孩童，」他鄭重說道。

這便是本世紀初許多心理學研究所持之觀點。一九一一年，比利時有一宗著名的強暴案，兩名年幼的女童提供了佐證的資訊，並請瓦倫東克醫生予以評估。瓦倫東克與女童多次會面之後，結論是她們有可能在成年人的操縱下，說出任何成年人要她們說的事情，又設計了一系列精巧的實驗以證實他的觀點。其中一個實驗是請十九個七歲大的學童說出教師鬍鬚的顏色；十六名學童答稱「黑色」，不過他們的老師根本沒有蓄鬍。瓦倫東克又請二十名八歲大的學童回答相同的問題，有十九名學童講出了個顏色來，只有一名學童正確地達出老師沒有鬍子。

「要到什麼時候，世界上所有文明的國家才能不再採信孩童在法庭上的話呢？」瓦倫東克問道。

一九一三年，一位心理學家在研讀過關於孩童易受暗示性問題影響的眾多文獻之後，下了個結論：「首先，孩童所注意的重點與成年人有異……第二，在塡補記憶間隙時，孩童對於塡補的方式並不挑剔；他們會隨便從習慣、自己的想像力和他人所給的暗示中擷取素材。」

一九二六年，一位名爲布朗（Brown）的社會科學家作了一項大膽的陳述：「只倚賴孩童的記憶，或孩童的邏輯，一點都不安全，」並發表關於暗示性問題的「黃金律」：「女性比男性更容易受到言語暗示之誘導；孩童比成人更容易受到言語暗示之誘導。」

往後四十年間，科學界與一般大眾也一直普遍認爲，孩童本來就容易受到言語暗示的影響；孩童之智能尚不足以區分幻夢與實情，而且在大多數的情況下，法庭裡是禁止孩童作證的。即使孩童本身即爲刑案的受害人，法律亦明文規定檢方不得將該案帶上法庭，除非檢方能找到其他可使該案成立的成年證人。除非虐待兒童者在成年人面前犯案，並被當場查獲，或者當事人認罪，否則孩童的話並不足採信。無論在法庭上，或是在家裡，都不要把小孩的話當眞。

然而在一九六〇年代，女性主義者與兒童保護工作者的積極倡導之下，兒童的權利愈來愈受到重視，社會上長久奉行的風氣，開始轉變。法官與陪審團開始聽取孩童的話語，作證能力的標準（competency standards）（「這個小孩是否能區分事實與謊言？」）取代了長久以來禁止所有七歲以下之證人出庭的限制，法律上也不再嚴格規定必須有其他相關證人才能使案子成立。現在四歲以上的孩童常可獲准出庭，而且法官與陪審團往往會嚴肅地考慮他們的證詞。

兒童受虐案暴增之後，孩童出庭指證的情形也愈來愈多見。感覺上，好像侵犯孩子的人無所不在似的。根據一九九〇年一月二十一日出刊的《時代雜誌》的報導，在一九七六年這一年，登記有案的兒童性騷擾案有六千宗，在一九八八年這一年，登記有案的兒童性騷擾案則有三十五萬宗，幾乎是先前的六倍之多。這個數字是顯示這十年以來受虐事件暴增呢，還是在開放風氣下的孩子比較能自在地道出他們受到侵擾？

另外還有一個非問不可，而且相當可怕的問題：這些據報爲性騷擾的案子裡，有多少是捕風捉影的？而這又引起另一個惱人的問題：這些案子裡，也許確有部分是因爲錯誤指控所致，可是這些孩子又何必說謊呢？

心理學界的分歧意見

關於兒童記憶與兒童作證之可信度的心理學研究，可分爲兩大陣營。其中一方的研究者認爲，孩童很容易在暗示性問題的誘導下，道出另一個版本的實情，有時候甚至乾脆採取詢問者那個版本的實情，即使那個版本根本就不眞實。換言之，在時間消逝，原始記憶退卻之後，孩童便弄不清實情了。

另一派則堅持說，孩童不會有意地謊報創痛性的事件。論及某人眼珠的顏色，或上週吃的晚餐時，孩童也許會受到言語暗示所誘導，但談的若是性騷擾，孩童很清楚發生過什麼事，沒發生過什麼事。根據這個理論，孩童無法想像出他們人身經驗之外的性騷擾之情節，也不可能在脅迫或洗腦之下對他們的父母、教師或朋友作出指控。小孩子是不會故意撒謊的。

作爲一個研究記憶、認知與暗示之力量超過二十年的學者，我認爲我們必須謹記在心的關鍵字眼，不是撒謊，而是「故意」。記憶的改變通常是不自覺的，而記憶扭曲是漸進的過程，不是思量之後的結果。孩童會受騙，也會受到迷惑，這點不是什麼問題。連成年人的記憶都可能充滿虛假且矛盾的資訊，孩童的記憶也不例外。

即使孩童的記憶在各方面都足以與成年人的記憶匹敵，孩童仍有其記憶上的困境。讓孩子記起影片中有一隻熊，而其實影片裡沒有熊，聽起來好像沒有我讓成年的實驗對象記起影片裡有玻璃碎裂，而其實影片裡沒有玻璃碎裂那麼嚴重。畢竟，我們都容易受到暗示言語的誘導，不管大人小孩都一樣。

也許我們可以用孩子的方式，把記憶比喻爲一大塊黏土，這黏土我們把它捧在手裡溫熱一下，以便稍後塑成不同的形狀。我們不用把黏土變爲岩石或水流或棉花，但我們可以把黏土拍拍打打，變出動物與樹木，臉孔與形式，而且具有其實體與質感。我們手裡捏出黏土的樣子之後，便將之放入心靈的烤箱裡，烤到它變得堅實確定爲止。於是扭曲成爲不變的眞相，而這眞相雖半眞半假，但在我們的心中，它已經是往事經歷的實在風貌。

審判賽倫女巫

我記得不久前與史蒂芬·賽西教授談過的一席話；賽西任教於康乃爾大學，曾就兒童記憶易受言語誘導的課題，提出極重要的研究文獻。我們談起近來美國對於兒童性騷擾案的歇斯底里的情形，而賽西提起賽倫女巫大審判。在一六九二年六月十日到九月十九日之間，麻薩諸塞州賽倫一地有二十名居民被起訴，並被判定行使巫術；這二十個人不久後便被處死了。這些人是因爲什麼不利的證據而被定罪的？靠的就是孩童講的話。控訴他們的人，主要是年紀在五歲到十六歲之間的孩子。孩子們道出了關鍵的證詞，聲稱他們看到「女巫」半夜騎著掃帚，在草原上空飛翔，還把他們變爲黑貓，或者跟蟲子講話，而蟲子接著就飛進孩子的肚腹之中，把鐵釘留在孩子的胃裡。孩子們當著法官、陪審團與觀眾的面，提出對被告不利的唯一證據，說他們看到女巫或巫師之後便昏厥或癱瘓了，或者嘔吐出鐵釘——一次嘔吐出三十多根的釘子。

「這些孩子是故意撒謊，還是他們眞的相信自己講的是眞話，我們永遠無法得知，」賽西說：「但是賽倫審判的實際紀錄，明白地顯示出這些孩子受到暗示性的說詞的誘導，而父母、牧師和法官更是公然勸服孩子們說，他們確實看到行使巫術的證據。然而多年後卻有人翻供了。」

賽西唸了一段奈文斯（W. S. Nevins）所著，於一八九二年出版的《賽倫村的巫術》（*Witchcraft in Salem Village*）一書的書摘。以下這段話，是當時指控女巫的孩子，安・普特南，於一七〇六年，也就是賽倫巫師大審判十四年之後，對牧師的告解：

我但願能在上帝之前，謙卑地坦承於一六九二年發生在我父親家人身上的不幸且可恥的事件：當時年幼的我，竟在上帝面前，成為指控多人犯下滔天大罪的工具，而這些人之後便性命不保；如今，我有足夠的理由相信他們確是清白的。當時我受到撒旦的矇騙，如今我確信我自己，以及其他的人，是因為無知與不智而被利用了，才會導致自己和這片土地染上無辜之血的大罪過。雖然我能夠在上帝或其他人面前昂首地說，我當時所說的話，和所做的事，並非出於對任何人的憤怒、怨懟或敵意，因為我對於他們任何一個人都沒有這種情愫，而我當時所做所言，是出於無知，被撤旦所惑……我但願自己被埋於塵沙之中，並因此而受辱，因為，就是由於自己，與其他人，才導致他們和他們的家人蒙受如此悲痛的創傷……

一九八五年八月十四日，我即將爲東尼・赫瑞拉出庭作證的前夕，馬克・庫茲曼和我關在芝加哥的飯店房間裡，看了三個鐘頭的電影，也就是凱蒂和珮姬於一年多之前看的那幾部電影，爲的是要找出有可能被孩子的心靈曲解的片段內容。庫茲曼指出那裡面有個會飛的金髮女子，以及戴著尖帽子的老人，但我們二人都看不出這裡面有什麼足可稱作色情的片段。

接著我們討論我的證詞。庫茲曼一身輕鬆休閒的打扮，穿著純棉的「香蕉共和國」牌子的衣服，雙頰上鑲著深深的笑紋，臉上泛著曬了一天的古銅膚色。把一條皮鞭放到他手裡，看起來就是不折不扣的馬戲團馴獸師的模樣了。

「你還是相信東尼是清白的嗎？」我問庫茲曼。

「十分堅信，」他強調道：「我心裡一點疑慮都沒有。」

主詰問

次日出庭的時候，庫茲曼身著貼身的套裝西服，搭配淺色的絲質領帶，鬍子刮得乾乾淨淨。

他趨近證人席，皺著眉毛，兩眼盯著我，謹愼地引導我進行例行的介紹——您的名字，目前的職業爲何，請道出您的教育背景，您是否爲任何榮譽學會的成員，您是否有任何教科書或專業文獻的著作——然後才進入案情本身。

「您對『記憶植入』（memory implant）一詞是否熟悉？」

「是的，過去十幾年來，我的實驗主題便是記憶植入。」我刻意坐正，抬頭挺胸。證人席的木頭椅子既硬且窄，坐久了很容易東倒西歪，沒有坐相。「人們在經歷過某一事件之後，仍會不時暴露在新的訊息之下。這個新訊息的形式，可能是誘導性的問題，也可能是讓證人碰巧聽到別的證人對該事件的看法。在許多情況下，新訊息會與證人的記憶糾結在一起，或者被植入證人的記憶中，成爲追加的記憶，也就是一段變形的、不純正的或扭曲的記憶。」

「在這個案子裡，」庫茲曼繼續問道：「陪審團聽取了兩名孩童的證詞，她們現年六歲，在案發時是五歲。您是否熟悉文獻與研究報告，是直接述及這個年紀，也就是五歲大、六歲大的孩童，以及這類孩童的記憶的？」

「大約五年前，我作了個實驗，對象是四歲及五歲的孩童，」我一邊說著，一邊凝視著陪審團：「我想知道，看過電影的孩童如何受到誘導性問題的影響。我所謂『誘導性問題』，指的是已經暗示了答案應該爲何的問句。例如，『你有沒有看到熊？』這個問題，便暗示著影片裡有熊，但孩子們有沒有看到？

「結果我們發現，孩童很容易受到誘導性問題的影響。問的若是個實在的東西，孩童大多都答有，他們有看到那東西，而事實上那東西根本不存在。」

「您能告訴陪審團，發生在五歲及六歲大孩童身上之記憶植入的大概過程是怎樣的嗎？」庫茲曼問道。

「我可能回過頭來，簡單報告一下這些研究的過程，」我擔心如果不解釋實驗是怎麼做的，而一下子就跳到研究的結果，陪審團可能不易領會。「我們先用一分鐘來談談針對成人所作的實驗，因為在某些情形下，連成人都容易受到影響。我們先播放一段影片給受試者看，事後我們用誘導性的問題來詢問他們，像是：『這兩部車對撞的時候，速度大概有多快？』以此來測試他們對於事件的記憶表現，並藉此來檢驗誘導性問題或暗示性訊息的效果好壞。

「我們已經發現，要對人們暗示訊息，其實是很容易的，而且在某些情況下，人們會眞心相信他們這些細節是自己親眼目睹的。只要在問句裡暗示兩車對撞，人們便會說他們看到破碎的玻璃；只要在問句裡暗示燈號是綠燈，人們便會答稱那是綠燈，而其實是紅燈；某人的頭髮是卷的，但只要稍加誘導，便可讓人們說那人的頭髮是直的。

「現在還有研究顯示，在特定情況下，孩童比成人更容易被言語暗示之誘導。我這裡講的是三歲、四歲和五歲的孩童。你的問句裡，若暗示了答案為何，孩童將會擷取這個訊息，融合到自己的記憶裡，並眞心相信自己經歷了這些情節，而事實上這些情節都是別人暗示的。」

庫茲曼回到被告席，看看筆記，然後停了一下，對陪審團投以意味深長的眼神，暗示著接下來談的很是重要的問題。這個訴訟技巧不難，卻效果十足，檢方是等得焦躁不安，而陪審員們也急切地往前挪到了椅面的邊緣。

假設性問題

「羅芙托斯博士，」庫茲曼開始說道：「我想請問一些假設性的問題。假設在一九八四年七月五日，在一處叫做回聲湖幼稚園的地方，兩名五歲的小女孩，名為凱蒂・戴文波特與珮姬・貝克，與其他約十五名同齡孩童，與十到十二名教職員，一同觀看您看過，我看過，陪審團也看過的那些影片。

「假設在其中一部電影裡，出現了一名頭上戴著尖帽子的老人，而某個孩子喊道：『他頭上好像頂著小雞雞喔。』

「我們假設，凱蒂看了電影，回家之後，她告訴媽媽說，她看了電影，她媽媽問她一些問題，最後凱蒂說：『老二就是小雞雞對不對？』這個時候，媽媽開始追問她在幼稚園裡做了什麼事，看了什麼東西，而凱蒂就說她看到一個長頭髮的女孩子在天空飛，還有一個人頭上有小雞雞。」

庫茲曼把他的筆記放在被告席上，並慢慢地往證人席走來。「根據您的知識與經驗，以及您從電影中看到的訊息，您是否認為，這孩子是在說她真的看到一個金髮女子在天上飛，還有一個人頭上有小雞雞，或者您認為，這孩子可能把事實與想像弄混了，她是把影片中的片段，與看過影片後母親所問的問題搞混在一起了？」

「抗議！」檢方叫道：「法官閣下，容我靠近一談。」法官示意雙方律師趨前講話。我聽到他們低聲地爭辯，偶爾音調會升高，但偷聽到他們的談話，只在我心裡產生微微的罪惡感。有時候，在律師們靠近一談的時候，我會飛回到以前念國中的日子裡，當時老是有一群女孩子會聚在餐廳的角落裡講悄悄話，並朝我的方向看過來；我覺得自己受人排擠，很無助，但也只能用眼角瞧她們一眼，假裝不在意的樣子，卻因為懷疑她們在談著我，在取笑我的衣服、我的手鐲或我的新髮型而漲紅了臉。

我覺得東尼・赫瑞拉好像在看我，但當我往被告席看的時候，他只是低著頭，瞪著發亮的木頭桌面，度過這漫長的靜默。我可以看到桌底下露出他兩條腿，穿著黑色的皮鞋，才剛擦過的，泛著晶亮的光澤。東尼很年輕，才十九或二十歲大吧，人瘦瘦的，有一點不自在。他好像不知道該拿他的手怎麼辦才好；一下子疊著手，一下子放在大腿上，一下子平放在桌面上，敲著手指頭。突然間，他面帶罪惡感地朝陪審團一望，又趕快把雙手緊緊地疊收起來，用力得連下巴的肌肉都縮緊了。

「您還記得問題是什麼嗎？」法官突然問我。律師們已經開始走回他們各自的位子。

「可以再聽一次嗎？」我說。法庭紀錄員把庫茲曼的問題讀了出來，我認為孩子們講的是她們的眞實經歷，還是想像與眞實的混合體？

「請回答，」法官說。

能夠以聲音充塡靜寂的法庭，談談我的工作和我的實驗，解釋我所了解並能控制的眞相，覺得舒服多了。「我們從電影中可以清楚看出，其中至少兩部電影有長髮的女子，」我繼續說道：「而從我自己和他人的研究工作中可以知道，孩童們極有可能會擷取其他孩童的話；『頭上有小雞雞』這句話可能出於其他情況，而被拼湊在一起，不過就記憶的運作而言，這是很正常的。」

「假設說，一般而言，」庫茲曼說：「有一個五歲大的孩子看過您、我，以及陪審團都看過的影片，而直到七週之後，這個孩子才被問到電影的內容。一般而言，這七週的時間，會不會對孩子正確敘述自己所見之事實的能力，產生重大影響？」

「依我個人意見，七週的時間算是很長的了。我稍早曾提到針對幼童的記憶力所作的實驗，而在這些實驗中，只要三天，記憶力便產生極大的耗損。就此我們便能推斷說，七週的時間將造成更加嚴重的記憶問題，而這個科學的推斷是很合理的。」

「那麼假設說，」庫茲曼說道：「在這七週之後的一至二個星期，約莫是九月的第一週吧，一個在之前那九週間曾經被問到幼稚園裡發生了什麼事的女童，突然說有個男人將他的小雞雞塞入她的口中。假設說，在據稱的行爲發生八至九週後，一個曾經被告知口交爲何的女童表示，她曾做過口交。您認爲，這九週的時間，是否可能使記憶產生重大耗損，而且有利於口交概念的植入？」

「是的，」我答道：「九週的時間算是很長的，我們有必要先查證這期間的問句爲何，暗示性有多強，以及這暗示性是否產生了新的記憶。」

庫茲曼突然改變了話題。「除了您的教學經驗外，您是否曾指導人們正確發問的方式，以便取得對方經歷的眞相，同時避免把其他觀念植入對方心中？」

「是的，我曾對警員、州警和其他執法人員作過演講，講的是如何訊問他人，才能取得最正確、最完整的答案。」

「請教您的看法：一位受過適當約談技巧之訓練的人員，約談一名五歲孩童，而這名孩童在過去兩個月以來已受到密集的詢問，在這情況下，這位約談人員是否還能判斷出，他就該適當之調查所得到的訊息，確實反應了眞相，抑或那不過是現實與幻想的混合體而已？」

「我的看法是，」這當然就是我作爲記憶之專家證人最關鍵的證詞：「個人的記憶一旦在前述的過程中，因爲暗示性的問題，或其他事件的暗示而受到污染、扭曲或者變形之後，我們便再也無法分辨出眞假，因爲此時這個人已經完全相信自己所說的確實爲眞。」

「那麼，」庫茲曼說：「如果一名五歲的孩童說出一則受到污染、或有追加記憶的事件，就孩童個人的理解，她會覺得自己是在作錯誤的指控嗎？」

「她不會覺得自己是在作錯誤的指控，」我說：「孩童當然有能力說謊，也的確會說謊，但是我們現在所談的孩童卻是誠心相信自己所言爲眞，不過她們會講這些話，是因爲她們在有意或無意間受到暗示性言詞的影響。」

「謝謝您，」庫茲曼說：「我沒有別的問題了。」

檢察官的反詰問

雖然說，表現出一付穩重理性的科學家樣子很重要，但每當檢察官開始反詰問之前，我的心跳總不免加快一些。

這位檢察官既高且瘦，鼻子又直又長，連鬢毛都修得筆直，手指甲剪得整整齊齊，亮得像是塗了指甲油一般。

「博士您早，」檢察官說道，他臉上的笑容一看就知道是努力裝出來的。沒有一個檢察官會喜歡在法庭上見到我。「我是泰德・布蘭嘉，我是本案的檢察官。只是想了解一下，不知道您在研究中，實際與四歲、五歲或六歲大，而且受過性騷擾的孩童接觸的經驗有多少？」

「我不曾以受到性騷擾的孩童爲研究對象，」我答道：「我研究的是記憶。」

「好的。您研究的是一般記憶，然後將您在該領域所學的，應用到四歲、五歲以及六歲大，並曾受過性騷擾的孩童身上，是嗎？」

「是的，我研究一般性的記憶，然後我將我所知道的，應用在人們或孩童的記憶中，關於過去所發生的事件或經歷上。」

「您可曾與年約四歲、五歲或六歲，而且受過性騷擾的女童直接接觸？」

法官插嘴進來：「就算是好奇罷，但您是臨床心理醫師，研究心理學家，還是同時兼任？我的意思是說，您是收病患，還是作研究，還是兩樣都做？」

「庭上，我是作研究的。我在實驗室裡工作，偶爾會針對人們的記憶作些田野調查。」

法官靠到椅子的靠背上，用鉛筆敲著桌子，並對檢察官點了個頭。

「那麼，既然您以研究爲主，而且無論您作的是什麼研究，」布蘭嘉以冰冷的語調說道：「都不會使您有機會親身接觸受過性騷擾的孩童，對嗎？」

「沒錯。我不曾與受過性騷擾的孩童接觸過。」布蘭嘉想要顯示出，我出現在這個法庭裡，就這些涉及活生生的人的案子，提供所謂「科學」的觀點，根本就自不量力。他的問句裡強烈地暗示我既屬於實驗室，就應該待在實驗室裡。研究心理學家應該把全副精力用在白老鼠上面。

「您曾與受過性騷擾或被懷疑受過性騷擾的孩童談過話嗎？」布蘭嘉一邊說著，一邊拉著耳垂，然後又用食指撫摸著耳朵，看起來很好笑。他以不折不扣的鄙夷眼光看著我說道：「您眞的對受過性騷擾的五歲孩童一無所知，是不是？」

我小時候遭受過性騷擾

霎時間，那記憶從黑暗的過去一躍而出，迅速朝我飛來，結實地把我打了個正著。

「呃，其實不然，」我答道：「我對這樣的對象略有所知，因爲我在六歲時曾受到性騷擾。」

布蘭嘉的手比到一半，停了下來，嘴角那一絲淡薄的微笑消失了，他瞪著我看，眼睛睜得大大的，露出吃驚的神色。他花了幾秒鐘，才找回自己的聲音：「您還記得嗎？」他問道。

「記得的。是的，我記得。」我兩眼盯著布蘭嘉，可是我的心沒有記錄下他的五官，反而看到那個名叫霍華的臨時保母，挨著我坐在沙發上，用他的手背摸著我細嫩的皮膚，從手腕到手肘再上去，停一秒鐘，然後順著回來，輕柔地劃出一道弧線。他來回地劃著，輕柔的弧線，甜美的觸感，令人心安，也很迷惑人。我記得霍華曾告訴我說，小嬰兒是從蛋裡孵出來的，我也記得霍華曾對我說，絕不可以把他跟我講的話，還有他摸我手的事情告訴別人。「那是我們的祕密，」霍華悄悄地說。

有天晚上，弟弟們都上床睡覺了，霍華摸了摸我手之後，牽著我的手走到我爸媽的房間裡去。他把我的褲子脫掉，把我的洋裝拉起蓋著頭，然後把我的內褲脫掉。他躺到床上，讓我趴在他身上，又調整著讓我們的私處接觸。他的手臂環繞著我，我感覺到他把我壓下來，也知道事情有些不對勁。在羞赧與困惑交加之下，我扭身逃開他，並跑出房間。之後的記憶是一片黑暗，全然的、無邊的黑暗，黑得連一盞燈都不見。霍華就這樣消失了，被吸走了。我的記憶將他帶開，並摧毀得一乾二淨。

我曉得布蘭嘉正在問我問題，而我的心也及時回到當下。

「我不想多打聽，」布蘭嘉嘴裡說著話，眼睛還是睜得大大的：「我無意詢問特定的情節，但您是否記得與事件周遭的情節？」

「我是記得一些情節，」我說道：「這裡面有個臨時保母，我記得一些事情。我沒辦法告訴您這些情節有多確切，但我的確記得。」

「我很不願意問您下一個問題，」布蘭嘉逐漸恢復平時的鎮靜。他試著在他接下來的陳述中注入一點諷刺的味道，但顯然他又希望這整個主題乾脆消逝不見。「我正在揣測那已經好一段時間了。那是發生在多少年以前？」

「大約三十五年之前，」我答道。

布蘭嘉突然改變了話題。「您今天立過誓，也說過您曾經花了一些時間代表檢方出庭作證，是這樣嗎？」

「我不是用『作證』這個字眼。我說的是我曾爲檢方作過一些工作。」

「了解。很抱歉。」那虛僞的禮貌，掩飾不了他的鄙夷：「不管我在什麼時候說得不確實，都請讓我知道，我會改正的。」

「您曾與本案相關的警員談過話嗎？」

「沒有。」

「您曾與本案當事人的父母親或本人談過話嗎？」

「沒有。」

「您曾與檢方的任何人談過話嗎？」

「沒有。」

「所以，您所知道的只是片面的眞相，至少，您的消息都是一面之詞囉？」

「這點我無法贊同，因爲我讀過八五年四月十九日審訊的全部筆錄以及——」

「那麼大陪審團的筆錄呢，您看過嗎？」

「沒有。」

「那麼，您並不了解與本案相關的所有眞相。顯然您不可能說您了解本案所有相關眞相的，是吧？」

我不得不順著他的話講：「既然您問了這麼一個誘導性的問題，我想我也只能答說是了。」

布蘭嘉的臉色冷得像把刀子。他在文件裡前後翻閱，然後又換了個面向開始攻擊。

「您曾作證說——若講得不對請多指正——您記得您六歲時發生的事情。我要問的問題是，雖然說時間的消逝不免會造成記憶的減損，但某些特定的事件卻會留在我們的腦海裡，即使成年後也印象如新，對嗎？」

「某些事件是會留在腦海裡的，是的。」

「而這些事件，有的很重要，有的不重要，您同意嗎？」

「愈是重要，而且反覆想起的事件，愈有可能記得久。」

「反覆想起的事件。」布蘭嘉又開始摸他的耳朵了。「呃，您的意思該不會是說，一個四十歲的人，是有可能記得五、六歲時發生的事情，即使那些事情沒有重複過？」

「是有可能記得的，」我承認道。

「所謂的想起，您指的是此人在心裡想起，還是與其他人提起？」

「通常人們不是在心中一想再想，就是跟別人講這事情。」

「那麼，這不一定會影響到人們對某特定事件的記憶品質囉？」

「事實上，這要看您想的過程。如果您自己在想，不受任何言語暗示的影響，那麼記憶受到污染的可能性應可降到最低。」

布蘭嘉死板板地講了一句：「謝謝您。」然後宣布他詰問完畢。

「您可以自由離開了，」法官一邊說著，一邊用他的鉛筆指著法庭厚重的木頭門。法官宣布休會；庫茲曼陪我走過法庭漫長的石階，招了一輛計程車送我去機場。計程車靠過來時，庫茲曼把手放在我肩膀上，說：「再多的感謝，也無法道出我對於妳願意把自己的記憶分享出來的感激。」

「我好像也沒什麼選擇吧，」我答道。

庫茲曼沉默了一會。「妳知道，我們所幫助的對象被控對小孩性騷擾，像我們這樣的人，免不了受到他人鄙視，人家在辱罵被告的時候，會也把我們也罵進去；人們會認爲，我們一定是喪心病狂了才會幫他辯護。而妳主動的告白，會讓陪審團知道說，妳對於受虐兒童的苦境，也倍感同情。在那一刻，妳已經不只是專家，而且是個有血有肉的人。」

我們握了握手，然後我祝他好運。十個鐘頭之後我已經回到家裡，從窗戶眺望出去，月兒在湖上灑下一片銀光；我雖疲憊，卻全無睡意，累得沒力氣把自己拉回到現在，更遑論夢想將來，我不斷想起在爸媽房間的那一幕，無法自拔；在那一刻，保母霍華背叛了我對他的信任，偷走了我的童稚，在原本只該有美好、溫馨與快樂的回憶裡，摻進了粗鄙下流的印象，留下了醜惡、黑暗的痕跡。

「霍華，」我輕輕地對著夜色，對著那把我跟童年隔開的數十年歲月說道：「我恨你恨到了極點。」

無罪開釋

九月中旬的某一天，距離我在芝加哥作證不到兩個禮拜，我的電話一大清早就響了起來。才不過六點半而已，通常這時候我還在熟睡，所以在一陣驚亂之中，竟以爲那是鬧鐘在響而去按鬧鐘的按鈕。等我終於弄清楚這噪音的來源，才伸手去拿電話，嘟噥了一句哈囉。

「東尼今天早上被無罪開釋了，」庫茲曼劈頭便說，連自我介紹都省了。

「無罪開釋？」我邊說邊揉眼睛：「那眞是太棒了！」

「而且很幸運，」庫茲曼說。

「你爲什麼說那很幸運？」我問道。我看起來，只覺得這案子一清二楚；唯一對東尼不利的證據，就是孩童所講的話，而母親所寫的日記，還可佐證孩子的指控是在藉由鼓勵與強化而「創造出來的」。所謂的色情電影根本不存在；那應該也是想像出來的。

庫茲曼說，有個陪審員是種族歧視分子，在陪審團審議該案的時候，一直在貶抑少數民族。審議的第一天，一位候補陪審員便打電話給庫茲曼，並轉述那位陪審員所講的話。庫茲曼去找法官，於是法官下令終止審議，並把每一位陪審員喚來作個別問話。有四位陪審員承認，那位陪審員確實作出種族歧視的陳述。法官很不高興；他仔細囑咐陪審團，應把所有歧視的評論通通拋在腦後，只就證據來論案，才讓他們繼續審議案情。陪審團又考慮了三天，才達成無罪開釋的共識。

「我心裡有個很大的感受，」庫茲曼說：「看到這案子因爲這麼薄弱的證據而開庭審判，再親眼目睹陪審員的偏見——陪審員們不止因爲這案子的被告是少數民族而有偏見，而是他們本來就對於任何一個被指控爲騷擾孩童的人都有偏見——我不禁懷疑，到底有多少人曾因這一類罪嫌而被關到監獄裡。我再跟妳講一個故事。」

我坐在床上，被子拉得高高的，一隻手努力地把臉上的亂髮撥開。我往鬧鐘那兒看了一眼。庫茲曼可知道此時西岸這裡是幾點鐘嗎？

「我剛接到一個新案子。一位男性教師被控性騷擾他的學生。我先讓這人作過所有的測驗，音調測試、測謊、心理分析，相信我，我可不願意爲了一個有罪的人辯護而飛遍全國。測試結果都出籠之後，我覺得這人非常有可能是清白的。所以我去找警察，我說，嘿，你們何不先給這人測驗一下，隨便你們要他作什麼測驗都好，但是不要直接就以這個罪名起訴他，否則他的事業就完蛋了，即使他最後被無罪開釋也救不回來。那些警察瞪著我看，好像根本不把我當一回事。在他們看來，我也是心術不正，還幫這種人辯護，一丘之貉嘛。

「我心裡實在是難過到了極點，但其中有個警察跟著我走出房間。他說：『我這樣做會惹上不少麻煩，但我認爲你滿正直的，而且看得出來你眞的相信這傢伙是清白的。不過我得告訴你，這案子並不是無中生有，我們有這孩子受到性騷擾的證據。』我問他說，是什麼樣的證據？他就跟我說：『這孩子的口部有淋病。』我又問他說，檢查報告是什麼時候出來的，他說前一、兩天才出來的。所以我趕快把我的當事人弄到醫院去作血液測驗，結果證明他沒問題，他沒有淋病。就科學上而言，實在不太可能是他騷擾了這孩子。

「接下來這一段就很恐怖了。檢察官的人爲了把我的當事人定罪，所以封鎖了這個消息。幸好那位警察跟我說了淋病的事，否則等到開庭之後再要作血液測試來洗脫罪嫌，就來不及了。要不是這樣，他大概會被判有罪——百分之九十的兒童性騷擾案，是以判定有罪收場的——那麼，他工作也沒了，人也被關進監獄裡，一輩子都戴著騷擾孩童的烙印；而我們都知道，有騷擾孩童的前科，比謀殺的前科還要糟糕。要不是那位誠實的警員，他這一生算是完了。」

我聽到背景嘈雜的人聲，也聽到庫茲曼說「對，好，再一下就好。」然後回過來對我說，他得走了，有人在等他，他眞不知道要怎麼謝我，又再謝謝我講了霍華的事情。然後他就走了。我掛上電話，笑了起來。

有個抽屜，埋在我心底的抽屜，打開了，從抽屜裡面，迸出一股記憶。原來是霍華。他沒有五官，我說不出他的頭髮是直的還是卷的，也說不出他是胖是瘦，是高是矮，是美是醜。沒有五官，也沒有表情的霍華，跟我坐在客廳的沙發上，正用他的指甲尖，輕柔地搔著我的手臂，從我手背開始，上到手肘，然後回轉，來來回回，一次又一次。

這一次，記憶並沒有給我帶來痛苦。這一次，記憶反倒帶來勝利的感覺。我心裡想道，霍華，你這混帳東西。你明明有罪，卻沒人把你揪出來。但是現在呢，過了三十五年，你可派上用場了。我就用這段記憶去幫助別人，去幫助一個清白的人。

坐在床上，看著天空逐漸亮起，雲朵從深青轉為淡紅又轉為乳白，我發現自己開始想像霍華現在是什麼模樣。他一定有五十好幾了，我揣摩著，一邊因為自己給霍華安上去的愁苦五官而笑起來。他的臉上，大概布滿了結疣和褐斑，灰灰的頭髮，早禿得差不多了。心裡有了這樣的印象，我揮手向霍華的記憶道別。再見啦，你走得好。

然後，我讓自己沉浸在這兩個小女孩身上。凱蒂・戴文波特和珮姬・貝克兩人，終其一生都會認為，她們曾於某個夏日裡，在芝加哥市郊安適的幼稚園裡被人性騷擾。這兩個小女孩已經花了近乎三分之一的生命，去追憶並複誦自己被昔日信任的青年玷污的情節。她們已經把這些情節與自己合而為一了。

我心裡很確定，這兩個小女孩是眞的相信自己所講的故事。所以，以最深刻的言語層次而言，她們講的確實是眞話。記憶雖是假的，但若自己深信為眞——如果凱蒂或珮姬全心相信自己曾經被性騷擾過——那麼誰能指責她說謊呢？因此，「你相不相信孩子？」這個問題，其實沒有問到重點。我們眞正應該問的要緊問題是：「這孩子的記憶是原始的眞相，還是事後營造的眞相？」

在法律之前，東尼・赫瑞拉固然是清白的，但那段記憶伴著這兩個孩子一同成長，她們心裡永遠會刻著一九八四年七月的盛暑中，東尼碰觸她們「不好的地方」的印象。那是她們的記憶，是她們告別童稚之始，而她們終其一生，都得活在那形影、那聲音，以及那觸感之中。

7

「我怎麼對孩子下得了手」：霍華德．郝普特

如果所有會去衡量證據價值的人，能多體認到人類記憶的詭詐，那麼正義就不會常常出軌了。是的，我們這麼說吧，雖然在謀殺案中，若是有一滴乾血，法庭會應用最先進的科學方法予以檢測，但是同一個法庭，在需要檢驗心靈產物，尤其是目擊證人的記憶時，仍會以最不科學且最隨便的解決方法——即偏見與忽略——為滿足。

——雨果・閔斯特堡，《證人席上》

七歲的比利・錢伯斯眼睛盯著電動玩具，頭也不回地跟父母揮別。哇，好耶，他想，可以玩整整一個鐘頭，而且口袋裡都是錢！他在俄勒岡州科華利家鄉最要好的朋友傑森如果聽到這次旅行的事，一定羨慕不已。喔，加州很不錯，大峽谷很棒，而拉斯維加斯嘛——呃，他一輩子也沒看過這麼多的電動玩具！

他投了一個硬幣進去，叫做「大賽車」的遊戲，然後目不轉睛地看著車子抓著路面向前奔馳，兩旁的景物急速退去。爲了搶在其他車子之前到達終點，他愈開愈快，同時還得小心避開路上的險阻和障礙。他踩住煞車，把車子偏到路外，閃過一堵磚牆，然後又回到路面上來，以上百哩的速度駛過一個大彎，然後，砰的一頭撞上前面的車子。撞得稀巴爛！大火燒起來！

比利又玩了兩個遊戲，然後到處閒逛，看著人家玩。他站在一個女孩子旁邊，她大概四年級或五年級吧，他心裡想道，看著她靈巧地操控一個叫做「過關斬將」的電動玩具。

「這機子沒開耶，」他邊看邊說：「要放個銅板進去才行。」

「我知道，」她答道，手上仍沒停地玩著搖桿。比利聳了聳肩；也許她連一個銅板也不剩了吧。

接著有人抓住了他的手，緊緊地箝住他細小的手腕；比利回轉身來，又驚又氣，連話也說不出來了。比利想把他的手推開，但那人緊抓這他的手不放，而且開始把比利往電玩室的門口拖。現在比利可害怕了。這傢伙是誰？他爲什麼抓我抓得這麼緊？那人感覺到比利極度的不安，低下了身對他說道：「我是飯店的警衛。你父母親叫我來找你。」

比利不再抗拒了。他爸媽一定是發生了什麼事，所以才叫人來找他。到底爸媽是發生了什麼事呢？他腦裡閃過千奇百怪的念頭，任憑那人帶出電玩室，來到通往賭場的走廊。但在這兒那人卻突然轉了個彎，拉著比利上了樓梯，走到二樓。

爲什麼要上樓呢？比利的心跳得很急，好像隨時會從他的胸膛裡蹦出來似的。「我們要去哪裡？」比利終於問了，聲音弱得像蚊子叫。他已經快要哭出來了，但他忍住不哭。「去找你媽媽，」那人答道，他的嗓音沙啞，大概是感冒了吧。

他們順著二樓的走廊往前走，碰到一個拿著公事包的人，然後那人又重新緊緊抓著比利的手腕，拖著他往回走，沿著走廊，又下了樓梯。現在他走得已經很快了，抓著比利的手感覺上也因汗濕而變得滑溜。

他們走過大廳；大廳裡擠滿了等著要退房的房客。禮品店門口站著個女人，她抬起頭來看著那個陌生人並叫道：「哈囉，湯姆。」那人遲疑了一下，嘟噥地應了句哈囉，然後更加快了腳步，拖著驚慌的小男孩走過長長的地毯走道，出了賭場的大門。

當時的時間大約是早上十一點二十分，日期是一九八七年十一月二十七日，也就是感恩節隔天。

誰帶走了我的孩子？

瓊安・錢伯斯玩了二十分鐘的吃角子老虎，輸了七塊半；早上十一點十分左右，她回到電玩室來看比利。她走進電玩室裡，四下看了一下，沒看到比利。接著她仔細地巡視，走遍每個角落。不在，這孩子的確不曉得哪裡去了。她按捺下心頭突如其來的驚慌感；比利大概是錢花光了，現在正在賭場擁擠的人群裡找她呢。她立刻回到賭場，她丈夫正在玩吃角子老虎。

「你看到比利沒有？」她問道：「他人不在電玩室裡。」

傑克・錢伯斯用力一拉機器的拉把，轉盤上只轉出兩個檸檬與一個漿果，令他大失所望；這一塊錢又洗水溝了。然後他握著他太太的手，匆匆地在人聲鼎沸的賭場裡尋找兒子的蹤跡；接著到電玩室、大廳、一樓餐廳和精品店轉了一圈，連洗手間也不放過。早上十一點二十五分，他們通知飯店的警衛，十分鐘之內，警衛便已開始在全館上下搜尋一個戴著厚重的矯正眼鏡，穿著「銳跑」球鞋及羊毛外套，金髮短而直的七歲小男孩。

早上十一點四十五分，一位飯店的住客注意到廣播內容，攔住了個警衛說道：「我看到一個小男孩跟著他父親上樓，」他看著手錶補充道：「大概是二十分鐘以前吧。」

「跟著他父親？」警衛問道。

「是呀，他們兩個長得一個樣。那人牽著小男孩的手腕從走廊走過去，拉得好像很用力。那孩子看來是挨罵了還是怎的，一付驚慌的樣子。」

正午之前，飯店保全單位的主管已經向拉斯維加斯警察局報告說，有一例疑似綁架的案子。接下來那四十八個小時，拉斯維加斯警局搶劫綁架組，與洛杉磯的聯邦調查局分部合作，展開擴大偵查。有五個目擊者在看過比利的照片後，確認他們所看到的就是他；照片是比利一年級時照的，是個憨態可掬、牙齒開開的、直直的金髮覆著前額的小男孩，他戴的那付眼鏡，大到幾乎要蓋住他那甜甜的，稍有些傻氣的笑容。比利的右眼有輕微的斜視。

至於抓住比利那人的長相，便眾說紛紜了。看到那人的目擊者有五位，四個大人，一個小孩：在二樓走廊上與他們擦身而過的房客，查爾斯・克魯特；在一樓走廊上看到那人與比利的飯店員工，約翰和蘇珊・皮卡夫婦；還有在精品店前跟那人打招呼的賭場二十一點莊家，葛文・馬格利斯。總而言之，他們說那是個白種男子，年紀約三十五到四十，身高在五呎七與六呎之間，體重介於一百六十到一百八十磅，頭髮則是介於金黃色和棕色之間，戴著厚重的金屬框眼鏡，米色夾克，藍牛仔褲。好幾個證人提到那人跟孩子長得像父子似的。蘇珊・皮卡憶道，她在走廊上看到這一對大人小孩的時候，曾跟丈夫講了句玩笑話：「小瓜呆長大了就變成大瓜呆。」

十一歲大，曾與比利在電玩室閒扯過一、兩句話的愛麗森・瑪汀尼克則說，那人是深棕色頭髮，體格壯碩，前額有兩個斑痕，若不是胎記，就是疤痕。她對警方說，他穿的是藍牛仔褲，銳跑球鞋，深色框子的眼鏡。

警方根據目擊證人的描述，作成歹徒的畫像，並發布給各媒體，而報紙與電視無一不將這宗綁架案當作是頭條新聞。警方與目擊者作了長時間的約談，約談都有錄音，並打成文字報告。二十一點莊家，葛文・馬格利斯宣稱她認得那個牽著小孩的男人；那人名叫湯姆・史班洛夫，在飯店的廚房上班。警方約談了史班洛夫，也把他的照片放在列隊指認中，交給其他四位目擊者指認。約翰和蘇珊・皮卡立刻指出，史班洛夫就是拉著孩子的那個人。查爾斯・克魯特則指認另一位飯店員工荷西・葛西亞，才是自己在二樓走廊上看到的那人。愛麗森・瑪汀尼克則堅持說，帶走比利的那人不在這些照片裡面。

湯姆・史班洛夫和荷西・葛西亞最後終因充足的不在場證明而排除嫌疑，而整個十二月份，調查工作都沒什麼進展。警方接到了數百通密報，卻沒有一個消息可用。有個女人宣稱她在街上看到過比利，但追問之下，才知那是個十二歲的男孩。有個男人報案說，他看到一個長得像歹徒畫像的人；可是那人已經四十五歲，而且門牙都快掉光了。還有個不願留下姓名的女人報案說，有個假釋的強暴犯嫌疑很大，但那人才十八歲，而且有確實的不在場證明。

發現比利遇害

一九八七年十二月三十日，早上約十一點中左右，飯店清潔工在距離飯店約兩百碼左右，一位飯店經理住的拖車屋附近撿拾垃圾時，一眼瞄到地上有付眼鏡。他彎身要把眼鏡撿起來，卻看到拖車車尾處，俯臥著一個小男孩的屍體。他立刻通知組長，然後組長通知保全，保全又通知拉斯維加斯警方。此時還住在拉斯維加斯的親戚家的錢伯斯夫婦，被警方帶到現場。是的，他們說著，眼淚汨汨地淌過因哀傷而扭曲的臉頰，是比利沒錯。

此案隨即交由拉斯維加斯警局的重案組處理。經過驗屍以及科學檢測之後，法醫確認比利・錢伯斯的死因是氣管受到緊扼而導致窒息；據屍體的狀況研判，死亡日期應與失蹤日期相符。屍體上不見性侵害的痕跡。

重案組的探員首先拿到比利失蹤那天全飯店住客的名單。他們最感興趣的是住在二樓的房客，因爲正要退房的房客查爾斯・克魯特，就是在二樓遇到比利和那個人。探員們又進一步從內華達州和加州的監理所調出了所有住在二樓的男性房客的駕照和指認資料。

指認霍華德

這裡面只有一個人算是符合目擊者的描述。霍華德・郝普特，三十七歲，六呎高，一百四十五磅，金髮藍眼。檔案照片顯示他的頭髮分邊在左邊，戴金屬框眼鏡。郝普特先生於一九八七年十一月二十五日住進飯店裡，於十一月二十八日退房。他的房號是二三九，位於二樓的南翼，差不多就在查爾斯・克魯特與那一大一小兩人擦身而過的附近。

一九八八年一月十三日，謀殺案組的探員寄了封信給霍華德・郝普特，請他主動呈交自己的照片並提供指紋，以協助調查比利・錢伯斯一案。這信上的遣詞用字，寫得讓郝普特先生覺得全飯店的住客都被要求與當局合作，而且他並未被視爲嫌疑犯。同時，警方又從郝普特的雇主，聖地牙哥資料處理中心那兒，拿到了一張從彩色照片翻拍過來的拍立得照片；然後著手準備照片指認，除了郝普特的照片外，另有五張照片，爲求一致，這五張也都是用拍立得翻拍的。

一九八八年一月十五日，約翰和蘇珊・皮卡夫婦被分別約談，並且辨識照片。經過深度的約談之後，約翰才說他認爲三號——也就是郝普特——最接近，不過他不是很確定。「我看得太多了，」他說，自比利・錢伯斯失蹤以來，他看過了數百張檔案照片，「多到印象都開始有點模糊了。」

一月十八日，二十一點莊家葛文・馬格利斯進行照片指認。她選的是三號的郝普特；至於她對於這次指認有多麼肯定？她答道：「我覺得有八成把握。」

一月二十一日，查爾斯・克魯特搭機至聖地牙哥，並被帶到郝普特公司附近。此行的目的是希望克魯特能作個親身的指認。克魯特先生看到郝普特先生從停車場走向公司，經過他面前的時候，說道：「我想再看一次。」後來，警方問查爾斯・克魯特有沒有認出來，他答道：「穿著黃褐色夾克的，就是我在飯店裡碰到，跟小孩在一起的那個人。」穿黃褐色夾克的正是郝普特。

克魯特先生接著進行照片指認。他指認出，三號的郝普特正是他在走廊上遇到的人。警方也請他評比他對於指認的肯定程度，他說：「有七成半的把握。」

二月五日，警探夥同葛文・馬格利斯到資料處理中心。她指認郝普特先生就是她看到的，跟小孩子在一起的那個人。此時她更加確定，在警方請她以一到十分的指數來評量肯定的程度時，她說：「我覺得差不多有九成。」

二月三日，郝普特先生在沒有理會前一封掛號信之後，又接著收到第二封信，這次是雙掛號的。六天之後，也就是二月九日，郝普特先生打電話給聖地牙哥警察局，約好於二月十一下午五點三十分跟警探們見面。會談的時候警官輕鬆地問他爲什麼收到第一封信的時沒有回應。「我認爲他們不需要我，」郝普特答道：「那封信不是針對我寫的。」

二月十一日，早上約七點三十分左右，約翰及蘇珊・皮卡從拉斯維加斯搭機到聖地牙哥，前往郝普特先生上班的地方，並就地指認郝普特先生就是跟小孩子在一起的那個人。他們對於這次指認，有「九成到十成的把握。」稍後，他們進行照片指認，約翰・皮卡指著三號照片說：「這就是我看到的那個人。看他本人比看照片更像。」

起訴霍華德

一九八八年二月十六日，「內華達州訴霍華德・郝普特案」正式成立。犯罪內容的敘述充斥著法律用語：

本席認為，被告霍華德・郝普特以下述方式觸犯一級綁架與謀殺罪：

第一項罪名：一級綁架罪

被告惡意、不法、未經法律授權，引誘、帶走或拘禁未成年的比利・錢伯斯，意圖拘禁、留置或囚禁前述之比利・錢伯斯，以隔開其父母、監護人或其他擁有上述未成年男童之合法監護權之人等，或者企圖使上述未成年男童提供不法之勞務，或者企圖對上述未成年男童做出違法行為，在此，即性侵害。

第二項罪名：謀殺罪

被告於該時該處，未經法律授權，基於惡意預謀，故意且凶殘地殺害比利・錢伯斯，扼控上述之比利・錢伯斯之氣管，使之窒息而死。

上述行為違反內華達州的法律，並嚴重妨礙內華達州之和平與尊嚴。

用外行人的話來說，就是內華達州已經以一級綁架罪與謀殺罪之罪名起訴霍華德・郝普特。罪名一旦成立，霍華德・郝普特可能被處死。

這太離譜了

史蒂芬・史坦是個有使命感的人。我按下免持聽筒的按鈕，以便在他講話的同時一邊作筆記；他中氣十足的宏亮音調，衝擊著我這小小的辦公室，我得時時地壓抑住把耳朵掩起來的衝動。這些檔案櫃是保存我的紀錄的鐵甲武士，卻也幾乎從四面八方將我淹沒。每一年檔案都會增加，而走路、講話與呼吸的空間便隨著一吋吋地減少。要不了好久，我就會被擠出去，像電影《星際大戰》裡，牆壁開始往內擠壓，扎實但無情地把垃圾壓緊的鏡頭。有時候，我會坐在旋轉椅上，伸直雙腿，溫和和堅定地抵住這些金屬檔案櫃。這讓我有種一切聽命於我的感覺。

「這個人是清白的！」史坦的聲音如雷貫耳：「我百分之百確定，我心裡一點也不懷疑。沒有一件物證能把霍華德・郝普特跟這個案子連在一起。這是個單純的目擊證人的案件，如此而已，而且目擊證人的講法改來改去，會讓妳聽到頭暈。郝普特是拉斯維加斯警方找來的代罪羔羊。拉斯維加斯警方在沉重的壓力之下，發動了大規模的調查行動，卻沒有一點進展，所以找到頭一個符合一般體形特徵的嫌犯，就把他給逮捕了。

「羅芙托斯博士，」史坦繼續說道：「我向來是不接兒童虐待案或是兒童綁架案的，因為這種案子最令人憎惡，傷天害理到了極點。但是這個案子出來以後，我看了所有的報導，心裡只冒出一個念頭：『這樣就要把人定罪，實在太離譜了。』我的合夥人都說我瘋了。他們說，我們不需要這種案子。但郝普特從加州引渡過來之後，我忍不住跑到監獄去看他。我相信他，我相信他是清白的。我做了二十年的辯護律師，這二十年來，大概只遇過五個清白的當事人。我告訴妳吧，這一行幹了二十年，對方有沒有講實話一看就知道了。肢體語言、眼神、背景、警方辦案的過程……」

我心目中的史蒂芬．史坦，是個既年輕又魯莽、頭戴牛仔帽、一身牛仔勁裝的人，不斷驅策著已經口吐白沫的坐騎往前狂奔，好把殘暴歹徒手裡無辜的人搶救出來。我按捺住想要喊出「哇呀！」的念頭，用幾個字來打斷他的獨白：「史坦先生？」

「噯？」其實，他好像反而覺得輕鬆。是該歇會了。

「我想知道目擊證人的指認情形。最重要的目擊證人是那個小男孩，但他已經死了。別的證人如何呢？」

史坦簡述了這五個目擊證人的證詞，然後論斷道：「霍華德．郝普特是唯一勉強符合體型特徵的飯店住客，況且目擊證人所提供的體型特徵一直在變，這還不是稍微修正，而是大幅變動。

比利・錢伯斯失蹤之後那幾天，有兩個目擊證人說那人是棕色頭髮，重約一百七十到一百八十磅。郝普特是金髮，體重才一百四十五磅。當時待在電玩室裡，看到比利的手腕被那人抓住的小女孩，形容說那人『粗壯』、『肌肉結實』，額頭上有兩個深色的瘢痕，不是胎記就是傷疤。郝普特是個瘦子，臉上也沒有胎記或傷疤。有個成年的目擊證人堅持說那人有一頭濃密的頭髮，而郝普特已經半禿了。郝普特不是沒有不在場證明——他去參加陸地行舟會議了——但是當場沒有一個人注意到他。他沒有犯罪紀錄，但警方在搜查過他的公寓之後，找到一本『花花公子』，並以此作爲他會對孩童作性騷擾的證據。那種情形妳可以想像罷。他們找到一個不錯的嫌犯，然後就扭曲那些微不足道的證據，讓嫌犯看來更像嫌犯。」

史坦的話還沒完：「我挑了三個最嚴格的測謊測驗，主持人都是鐵面無私的專家，不但在這一行做得久，而且是眾所皆知，對被告存抱疑心的人。可是他三個測驗都過關了。那是我第一次想到，嘿，說不定這傢伙是清白的。所以從那時起，我開始挖掘警方如何誘導目擊證人指控這唯一的嫌犯。每一個目擊證人一開始挑出來的都是別的人，而約談的時候他們卻被警方牽著鼻子走，直指向郝普特。

「而郝普特這個人呢，卻像塊死木頭似的坐在那裡。他應該要義憤塡膺，應該要大吼大叫，把所有不平和苦悶都爆發出來，不過他卻只是冷冷靜靜，不爲所動地答道：『不是我做的，我不知道你在說什麼。』我實在想不透這傢伙是怎麼回事。他把所有的情緒都憋在裡面；他的四周有一堵結實的高牆。所以有天晚上，我故意在我辦公室裡激他。當時我們正在預習我主詰問的部分，我讓他看那個小男孩屍體的照片。他看著那些照片，一張接著一張，突然間他的肩膀抽動，人就哭了出來。他邊哭邊說：『不是我做的，我怎麼對孩子下得了手。照片拿開吧。』我當下就知道，一個有罪的人看到這些照片的反應不是這樣的，這我要講給妳曉得。郝普特沒有謀害那個小孩子。」

我感到一股熟悉的興奮感。「史坦先生，」我接著說道：「如果你把這案子所有相關資料，警方的報告、目擊證人約談的筆錄、預審的筆錄等寄給我，我會立刻看過，然後讓你知道我會不會就此出庭作證。」

「那有什麼問題，」史坦答道，不到一天，一個笑容可掬的聯邦快遞送貨員就把文件送到，而且我簽收的時候，他眞的在哼著「一閃一閃亮晶晶」；這案子我就接了下來。

案情的研究

我瀏覽過每一份資料，把它們分成三堆：有用的、有點用的和不太有用的。在這種工作裡面，沒有完全無用的資料，因爲我必須過濾所有的情況，從中搜尋些微的線索，高明的文意扭曲、影射、推測、暗示等等。我的辦公桌上堆積著目擊證人的證詞、拉斯維加斯警方手寫的筆記、剪報、黑白的指認照片，影印成全頁大小的比利・錢伯斯的學校照片；我估計史坦寄給我的資料大概超過五百頁。

壓在最下面的資料是驗屍報告，我把它們丟到不太有用的那一堆，但是一種莫以名之的責任感驅使我去把它拿起來看一看。報告的第一頁簡述比利失蹤、尋獲屍體、親屬指認，以及指紋確認的經過。接下來那四頁密密麻麻、鉅細靡遺地描述死屍內部和外部的狀況。我把整份報告讀過一遍，然後輕柔地把它放回文件堆裡。

驗屍報告有其效果，它提醒我死了一個眞正的人，一個健康的、有家人、朋友、同學的小男孩，但這一切都因陌生人致命的一掐而灰飛煙滅。由於我們在法庭上，講的是關於被告是有罪抑或清白的中立言論，有時候我們會忘了被害人的存在，而這在謀殺案中最容易發生，因爲被害人並沒有出現在現場，提醒我們他所受到的委屈和苦痛。我把比利之死的細節放在我腦後的角落裡，並發誓我不會忘記他。

我扶了扶眼鏡，開始讀目擊證人的自白。三個鐘頭後，我手邊已累積了二十頁手寫的筆記；我重讀了筆記時，又在留白處加上不少註腳。然後我打開電腦，一邊比對著筆記和目擊證人自白，一邊打出這五個證人的證詞的變化過程。

蘇珊・皮卡（飯店客房清潔員）

十一月二十九日：在指認照片時指出另一人可能為罪犯。

十二月四日：在指認照片時指出另一人（仍非霍華德・郝普特）最接近罪犯。

一月十五日：看過霍華德・郝普特列為三號的照片指認，仍未指認郝普特；指認出另外一個人為最接近罪犯。

二月十一日：走過資料處理中心並看過照片指認；指認霍華德・郝普特。

約翰・皮卡（失業）

十一月二十九日：在指認照片時指出另一人可能為罪犯。

十二月四日：在指認照片時又指出另一人可能為罪犯，有九成把握。

一月十五日：在指認照片時指出霍華德・郝普特最接近罪犯。向警方坦承：「我看得太多了，多到印象都開始有點模糊了。」

二月十一日：走過郝普特上班的地方並看過照片指認：指認霍華德・郝普特，有九成把握，並說：「他就是照片上的那個人。」

查爾斯・克魯特（飯店房客）

十一月二十九日：指出罪犯為五呎七吋到五呎九吋。

十二月二十四日：指出嫌犯的頭髮為淡棕色，頭髮往前梳，髮際線很清楚。

一月八日：指出罪犯頭髮濃密，無禿頭跡象，約五呎八吋高。

一月二十二日：走過郝普特上班的地方；指認郝普特的「體型特徵相符合」。基於郝普特戴的眼鏡和他所穿的黃褐色夾克，對於自己的指認有七至八成的把握。

葛文・馬格利斯（二十一點莊家）

十二月三日：指認拉著小孩的那個人是她的朋友，在廚房工作的「湯姆・史班洛夫」。估計她看著拉著小孩的那人約三至四分鐘之久。

一月十八日：形容罪犯的頭髮為淡棕色，五呎七吋至八吋高，身材細瘦。在看照片指認列隊的時候指認郝普特（三號）：「三號最接近，但我不確定。」對她自己的指認有九成把握。

二月十五日：走過郝普特上班的地方；指認郝普特。「我從照片和我原來的記憶認出這個人來。」對她自己的指認有九成把握。

艾麗森・瑪汀尼克（電玩室的十一歲女孩）

八七年十二月三日：指出出現在電玩室裡的那個人很高，「肌肉結實」，快四十歲左右，戴太陽眼鏡，深色頭髮。「我很確定他的頭髮顏色很深，是深棕色頭髮。」

八八年一月九日：憶起那人的前額有兩塊深紅色，近乎黑色的斑痕，像是「胎記或傷疤」。

八八年一月十三日：看過照片指認。未指認郝普特（三號）。

八八年二月十日：在列隊指認中指認郝普特。對她自己的指認有九成把握。

事件後的資訊

這張單子我再三看過，每看過一次，便多添了一分信心。我無法全然肯定地說霍華德·郝普特是清白的——畢竟那也不是我的工作——但這案子的目擊證人指認確實問題重重。我在電腦裡開了一個名爲「Stein/Haupt/Las Vegas/1989」的檔案，並打了「事件後的資訊」（postevent information）幾個字。

案發的日期是一九八七年十一月二十七日。所有對於霍華德·郝普特的肯定指認皆發生於一月中旬及二月中旬，距離他們看到拉著小男孩的那個人已有七至十二週之久。以常理而言，這麼長的時間，對於臉孔的記憶可能已經開始消退了，但更麻煩的是，每一個目擊證人都長期接受各種「事件後的資訊」的洗禮，而這些資訊很可能會影響他們對於歹徒的原始記憶。他們一再研究歹徒畫像，看了無數的普通照片、檔案照片和照片指認，而且還暴露在電視與報紙大量的相關報導中。因此，本來就因時間的流逝而逐漸衰減的原始記憶，對於「事件後的資訊」愈來愈沒有招架之力。

大多數人都不知道，「事件後的資訊」會影響個人對於事件的原始記憶；我們採納的新資訊，會慢慢地與我們原始的記憶融合在一起。於是我們會相信，這已經質變了的記憶再眞切也不過，既是眞實且不容改變，與多日甚至多年以前的實際經驗完全契合；並因而死心塌地地固守這已經不純的記憶。

就拿十一月二十七日，查爾斯・克魯特與拉斯維加斯警方的對話來說罷：

警探：你不記得那人頂上頭髮稀疏嗎？

克魯特：沒這印象。

警探：你不記得那人禿了頭？

克魯特：我不記得那人有禿頭。

警探：所以你是記得那人頭髮很濃密囉？

克魯特：他頭髮是很濃密。

這是克魯特在比利失蹤那天，就在他看到拉著比利的那個人之後幾個小時內所講的話。然而差不多兩個月後，在一月二十二日那天，克魯特先生卻指認了霍華德・郝普特，而霍華德・郝普特已經半禿了。到底克魯特先生的記憶，在這兩個月間發生了什麼變化？案發後他看了很多郝普特先生的照片，讀過不少關於嫌犯的敘述，所以他知道他正在找一個頭頂半禿的人。他心中原來那個滿頭濃髮的印象，早被新的資訊所取代，此時端坐在他記憶裡的，已成爲半禿的形影，而這正是他心中認爲是眞實，而且也最原始的記憶。

案發時在電玩室裡的小女孩，愛麗森・瑪汀尼克，於十一月二十七日告訴警方說，跟比利在一起的那個男人很壯碩，肌肉結實，深色頭髮，穿的是銳跑球鞋。不過六個月之後，她與史蒂芬・史坦在預審上的問答卻是這樣的：

史坦：妳記不記得，妳曾告訴警察說，他穿的是銳跑球鞋嗎？

愛麗森：不記得。

史坦：妳記不記得，妳跟他們說過那人的頭髮是深棕色的？

愛麗森：不記得。

史坦：妳記不記得，妳跟警察說過，那人既健壯，肌肉又結實？

愛麗森：不記得。

史坦的問題暗指的是，經過六個月的訊問、普通照片、檔案照片、照片指認和歹徒畫像之後，愛麗森現在的記憶，到底是哪般光景？

愛麗森：那人很高，金頭髮，很瘦，下巴尖尖的。

當然了，愛麗森所講的，正是霍華德‧郝普特分毫不差的寫照。

照片誘導偏差的指認

我在電腦上打出「照片誘導偏差的指認」（photo-biased identification）。這案子裡的每一個目擊證人，在看到霍華德‧郝普特本人之前，都看過他的照片。我們不難理解——甚至可以說，情況難免會演變成這樣——郝普特之所以會被指認出來，是因爲證人先前看過他的照片而有印象，而不是因爲他就是證人所看到的、跟比利在一起的那個人。爲什麼蘇珊‧皮卡在一月十五日時把郝普特的照片跳過去不管，卻在二月十一日時把他指認出來？爲什麼愛麗森‧瑪汀尼克在一月十三日時把郝普特的照片跳過去不管，卻在二月十日時把他指認出來？二月十一日，約翰‧皮卡於郝普特上班地點指認郝普特時，爲什麼說「他就是照片上的那個人」？是不是目擊證人因爲之前看過照片留下的印象，而把霍華德‧郝普特認出來？這不無可能。

下意識移情、時間的估計和信心

單子上的第三個項目是：「下意識移情」（unconscious transference）。霍華德‧郝普特於案發前後，在飯店裡住了三天。而同一期間，這五位目擊證人也都在飯店裡出入，或者住房，或者上班，所以他們在飯店裡看到霍華德・郝普特的機會可說不計其數。而當時不經意地照面，很可能使得目擊證人在幾個月後指認郝普特的時候，多了一份熟悉的感覺。

接下來我添了個項目：「時間的估計」（time estimates）。陪審員都知道，你對一樣事物看得愈久，記憶就愈清楚，但少有陪審員知道，目擊證人在估算特定事件之時間長短時，通常會高估很多。在我自己的經驗裡，看了三十秒鐘搶銀行的畫面的人，後來會把時間估計得比實際多得多；有好幾個人估計自己看了八到十分鐘。

二十一點的莊家，葛文・馬格利斯告訴警方說，她看著那人牽著小孩，看了「三到四分鐘」。如果她在出庭時，發誓說她的確看了這麼久，那麼一般的陪審員會把她的證詞擺在第一位，因爲他們不知道人們有過度高估時間的強烈傾向。陪審員們會相信她確實對著那一大一小兩個人看了好幾分鐘（就審視人的面孔並於日後將之指認出來的需要而言，這樣的時間算是很長了）並因而認爲她對霍華德・郝普特的指認特別有份量。

「信心」（confidence）。陪審員也跟一般人一樣，認爲一個人在指認的時候愈有信心，那麼他的指認就愈正確。那種斬釘截鐵地說：「是的，這絕對就是我當時看到的那個人」的目擊證人，鐵定比支吾地說：「嗯，呃，應該是他沒錯」的證人更有說服力。二月中旬時，蘇珊・皮卡在霍華德・郝普特上班地點將他指認出來之後與警方會談；警方問她有幾成把握，她說，她有「十成」

的把握。

葛文・馬格利斯於一月十八日指認霍華德・郝普特，並指出她對此有「八成」的把握。二月五日，她看過霍華德・郝普特本人之後，變得更有信心；她說她有「九成」把握。

約翰・皮卡於十二月四日時指認了另一個人，並說他有「九成」的信心。一月十五日時，他指認霍華德・郝普特爲「最相近的」嫌疑犯，又補了一句：「我看得太多了，多到印象都開始有點模糊了。」二月十一日，他再指認出郝普特，並評斷自己有「九成」把握。

查爾斯・克魯特於一月二十二日指認郝普特，並自評有「七到八成」的把握——基於郝普特所戴的眼鏡和他身上穿的黃褐色夾克。

本案的每一個目擊證人一開始時指認的人都不是霍華德・郝普特。隨著時間消逝，郝普特的照片愈看愈多，他們終於指認霍華德・郝普特就是跟比利在一起的那個人。每多指認一次，他們便越加肯定，到了當面指認郝普特時，他們的信心已經達到最高峰——每個人都有七成半到十成的把握。在審判的時候，檢察官會強調目擊證人對於指認的信心，並令陪審員相信，目擊證人一直都這麼有把握，好讓他們的指認更加有力。

暗示性訊問

這個案子還有一個重要的面向。我在電腦裡打出了「暗示性訊問」（suggestive questioning）

幾個字，然後對著螢幕上點點閃爍的游標瞪了良久。所謂暗示性的訊問，是指問句本身就暗藏特定的答案，或者會誘導證人做出特定的結論。總而言之，暗示性訊問會產生偏差的答案。不過在可能導致記憶扭曲的眾多途徑中，暗示性訊問是最主觀、也最難以證明的。如果警方的約談有錄影或錄音的紀錄，那麼要追溯暗示性問題，可能還稍微容易一些；但如果是書面的約談節錄，情況便困難許多，因爲警官通常不會把問句一字不漏地寫下來，而只是把答案的重點記一記罷了。

在這個案子裡，我算是幸運的，因爲證人的自白不單是錄音，還打成筆錄。這裡面有一個暗示性訊問的典型範例。一九八八年一月十五日，警方讓約翰・皮卡和蘇珊・皮卡看六個人的照片指認，其中霍華德・郝普特排在第三位。蘇珊最後指出，她認爲六號是最接近的。

「可是妳不從這裡面挑一個人出來嗎？」警官問道。

「沒錯，」她答道。

警官於是轉向約翰・皮卡，請他把照片看過一遍，從一號開始。看到一號和二號時，他都說：「絕對不是」；看到三號時，他猶豫了一下，說道：「很難講……不，這個太老了。那個人沒這麼老。」

「呃，除此之外呢？」警方追問道：「我是說，這人有沒有一點兒類似？」

「是有啊。」

皮卡又看了四號跟五號；這兩個都絕對不可能是。看到六號的時候，他說：「我覺得這臉跟眼鏡有點像，但頭髮不行。」

「所以這邊唯一讓你有點感覺的就是六號跟三號囉？」警官問道。

「呃，其實，如果把這種髮型，」皮卡指的是三號，「跟這種臉型，」他指的是六號，「湊起來，應該就有點頭緒了。」

「你喜歡三號的髮型？」

「對，我覺得那……」

「那三號的眼鏡呢？」

「那人的眼鏡比較像是這一型的，」皮卡一邊說著，一邊指著六號。

「你想把六號的眼鏡戴在三號的臉上？」

「對。」

「好，你覺得三號太老。你覺得三號差不多幾歲？」

「四十幾歲。」

「你看六號差不多幾歲？」

「三十幾歲。」

「好。所以你之所以把三號排除在外，就只因爲他看起來太老？」

「還有鬢毛。我記得那人的鬢毛是刮得很乾淨的。」

「不過他的頭髮的樣子很相近吧？」

「頭髮，是啊，髮色滿像的。」

「說到頭髮，你覺得三號的髮色怎麼樣？」

「就是這個麻煩啊。我從照片上看不出來他的頭髮是什麼色的。」

「我知道這不不太看得出來。」

「照片嘛，很難的。」

「但你看歹徒不在裡面嗎？」

「我看是沒有。一號，不是這個人。二號，也不是這個人。五號跟六號……我看得太多了，多到印象都開始有點模糊了。眞的我現在印象很模糊的，看了那麼多人、那麼多照片。」

「好。」

「但我覺得說，三號是最接近的。」

「好的，謝謝。」

大多數人看了這段對話，都不會覺得有什麼異狀。皮卡慢慢地巡過了每一張照片，而警官問的問題是在幫助他；警官爲了要讓證人有所進展，所以提起一些證人還沒有注意到的細節；最後皮卡就把他的選擇縮小到三號一個人了。

但我在讀著這段對話的同時，只覺得這裡面犯規的地方太多了。警方認定三號就是嫌疑犯；

目擊證人在看到三號的時候猶豫了一下，然後便把他剔除在外，因爲他年紀太大了。證人看到六號的時候聲稱臉型跟眼鏡很像，但頭髮不像。

如果嫌犯是六號，那麼三號應該會被拋在腦後，而對話則集中在六號身上。但警官非但沒有如此，反而要求證人重新審閱照片，並有意無意地讓證人覺得他對六號不是特別感興趣；警官說了：「所以這邊唯一讓你有點感覺的就是六號跟三號囉」，和「你喜歡三號的髮型」，和「你想把六號的眼鏡戴在三號的臉上」，還有「你覺得三號太老。你覺得三號差不多幾歲？」

這些問題都把目擊證人的注意力集中在三號身上。約談者要把「三號」這兩個字重複多少次，才能讓目擊證人感到，哦，警察有那麼點喜歡三號這傢伙，也許我該選三號，說不定我若選了三號，就可以讓大家高興，並把這個約談結束掉？

我不知道到底約翰·皮卡在約談時心裡是怎麼想的；但我很清楚，要把意念植入他人的心中，掃清舊有的記憶，讓新的意念逐步且確實地取得主導的地位，並不是很困難。如果記憶是一塊常態與變化分明可見的形體，我倒希望自己能夠切入記憶之中，那麼，我便能精準地測知這些記憶是在何時、何地被扭曲以及是如何被扭曲的。

我回顧整篇文件，單子上記了這幾個要項：事件後的資訊、照片誘導偏差的指認、下意識的移情、時間的估計、信心、暗示性訊問。

我把案情的相關線索整理出來，歸入特別的項目裡；同時也發現在這整幅圖畫中，目擊證人的指證有著嚴重的弱點——然則目擊證人卻是檢方指控霍華德・郝普特的核心要素。當然，這是我自己的圖畫。檢方得知的眞相與我無二，但他們畫出來的圖畫卻與我的完全不同。辯方律師也會愼選他所要的眞相，強調被告沒有前科，缺乏物證，以及不在場證明的證人等。觀看各方如何在法庭上呈現不同風貌的「圖畫」，聽聽陪審團會採納哪個版本的「圖畫」作爲眞相的寫照，常令人嘆爲觀止。

我針對霍華德・郝普特案，打出五頁的案情分析，連同我的履歷塞進信封裡，然後快遞寄給史蒂芬・史坦。

爭取出庭作證

霍華德・郝普特的審判預定在一九八八年十月舉行，但法官拒絕讓我出庭作證，理由是我會「侵犯到陪審團的職權」；事實上，法官的意思是說，目擊證人到底有沒有聽到或看到他們聲稱自己聽到或看到的事情，應該由陪審團自己來下判斷；而特別就這位法官而言，他似乎覺得，專家證人的出現，只會把事情愈弄愈複雜。

爲了說服法官改變心意，史坦訴請審判延期三個月。十月初，我接到史坦寄給地方法院的法律文件影本。這份題名爲「訴請許可專家證人出庭作證」的文件，總共有十四頁，內容除了點出我的大概資歷、我出庭作證的基本領域，還以相關法律論述來佐證這類證詞之實效及必要性。文件的結尾，史坦還帶一點威脅的味道說：

總而言之，辯方重申，庭上排除羅芙托斯博士出庭作證，實屬失察。華盛頓州上訴法庭於「華盛頓州訴孟恩案」中，曾有如下的陳述：

本案排除這類的證人，乃屬失察，因本案性質相當特殊：一、對被告之指認為本案主要起訴原因；二、被告提出了不在場證明；以及三、本案缺乏物證證明被告與犯行有關。

對於專家證人出庭作證質疑目擊證人證詞的可靠性，美國的法庭總是抱持戒愼且懷疑的態度。許多法官都感受不到非得讓專家證人作證不可的強烈動機，因爲他們唯恐這個關卡把守不住，往後專家便如脫韁野馬，無法駕馭。有些法官下令禁止心理學家作證，所根據的理由是，陪審員的「常識」便足以判斷記憶與認知的問題；既然如此，何必花費時間與費用，讓專家來證明陪審員早已知道的事情？其他法官則堅信，專業的心理學家證詞會不當地侵犯陪審團的基本職權。有位法官評道：「陪審團以追求眞相爲唯一目標；我極不願見到，專家因爲得以出庭，而取代了陪審團的地位。」

史坦所提到的「孟恩案」，是之前由華盛頓州上訴法庭審理的案子。馬克·孟恩（Mark Moon）與另一人被控綁架一名正要離開西雅圖市的雜貨店的女子。該女子被釋之後，向警方詳細報告了兩名綁匪的外貌。數週之後，她在列隊指認中，猶豫地指認出所謂孟恩的共犯，然後在開審時，當庭指認孟恩。但她原先所描述的，棕色頭髮、五呎十吋高、四十歲左右、大嘴且唇邊有痘瘡的男子，與現年二十八歲、六呎三吋高、黑髮、蓄髭、薄嘴唇的被告，實在大不相同。辯方要求讓專家證人出庭作證被拒，而被告也被判處有罪。一九八六年上訴法庭撤銷了原先的判決，發回重審，並允許讓專家證人出庭作證。

史坦的威脅奏效了。法官大發慈悲，裁定讓我出庭作證。

前往賭城

一九八九年一月十九日，我搭機到拉斯維加斯，接機的是史坦的同事，年輕且活潑的派蒂·艾利森。她開車帶我到我當晚要住宿的旅館，然後我們在垂掛著華麗吊燈的酒吧坐下來，靠在軟綿綿的絨面椅墊上。審判已經進行了差不多兩個禮拜；所有的證人都已經作證了，比利·錢伯斯的母親也作證了，霍華德·郝普特則才作證兩天而已。派蒂說，情況好像還滿順利的，但有幾個陪審員的反應令人憂心。

「不容易知道他們在想什麼，」她說：「我想，他們大多很同情霍華德吧，但其中有一、兩個可能會刁難我們。在挑選陪審員的時候，檢察官把所有年輕的都剔除掉了，他要的是年老的、非常威權式那一型的人，因爲這樣的人會對警方言聽計從，他們相信現狀就是好的，並崇尚清教徒的工作倫理，他們堅信，他們所能傳給下一代的最重要的美德，是服從及守法。」

「我們則想辦法把這些人剔除在外，因爲他們會敵視被告，」派蒂繼續說道：「此外，具有強烈的宗教背景的、軍人型的等等，我們也盡量把他們排除。最後，有兩個人把我們給難住了，到底要讓誰留下來，讓誰走呢？其中一個是職業軍人，五十歲退伍，然後到郵局工作了十五年；另一位是位婦人，五十幾歲，也是陸軍軍人。我們讓被告自己去作決定，結果他選了那位婦人。我想，他大概覺得，如果要在具有類似背景的一男一女之中選一，那麼女人可能會比較有同情心而且心胸開放。」

派蒂輕啜了一口白酒，然後說道：「我一直在想他作的這個決定，我腦子裡一直在轉，要是他挑錯了人怎麼辦？她是個女人，沒錯，她是比較可能會有同情心，但她也是個母親，所以她會去同情那小男孩的家人。而且她是陸軍下士，強悍得很。」派蒂顫抖了一下。「這行爲多麼奇怪啊，自己要去選擇可以決定自己命運的人。」

「談談霍華德．郝普特吧，」我問道：「他是怎麼樣的人？」

她深吸了一口氣，又緩緩吐了出來。「我得承認，我第一次碰到他的時候，實在不知從何去想；他很冷淡，沒有情緒起伏，整個人封得緊緊的。他什麼事都往心裡藏，不讓別人看到他的感受。然後有天晚上，我們在幫他預演交互詰問的狀況，他突然放出來了。他的外殼融化了，人也崩潰了；那就好像大河決堤一般；一瞬間，種種感受如像洪水一樣地湧出來。」

她不好意思地對我笑笑：「抱歉講得這麼文言，但是我每次一想到霍華德碰到的事情，心情就不斷往下沉。有誰形容得出這個不幸的人心裡有什麼感受？我最多只能講出我心裡有什麼感受。我相信他是無辜的。爲什麼？我說不上來，那是所有事情的總結。我在認識霍華德之前就看過筆錄和預審紀錄，我知道那些證據相互矛盾，又不足以定罪，目擊證人的指認又很薄弱。我覺得這有點像是政治迫害，因爲是警方把事情搞砸了，很離譜，小男孩的屍體就在飯店旁邊，警方竟然找了三十三天都還沒找到。我當時只是在想，郝普特說不定是無辜的。然後就認識他了。認識他之後，我就很肯定不是他做的。這麼一個冷淡而疏離，內斂又毫不透露情緒的人，我心底很清楚，那個小男孩不是他殺的。」

派蒂年輕而純眞，剛從法學院畢業出來；她沒有老練的辯護律師深知自己的委託人絕大部分都是有罪的那種深景透視法。但她深信霍華德．郝普特是無辜的，而這份信心絲毫不會因爲她缺少經驗而使其說服力短少一分。我聽著派蒂的話，心裡不禁在想：要是他眞的是無辜的呢？對於敗訴的恐懼，和讓無辜之人定罪且服刑的過失，沉重地打在我的心頭。

派蒂看了看手錶，喝了最後一口酒。已經近午夜了。「但是陪審團信服我們嗎？」她順著自己的思緒，問了這個問題，然後自己答道：「誰知道呢？在挑選陪審員的時候，法官照例詢問有沒有哪一位陪審員無法對被告公正評斷的。所有的陪審員都嚴正地搖了搖頭。但是妳想，有哪個偏頗的陪審員會承認自己判斷不公？每一個陪審員都說開庭的時候他們假設被告是無辜的。但他們的心底在想什麼？說不定是：『如果檢方這麼大費周章地控告他，那麼他大概是有罪的。』我不禁在想，這場仗會愈打愈苦。死了一個小男孩；五個人當庭指認霍華德・郝普特。陪審員難免會想，怎麼可能五個目擊證人同時錯了？不合理嘛。這時候就需要妳進場了——要請妳告訴他們，看起來合理的，不見得就是眞相。」

「眞相啊，」派蒂又講了一次：「在這個審判之前，我會辯說，世界上的確有眞相與正義。現在呢，看著霍華德・郝普特在法庭上爲他自己的生命而奮鬥，深怕萬一敗訴了，就得面對死刑，我已經不確定這世界上到底有沒有眞相與正義了。」

在證人席上

一九八九年一月二十日，早上九點十五分，我坐上證人席。史蒂芬・史坦詳細問了可能影響記憶的取得、保存與取出各階段的因素，問了兩個多鐘頭，我列舉基本的科學研究結果，引述數十個研究計畫，並指出與霍華德・郝普特案之目擊證人指認相關的特殊例證。

史蒂芬・史坦結束主詰問之後，法官宣布中午休庭；史坦邀我與辯方一行人到街角的小三明治店去用餐。「那是唯一能讓霍華德感到自在的地方，」派蒂在我們快步走過法院台階，從電視及報紙記者群中擠過去的時候對我說道：「只有那家小三明治店裡的人不會把他當作是動物園裡的奇怪動物。」

侍者過來幫我們點餐。郝普特點了一份臘腸三明治，然後交握著手，擱在餐桌上等著。他的手指又細又長，膚色近乎純白，浮起的青筋清晰可見。他的藍眼珠，淡得近乎蒼白。

他用完餐點後，我問道：「你還應付得來吧？」史坦和派蒂在餐桌的另一端交頭接耳，沒注意到我們的舉動。

他眉毛抬了抬，嘴巴張開了，像是要開口，但隨即閉起。我登時了解，我問的問題對他很不公平。「像惡夢一樣，」他最後說道：「我的生命，像一場惡夢似的，我每天早上醒來，都希望惡夢已經過去了，但是惡夢還在。惡夢一直都在，揮也揮不開。」

我看著他站起來，離開餐桌，他的動作遲滯僵硬；我回想起整整一年以前，當他打開自己的信箱，看到裡面有一封警長辦公室寫來的信，請他回個電話，協助偵辦內華達州拉斯維加斯一宗七歲小男孩的綁架謀殺案的那個時刻。這是一封多麼親切有禮的掛號信，但自此霍華德．郝普特的命運被恐懼所籠罩，一切都變樣了。

檢方的反詰問

我們在下午一點鐘回到法庭，接下來這三個鐘頭，我又坐回證人席，接受檢方的反詰問。在辯方律師對我進行主詰問的階段，我通常都很清楚下一步的發展，並感到一切都在控制之中。但是在反詰問時，我所面對的檢察官，對我所說的每一句話吹毛求疵，問題裡藏著陷阱，想教我自亂陣腳或是自相矛盾，或者丟給我一大堆統計數字和研究報告，設法使我犯錯；在這個情況下，難免會發生出乎意料之外的事情。

這位檢察官以尋常的方式開始問話，語帶譏諷，既貶抑我的研究，又暗示我是僱來的槍手。

「您就目擊證人這個主題，出庭作證過多少次了？」

「我大約作證過一百次，」我答道。

「您出庭作證有收費嗎？」

「辯方會貼補我花在這上面的時間，像是事前的準備、出差的時間、作證等等。」

「這案子您收費多少？」

「就我事前的準備、出差和作證等，我應該會收到約三千五百元左右，」我答道。

他停了一會，臉轉向陪審團，眼睛睜得大大的。那揚起來的眉毛說的是：那可是好大一筆錢哪，你們可有因爲提供意見而賺這麼多錢？

「您能給記憶下個定義嗎？」他在充分的停頓之後繼續問道。

「記憶是在人類心靈中資訊流動，它包含資訊的檢索，以及爲了進一步的心靈處理，如回憶、思考、評斷及決定，而取出資訊的過程。」

「在您專業領域裡的心理學家，對於記憶爲何各有不同的看法，是眞的嗎？」

「是有不少科學上的異議存在，是的。」

「對於記憶的運作方式，也有人提出異議？」

「是有些異議，是的。」

「是不是很多著名的心理學家相信，在審判時延請這方面的專家出庭作證是不合適的？」

「是有些人這麼認爲，是的。」他指的是麥克・麥克洛夫斯基（Michael McCloskey）和霍華德・艾基斯（Howard Egeth），兩位備受尊重，並執拗地反對我以及其他研究心理學家出庭作證的實驗心理學家。他們聲稱，並沒有證據證實陪審員會一面倒地相信目擊證人的證詞；而所謂目擊證人回憶的正確性有可能因爲某些因素——如壓力、武器焦點、跨種族辨識、事件後資訊、暗示性訊問——而受到影響的講法，不是研究結果無法充分證明，就是不用說陪審員也會知道；所以專家證人有可能會誤導陪審團，而且產生偏見。

檢察官與我的脣槍舌戰，反映出不同信念之間的巨大差異。麥克洛夫斯基和艾基斯似乎認爲，心理學家所收集的資料，必須近乎完整或完美，才能公諸於大眾。我則認爲，要等待完美，就等於要永遠等待下去，因爲我們怎樣也無法求得完美。而且我也不認爲只因爲心理學家所知道的不夠完美，我們就應該守住這份知識，不讓它外傳。不過於一九八九年一月二十日這天，坐在拉斯維加斯法庭被告席上的霍華德・郝普特，可沒有多少年好等著這些研究「至善至美」。

檢察官不斷地掄拳揮劍，攻擊我的研究：您以大學生作爲研究對象，是不是？這些學生也拿錢的，是不是？您眞的相信在實驗室裡接受測試的大學生，與有與暴力犯罪之目擊證人相同的體驗嗎？

我冷靜地回答說，是的，我在作實驗的時候，經常以大學生作爲受試對象，但他們絕對不是唯一的受試者。我提起近來有個針對孩童與老人的記憶實驗，就是以舊金山探索科學博物館的參觀者爲研究對象。有些實驗的受試者是便利商店的收銀員。還有些實驗以母親與她們的新生兒爲研究對象。

是的，我答道，對於參加實驗的學生受試者，我們或者給他們加分，或者給他們金錢的報酬，但是這應該不會影響他們的答案，因爲無論他們怎麼回答都會拿到酬勞。接下來的答案是，不，心理實驗裡的受試者與眞實生活中之刑案的目擊證人的體驗並不相同；說起來，眞實生活事件中的壓力可能使記憶受損更大。

檢察官洩了氣，又戳了幾刀，但已經不痛不癢了。四點四十五分，法官宣布當日審判結束，史蒂芬・史坦開車送我去機場，好趕搭傍晚的班機飛回西雅圖。

「我在妳作證的時候，仔細地觀察了陪審團的反應，」史坦在機場將近的時候說道。「我覺得有妳作證，眞的是不一樣。霍華德・郝普特會在這個法庭受審，並爲他自己的生命奮鬥，唯一的原因就是目擊證人的指認，而妳讓眾人打從心底懷疑這些指認的可靠性。」

「妳知道嗎，」他繼續說道，話裡充滿了感傷：「這是刑案辯護律師一輩子可遇而不可求的案子。像他這樣你明知道他是清白的，也打從心裡相信他是清白的當事人，是我所企盼的一切，是我從法學院畢業以來的夢想。現在我就活在這夢想裡面。我有點擔心，在這高潮過後，說不定我下半輩子都覺得過得沒有滋味，也許我接下來那三十年，就等著再接一個這樣的案子！」

史坦在機場旁停下車子，並因爲不能送我進去搭機而道歉。「晚上還有工作要趕，」他說：「陪審團的判決一下來，我會馬上通知妳。」

「你心裡的感覺怎樣？」我問他：「這個案子會贏嗎？」

「這案子一定要贏，」史坦答道，但我從他勉強回答的樣子得知，他怕他有可能會輸掉。

搭上飛機，我坐上靠窗的位子，方才在機場禮品店裡買的暢銷書，只看了一頁就擱下來了。我的心，就是離不開我剛剛走出來的那個法庭，離不開那個爲了自己的生命在法庭上奮鬥的男子，離不開那十二個即將決定他的命運的陪審員。我一閉上雙眼，霍華德・郝普特的臉孔就浮上來，時而清晰，時而失焦。我集中精神，於是看見了一個頂上金髮稀疏、淡藍近乎蒼白眼珠、戴著金屬框近視眼鏡的男子形象。在我心中，我看到他坐在被告席上，肩膀微微前傾，一根指頭支著下巴，凝神傾聽觀察的樣子。

他是不是清白的？我相信他是清白的，但是我此時的意見根本無關緊要。我已經把我這趟來打算講的話說完了，接下來就等著精心挑選出來的那十二位陪審員，如何根據他們的良知，爲一個男子的命運作出一致的判決。

我讓霍華德・郝普特的形影淡去並拿起我的書，決心以閱讀將之忘卻。

無罪開釋

一九八九年二月十六日，陪審團經過三天，近乎二十個小時的討論之後，裁定霍華德‧郝普特無罪開釋。史坦興高采烈地打電話給告訴我法庭上動人的場面。

「全場的人都站起來了，」史坦快如連珠炮般一口氣說道：「我老實告訴妳吧，我當時滿擔心的。後來才知道，第一次表決時，有九個陪審員投無罪，兩個投有罪，一個尚未決定。第二次變成十個投無罪，兩個投有罪，然後陪審團就僵在那裡僵了快六個鐘頭。最後，經過三天，總共二十個小時的考慮，他們終於將判決交給法官。在綁架罪方面——無罪。我們都屏住呼吸等著下一項。在謀殺罪方面——無罪。登時全場騷動，大家喊啊叫啊，互相擁抱。霍華德‧郝普特抱住我，哭了起來。派蒂平均每分鐘用掉五張面紙。郝普特的爸爸媽媽淚流滿面，手帕揩不停的。大家都在哭。」

史坦停頓了一下，然後嘆道：「比利的父母親坐在最前排。宣告判決的時候，他們把頭埋在手裡，啜泣了起來。這家人眞是可憐。」

「警方會重新偵查嗎？」我問。

「希望如此，」史坦用力地說。「凶手仍然在逃，而且如果警方的資料沒錯的話，那人會侵犯小男孩。我想這點警方應該是對的。凶手帶著比利上樓，本來是想對他作性侵犯的，但他在走廊上撞見了房客查爾斯・克魯特，所以就慌了。我想他原來沒打算要把比利殺掉，但等到警方開始搜索了，他大概覺得他別無選擇。現在，比利死了一年多，所有的線索都成了陳年舊事。我有個感覺，這案子大概破不了了，它大概會一直擱在列為『懸案』的檔案裡，每過一年，就被推到更後面去。過不了幾年，就沒人記得拉斯維加斯的比利・錢伯斯謀殺案了。」

史坦的語調一轉：「我跟幾個陪審員談過，妳也許會感興趣。有三個陪審員對我說，他們原來相信霍華德・郝普特可能是有罪的，但妳的證詞讓他們改變心意。他們說：『我們鄭重考慮了羅芙托斯博士講的話。』妳覺得怎麼樣？」

「太棒了，」我答道：「眞的，眞是太棒了。」霍華德・郝普特自由了，在法律的觀點上，他是個清白的人了，而史坦又告訴我說，我的證詞對於陪審團的最後決定起了關鍵性的作用。如果我沒有出庭作證，霍華德・史坦說不定會被判有罪，說不定還會被判死刑。

我覺得怎麼樣？我的生活與大多數學院派心理學家不同，而我常受到壓力，要我放棄這個虛華的、違反傳統的角色。但是史蒂芬・史坦告訴我說，有我作證，眞的是不一樣。霍華德・郝普特是個自由的人了，這是因為他的律師相信他是清白的，以及專家證人就目擊者記憶的可靠性出庭作證之故。現在，說不定拉斯維加斯警方和聯邦調查局會重新開始調查眞凶；說不定他們會把那人揪出來，免得他再禍害他人。

我想到其他一些不准我出庭作證的案子。就在我為霍華德・郝普特作證之前幾個月，我搭機到賓夕法尼亞州，為一名被控謀殺一對老夫婦的男子作證。辯護律師相信他的當事人是清白的，而在與被告談了六個鐘頭之後，我也相信了。

但法官就在最後一分鐘拒絕讓我出庭。最後被告被判有罪。他也是清白的嗎？被告被判處兩個無期徒刑，不准假釋。他的律師說：「這是我執業二十年來碰過最悲哀的案子，」並打算上訴。

我想到還有些案子，被告手頭拮据，無法負擔頭等的律師費。霍華德・郝普特的辯護費用高達兩萬五千美元，這些錢財，一半用他自己的存款支付，另一半靠他父母親的存款。若是霍華德・郝普特沒有豐裕的存款呢？若是他的父母親並不富有呢？他若是黑人，又貧無立錐之地，擠在公設辯護人滿滿的行程表上呢？

然後我想到年幼的比利・錢伯斯。我心裡閃過一連串的照片；我還記得法醫報告裡提到比利衣衫齊整、俯身躺在拖車旁，離飯店大門僅兩百碼遠。他的手掌朝下，雙腳交錯，左臂彎扭。

我也記得，那位母親在與兒子失散當天，對比利外貌的描述：「比利的襯衫沒有塞進去，」她對警方說：「他穿著有雪片花樣的紅色羊毛外套，但拉鍊沒拉上。噢，對了，」她補充道：「我差點忘了，他的球鞋打的是雙蝴蝶結。」

還有好些與我的工作無關的微末細節，在夜間回來侵擾我的安眠；就是那些整齊地打在白紙上，釘成厚厚的報告，封在標著「懸案」的檔案裡，令人心碎的那些真相。

8

「害怕得要命」：克萊倫斯・凡・威廉斯

我們的認知，有部分來自於我們眼前的事物，另一部分（而且這個部分可能比較大）則不外乎來自於我們的心靈。

——威廉・詹姆士（William James）

我坐在德州橘郡旅館房間的大床上，覺得悶熱、想家，而且不愉快。我剛剛跟路易・竇加吃過晚餐；年輕且活力充沛的竇加，是克萊倫斯・凡・威廉斯的辯護律師；克萊倫斯因被控強暴一位母親和她十多歲的女兒而受到起訴。竇加跟我一邊吃飯，一邊談著隔天出庭的時候他會問我哪些問題，此時一位濃妝豔抹、穿著緊身洋裝的金髮女郎走上前來，伸出搽著深紅蔻丹的手，問道：「竇加先生嗎？」典型的德州腔，每個音都拖得長長的。「我認得你；報紙上登了你的照片。我希望威廉斯先生能趕快脫身，因爲我再兩個禮拜就要去渡假了，到時候我可要帶著他一起走哦！」

話畢，那女郎施施然走出餐廳，留下羞赧的竇加不停地跟我道歉。「大眾對這個案子的反應非常情緒化，」他說：「人們不是拿強暴犯過人的精力來開個變態的玩笑，就是到報紙上投書，呼籲乾脆以私刑處置威廉斯。」我要他別擔心，像這樣的事情免不了會發生，然後我們迅速地改變了話題。但等我回到房間，背靠著床板坐在床上，眼鏡仍未摘下，鬧鐘指著午後十一點十五分，突然左眼窩後感到偏頭痛，而小桌上還堆著一呎高的文件；此時，我心裡不禁對那位金髮女郎冒出一股不太善良的念頭。

暗夜倖存者

怎麼會有人把強暴案拿來當作開玩笑的題材，尤其是這宗強暴案如此殘暴又無人道，那蒙面的男子連續不斷地強暴一對母女！那金髮女子的猥褻笑話影射的是：這案子不管是誰犯下的，他居然能往復地在那對母女身上來回一個多鐘頭。

我把眼鏡扶正，拿起小桌上的文件開始閱讀。這份題名為「莎莉・布萊克威的指認」的文件，共有九十八頁，打在洋蔥紙上，用廉價的塑膠卷宗固定住。第一頁看起來很正式，上方正中處打了「編號D-02,102」的字樣，並在上方偏左處打了「德州訴克萊倫斯・凡・威廉斯案」。

一九八〇年二月十四日，德州橘郡第兩百六十號法庭法官唐・布嘉斯開始審理前述罪狀……

強暴案發生於一九七九年四月三十日清晨。四十歲，已離婚，與兩個小孩同住的莎莉・布萊克威於清晨兩點三十分左右被侵入者驚醒。她從床上看過去，只覺得詫異，努力想認出站在床邊的到底是誰。一開始，她本以為那是她兒子，納坦，但在朦朧的黑暗中，她看出那原來是個戴著像是滑雪面罩的男人。

檢察官：妳被那人驚醒了之後呢？

莎莉・布萊克威：我抬起頭來跟他說話，但我一抬頭，那人就從腦後揪住我的頭髮，把我的臉扭開，免得我看到他。接著他用槍指著我的頭，並說我要是出聲的話，他就把我的孩子給殺了，問我聽懂了沒有？

檢察官：妳說妳看到了那個男人。當時妳房裡的有什麼燈光？

莎莉・布萊克威：我房裡的電話跟數位式時鐘，都有亮光的。

我在她的答覆下面畫了底線；光憑數位式時鐘跟電話撥號盤的亮光，即使那人沒戴滑雪面罩，恐怕也很難認出他的臉部特徵。

那人要她保持安靜——要是她把孩子吵醒，他就讓孩子在旁邊看。他把床罩和電毯拉開，把她的睡衣拉起來，並開始用他的手撫摸她的背。她想避開他，兩人一陣推擠拉扯，最後把小桌上的一只玻璃杯撥落掉地。

這一陣聲響顯然把她兒子吵醒了，因爲接下來她兒子便從走廊上喚著她。侵入者用槍指著門，母親則走到那人身前，乞求他讓她去應付她兒子。「那人手上有槍，我很怕納坦會沒命，」

她在出庭時作證道。侵入者讓她去跟她兒子講話，於是她兒子便回他自己的房間去了。過後那女人關上房門，那人抓住她，把她按在床上，然後爬到她身上。就在這個時候，她女兒叫了出來。

檢察官：珍妮叫了妳之後，侵入者有什麼反應？

莎莉・布萊克威：他變得非常緊張。他跟我靠得很近，我感覺到他的呼吸開始沉重起來。他的聲音變得怪怪的，然後他就說：「呃，看樣子只好把他們通通叫過來了。」

侵入者押著母親走到她兒子的房間。蒙面人避開光亮的地方，拿著手槍對她兒子揮了揮，然後用槍指著那母親的頭，說道：「別跟我要什麼把戲，不然我就把她的頭轟掉。」然後他們走到女兒的房間，叫她下床，然後四個人走回主臥室，蒙面人的槍仍然指著母親的頭。他指示母子三人交叉躺在床上，把他們的手都綁在身後，並用布條蒙住眼睛，然後開始連續不斷地、往復地強暴母親和女兒。

指認凶嫌

這是我第三次讀這強暴案的筆錄，儘管如此，我仍感到這白紙黑字背後的驚悚襲向我。我翻到第十八頁，這裡問到關於蒙面的事情。被害人作證說，蒙面的布條很窄，老是滑落下來。強暴犯不得不停下來好幾次，重新把布條綁上去。她說，有次在那人強暴她女兒的時候，她看到那人的臉，沒戴面罩。檢察官問她當時是否真的看到他的臉。

莎莉．布萊克威：我的確看到了。他是白人，膚色黝黑，深棕色卷髮，蓄鬍，眉毛又濃又黑。當時我看得很清楚，而且我集中精神在看，我當時看著那人，心裡曉得日後我一定可以把他認出來。

檢察官：那人現在在法庭裡嗎？

莎莉．布萊克威：在，當然在。

檢察官：為了作紀錄，能請您指出是哪一位嗎？

莎莉．布萊克威：好的，他就是坐在前排，穿著黃褐色西裝，戴著眼鏡的那個人。

我看了看時鐘，已經快要午夜了，但我手邊事情還沒完呢。我把眼鏡戴回去，深吸了一口氣，然後翻閱自己的筆記。

根據莎莉．布萊克威的證詞，她跟強暴犯同處一室近兩個鐘頭；她的小孩跟那人共處的時間也差不多一樣久。而且他們都在宣誓之下，異口同聲地說，克萊倫斯．凡．威廉斯就是強暴犯。

然而……

我翻到筆錄第五十五頁。莎莉·布萊克威正接受辯護律師路易·竇加的反詰問；竇加對於證人是既周全又溫和。在法庭上欺凌受害者是不會贏得人心的。

竇加：現在能請問您，當您被驚醒，並發現那不是家裡人的時候，您的第一個感覺是覺得害怕嗎？

莎莉·布萊克威：害怕得要命。

竇加：那麼您第二個感覺是？

莎莉·布萊克威：更害怕；除了害怕，還是害怕……我的感覺就是害怕，好害怕，怕得要命。

恐懼中扭曲的影像

「除了害怕，還是害怕……害怕，好害怕，怕得要命。」

許多人誤以爲在高度壓力的狀況下，連事件的枝微末節都會「印在」人們的記憶裡。特異的事件的確經常在人們心中不斷重演；但由於極度的壓力有礙心智的運作，所以會損及接收與記憶細節的能力。因此，由於事件不斷被喚出來，所以錯誤的、不正確的細節也會被喚出來，「印在」人們的記憶裡。事件重演的次數愈多，人們便愈信心滿滿地認爲自己所記得的是完全的、不二的眞相。

換言之，在恐懼的陰影閃過腦際，扭緊了神經傳輸元，切斷了電子訊號，又搗亂了記憶的抽屜時，人的大腦是不會運作得很順利的。辯方會強調，就是因爲莎莉・布萊克威怕得要命，她的大腦可能麻木、癱瘓到令她根本無法記憶事件的細節。

不過在審判的紀錄中，莎莉・布萊克威告訴竇加說，她連強暴她的人是誰都知道。她是在星期一早上，也就是案發僅幾個小時之後想到了。早上八點鐘，她打電話給她的同事，露意絲・威廉斯，想請她幫忙請個假。但是露意絲也沒有上班，所以莎莉打電話到她家去，兩人談了幾分鐘。大約兩個鐘頭之後，莎莉的男友催她多想一想，講個名字出來。他再三地、重複地要莎莉多想一想；那人她一定認識，錯不了的，因爲那人一直很小心地不讓莎莉看到他的臉。

莎莉・布萊克威：鮑伯一直說：「那人妳一定認識。妳一定在這附近或別的地方看過他。妳只要想一想，妳是在哪裡見過他的。妳可能在雜貨店、教堂或是別的地方看過他。要不然就是在哪裡的派對上遇過的……」他一講「派對」，他的名字就跟著臉一起跑出來了。我知道那張臉跟的是什麼名字。

在莎莉的男友說到「派對」二字時，跟著那張臉跑出來的名字是克萊倫斯・凡・威廉斯。數週之前，莎莉和她男友開車去載露意絲和威廉斯一同赴宴，這兩對伴侶整個晚上都混在一起。莎莉和露意絲是老朋友了，但這是莎莉第一次見到露意絲的丈夫，而這人只簡單地自稱爲「凡」。

我閉上雙眼，集中心神，設想莎莉·布萊克威當時的心境。她作證說，那人「堅決」不讓她看到他的臉。她認爲，那人之所以不敢讓她看到他的臉，是因爲她認識他，而且可能會把他認出來。她愈往這方面去想，愈覺得這個道理錯不了。她忖度道，自己一定認識這個人。但那不是一張她非常熟悉的臉；一定是個點頭之交，那種她只見過一、兩次面的人。

案發不到幾個小時，莎莉便跟露意絲講過話。想必兩人談話的時候，情緒是很激動的吧。有沒有可能露意絲碰巧提到她先生當天清晨在外面喝酒喝到三還是四點鐘才回來——是這個原因，所以那天露意絲才沒上班嗎？這隨口一提的閒話，是不是在莎莉·布萊克威的心裡種下了一個因子呢？

一個小時之後，被害人的男友出場了。「那人妳一定認識，」他再三強調：「再想一想……妳在哪裡見過他的……派對還是別的地方……」

眾多斷斷續續的線索在莎莉的心裡發狂也似地轉呀轉。轉得愈來愈快，速度與動能同時增加，逐漸變成一股漩渦。強暴犯——我一定認識他。露意絲·威廉斯——很熟。多想一想——妳在哪裡見過他。多想一想——派對。露意絲·威廉斯。派對。露意絲·威廉斯的丈夫。突然之間，凡·威廉斯的臉孔出現在她心裡，就像即可拍照片中的影像一樣，緩緩地顯影出來。他的臉似乎符合她對強暴犯的記憶。就是他，她想道，凡・威廉斯的臉孔出現在她心裡，又疊在她記憶中，強暴她的那人上面。那人的五官逐漸清晰起來。強暴我的就是這個人。

這有可能是眞的，說不定克萊倫斯・凡・威廉斯就是強暴犯。但是一個緊張而且承受著龐大壓力、爲了揪出犯下這惡行的罪人而備受煎熬的心靈，是有可能自創出線索與線索間的接連，用恐懼與痛苦將線索串在一起，好把事情趕快結束掉、不必再去想，並找出答案、找出解套的方法。

我不禁想道……如果被害人當天早上沒打電話給克萊倫斯・凡・威廉斯的太太的話，他的臉孔還會浮現在被害人的心目中嗎？如果她的男友沒有對她說：「再想一想……妳在哪裡見過他的……派對還是別的地方……」她還會認定強暴犯是她所認識的人嗎？要是她男友根本沒有提起「派對」二字呢？

我不知道凡・威廉斯到底是不是強暴了莎莉・布萊克威的那個人。沒有人知道，當然，除了威廉斯本人以外。說不定還有一個人會知道。如果威廉斯不是強暴犯，那麼那人必然還在外面什麼地方，而且可能會再犯。

和賓加在咖啡廳

次日，也就是一九八一年一月二十二日的早晨，看起來清明而美麗。我快快地沖了個澡，打扮妥當，然後搭電梯下到咖啡廳。我點了咖啡和全麥麵包，並從公事包裡拿出筆記來看。咖啡送到的時候，路易・竇加也同時拉開了椅子，在我對面坐下來。

「下意識移情，」他劈頭就說了這麼一句，連招呼都免了。「武器焦點。重大的壓力。」

我笑了起來；竇加一付自信滿滿又迫不及待的模樣。「路易，這個目擊證人可是堅持得很，」我對他說：「她非常確定就是凡・威廉斯強暴了她們母女。她一而再，再而三地說：『我心裡很明白自己看到的是誰。』」

路易點點頭，嘆了口氣，說：「不過從妳的研究裡可以看得很清楚嘛，信心與正確性不見得總是連在一起的。」

「話是不錯，」我說：「但要讓陪審團聽進去很難，尤其這位目擊證人言之鑿鑿地說就是被告犯了案，絲毫不怕因爲作了僞證而受罰呢！」我換了個話題，並翻到指證紀錄末尾特別標示出來的那一頁。「你在反詰問時所用的觀點很好，」我說道，並把紀錄唸出來：「你問證人說：『像這麼可怕的經驗，妳是不會忘記的吧？』而她答道：『碰到這種事情，你會盡最大的努力把它忘掉，好繼續把日子過下去。』這段話用來形容記憶眞是貼切。」

「那麼妳告訴我，」竇加說：「這個案子就是這樣嗎？妳認爲她是因爲被強暴而受到嚴重的創傷，所以她的記憶裡連重大的情節都留不住了？」

我想了一會：「我們不可能知道她心裡到底是怎麼想的。我只能根據她的證詞與已知的案情細節作出大概的推論。當時房間裡很暗，那人戴著面罩，又不斷拿槍指著她的頭，對她威脅。她既擔心自己的性命，也擔心兩個孩子的性命。而這些因素都可能損及她腦中記憶的正確性。但從筆錄和警方報告看來，我想，她的記憶最主要的問題，發生在『檢索記憶』的階段。她對強暴犯有著微弱而模糊的記憶，才不過幾個小時之前的事而已，而她還有另一段數週之久，對於克萊倫斯・凡・威廉斯的記憶。這兩段記憶可能是被搞混了，因爲她壓力很大、又很害怕，而且男友不斷地逼她多想一想，講個名字出來。」

我啜了一口咖啡，又很快地咬了一口麵包。「有另外一個案子，」我說：「跟這案子很像的，發生在澳洲。有個心理學家上了當地電視台的節目。他在螢幕上現身後不久便被警方以強暴的罪名將他逮捕，而且被害人隨即肯定地從嫌犯指認中把他指認出來。被告施壓要求警方提供強暴案的細節，結果發現時間正好就是他上的那個電視節目播出的時間。經過深入調查之後才知道，被害人是在看電視的時候被人強暴的，而她顯然是把電視的影像和她對強暴犯的記憶搞混了。」

「這事眞是離奇，」竇加一邊說著，一邊搖著頭。

「如果威廉斯是清白的，那這故事不也一樣離奇嗎？」我說：「告訴我，路易，你心底對威廉斯有什麼感覺？你認爲是他強暴了那位母親跟她女兒嗎？」

「我很肯定他是清白的，」他說：「妳大概從律師嘴裡聽多了這種話，但我全身每一個細胞都相信威廉斯沒有犯案。現場找不到物證——毛髮、指紋、精液或是衣服纖維，都和威廉斯無關。這個人若果眞如被害人所說的，在屋子裡待了快兩個鐘頭，那麼他一定至少會留下些蛛絲馬跡的。況且他沒有前科。他是個親切而溫和的人，這樣的控訴令他完全錯亂，心煩氣躁。我看過他跟他太太和小孩在一起的樣子，那絕不像是那種會連續強暴兩個女人的人。」

我再三琢磨他的話，一邊用指頭在塑膠桌布上畫圈圈。「你知道嗎，有個律師跟我說，犯了強暴案的人，你是看不出來的。他說，唯獨強暴案，你無法從對方臉上看出到底是不是他犯了案子。」

竇加勉強一笑：「是啊，這我承認；但我對這案子有特別的感覺。我相信他。」

「爲什麼？」我追問道，催他把話講出來，這是我最喜歡的話題之一。

「首先，你把所有的線索都拿出來，但是串不起來。你把線索拿起來衡量衡量，測試一下，翻過來看，翻過去看，但它們說不上『有罪』二字。然後有種感覺就出來了。我從早到晚跟被告混在一起，而這些人大多是都有罪的。一個案子要上法庭，起碼要有足以將人定罪的證據，而這些被告大多都是證據確鑿。然而，你偶爾會碰上那麼一個人，證據好像就是串不起來。他也許一付有罪的模樣，他也許行爲舉止不夠正派，也許目擊證人也說是他做的——但是你心底不信這一套。我對威廉斯的感覺就是這樣。說起來完全是直覺，但我認爲他是清白的。」

出庭作證

橘郡的法院像個菜市場似的。人群蜂擁地聚在法院外邊的階梯上，個個都努力要擠進法庭去搶個位子。記者、攝影師、白髮老太太跟抱著奶娃兒的年輕媽媽們，通通擠成了一堆。

我們費盡力氣，好不容易進到走廊裡，然後竇加進入法庭，我則在長條椅上坐了下來，正面對著一扇扇掛著「證人免入」（Witness Excluded）牌子的門。我看著人們竊竊私語，不時看看手錶，等著好戲上場。

上午九點十五分，門開了，竇加示意我進入法庭。我走過短短的走道，走過隔在觀眾與法官、陪審團中間的及腰木門，然後停在證人席之前，辦事員已經在等我了。「妳可願意起誓，妳所說的話句句爲眞，毫無作假，以上帝作證?」

「我願意起誓，」我答道。我坐上證人席，環顧這個座無虛席，靜得連檢察官的鋼筆劃在筆記本上的聲音都聽得一清二楚的法庭。肅穆的法庭總令我想起尚未開始講道之前的教堂；一樣是甜甜的古龍水味和香水味兒瀰漫在帶著煙塵的、不流通的空氣裡，而且每一張臉都掛著正氣凜然的神色。

我朝克萊倫斯・凡・威廉斯瞄了一眼；這是我第一次看到他。他算得上是迷人，粗獷型的，短短的黑色卷髮，差不多碰到領子，明顯的雙眼皮。上唇蓄著濃濃的髭，到了兩邊還有很戲劇性的收尾。

我記得，根據警方紀錄，莎莉・布萊克威最早對強暴犯的描述是：「白人男子，深黑棕色到黑色的頭髮；濃密而卷；蓄髭；黑眉毛，很濃；體重，約一百八十到兩百磅。」這些特徵都與威廉斯符合，除了體重以外，因爲威廉斯只有一百六十磅。另外還有一項耐人尋味的出入。在莎莉・布萊克威想起克萊倫斯・凡・威廉斯就是強暴犯之前，她對警方說歹徒年約二十歲。威廉斯已經四十二歲了。

雅克與道森定律

路易・竇加趨近證人席，先問些例行的、刻意要點出我的專業資歷的問題，然後請我說明記憶的運作方式。我解釋道，記憶有三個主要階段：習得階段、保留階段和檢索階段。

「最重要的是，」我總結道：「有好些因素可能會在任何一個階段產生影響，進而所及記憶的品質。」

「有哪些因素會影響記憶？」竇加問道。

「就犯罪的情況而言，最關鍵的因素之一，就是人們體驗到的壓力的大小。」我轉向法官說道：「若能在黑板畫出來，就容易解釋得多；如果您不介意的話，法官閣下。」

「請便，」法官答道。

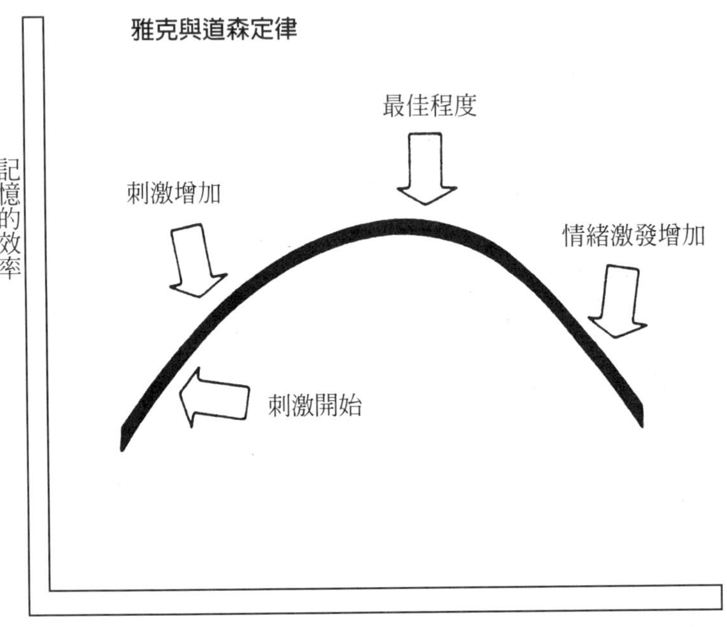

我走到立在陪審團前面的黑板之前，用粉筆在上面畫了個代表壓力與記憶之間的關係的倒U型，也就是所謂的雅克與道森定律（Yerkes-Dodson Law）。

「這裡有個很重要的地方，」我一邊說著，一邊指著弧線的右半部：「高度的刺激或壓力，會造成我們處理資訊並將之儲存於記憶之中的能力急速下降。許多人誤以爲極度的壓力會增強記憶力，就因爲有這個誤解，人們才會說：『噢，天啊，我當時怕得要命，那張臉我一輩子也忘不了。』但事實上，極度的壓力會損及記憶力。」

我提出我於一九七七年到一九七八年在華盛頓大學的實驗室所作的一個實驗。我們的受試者超過一百人，全都是大學生，而且是合格的選民；我們的目的是要測知一般人對於可能影響目擊證人證詞的相關因素知道多少。被問到極度的壓力與刺激對於資訊處理能力的影響時，整整有三分之一的受試者答說，他們不相信極度的壓力會降低我們認知與回憶事件細節的能力。尤其令人好奇的是，有百分之十八的受試者認爲，回憶事件細節的能力，會隨著壓力增加而增加，但認知事件細節的能力，則會隨著壓力的增加而減弱。我們很難想像，如果一開始的時候，就以劣質的資訊輸入記憶系統，那麼輸出的時候，怎麼會得到優質的資訊？

然後我回到證人席，重新就座。

「現場有沒有武器，也會影響目擊證人指認的效果嗎？」竇加問道。

武器焦點

「會，」我答道：「有一種因素，叫做『武器焦點』。在刑案中出現武器的時候，目擊證人傾向於去瞪著那個武器，而且這個傾向非常強烈。這會減少目擊證人觀察並考慮其他面向的時間，進而減弱目擊證人回憶其他細節的能力，例如拿著武器那人的長相。」

「能否請您告訴我們，若有人拿著槍指著某人的頭，」竇加又說：「這對於事後將持槍之人指認出來的能力有多大影響？」

我舉奧克拉荷馬州立大學的一個著名實驗爲例。如果對象手裡帶的不是武器，有百分之四十九的受試者能夠正確地將那人指認出來；如果對象手裡帶的是武器，那麼只有百分之三十三的受試者能夠正確地將那人指認出來。我也提到我與外子在華盛頓大學所作的實驗。

「在我們的實驗裡，我們是以追蹤眼球移動的儀器來研究武器焦點的。我們讓受試者看兩段不同的搶劫影片；一段是搶匪拿著槍指著出納，另一段是搶匪拿著一張支票交給出納。我們用了特殊的儀器，可以在人們看著這些複雜的畫面的同時，精準地追蹤到他們眼睛所注視的焦點。您可能不知道，但我們的眼睛在看著複雜的畫面時，是會不斷移動，只在某些定點稍作停留的。

「眼睛每次停留的時間約爲三分之一秒，然後又移往下一個定點。所以我們只要照一束光，便可以看出人們眼睛停留的定點在哪裡，結果發現，定點有很多在槍枝上面，在非武器的物體上就很少，因此要記得除了武器以外的細節的能力也隨之減弱。這個現象，我們稱爲武器焦點。武器會抓住人們的注意力，那是很難抗拒的。」

偽裝使得辨識產生混淆

「羅芙托斯博士，」竇加回到被告席，看了看筆記之後問道：「您能告訴本庭任何有關掩飾與辨識臉孔之能力的研究嗎？」

強暴犯戴著面罩，而竇加是想說，那個面罩可能讓目擊證人感到混淆。我迅速地看了威廉斯一眼，他戴著眼鏡。我不記得警方報告或是筆錄上有提到他戴眼鏡的事。我不禁想道，威廉斯是不戴眼鏡不行呢，抑或這是種掩飾？我想起泰德・邦迪在審判的時候換了好幾次髮型。有時候，他會趁著中午休會的時候換衣服，所以韓森法官才把他叫做「千面人」。根據傳記作家文生・布格利西（Vincent Bugliosi）的說法，查爾斯・孟孫（Charles Manson）也是個變裝大師，孟孫甚至於只要改變一下心情，就會對自己的外貌產生戲劇化的影響。

我把思緒拉回到這個案子上面來，開始敘述於一九七七年初年，由三位英國心理學家所設計的巧妙的研究計畫。受試者被分爲兩組；其中一組持續地接受訓練以增強辨識臉孔之能力。第一個實驗是讓受試者看二十四張照片，裡面的人各有不同的姿態、表情與僞裝，好比說改變髮型、加上鬍子、髭或眼鏡。所有的受試者都被要求「好好地把每一張臉看個清楚」，因爲接下來還測試一下他們記不記得這些臉孔。受試者也知道接下來看到的某些臉孔會加上僞裝。大約十五分鐘之後，又讓受試者看七十二張臉孔，而受試者必須針對每一張照片，回答他們之前「看過」或是「沒看過」。

三天之後，再度測試受試者辨識先前看過的臉孔的能力。結果非常驚人。先前看過的臉孔若加以變化，兩組受試者的辨識能力都會大幅降低。但對於與先前相同的臉孔而言，受試者的辨識能力都不錯——受試者大概一百次裡有八十到九十次，會說他「看過」這照片。但當臉孔稍加改變，或者是改變姿態，或者是改變表情的時候，辨識能力會降低到百分之六十到七十；而臉孔被僞裝過後，記憶的表現最差，大約只有百分之三十。而比較這兩組受試者後發現，訓練課程對於人臉的記憶一點也沒有幫助。

偏差指認

竇加的下一個問題跟偏差的照片指認有關。「讓目擊證人看照片指認，對於接下來的指認會有影響嗎？」竇加問。

「有的，」我答道。我解釋說，刑案發生時，而警方掌握了目擊者的時候，是有一定步驟的。首先，警方會讓目擊證人看許多照片；如果證人把歹徒指認出來了，通常就接著安排眞人的列隊指認。不過，這樣的列隊指認問題很大，因爲難免有一個人會既出現在照片指認裡，又出現在眞人列隊指認裡；而目擊證人在眞人列隊指認裡，不挑自己之前看過照片的那人，而挑別人的機會，可說微乎其微。在這個情況下，錯誤指認的可能性大幅提高了，這也就是心理學家所說的「照片誘導偏差的列隊指認」。

因爲這個觀念對於大多數外行人來說，實在太難懂，所以我決定多談談一九七七年時，於內布拉斯加大學所作的實驗。扮演目擊證人角色的受試者先看兩組各五個「歹徒」（完全陌生的人）的照片，每張照片出現二十五秒。主持人要求受試者細細審視每張照片，因爲當天傍晚的時候，他們得從檔案照片裡把人挑出來，下個星期還要看列隊指認。約莫一個半小時之後，讓受試者看五十張檔案照片，其中有的是「歹徒」，有的不是「歹徒」。一週之後，又安排了好幾個眞人的列隊指認，而受試者得從中把「歹徒」挑出來。

結果出人意料。出現在列隊指認裡，但先前從未出現的人，有百分之八被錯誤地「指認」爲歹徒。不過，如果個人的檔案照片先前已經出現過，那麼他被錯誤地指認出來的可能性會升到百分之二十。這些人既沒有犯過罪，也與目擊證人互不相識，然而他們之所以會被指認出來，是因爲他們的照片已經先給人家看過了。

「這樣，您就懂得這裡面的狀況了，」我說：「一張照片就能產生強烈的熟悉感，所以當一個人日後看到本人的時候，就覺得這人很眼熟。但是，這份熟悉感是源於照片，而不是親眼看到他本人。在指認的過程中穿插照片指認的危險性就在這裡。」

「列隊指認的組成對於指認也有影響嗎？」

「有的。在眞實的事件之後，盡可能安排出公平的照片指認，是非常重要的。也就是說，一個與案子不相干的人，在得知嫌犯的特徵之後，再去看六個不同的人組成的列隊指認時，他把嫌犯指認出來的機率只有六分之一。列隊指認的組成分子應該是彼此相當相像的，這樣的指認才會公平，不至於偏差或有暗示性。」

「我這裡有兩組照片指認，」賓加說道：「一組是檢方的三號證物，一組是辯方的二號證物。您能否檢查一下檢方的三號證物？」賓加把照片指認交給我，裡面有六個男子的半身照片。「它是否構成偏差的照片指認，這點不知您有何高見？」

此時檢察官已經整個人站起來，對著法官大喊抗議。「我想討論指認是否公平，會侵犯到陪審團的職權，」他一邊嚷著，一邊用指頭憑空猛戳：「指認是否公平，這個問題要交給陪審團去決定，讓她針對指認是否構成暗示性發表法律意見，算是什麼科學呢。」

「駁回，」法官宣布。

於此，檢察官答道：「好吧，庭上。」

我繼續作我的一般性論述。「我已經檢查過許多、許多照片指認了，而我在檢查的時候，通常是把照片指認裡的人，跟目擊證人最初所講的嫌犯特徵，拿來比較一下。」

「假如我們要找的人是五呎十吋高，」竇加說：「一百八十到兩百磅重，黑色卷髮，蓄鬍，頭髮差不多碰到領子。」這，當然就是莎莉．布萊克威在案發後僅數小時之內向警方提供的歹徒特徵。

「那麼，就這個照片指認而言，問題在於這裡面有的人一看就知道應該把他剔除在外，因爲他們跟歹徒的特徵一點也不符。比如說六號好了，他的頭髮不是黑色的卷髮，而是淺色的直髮，根本不符歹徒特徵，所以可以馬上把他剔掉；五號也是，他的頭髮好像太短了。還有別的問題，例如一號，只有他是側面照片，別人都是正面照片。用這個照片指認的話，裡面有好幾個人大概可以馬上因爲不符合歹徒特徵而剔除掉。」

下意識的移情

「羅芙托斯博士，」賓加壓低了聲音以強調他下一個問題的重要性：「假設說有人看過一個人，然後又從記憶裡把對於這個人的樣子叫出來；您作過這方面的研究沒有？」

賓加指的是克萊倫斯・凡・威廉斯突然出現在莎莉・布萊克威的腦海裡，以及她自動推論這就是強暴犯的臉孔的這件事。

「發生了駭人的事件，」我答道：「而且過後又想起一個特定的名字或特定的人時，人們心裡是有可能認定說，心裡想起的那張臉，就是出現在可怕事件裡的那個人，即使事實不見得是如此。」

「您有沒有對於這類事件的研究，我知道『下意識的移情』是您專攻的領域之一；『下意識的移情』與這個有關嗎？」

「這有可能是『下意識的移情』，」我說：「『下意識的移情』是錯把在某個場合看到的人，當作是在別的場合看到的人，或把這兩個人搞混了。但這裡的情況是，把你在某場合中看到的人，套到另一個完全不同的事件中的人身上去。這是個很嚴重的現象。許多人誤以爲『下意識的移情』很少見，其實不然。」

賓加點點頭，並朝陪審團看了一下。他希望這個訊息會在他們心中沉澱。「我最後一個問題是，」他沉默了一會之後說道：「人們在認知到一個情況的時候，會說那個情況持續了多少秒或多少分鐘或多少小時。就目擊證人的指認而言，他們是不是有高估時間的傾向呢？」

「在目擊證人的研究方面，最普遍的研究發現是，人們無可避免地有種高估時間的傾向，」我答道：「我們讓人們看一段歷時三十秒的銀行搶劫模擬影片，過後他們會說他們看了五分鐘，八分鐘，甚至十分鐘。有一個實驗讓人們看到歷時四分鐘的事件，而他們會說他們看了十分鐘，還有的人說是二十分鐘。人類的記憶有將複雜且沉重的事件予以放大的強烈傾向，所以這些事件歷經的時間，似乎比實際發生的時間來得更長。」

「一個人處在極度害怕身體受到損傷的情況之下，」竇加繼續問：「這會不會對他的認知或是辨識能力造成影響？」

「會的，這跟我們剛才談的壓力因素有密切關連。害怕身體受到損傷，可說是壓力的極端形式，或說這個情況會導致極度的壓力。」

「而且這會影響指認的效果？」

「這個情況對於已儲存之資訊的品質，以及當時流入記憶中之資訊的品質，有很大的影響。當然了，如果一開始時進來的就是劣質的資訊，當您回憶這件事時，出來的也是劣質的資訊。」

「我的問題問完了，」竇加先生說。

「沒有別的問題，」檢察官接口道。這倒令我驚訝，而從竇加臉上的表情來看，他也覺得意外。難得有檢察官會拱手讓出這個狠狠刺我幾刀的機會，不過有的時候，尤其在完全仰賴目擊證人指認的案子裡，檢察官會覺得，去撥弄一個對於這個主題知之甚詳的專家，不啻在涉險。另一個理由是，檢察官想藉著不問我問題的這個姿態，表達說我不值得他問話，他不想浪費他的時間來抬舉這個所謂的專家。

「好的，您可以下去了，」法官對我說道。

我迅速地看了一下手錶。我才上台一個鐘頭，但感覺上好像是四個鐘頭。我的班機還要好幾個鐘頭才會起飛，所以我踱回法庭，在最末排找了個位子坐下。下一個正人是露意絲・威廉斯。我看著她用手順了一下裙襬，通過走道，走道辦事員身前，舉起右手，說道：「我願意起誓，」然後坐上證人席。

真相到底為何？

竇加問她在案發當晚的情況——她能不能確切地指出她先生回家的時候是幾點鐘，她怎麼知道那是幾點鐘，臥房裡有沒有時鐘，他們有沒有談到那時候已經很晚了，諸如此類的。她的回答簡短而僵硬。這一大篇問答爲的是要把眞相顯露出來，但是眞相在哪裡？眞相到底能不能藉著時間、地點的標示而爲人所了解呢？

不曉得露意絲・威廉斯坐在證人席上，看著坐在被告桌旁的丈夫時，心裡在想什麼。她心裡完全地相信她丈夫是無罪的，連一絲疑慮也沒有嗎？我記得曾在審前聽審的紀錄上讀到，案發那天的清晨，威廉斯喝過一家又一家的酒館，等他回家的時候，已經是早上四點鐘了。強暴案據說是在開始於清晨兩點三十分，結束於四點鐘或是四點三十分。

露意絲．威廉斯睡得很熟嗎？她是不是眞的曉得她丈夫是幾點回來的？她丈夫在外頭喝酒喝到快天亮，她心裡介意嗎？眞是個怪異的巧合：凡．威廉斯剛好就是那天晚上出門，一個人喝酒，而且沒有一個人說得上來他是幾點離開酒館回家的。

露意絲作證過之後，我到走廊上找了公共電話，叫了部計程車，然後走到外面去等。外頭又濕又泥濘，空氣嚐起來有沙塵的味道。我脫下外套，抬眼看著這蒼黃的二月天裡朦朧的太陽。

凡．威廉斯是清白的，還是有罪的？我記得他坐在被告席上，身體往前靠，兩手緊緊地交握，拇指翹起，彼此抵著，時而互相摩擦。被控告的人，要怎麼才能忍受得了這種審訊的緊張？即使是有罪的人，一定也覺得這壓力難以忍受吧。「他們會抓住我的小辮子嗎？」他心裡一定盤算著。「他們會怎麼判我？我在牢裡要怎麼過？我怎麼受得了跟我的妻小分開？」

但他要是清白的呢。坐在那裡，感受到幾百對已經定了你的罪的冷漠眼光射在自己身上。被迫聽取被害人的苦痛，聽她訴說自己的臉孔就是他們的夢魘，聽她訴說他們恨死了自己這張臉。自己的生命變得支離破碎，卻什麼力也使不上。突然間，猛然地體會到沒有人會相信自己的講法，因爲他們的心意已決。判處有罪。

流審

下午我飛回西雅圖，重新埋首於工作中。學生們擠在我的辦公室裡，同事們把委員會決議報告遞給我，祕書小姐們交給我一疊電話留言。我忙得分身乏術，也盡量不去想克萊倫斯・凡・威廉斯的事情。

三月初，大概是我作證之後兩個禮拜，路易・竇加寄了一封信和好幾份剪報給我。「陪審團僵持在九比三，」竇加寫道：「三票投無罪，而這三位陪審員說，他們之所以投無罪，是因為妳出庭作證。」

《波蒙企業報》如尋常報紙般以簡潔而不帶情緒的文體陳述事實：

> 橘郡強暴案因陪審團僵持不下而造成流審
>
> 週二因陪審團僵持不下而使得克萊倫斯・凡・威廉斯一案流審。威廉斯被控強暴一名婦女及她的女兒。九位陪審員投威廉斯有罪，三位陪審員投威廉斯無罪。
>
> 陪審團週一晚上聚集在橘郡旅館，他們總共考慮了十二個鐘頭，才宣布說他們無法達成一致判決。

在威廉斯案的六天審判期間，法庭裡座無虛席。週一早上十點三十分，宣布陪審團要開始退席時，觀眾仍留連不去，其中有許多人當天一大早就到了。

星期五時，有位全國知名的記憶專家出庭作證，對於目擊證人的可靠性提出了疑問。

這段剪報令我啼笑皆非。所謂「記憶專家」一詞，把我講得好像江湖郎中似的。

我從另一段剪報中得知檢方要提出上訴：

……檢方打算於本案結束後對凡・威廉斯提出相同的控訴，即重度強暴罪。重度強暴罪最高可處五年至九十九年徒刑，以及一萬美元的罰金。

我把信和剪報都放到一個標著「竇加」的檔案夾裡。律師們都用當事人的名字來歸檔，我則偏好用與我接觸最多的人——也就是律師——的名字來給檔案命名。抽屜輕輕地發出碰的一聲，關了起來。

控方上訴

七個月以後，在一九八一年十月九日這天，我又搭機到德州橘郡去為凡・克萊倫斯的二審出庭作證。來接機的是賓加，他看來比初審的時候焦慮多了。他拿了一份當天的報紙給我。「強暴案被告在審判時情緒失控地否認涉案」，這是當天的頭條。

「他控制不住了，」賓加一邊說著，一邊搖著頭，牙關咬得緊緊的。「這個可憐的傢伙，他快崩潰了。」

我很快地把前兩個段落看完：

二度因被控強暴一名女子及其女兒而受審的克萊倫斯・凡・威廉斯，週四於法庭中怒責這個無謂的指控毀了他的一生。

「不是我做的……我從沒到過她們（指被害人）的家。這種事情發生在她們身上的確很不幸，但我卻只因為錯誤的指控而受到處罰。我已經失去了我所擁有的一切……」

出庭的時候，我可以明顯地看出凡・威廉斯的變化。他的身體因爲憤怒而變得僵硬且緊張。以前，在初審的時候，他是雙肩下垂、兩眼圓睜，一付被嚇壞了的模樣。現在，恐懼已侵入他的體內，正啃食著他的靈魂。恐懼也可能會形於外，衝著別人而去。我卻有種感覺，如果凡・威廉斯是清白的，那他的確得憤怒；因爲他如果不憤怒的話，就會被恐懼和失望生吞活剝下去。

坐上證人席的時候，我用同樣穩重專業的態度，提供同樣的考量觀點，幾個鐘頭後，又搭機回西雅圖。那天是星期五，我記得，因爲當時我正期待著星期六和星期天可以整天工作，沒有學生來找我。當晚我跟我先生傑夫，到一家新開的義大利餐廳吃飯，我們談起威廉斯這個案子。

「妳認爲他是清白的嗎？」

「竇加認爲他是清白的，」我說：「我認爲他說不定是清白的。」當天早上我出庭之前，竇加邀我一起吃早餐；我記得那時他說：「我做律師這一行二十五年了，這二十五年來，我只碰到過兩個清清白白、一點兒也不用懷疑的當事人。這兩個當事人，其中一個就是凡．威廉斯。」

被判有罪

星期一我上班的時候，路易．竇加已經留言給我了。留言的紙條上寫道：「凡．威廉斯被判有罪，判刑五十年。我們會上訴。」

「噢，」我大聲地哀叫。心理系的總務主任潔若汀看著我，皺著眉頭問道：「妳還好吧？」

「還好，還好，謝謝妳，我沒事。」我走到走廊上，拿出鑰匙打開辦公室的門，把公事包丟在地上，把雨衣掛好。我打開檔案櫃，把留言條子歸到「竇加」檔案裡，闔上抽屜，聽到碰的一聲響，接著大大地嘆了一口氣。然後我面對現實——我對於判處有罪，還沒有心理準備。初審時那三個執意投無罪開釋的陪審員給我很大的信心。二審出了什麼問題，讓凡．威廉斯看起來有罪呢？是不是因爲檢察官更有信心？還是因爲我的證詞說服力不夠？是因爲威廉斯發了脾氣，所以陪審員才棄他於不顧嗎？

我心裡想像著威廉斯坐在被告席上，聽到有罪的判決，然後抱著雙臂走出法庭的樣子。從法律的眼光來看，威廉斯是有罪的。他得入獄服刑。他已經失去了自由。

但他眞是有罪的嗎？我輕輕拍著已經關上的檔案櫃抽屜。放棄吧，事情已經過去了。我知道我得把這個案子拋在腦後，我得說服自己說正義已得到伸張。除此之外，我還能相信什麼？兩個不同的審判庭，總共二十四個陪審員聽過了本案的每一個面向；這二十四個心靈過濾每一個證據，追求最終的眞相。初審的陪審團無法達成一致判決，但有十二個陪審員裡有九個認爲威廉斯是有罪的。二審那十二個陪審員通通都投威廉斯是有罪的票。這二十四個聽取了本案每一條線索的人裡，有二十一個認爲威廉斯是有罪的。這些統計數字沒有我的事，如果我不想讓自己發瘋，就應該趕快鬆手。

峰迴路轉

兩個月以後，在一九八一年十二月三日這一天，一早又有一張路易・賓加給我的電話留言，上面寫著：「上午八點四十五分。有人認罪了。凡・威廉斯自由了。」

我立刻撥電話給賓加：「路易，發生了什麼事？」我對著電話筒大喊。我根本不打算自我介紹。

「伊莉莎白？妳不會相信的。妳不會相信的。」路易深吸了一口氣，然後大笑起來。「對不起，我就是忍不住要笑出來。一邊笑還一邊流眼淚哩。」然後他告訴我上個星期發生的事。路易斯安那州警方接獲重要的線報，逮捕了約翰・西摩利，警方認爲他就是在路易斯安那和鄰近幾個州犯下多起強暴案的「面罩色狼」。西摩利坦承自己在七個州犯下二十七件強暴案——包括克萊倫斯・凡・威廉斯被控的這一件。

「他們有錄影存證，」竇加說：「他把西摩利認罪的過程都錄下來了。橘郡檢察官看了這卷帶子，立刻就撤回對威廉斯的控訴。這眞是難以置信，眞的是難以置信。」

傳播界對於這個離奇而且結局還大扭轉的故事自然是不會放過。十二月六日，《西雅圖時報》刊出了這則美聯社消息：

被告得到自由，免於黑獄生涯

德州橘郡（美聯社消息）。因強暴罪而被判處五十年徒刑的四十二歲的化學工廠工人，在另一人認罪之後，在眾親友的簇擁下，坐上豪華房車駛向自由。

「我不想被判無罪，因為此後每個人都會覺得說，我是因為請了個好律師才脫罪的，」在檢方於星期五的特別法庭上撤回告訴後，克萊倫斯・凡・威廉斯如此表示。

「我要那個人被捕而且自己認罪。我好怕他還沒認罪就死了……那真相就沒有人知道了。」

這個故事後面還有一大段，但是讓我直到往後好幾週仍耿耿於懷的，是威廉斯那一句「那麼眞相就沒有人知道了」。知道眞相的人，有一個——就是克萊倫斯·凡·威廉斯。要是路易斯安那州的警方不是正巧抓到西摩利的話，威廉斯現在還蹲在牢房裡，瞪著牆壁發呆，痴痴地想著他的老婆小孩呢。明知眞相爲何，卻無法說服旁人，還有什麼比這個更苦澀、更孤獨、更絕望的？

日復一日地爲著自己從來沒有犯下的罪狀服刑，這會對一個人的靈魂造成什麼樣的傷害，我不敢去想。一日終了，未來卻無可寄望，只知眼前還有千百個日子得熬過去。

記憶中的另一種真實世界

一九八八年八月，凡·威廉斯重獲清白之後六年，我在芝加哥西北大學法學院對數百名前來參加座談會的律師發表演講。講完之後，有位觀眾走上前來，跟我握握手，並作自我介紹。

「我在一九八一年的時候，是德州威廉斯案的檢察官之一。」他說：「這個案子有個很有趣的後續發展，如果您現在不忙的話。」我們在空蕩蕩的演講廳的最前排坐下來，然後他開始敘述莎莉·布萊克威和她兩個孩子到檢方辦公室來看西摩利認罪的錄影帶的事情。

「那時候，他們還不知道西摩利已經認罪了，」這位律師告訴我。「我們把他們帶到一個小房間裡，把燈關掉，然後開始播錄影帶。看了幾分鐘之後，這兩個十幾歲的孩子開始看著他們的母親。從他們臉上那付受到驚嚇的表情，你不難看出他們認得這個人。但是母親看也不看他們一眼。她繼續盯著錄影帶裡的那個人，然後開始慢慢地前後晃著頭。『不，』她的音調比錄影帶還高：『不！不！不！不！不！』

「西摩利供出了只有強暴犯本人才會知道的細節，那種除了檢察官辦公室以外誰都不知道的細節。」律師繼續說道：「但是被害人還是無法接受自己指認錯誤的這個事實。她沒辦法讓自己去面對犯案的人不是凡．威廉斯這件事。」

這是個眞眞切切的、活生生的證據，人們一旦信服了記憶，那麼就連事情有著再明顯不過的矛盾和出入，他們也拒絕改變自己的心意。我記得傑若米．法蘭克法官曾在著作《無罪開釋》中寫道：「身爲證人的你，會痛恨任何對你記憶的懷疑，因爲懷疑你的記憶，就等於在攻擊你的可信度，冒犯你的人格。」我們的記憶之所以這麼寶貴，就在於它們其實就像是我們自己的一部分似的——記憶界定了我們的身分，我們所經歷的經驗，以及我們應該有什麼感覺。

我跟這位檢察官談起最近耶魯大學所作的一個研究。他們先讓受試者目睹犯罪經過，然後請他們看一組十二張照片，把「歹徒」挑出來，但其實眞正的歹徒不在裡面。幾天之後，又請受試者從六張照片裡選出歹徒，而這六張照片裡面，有眞正歹徒的照片，還有一張受試者上次錯誤地挑選出來的那張照片。這一次，有百分之四十四的人會執著於他們原來的記憶，即使眞正的「歹徒」就在他們面前。

「就某個層面來講，這跟威廉斯案是很類似的，」我說：「被害者選了個人出來——就是克萊倫斯・凡・威廉斯——然後，即使眞正的歹徒出現在她眼前，承認自己犯了案，講出了除了他自己以外沒有人會知道的細節，她還是無法接受。她執著於自己原來的選擇，也就是被錯選了的克萊倫斯・凡・威廉斯。一旦凡・威廉斯的臉疊在她記憶中的強暴犯的臉上，一旦她自己跟定了這個記憶，又當庭指稱凡・威廉斯是強暴她的人，便再也不可能把這兩個記憶分開來了。可以說，這兩個記憶眞的是永遠地膠合在一起了。」

事後良久，我仍記掛著這場對話。研究和實驗一再證明，人類的記憶是有缺陷的。這些事實發表在著名的專業刊物中，用的是精準的學術文字，所採用的方法論也無可挑剔。但是發生在克萊倫斯・凡・威廉斯身上的事情，不啻在這些事實的陳述上安上一張臉孔、一顆心臟和一個靈魂。威廉斯案把研究帶到實驗室之外，並將研究變得眞實。

莎莉・布萊克威的證詞差點就把凡・威廉斯送進監牢裡關五十年。她不能面對這個重大的錯誤。當她在法庭上，不怕因僞證而受罰，言之鑿鑿地選擇了這張臉，指認了克萊倫斯・凡・威廉斯的同時，她也選擇了自己的記憶，不再接受所有其他相符的訊息。在不同臉孔的衝擊下，她只能把新的臉孔否決掉，因爲新的臉孔不符合她儲存在心裡的印象。

莎莉・布萊克威的記憶縱然持續且有力，還好現在對凡・威廉斯並沒有什麼大害。但想像一下，如果有個不同的結局，如果路易斯安那州警方沒有抓到面罩色狼呢；想像一下，如果沒有面罩色狼認罪的錄影帶呢；那麼結局便不同了，莎莉．布萊克威的記憶將可以把克萊倫斯．凡．威廉斯在監獄裡多關幾十年。

9

「辣手伊凡」：約翰・丹揚佑克

指認的疑雲，令人心底一顫——上帝容我這麼說罷——這一切是否終將以可怕的鬧劇收場？

——以色列作家錢恩．古理（Chaim Guri）

那是個寒冷且飄著綿綿細雨的一月天。一九八七年初，在這一年，有個案子引起了大眾的狂熱。一切都始於一通從紐約打來的電話。

「羅芙托斯博士嗎？伊莉莎白．羅芙托斯博士嗎？」收訊很差，我耳裡只聽見嘀嘀嘟嘟的聲音。

「是的，我就是伊莉莎白．羅芙托斯，」我答道，盡可能提高音量蓋過靜電的聲音。

「我叫做馬克．歐康諾，我是從紐約市打電話來的。我是約翰．丹揚佑克的律師。」他緩緩地講出這個名字，丹揚佑克。「丹揚佑克先生之前是美國公民，因爲戰爭罪嫌而被引渡到以色列受審。有五個在翠布林卡（Treblinka）的生還者指證說，丹揚佑克就是曾經在集中營犯下滔天大罪的烏克蘭守衛。」

納粹的劊子手

「辣手伊凡，」我說得很慢，「我聽說過。」

「我們需要您的幫助，」歐康諾說道：「這整個案子的關鍵就在這五個目擊證人的記憶，已經三十五年之久的記憶。」

我毫不遲疑地接口道：「很感謝您打電話來，歐康諾先生，但是很抱歉。我不能接這個案子。」

「爲什麼？」僅用這三個字便含括了這麼複雜的問題。

「我很忙，」我說：「我手邊有三個案子，還要給學生上課。還有，我是猶太人。」這總行了吧，我心裡想著，另請高明吧。

「您是世界知名的目擊證人記憶的專家，您要是不出庭作證，這個無辜的人可能就得受死了。羅芙托斯博士，拜託，聽我講一下，我只求這一點。您只要聽就好，保持開放的心胸。我跟您保證，我發誓約翰·丹揚佑克是清白的。他不是那個人稱辣手伊凡的大壞蛋。」爲了防止任何的反駁，歐康諾講得既快又響。「這些目擊證人裡，有好幾個在大戰剛結束時便作證說，伊凡已於一九四三年八月發生在翠布林卡的一場暴動中喪生。而且有六個翠布林卡的生還者看到他的照片，卻沒有指認他。那些生還者會把他指認出來，是大有問題的。如果您讓我跟您見面，我就可以跟把整個案子都呈給您看。這個人連審判都還沒有，請您不要驟下斷語。他也該當有個公平的審判——除非證明他有罪，否則在這之前他都是清白的。無論是多麼慘絕人寰的罪狀，畢竟我們的法律和以色列的法律都該給他這個機會。」

即使到了今天，我都還記得歐康諾講話時的那股執著與急切。他訴求的是我的好奇心：丹揚佑克有可能是清白的嗎？以及我的職業道德：我怎麼能違背我自己堅持的原則呢？我猶豫了一下，歐康諾一發現我的弱點，又再度促請。

「請讓我到西雅圖跟您見面。我這個週末就會過去。」

「從紐約過來？」

「還有一個月就要審判。我們沒有多少時間了。」

「我無權不讓您飛過來，」我最後說道：「但我無法作任何保證。」

「只要保證您肯聽就好，」他說：「因為，請相信我，我會讓您相信他是清白的。約翰・丹揚佑克不是辣手伊凡。」

約翰・丹揚佑克和辣手伊凡

馬克・歐康諾花了兩天來勸我，從一大清早講到傍晚，講沒停的，他在我家的起居室裡走來走去，不時從他的公事包裡拿個文件出來佐證，又是論之以理，又是動之以情，從吼叫到乞求，想盡一切辦法要我把案子接下來。

他談到這個案子有個「超級情緒化」的面向，因為這個案子是自艾屈曼（Adolf Eichmann）於二十五年前被吊死以來，耶路撒冷最出名的納粹戰犯審判。但是伊凡不是艾屈曼，歐康諾說著，聲音沉了下來。伊凡不是官員，但他也不只是個簽簽字、打打電話、參加個會議的技術官僚；不只是希特勒企圖湮滅猶太人這個殘酷計畫裡的一個微不足道的小人物。他之所以跟別人有些不同，是因爲他當時在場，日復一日地待在集中營裡。伊凡會虐待囚犯並砍斷他們的手腳，在囚犯走進毒氣室的時候狠狠地鞭打他們。柴油引擎使毒氣室充滿致命的毒氣，只要三十到四十分鐘便奪人性命，而柴油引擎的操作就是他負責的。伊凡開動那個機器，不知有幾百、幾千次。死在這個人手下的男女老幼，只怕有將近百萬人。

「您知道翠布林卡的事情嗎？」歐康諾問我。「您知道這個集中營的事情嗎？」我坐在沙發上，一語不發，眼睛眨也不眨。「我告訴您吧，」他說：「翠布林卡是地獄中的地獄，是終止一切夢魘的夢魘。翠布林卡是個處死人的地方，就這麼簡單，那個地方是建造來作大規模屠殺的，爲的是能夠快速而有效率地『處理』屍體。」

大多數的猶太人是坐火車來的，歐康諾解釋道。從班車抵達到該車次的男女老幼都死光，平均只要一個半小時。每班車差不多送來六千個新到的人。一天八個小時裡，這個叫做伊凡的人可能殺死了上萬人。

歐康諾停了一下，我們彼此看著對方，因爲把人命的課題當統計數字來談而感到羞恥。接下來，該不是把計算機拿出來，把車次、下車和脫衣服的時間，毒氣室的容量等考慮進去，算算一天做十小時、一週做六十個小時、一年三百六十五天等，會死掉多少人吧？這樣的統計數字裡，埋藏了多少的不義啊？

一九四三年的時候有個暴動，歐康諾繼續說道。有兩百個男女參加暴動。這兩百個男女之中，只有五、六十個會活到戰後。將近一百萬人，最後只剩下五十個生還者；每一個活口，背後就有兩萬個亡魂。

想像一下。設身處地地想一想，羅芙托斯博士。想想看您要是熬過了這個死牢，您要是那五十個倖免於難的人之一，而現在，三十五年之後，您發現辣手伊凡還活在人間。想像一下，若是您都七十好幾，或八十好幾，有了孫子，甚至曾孫子，而如今您有機會用您的手，指向那些該負起責任，該負起實際責任的那個人，那個人虐待、肢解及屠殺了您的族人——您的朋友、父母、妻子或丈夫，還有小孩。您沒剩幾年好活了。人們逐漸淡忘大屠殺的事。還有人說那根本沒發生過。這是個讓記憶重新活起來的好機會，走進歷史裡，還給那些亡魂一個公道。不久以後，在世的就沒人記得這事了。如果您和其他四十九個生還者死了，還有誰會記得，還有誰會知道呢？您想一想，羅芙托斯博士。

歐康諾不再走來走去，而是在正對我的椅子上坐了下來。「現在請您想想約翰．丹揚佑克，」他說：「烏克蘭人，他移民到美國，並於一九五二年歸化。」丹揚佑克這個人，歐康諾說，是個按時上教堂的人，他住在克里夫蘭附近，自福特汽車工廠退休之後，便在家蒔花養卉，含飴弄孫，可以說是最典型的美國公民寫照，直到一九七六年爲止。那一年，美國政府把丹揚佑克一九五一年移民時的照片貼在一張卡紙上，與其他十六名被懷疑爲戰犯的烏克蘭人照片一併寄給以色列政府；而又有十七名翠布林卡的生還者，指認約翰・丹揚佑克就是惡名昭彰的伊凡。一九八〇年，蘇聯提供了一張身分證影印本，依這文件看來，有個叫做「伊凡・丹揚佑克」的人曾在波蘭的特里尼基（Triniki）訓練營待過，而特里尼基就是納粹禁衛隊的訓練營，翠布林卡和蘇必柏（Sobibor）集中營的守衛都出自於此地。到了一九八一年二月，美國司法部於克里夫蘭舉辦一場剝奪國籍（denaturalzation）的審訊，最後決議褫奪丹揚佑克的美國公民權，並宣告他爲納粹戰犯。一九八六年，丹揚佑克在聯邦監獄中監禁五年，而且在上訴毫無進展的情況下，被引渡到了以色列，當作劊子手來審判，並且成爲艾屈曼大審判以來，耶路撒冷最煽動人心的納粹戰犯審判。

「經過這麼多的折磨，約翰・丹揚佑克的一生已經毀了。」歐康諾說著，兩手交握在一起，眼睛直視著我。「他破產了，又鋃鐺入獄，失去了美國公民權，又被引渡到以色列，被當作是最惡毒、最殘忍的戰犯來審理。如果約翰・丹揚佑克眞的是辣手伊凡，那這些是他該受的。如果他眞是辣手伊凡，那他受到十倍、百倍於此的待遇也是應該，因爲他再怎麼受苦，也抵不過他在翠布林卡那十二個月犯下的罪行。但如果他是無辜的，那麼這可是個很大的司法錯誤，而且這個錯誤，比起半個世紀前的那些惡行毫不爲過。」

歐康諾作了明顯的嘗試要讓自己冷靜下來，他作了幾個深呼吸，動動肩膀，大聲地呼氣。當他重新開口的時候，他的聲音已經很平靜了。現在，被告同時也是他自己的「不在場證人」。約翰．丹揚佑克堅持說，他在戰時從沒去過特里尼基訓練營，連翠布林卡和蘇必柏這兩個名稱，也是戰後才聽人提起。丹揚佑克說，他是在一九四一年六月時，因為希特勒攻打蘇聯，而被紅軍徵召入伍的。一九四二年五月的時候，他在克里米亞（Crimea）被德軍俘虜，前後在好幾個戰俘營待過，最後留在波蘭的契恩（Chelm）龐大的戰俘營。一九四四年中，他被轉送到奧地利，加入了反蘇聯的烏克蘭游擊隊，最後成了「夫拉索軍」（Vlasow Army）的一員。戰爭結束後，他便到巴伐利亞（Bavaria），投靠盟軍的那一邊。

司法部只接受丹揚佑克到一九四二年夏天，也就是他被囚禁在契恩的戰俘營之前的故事。他們相信丹揚佑克是從契恩被送到特里尼基訓練營，然後又到翠布林卡，在那裡待了快一年，從一九四二年十月一直待到一九四三年九月。

蘇聯偽造證件

「蘇聯的身分證證明他在特里尼基待過，那又怎麼說？」我問道。

「那是蘇聯的國家安全局（KGB）假造的，」歐康諾說：「蘇聯的國家安全局之所以假造身分證，為的是要處罰他在戰爭近尾聲時參加了親納粹的烏克蘭游擊隊。」

蘇聯國家安全局假造的？我眼睛睜得大大的。歐康諾是認真的嗎？

「聽起來像是間諜小說裡的情節，是不是？」歐康諾說，很冷酷地笑著。「好，我們來談談這張所謂的身分證吧。照片的確像是約翰・丹揚佑克年輕時候的樣子，他的出生日期、父親的名字都對，也正確地載明他背上有個傷疤。但檢查這張身分證的專家發現其中有個字少了一個變母音（Umlaut），如果眞是原版的德國身分證，怎麼可能拼音拼錯了？而且這上面沒有發證的日期與地點，也沒有發證人的簽名；上面蓋的印章對不齊，看起來像是兩份不同的文件湊起來的似的；大頭照也像是修片過。仔細研究照片上蓋的章會發現，印在照片和證件上的章子，不是同時蓋下去的；照片有一部分已經黑掉了，而且不管照片裡的人是誰，反正他穿的是蘇聯的軍裝。這就怪了，」歐康諾說：「如果約翰・丹揚佑克眞的要受訓成爲納粹的近衛隊了，那他何必還穿著蘇聯的軍裝呢？」

「不只這樣，」歐康諾繼續說：「這張證件上寫著『伊凡』的身高是五呎九吋；而約翰・丹揚佑克是六呎一吋。足足有四吋的差別。還有，」歐康諾攤開雙手，掌心朝上，「這張證件不在我們手上。我們手上只有證件的影本，因爲蘇聯拒絕把證件正本交給以色列。爲什麼？因爲如果我們拿到證件正本，然後發現它是蘇聯國家安全局假造的，那麼丹揚佑克的案子就吹了，而蘇聯人也會名譽掃地。」

「就算這是蘇聯國家安全局假造的好了，」我說，不得不承認這個證件的確有它的問題：「那麼，這些指認約翰・丹揚佑克就是伊凡的目擊證人，又如何解釋呢？」

「目擊證人，」歐康諾溫和地點了點頭。「這部分比較困難，」他停了一下之後說：「因爲這些人當時都在場，而他們的記憶非常寶貴。但請注意，我們不是在侮蔑他們的記憶——我們的意思並不是說他們當時不在場，或指控伊凡是他們想像出來的人物。我們只是在探索這個問題：約翰・丹揚佑克是否就是他們稱之爲辣手伊凡的那個人？而爲了這個問題，我們得多問一句：這些記憶是否清晰、精準得足以將一個人判以極刑？我們是否能憑著三十五年之久的記憶把一個人吊死？您對記憶知道得比誰都清楚；記憶這東西，既敏感又脆弱，可以予以改變，也可用中間穿插的資訊捏造出來。讓我們來談談這些關於辣手伊凡的記憶是如何成形的吧。」

指認辣手伊凡

一九七六年初，以色列政府在美國政府的請託之下，開始詢問翠布林卡和蘇必柏的生還者關於烏克蘭籍的納粹戰犯的事情。請託書附了三大張居住在美國的烏克蘭人的照片。第十六號照片，是一九五一年移民到美國的約翰・丹揚佑克的照片，他可能是蘇必柏的守衛；貼在丹揚佑克的照片旁邊的，是費多・費多蘭柯，據稱是翠布林卡的守衛。

以色列警方在報紙上登了個廣告，請翠布林卡和蘇必柏的生還者跟他們聯絡。歐康諾從文件裡抽了一張紙出來，把這篇廣告唸給我聽：「納粹罪行研究部正針對烏克蘭人伊凡・丹揚佑克和費多・費多蘭柯作進一步偵查。」

我睜大了眼睛：「您是說，審訊還沒開始，目擊證人就知道要指認的人的名字了？」

「沒錯，」歐康諾說：「現在讓我們仔細研究一下他們的指認——請您記得，雖然這五十個生還者裡，有的人在離伊凡很近的地方工作，但他們從沒有正眼看過伊凡。他們從沒跟他講過話，也沒和伊凡一起作過什麼活動。說得確實一點，他們會刻意避開伊凡或者與他四目相接，因爲跟恐怖的伊凡有什麼往來都可能是死路一條。這點他們非常清楚。

「另外要請您記得，用在這次指認中的照片，是約翰・丹揚佑克在一九五一年的時候照的，當時他已經三十歲，比一九四二年時的他又老了九歲。所以本案的目擊證人是在事過三十五年之後，嘗試以對方跟他們最後一次相見之後九年所拍的照片，去指認一個他們認識不到一年的對象。」

歐康諾細細追述警方與生還者約談的經過。第一個約談的是翠布林卡的生還者尤金・杜洛斯基，時間是一九七六年五月九日。杜洛斯基認出了十七號費多・費多蘭柯的照片，但對於貼在同一張卡紙上，費多蘭柯旁邊的十六號伊凡，並未多加注意。在當時那個階段，伊凡被認爲是蘇必柏的守衛。

當天下午一點鐘，翠布林卡生還者亞柏拉罕・葛法柏，聲稱說十六號那張相片看起來很「眼熟」。那是第一次有人把丹揚佑克和翠布林卡連在一起；不過葛法柏並未提到伊凡的名字。當天下午兩點三十分，葛法柏作了二度聲明。這段紀錄是直接從古意第緒語譯爲英文的，聽來有些彆扭。「對於該問題：我不記得那烏克蘭人的姓氏——丹揚佑克這個姓我不記得。」葛法柏告訴以色列警方說：「我記得有個烏克蘭人叫做伊凡。他大概二十三或二十四歲，很高，圓臉。他穿黑色的制服，戴著船員的帽子，沒有掛階級的標章，是哪一級的看不出來。」

歐康諾說，從葛法柏的聲明來看，顯然當時以色列調查員問了葛法柏記不記得「伊凡・丹揚佑克」這個名字。而他對於伊凡的臉型的敘述，有可能是從塵封三十五年的記憶中找出來的，也有可能是乾脆按照他一個鐘頭之前看到的照片形容一番的。

「我相信我認得出伊凡，他就是十六號，」葛法柏又說：「第十六號這個人，我記得他是毒氣室的人。他跟另一名德國的納粹守衛——那人名字我忘了——的工作就是保養機器，並打開開關，把毒氣從柴油引擎引到毒氣室裡。」

歐康諾解釋道，葛法柏先生一定是因爲自己半信半疑地指控伊凡而被嚇到了，因爲他在戰後不久的回憶錄裡寫道，伊凡已死於一九四三年的暴動裡。葛法柏的指控一定也令以色列探員非常震驚，因爲美國政府告訴他們，伊凡是在蘇必柏，不是翠布林卡。

次日，也就是五月十日，尤金・杜洛斯基又與警方約談。警方一開始就問杜洛斯基，他記不記得有個叫做伊凡・丹揚佑克的人。杜洛斯基先生的回答是：「他們一問到我認不認識一個姓丹揚佑克，名字叫做伊凡的烏克蘭人，我就說，我不止認識姓丹揚佑克的人，我還知道他的名字叫做伊凡。我都把他稱作伊凡。這個烏克蘭人我記得很清楚，我認得他，因爲他有時候會到我這裡來修理東西。」

杜洛斯基先生又重新看了一次貼在棕色卡紙上的那十七張照片，這次他立刻指著十六號說：「這就是伊凡。這個人我一看就知道，錯不了的。他身材中等，很結實，臉圓圓的。他的脖子短而寬，連頭髮都跟這照片上的很像，是額頭高、頂上略禿那一型的。」

爲什麼，歐康諾問道，杜洛斯基會一看就知道他就是伊凡，而且一定錯不了，而前一天他根本就不認得這人？這樣推論應該是合理的：杜洛斯基跟葛法柏相談——他們約談的時間才差一個鐘頭——結果發現伊凡還活著，令兩人都大吃一驚！

還有第二個謎團，杜洛斯基爲什麼提到「丹揚佑克」這個姓？生還者裡沒有人知道伊凡姓什麼。他們只知道他叫做伊凡，或稱辣手伊凡。杜洛斯基是怎麼知道丹揚佑克這個姓的？

歐康諾回答了這個問題。「他從廣告內文和探員問的問題裡，得知了丹揚佑克這個姓氏。他們把這個姓氏擺在他的心裡，讓他以爲是自己記得的。我問您——不然他怎能得知呢？」

歐康諾拿起另一張載明艾利嘉胡・羅森柏格指認伊凡的細節的文件。五月十一日，羅森柏格先生指著十六號照片說道：「我看這人跟伊凡很像，伊凡平常在二號營活動。同樣的臉型，眼睛和額頭附近的臉的輪廓很圓。他的額頭很高，已經開始禿了，那額頭不管用什麼標準來說都很高，而且頭髮很短。他的脖子粗短，身材結實，皮膚粗糙。我記得他的耳朵離臉很遠。但是我無法完全肯定地指認這個人。伊凡當時非常年輕，差不多二十二、二十三歲吧。」

羅森柏格跟葛法柏一樣，也在許多年前就說過伊凡已死於暴動之中。一九四七年，羅森柏格在維也納向調查員表示：「有些人衝進烏克蘭守衛住的營區裡，用鏟子把他們殺光了，包括伊凡在內。守衛都在睡覺，他們執了夜班以後都很累了，所以醒不過來。」

但在指認伊凡之後，羅森柏格先生堅持說，維也納的那個調查員把他的意思弄錯了，他是說，別人告訴他伊凡已經死了，但是他沒有親眼看到伊凡死掉。但是三十年來，羅森柏格先生一直認定伊凡已死於一九四三年的暴動中，爲什麼又突然肯定地指認約翰．丹揚佑克就是惡名昭彰的伊凡呢？

「以色列的審訊持續到一九七六年夏，」歐康諾說著，又拿起另一張文件。「有兩個證人，泰格曼先生和庫德利先生，並未指認丹揚佑克就是伊凡。而在一九七六年七月四日時，西蒙．葛林斯潘指認了費多蘭柯，但沒有指認丹揚佑克。葛林斯潘把費多蘭柯指認出來，顯示葛林斯潘當時是在翠布林卡，所以他應該能記住相關的臉孔。所有生還者都說，伊凡的行徑比費多蘭柯還更惹人注意，那麼，爲什麼葛林斯潘認出了費多蘭柯，卻沒有認出丹揚佑克呢？」

歐康諾想用葛林斯潘先生指認費多蘭柯作爲葛林斯潘的記性很好的證據。不過我得提醒他，目擊證人的指認，不管是肯定的指認或未曾指認，都無法確實地證明任何事情。「一個人作出肯定的指認，只表示他相信自己認得出這張臉，或他相信這人犯下了特定的罪行。但信念並非絕對的證據。」

「是的，當然，您是對的。我不能用『不指認』作爲佐證，對吧？」話雖如此，他看起來仍因我插了嘴而有些不悅。

當時接受約談，但未指認伊凡的其他目擊證人有杜夫·弗萊柏格、沙隆·柯恩、蘇菲亞·安格曼和邁爾·蘇斯。

一九七六年九月及十月間又有人作出肯定的指認，此時距杜洛斯基、葛法柏和羅森柏格作證，已超過四個月，而距離八月間，翠布林卡生還者每年固定於台拉維夫舉行，爲紀念當年的暴動而召開團聚大會，才不過一、兩個月。所有住在以色列並且指認了丹揚佑克的目擊者，都參加了這場團聚大會。

「我們若推論，」歐康諾說：「杜洛斯基、葛法柏和羅森柏格會跟其他生還者提起說他們指認了伊凡，應該是很合理的。我們可以想像他們的對話大概是：『噢，老天！伊凡還活著！我親眼看到他！』之類的。」

九月二十一日下午一點左右，約瑟夫·契爾尼指著十六號照片說：「這就是伊凡，沒錯，就是伊凡，那個惡名昭彰的伊凡。雖然過了三十年，但我還是一眼就認出他來，錯不了的。我相信，就算在黑夜裡我也認得出他來。他很高，很壯，那時候他的臉因爲吃得多而看起來圓圓胖胖的，就像照片裡這樣。不過，他的臉型還是沒變，鼻子、眼睛和額頭，都跟當時一模一樣。絕對錯不了的。」

九月三十日，古斯塔夫．巴洛克斯指著十六號照片說：「這人跟伊凡好像……我認得他，百分之百肯定。他的五官我看就知道了。他當時比較年輕，最多不超過二十五歲，臉沒有這麼圓，不過我心裡很確定，這個人就是伊凡。」

歐康諾解釋道，巴洛克斯才看了八張照片，而其他生還者大多看了全部十七張照片。以色列法律規定目擊證人至少要看十張照片。

「為什麼？」在一九八〇年代初期，加拿大的法制改革會曾請我協助制定出目擊證人指認的標準程序。當時我們在報告裡提出了如下的方針：「目擊證人所看之照片，應包括嫌犯照片，以及至少其他十一張照片。」十一不是什麼魔術數字，而是改革會裡的一致共識，認為少於十一張便無法公平地測知目擊證人的辨識能力。給太少照片的危險在於，證人可能會隨便亂猜，反正猜中的機率很大。

歐康諾對我提的問題搖了搖頭，那是個緩慢且疲倦的抗議。誰會知道呢？

「下一個作出肯定指認的人，是亞柏拉罕．林德瓦瑟，時間是十月三日。」歐康諾繼續說道：「此時我們已經有六個目擊證人的指認，指認的程度從非常懷疑到極度肯定都有。但讓我們回到九月二十九日，以色列警方與一名叫做施洛姆．赫曼的約談。赫曼先生在翠布林卡從一九四二年六月待到一九四三年八月，沒有其他生還者待得比他更久了。在這段期間裡，他被迫協助建造毒氣室，並留在二號營——也就是伊凡的那一營裡。他在伊凡的身邊工作了很久，所以他可以從五呎或六呎的近距離看著伊凡。

「赫曼只看了五張照片。」歐康諾攤開雙手，並嘆了口氣說：「他看到費多蘭柯的照片時就指著說：『這人我在翠布林卡見過。』但他並沒有從剩下的照片裡把伊凡指認出來，雖然他跟別人一樣，都很清楚他們在找一個叫做伊凡・丹揚佑克的人。我們來把這個情況考慮一下。」

歐康諾坐到我身邊的沙發椅上來。「我們可以假設施洛姆・赫曼的記性很好，因爲他記得費多蘭柯。那麼，他爲什麼認不出伊凡？爲什麼他會忘記那個恐怖的伊凡，反而記得比較不爲人所知、比較少露面的費多蘭柯？他知道他該找的是誰——但是他還是沒有指認丹揚佑克。爲什麼別的生還者一口咬定丹揚佑克就是伊凡，而赫曼卻沒有從剩下的那幾張照片裡把丹揚佑克挑出來呢？」

「不過我們永遠也不會知道答案，」歐康諾繼續說道：「因爲赫曼去年過世了。」

施洛姆・赫曼的死，顯然對丹揚佑克的辯護是一大打擊。若能請赫曼這個活生生的證人走進法庭，當庭說道：「不是他。」那可比歐康諾就著一張文件唸出來不知好多少倍。

歐康諾很快地摘要說明剩下的三個肯定指認。一九七八年三月二十九日，平卡斯・艾普斯坦指著十六號照片說：「這張照片馬上就令我想起伊凡。這照片是不太清楚，而年歲的增長一定也添了些變化，但臉的形狀，尤其是那圓圓的額頭，讓我覺得他就是伊凡。還有那註冊商標的短脖子、寬肩膀——伊凡長得就是這樣子。」

一九七九年十二月二十七日，宋妮雅・列夫柯維齊指認約翰・丹揚佑克就是辣手伊凡，而契爾・邁爾・拉吉曼則於一九八〇年三月十二日，在紐約一家飯店的房間裡，從一疊八張照片裡把丹揚佑克指認出來。

拉吉曼是四年以來，始終都確定地指認伊凡的九個證人中的最後一個。這九個證人裡，有三個在指認之後過世了，他們是杜洛斯基、葛法柏和林德瓦瑟；而列夫柯維齊最後撤消了她的證詞。

歐康諾提醒我，另有八個已知姓名的目擊證人並未指認伊凡，而且至少還有十五名姓名不詳的目擊證人，在接受以色列調查員的約談時沒有指認伊凡。但是在審判時，有五名生還者目擊證人會出庭作證：羅森柏格、契爾尼、巴洛克斯、艾普斯坦和拉吉曼。

我的心快要被撕裂了

接下來歐康諾談到審判的事情，我也繼續作筆記、問問題、發表意見。但是我的心好像停了下來，因爲我對於往後的談話沒有具體的回憶。我只記得那些感性的名字、日期和地方在我的腦海裡旋轉，而我奮力地想找個黏劑把它們通通貼緊，攀住一個可以把每一件事情都合理地連結在一起的訊息。爲什麼羅森柏格三十年來一直堅信伊凡死於暴動之中，卻又突然指認丹揚佑克爲伊凡？爲什麼施洛姆・赫曼明明看到伊凡的照片，卻未多加理會？爲什麼有些生還者看到十七張照片，有的卻只看到八張，甚至五張？註明了伊凡的名字、也貼了照片的身分證又怎麼說；蘇聯國安局有可能爲了要讓烏克蘭人丟臉而假造出這張身分證嗎？還是這種說法，不過是因爲案情緊繃而想出來的偏執的障眼法？爲什麼沒有證人來佐證丹揚佑克當時不在翠布林卡或特里尼基？到底約翰・丹揚佑克是何許人也？

坐在我的沙發上，看著歐康諾力陳此案，我覺得我的人好像被撕裂了。外面的那層，在衡量事實、作筆記、問細節問題的，是伊莉莎白・羅芙托斯博士，華盛頓大學教授，參與過幾百個案子的專家證人。她很想說：「是的，當然，這個案子我接下來了。」以色列警方的訊問過程的確是問題重重，而檢方仰賴的是已經三十五年之久的記憶。如果這些記憶被採信，而且丹揚佑克被定罪的話，他會被判處死刑。這樣的案子確實需要專家證人。

但是坐在那裡不斷著聽歐康諾講述翠布林卡和衰亡的大屠殺的記憶，我那冷靜、專業的外表不禁裂開了——就像那種蘇俄娃娃，一打開，裡面還有個樣子相同、只是稍小一點的玩偶——於是伊莉莎白・羅芙托斯，也就是傑夫・羅芙托斯的太太、艾琳・柏恩斯坦最要好的朋友、喬伊舅舅的甥女，就露出來了。伊莉莎白・羅芙托斯怕失去她的好朋友，因爲她如果爲約翰・丹揚佑克出庭作證的話，可能要付出高昂的個人代價。伊莉莎白・羅芙托斯也一直想著喬伊舅舅，喬伊舅舅是蘇俄反猶太人計畫下的生還者，而且是她父母親那一輩唯一還活著的親戚。「我要是接了這個案子，喬伊舅舅會怎麼說呢？」她心裡一再地問著自己。「傑夫會怎麼說，艾琳會怎麼說呢？」

然後夾層又裂開，這次露出來的是貝絲．費許曼，她是瑞貝卡和薛尼的女兒，祖父母都是生於蘇俄和羅馬尼亞的。五歲的猶太女娃貝絲．費許曼，因爲鄰家的男孩取笑她的姓氏而放聲大哭。少女時的貝絲．費許曼，怕男友因爲她是猶太人而跟她分手，所以教她最要好的朋友傳話給他：「就跟他說我只有一半猶太血統。」

如今都過了三十年，但一想到當時撒的謊，我的臉仍不禁燒燙起來。我是在否定父親還是母親啊？我怎麼會爲了這麼輕薄的代價，就隨便出賣了一半的自我？

歐康諾還在看著我，等著我下定決心。我的決定是怎樣——這個案子我會接嗎？

我深吸了一口氣，然後不疾不徐地，以一貫的語調講出來，每個字都衡量再三：「您說您會讓我相信伊凡是清白的。這點您沒有做到。有九個人指認他；即便過了三十五年，這些記憶仍可能是確實的。但是，」我看到了歐康諾臉上痛苦的表情，繼續說道：「您已經讓我的心裡產生了幾個疑點，我需要一些時間來研究這個案子。您把檔案留下來吧，我看過之後再告訴您我的決定。」

「審判是下個月開始，」歐康諾說：「但很有可能到十月或十一月的時候才需要請您出庭。我可以等您到三月——但不能再晚了。」

兩個月，我心裡忖度道。兩個月的時間夠我作決定嗎？「還有一件事。如果我決定接這個案子的話，我不要拿錢。一毛錢都不要。您可以補貼我的費用，但是我不會因爲我花在這上面的時間而收錢。」我如果要幫丹揚佑克出庭，那是因爲信念，而不是因爲錢。

歐康諾臨走時用力地握著我的手，說：「我對您發誓，約翰・丹揚佑克是清白的，這點我全心全意地相信。」

握過手後，看著他走下水泥台階，我不禁想道，這世界上還有沒有我全心全意地相信的東西。

真理和民族仇恨的抗爭

這些文件應該可以說服我的。這案子倚賴的是三十五年之久的記憶，光這一點就應該夠我下決心了。再加上這些記性漸衰的證人在看照片之前，就知道警方手邊有嫌犯，而且還知道嫌犯的名字和姓氏——伊凡・丹揚佑克。再加上以色列調查員問的是他們能不能把約翰・丹揚佑克指認出來，這個問題本身就是偏頗且具有誘導性的。再加上證人事後幾乎可以確定一定有談過指認的事情，這有可能使得後續的指認受到污染。再加上約翰・丹揚佑克的照片不斷出現，而每多看一次，熟悉感便增加了，所以證人會愈來愈有自信、愈來愈肯定。

但是這個案例有個極爲情緒化的本質，而這個本質凌駕於上述因素之上；因爲這些人所指認的，不只是納粹的工具，甚至也不只是那個操縱柴油引擎並且拷打、肢解囚犯的伊凡而已。這個人，如果他眞是辣手伊凡的話，那麼他可得對於謀殺他們的母親、父親、兄弟姊妹、妻子兒女負起個人的責任。

羅芙托斯博士光看這些檔案就夠了。她會把所有的因素加起來，衡量問題的輕重，計算各項錯誤的可能性，然後回答說：「是的，當然，我會出庭作證，我會當庭解釋一般記憶的運作方式，以及記憶爲什麼會錯誤、會怎麼錯誤。」

但是貝絲．費許曼光看這些檔案是不夠的。三十年前她曾經背棄自己的猶太血統，假裝它不存在，假裝它不過是些與生俱來的物事而已，跟面痣、大腳丫或是金頭髮一樣。假裝它無關緊要。多年來我一直沒有正視大屠殺，總是把大屠殺的事情拋在腦後。

然後歐康諾一通電話打來，人也親自來過了。我兒時的記憶重新被喚起，祖父講的，二十世紀初蘇俄要滅絕猶太人的計畫，和爸媽講的大屠殺的事。那些骨骸不只是骨頭和煙塵而已，而是自有其生命力、情感和心靈的活生生的鬼魂。面對著這些揮之不去的記憶，我對於丹揚佑克案別無選擇。我得知道那些事實和臉孔，以及事實背後的那些事件。

集中營的冬天

走進書店裡，遍尋有沒有能夠讓她下定決心的書籍和照片的，是貝絲．費許曼。我把我找得到的每一本關於翠布林卡的書都讀過了，然後再讀奧許維茲（Auschwitz）、蘇必柏、柏根貝森（Bergen-Belsen）的書。我重讀了安妮．法蘭克（Anne Frank），和艾利．魏索（Elie Wiesel）、漢娜・鄂蘭（Hannah Arendt）、亞倫・艾柏菲（Aaron Applefeld）。我在圖書館裡逡巡，找尋一個特定問題的答案——伊凡是誰、他做了什麼事情？

《翠布林卡的死囚》（*The Death Camp Treblinka*）這本書，集結了眾多目擊者的親身經歷；我在這裡面找到一些答案。於一九四二年八月二十三日被送到翠布林卡的華沙建築商人楊克・威尼克（Jankiel Wiernik），對翠布林卡的描述如下：

> 毒氣室的機械裝置是由兩個烏克蘭人操縱的。其中一個叫做伊凡，個子很高，雖然眼光看似溫和親切，但他卻是個虐待狂。他很喜歡給囚犯施酷刑。他常常在我們工作的時候毆打我們；他會把我們的耳朵釘在牆上，或叫我們趴在地上，狠狠地鞭打我們。他這麼做的時候，臉上會露出滿足的表情，而且會一邊大笑，或是玩鬧。至於囚犯的下場如何，要看他當時的心情。另一個烏克蘭人叫做尼可拉斯。他的臉色很蒼白，心態則跟伊凡一模一樣。
>
> 我第一次看到男人、女人和小孩被送進毒氣室的那天，人差點就瘋了。我拔著自己的頭髮，流下絕望的眼淚。最痛苦的是看著小孩子，由媽媽陪著或自己走進去，渾然不知幾分鐘以後他們就會在最殘忍的酷刑中喪命。他們的眼中閃著恐懼，也許還有驚奇。一句句「這是什麼？那是什麼？」似乎已經冒到唇邊。但一看到身邊長輩木然的表情，他們就懂得要配合情況。他們或者是紋風不動地站著，或是緊緊地彼此倚靠，或靠在父母身旁，然後緊張地等著可怕的結束。

突然間，入口的門打開了，伊凡走了近來，手裡握著一根沉重的瓦斯管，尼可拉斯走在他旁邊，手裡玩弄著一把匕首。倆人交換個眼色，開始毒打那些人，把他們逼進毒氣室裡。女人慘叫的聲音，孩子嚎啕大哭的聲音，絕望的悲鳴，乞求上帝垂憐的聲音，至今仍在我耳朵裡縈繞，使我根本無法忘記眼前那幅悲慘的景象。

我閉上雙眼，試著讓自己稍停一下，不把文字化爲畫面，把心靜下來，慢下來，開始思考。因爲大屠殺而失去七十個家人的薩姆耶・拉茲曼（Samuel Rajzman）寫道：

我們有個烏克蘭守衛，這個人很可怕：他用一根鐵條把人毒打到死。不管是誰落到他的手裡——碰地打下去！那人就死了。就這樣。他打人都是打在頭上。他要是打在誰的臉上，就表示那人之後會被拖出去殺了。

折磨犯人是常有的事。他們把你放在一張桌子上，把你的手、腳銬在桌子上，然後給你二十五鞭。吃完二十五鞭以後，如果你活了下來，會整整四個星期不能坐下。不能動也不能坐。有天早上，他們發現有個囚犯藏了一塊不是出自於營裡的麵包，他大概是用很多錢跟哪個烏克蘭人買的。所以那烏克蘭人就把他的頭壓在水桶裡，直到他淹死為止。我親眼看到！他們發明的那些折磨人的辦法——真是太可怕了！

那人是伊凡嗎？我每次看到「烏克蘭人」幾個字，心裡就想，那是伊凡嗎？我的眼睛痠痛，但我還是繼續找。既然已經進到這個恐怖之屋裡了，我就得一個房間一個房間地去找，看看在那裡生活過的人說些什麼。我必須去認識他們，觸摸他們，並洞視他們。不然我要怎麼下決定呢？

我查看書末的生還者名單，看到了好幾個現在住在以色列，曾經指著約翰・丹揚佑克說：「這就是伊凡」的人。

古斯塔夫・巴洛克斯，一九〇一年生，曾是翠布林卡的理髮師，現在在以色列理髮，他說：「女人在進到翠布林卡的理髮處之前要先脫衣服。理髮處有五張長板凳，二十個理髮師。女人先在一個房間脫掉衣服，進門來，剪了頭髮，再從另一個門出去，然後進毒氣室。我們得在一分鐘裡抓住她們的頭髮，剪那麼一刀，就這樣。」

約瑟夫・契爾尼，一九二七年生，現在是以色列貿易中心的辦事員，他說：「當時我才十五歲，很窮。我全家人都餓死了……我們像鹹魚一樣地擠在牛車上，喝自己的汗水跟尿液。」

平卡斯・艾普斯坦，一九二五年生，現居於以色列：「一九四二年九月二十二日，我被人從契斯托柯瓦（Czestochowa）送到翠布林卡。當時我十八歲。接下來那十一個月，我都在二號營揹屍體……暴動之後，我逃回家鄉，給自己弄了一張亞利安人的證件，到德國找了個工作。我在一九四八年七月到達以色列。」

艾利嘉胡・羅森柏格，現居於以色列。被問到他還會想到翠布林卡的事情時，他說：「我不用去想翠布林卡；翠布林卡就在我的身上，像是拭不去的紋身一般……我是跟著媽媽和三個姊妹到翠布林卡的，那年我十八歲。直到暴動的那一天，我看到的都是天空和沙子，天空和沙子，和地上的屍體。」

亞柏拉罕・林德瓦瑟，他曾指認伊凡，但在開審之前便去世了；他對翠布林卡的描述是：「他們要我作『牙醫』，我受不了，所以想要上吊。我都吊在皮帶上了，但是有個大鬍子猶太人（我不知道他的名字）把我解下來，又叱責我說，總要有人熬過去，把這裡發生的事情講給以後的人聽吧。」

別鬧了，妳該不會出庭作證吧？

二月中旬，就在丹揚佑克案在以色列開審之前幾天，我最要好的朋友艾琳逛進我的辦公室來，問我中午有沒有空。然後艾琳開車載我到我們最喜歡的墨西哥餐廳去吃飯。我還記得，那天雨下得很大，雨刷快速地來回刷著，艾琳小心地在濃霧裡開車，一邊談起她新的研究計畫，主題是癌症病人的食慾降低。

口味的變化是很吸引心理學家的課題，因爲食慾降低是嘗試與學習的過程——你吃了一樣食物，然後生病了，於是你再也不想吃那樣食物。心理學家把學習看作是建立聯繫的過程，而在每個行動之後，獎懲隨之而來。所以，老鼠若一壓按鈕就會有食物丸（獎勵）掉出來，牠便學會要一直按按鈕。反之，老鼠或一壓按鈕就會觸電（處罰），那麼牠就會學著避開那個按鈕。

但在食慾降低的情況下，「處罰」通常與吃東西的動作之間隔了幾個小時，甚至幾天。你吃了一塊乳酪蛋糕，然後去睡覺，第二天，你甚至一想到乳酪蛋糕就會作嘔。艾琳的研究，目的在於證明癌症病人的食慾降低，與正常劑量的化學療法有關。病人吃了東西，接受化學療法，覺得很難受，於是把難受的感覺跟食物連在一起，所以就沒有食慾了。

我一邊聽著艾琳興奮地講著她的新計畫，一邊不禁想道，癌症病人——我當初怎麼不去研究癌症病人呢？

「艾琳，我得聽聽妳的建議，」一坐進餐廳角落的清靜位子後，我便問她：「幾個星期以前，有個律師打電話來問我能不能在以色列的丹揚佑克案中出庭作證。」

「丹揚佑克，」她看著我，重複唸出這個名字。她的聲音變了，變得平板而不帶感情：「妳是說辣手伊凡。」

「他被指認爲辣手伊凡，」我接口道。

「拜託。妳跟對方回絕了吧？妳已經跟對方說妳不會接這個案子了吧？」

「那個律師親自來找我。他從紐約過來，跟我談了兩天，想盡辦法說服我說這案子是錯誤指認的結果。他相信丹揚佑克是無辜的。」

「他收了那人的錢啊，是不是？」

「我跟他說我會看看他的檔案。」

「妳怎麼可以這樣？」她的話包藏著鄙夷與輕蔑，她講的每一個字，都重重地打在我的心頭。

「艾琳，拜託，我的工作就是這樣。我不能光看感情，我得看背後的線索。我不能自動把他當作是有罪的。」

「他的確有罪。待過集中營的人看過他，他們認識他，他們指著他，毫不猶豫而且肯定地說：『他就是伊凡。』」

「還沒審判妳就認定他是有罪的啦，」我說。

「妳是說，妳可能會出庭作證，說那些目擊證人是騙子嗎？妳的意思是說妳會接這個案子，是不是？」

我們一邊吃飯一邊爭論。等到艾琳跟我走進心理學系大樓，趕一點半的課時，她連理都不理我了。我看著她走過長廊，她的背挺直且僵硬，就知道她心裡一定覺得我背叛了她。不只這樣，我還背叛了自己的族人，我的血統。我背叛了他們，只因為我在想說不定丹揚佑克有可能是無辜的。

希望妳不要後悔

我打電話給喬伊舅舅，他已經八十六歲了，他是我父母那一輩僅存的親戚。我十四歲那年，母親意外在他的小屋裡溺水而死；而喬伊舅舅待我不像是一般長輩，倒像是父親一樣。

我在電話裡跟喬伊舅舅說，人家請我在以色列的丹揚佑克案中作證。我把我知道的所有線索都告訴他，特里尼基訓練營的證件，以及歐康諾的蘇聯國安局陷害理論。喬伊舅舅一邊聽，一邊嘆氣；我講完之後，他說：「親愛的，讓我想想看。我會回電話給妳的。」

一個星期後，我接到他寫來的信。他寫道，我們談過之後，他便陷入困境。他的許多朋友都認爲，我不應該扮演「證人的角色」。喬伊舅舅則考慮理性的層面。他認爲，我必須爲以色列想一想，因爲「對以色列好才是最重要的」。也許我該作證，他繼續寫道，因爲如果歐康諾僱用了一個反猶太人分子，說不定會「侮蔑目擊證人且不正當地打壓或攻擊他們」。也許我的證詞對以色列會有好處，因爲我是個猶太人，我出庭時代表的是公平且客觀的看法。但也許我不該出庭；因爲我可能會被視爲叛徒。他的結論是：「要怎麼做，妳自己選擇。」

一週之後，喬伊舅舅在我的答錄機裡留言：

親愛的，妳要知道，這不只是一個人的審判；這個審判還關係到坐視著如此暴行的整個世界。我的感覺還是很複雜，因為在大屠殺的時候，我跟其他千百萬名猶太人一樣，都沒有盡一份力，迄今仍感到有些愧疚……我很感激妳能這麼認真地對待這個案子，但我仍覺得，妳若是牽扯在這個案子裡，說了什麼會令妳永遠後悔的事情，那就得不償失了。這個風險很大。雖然是留言，但跟妳講到話仍覺得開心。保持聯絡，親愛的。晚安。

約翰．丹揚佑克的審判

約翰．丹揚佑克的審判於一九八七年二月十八日開始。我靠著報紙追蹤著審判的進展。二月二十三日，檢方的第一位證人，六十一歲的平卡斯．艾普斯坦出庭作證。

「坐在那裡的就是他，」艾普斯坦一邊說著，一邊用手指著約翰．丹揚佑克。我再次注意到意第緒語直譯過來的特殊語法，給這場審判添增了回到過去的感覺。「他已因時光而改變，但還沒有變到認不出來的地步。有些特徵，雖過了這麼多年，還是存在人們的記憶裡。我每天都會夢到伊凡。他的臉就印在我的腦海裡。他的印象我根本擺脫不掉。」

艾普斯坦指認了丹揚佑克之後，全場五百個觀眾裡有許多人站起來為他鼓掌。

二月二十日，六十五歲的艾利嘉胡．羅森柏格出庭作證。羅森柏格在翠布林卡待了十一個月，他是被人從華沙的貧民窟裡送到翠布林卡的，同行的還有他的母親和姊妹。抵達之後，全家人便立刻被拆散，他從此再也沒有見到她們。羅森柏格當庭描述翠布林卡的守衛如何逼使他去把毒氣室裡猶太人的屍體搬出來。一開始，他們把屍體埋在萬人塚裡，但後來納粹改變策略，所以他被迫把屍體挖出來火化。有一次，羅森柏格說，他偷了一點麵包，結果一個叫做伊凡的守衛打了他三十鞭，還逼他數出打到第幾下，打完還要說謝謝。

「伊凡這個人我記得很清楚，」羅森柏格先生在法庭上這麼說：「我在毒氣室附近看過他，他帶了許多用具，是管子還是鞭子之類的。我看過他毒打、叱責被害人，把他們逼進毒氣室的情形。」

檢察官請羅森柏格先生走到丹揚佑克先生前面。丹揚佑克被要求要脫下眼鏡，於是他脫下眼鏡，又伸出手來，顯然是想與羅森柏格握手。但羅森柏格卻怕得連連後退，並叫道：「伊凡！」然後他說：「我一點都不懷疑。這就是翠布林卡的伊凡，毒氣室的那個伊凡——他就是我眼前的這個人。我看他的眼睛，那根本就是殺人犯的眼睛跟臉孔。你這個殺人犯好大膽，還敢跟我握手！」

三月十三日星期五，《紐約時報》的第一版刊了一個標題，「翠布林卡已成了以色列人的狂熱」。這篇長文的中間處，談到八十六歲的古斯塔夫・巴洛克斯作證的情形。歐康諾在反詰問時，爲了顯出巴洛克斯的記憶已經嚴重受損，所以對這位老者並不留情。巴洛克斯先生一度承認他不記得他小兒子的名字——他的小兒子死於納粹的手裡。但他突然記起來了，名叫約瑟夫，他立刻轉向法官，高聲說道：「我沒忘！」

但是歐康諾仍緊追不放。巴洛克斯先生還記得，爲了引渡丹揚佑克，他曾在美國的審訊上作證嗎？「不記得，」巴洛克斯答道。「他是怎麼從美國到以色來的？」歐康諾問道。「坐火車，」巴洛克斯答道。他的答案引起了觀眾席上的一片嘆息。

我可以想像到歐康諾戳刺著古斯塔夫．巴洛克斯已然衰老的記憶，把它像洩了氣的橡皮球一般地拍打，同時臉上還露出勝利者的微笑：「看到這老東西了沒？已經不行了！」我也想像得出巴洛克斯坐在那裡，忍受著忘卻小兒子的名字的恥辱，喪氣地任憑自己的心靈遭受訕笑。

你怎麼把一個人跟他的記憶分開呢？你若剝除了他的記憶，不也就是在剝除他的過去、剝除他珍藏的事件嗎？然而這些珍藏的事件使得他之所以爲他，如果剝除了這些，他又是什麼呢？古斯塔夫．巴洛克斯若是沒有了這些記憶，會不會像扇貝一樣，闔緊來死掉了，因爲失去了一切內在，而突然崩陷下來？

我一再重讀報上的報導，並久久注視生還者們的照片，冀望能從中找到我要的答案。他們苦悶的臉上，刻畫地痛苦的痕跡。有一張照片是艾利嘉胡．羅森柏格屈身坐著，前額靠在證人席上，手裡抓著水杯。另一張照片是平卡斯．艾普斯坦攤開雙手，嘴巴張得大大的，痛苦地呼號的樣子。聽我說吧，照片上的人似乎在說，你們一定要相信我。

還有丹揚佑克。日復一日，我端視著這個「牢籠裡的人」的照片，眼鏡滑到鼻尖，下巴突出，雙唇緊閉。你能在這下巴，或這眼神中看到慈悲或是殘酷嗎？我對著他的耳朵看了很久。好幾位生還者提到他的耳形，而我不斷地問自己一個問題——一個人有沒有可能因爲人家對他三十五年前的耳形的記憶而被判處死刑呢？

痛苦的掙扎

我眞不知道這個情況會不會再延續好幾個月，像這樣每日瞪著報紙的照片，一再重讀《紐約時報》的報導，鎭日懸在未決之中，苦不堪言。在僅剩下不到一個星期就得決定心意的時候，好友大衛突然出現，在星期六的早晨來訪。我們在起居室喝著咖啡，然後我談起了我的困境。

「如果我接這個案子，」我解釋道，其實這個我不知道已經跟自己講了多少次了，「就等於是背棄自己的猶太血統。如果我不接這個案子，又等於在背棄我過去十五年所奮鬥的一切。若是忠於自己的工作，我就應該如同過去評斷每一個案子的方式那樣來評斷這個案子。如果有目擊證人指認的問題，我就得作證。這樣才前後一致嘛。」

「妳知道愛默生對於前後一致是怎麼說的嗎？」大衛一邊問，一邊親切地對我微笑：「愚蠢的一致，是褊狹之見。」

「愚蠢的一致，是褊狹之見。」我重複道。接下來這兩天，我把這句話掛在口邊，這句話就像是我的生命線，把我從懸而未決的流沙中救了出來。它不像是行動，倒像是小爆炸之類的。我沒有那個心去接這個案子。或者說，我沒有那個勇氣。

我打電話到耶路撒冷的飯店，告訴馬克・歐康諾說我無法接下這個案子。

我仍然拒絕作證

辯方作了最後一次嘗試，設法挽回我的決定。五月中的時候，我到的英國的布萊頓，就目擊證人指認這個課題，對英國心理學學會作場演講。有天傍晚，快要晚餐之前，我的飯店房間門上突然響起了敲門聲。丹揚佑克的首席以色列律師優連・謝佛特（Yoram Seftel）從耶路撒冷搭機來勸我出庭作證。他講話的口音很重，又使用非常短促的句子，表示事情的嚴重性；他把所有互相矛盾的事實都帶過來，改變角度，重新分類，並不斷變換策略。

但我不爲所動。我一再對謝佛特說，我無法出庭作證。謝佛特在不停口地連講三個鐘頭之後，不得不祭出他的王牌——施洛姆・赫曼。謝佛特提醒我說，施洛姆・赫曼幾乎是翠布林卡營從有到無都待在那裡，但是施洛姆・赫曼沒說：「那就是伊凡，」也沒有說：「我認得這個人！」約翰・丹揚佑克的照片就在他的眼前，但他卻沒有指認丹揚佑克。而且施洛姆待在翠布林卡的時間比其他任何生還者都至少長一個月。

我得把自己拉回來，竭力抗拒謝佛特的魔力。「差這一個月，我恐怕幫不上什麼忙。」我說：「其他翠布林卡的生還者待的時間也幾乎一樣長，而他們指認丹揚佑克爲伊凡。一個月好像沒那麼要緊。」

「但是施洛姆被迫協助建造毒氣室，」謝佛特緊追不放：「他就在伊凡旁邊工作，離伊凡只有幾呎之遙。他整整跟伊凡肩並肩地工作了十三個月，他會認不出伊凡來嗎？我們不能說他的記性不好，因爲他的確認出費多蘭柯。爲什麼他記得費德列柯，不記得丹揚佑克呢？」

「我不知道，」這話再眞切也不過了。

「他們只給施洛姆看了五張照片，」雪佛特又跟上來：「只有五張。他把費多蘭柯挑出來之後，只剩下四張張片。四張照片。」雪佛特攤開雙手：「他要是去猜的話，有百分之二十五的機率可以猜對。但是他沒有猜。他不用猜，因爲他沒看到伊凡。只剩下四張照片，而施洛姆卻沒看到伊凡！」

「他沒有指認伊凡，」我說：「但他也沒有說：『這不是伊凡。』他沒說是，不見得就表示那不是。」

謝佛特飛回耶路撒冷，留下我獨自面對關於施洛姆・赫曼的種種思緒。要是赫曼還在世就好了！也許他此時會出庭作證說，約翰・丹揚佑克不可能是伊凡。理由是什麼呢——他的眼睛分得太開，他的牙齒太彎，耳朵太尖？

也許施洛姆・赫曼若是出庭的話，會改變他的講法也說不定。「我以前錯了，」也許他此時會用瘦骨嶙峋的手指著約翰・丹揚佑克說：「我現在看得出他就是伊凡。」

辣手伊凡。的確是夢魘中的夢魘。

千夫所指

我寫了一篇文章，談自己對於丹揚佑克案所作的抉擇，刊在一九八七年六月二十九日《新聞週刊》的「有話要說」專欄上。那個夏天我收到幾百封信，其中有百分之九十都在嚴厲指責我決定不出庭作證。有位作者認爲我應該立刻拋棄自己的學位並離開現職：「妳已經把妳自己的事業毀掉了。」另有人說我指控我是「爲了友誼而褻瀆專業的理念」。還有一位作者指出，如果丹揚佑克明明是清白的卻被判刑，並因伊凡的罪過而受死，那麼我跟眞正的伊凡沒什麼兩樣，因爲「沒有在自己有能力制止別人殺人的時候阻止他的暴行，這跟自己親手動手殺人是一樣的罪過，不管是殺一個人，還是一千個人」。

丹揚佑克的朋友寫信給我，描述丹揚佑克被監禁在以色列亞維隆（Ayalon）監獄裡的痛苦，說他「像是被關在牢籠裡的畜生似的」。接著提到他曾親自到過翠布林卡附近，也跟其他翠布林卡生還者談話，而他們都很肯定約翰・丹揚佑克和辣手伊凡「絕對不是同一個人」！這些生還者印象裡的伊凡跟約翰・丹揚佑克差得很遠；伊凡是個六呎七吋高的巨人，頭很小，雙眼突出，走路時曳著步子，臉上露出「荒唐且氣憤的表情，看得出他有嚴重的精神病」。

這封信令我陷入沉思。這些生還者記憶中的伊凡，是科學怪人似的怪物，步履蹣跚，頭小眼睛突，面部表情醜陋可憎。會不會是他們原來對伊凡的記憶，已經隨著時間的消逝，而變成這個投胎的惡魔般，只有夢魘中才會出現的恐怖形象？

還有很多難抑個人痛苦、充滿憤恨和怨毒的信。有一封信，說我是「傲慢、典型、自由派的、爲保護罪犯不計代價的猶太人」。另有人寫道，雖然他毫不憐憫像辣手伊凡這樣的人，但的確有點同情約翰·丹揚佑克，因爲尚未證明他有罪之前，他都是清白的。這位作者的結論是，如果丹揚佑克因爲我決定不出庭作證而死，那我應該「打入十八層地獄」。

我把這幾百封信裝進兩個大型的紙袋中，走到地下室，把它放到角落的厚紙箱裡去。這個箱子裡裝的是我兒時的日記、剪貼簿和其他有紀念性的物品；我又花了些功夫，把讀者來信塞到箱子最底下。我回身走上樓梯，關上門，然後就在門上靠著。我可以聽見火爐隆隆的聲音，我的背靠在門上，還感覺得到火爐穩定的震動。我突然生出一股恐怖的感覺，好像我剛才是把一個活人拖到地下室裡去埋起來。也許當我有勇氣走下樓梯，到紙箱裡翻找的時候，人都已經死掉了。

抗議信紛至沓來

一九八七年八月底的時候，有天我下班回到家，發現門口有個像鞋盒那麼大的棕色包裹。我把它翻過來看了一下，原來寄件人是「約翰·丹揚佑克辯護基金會」。包裹上貼著聯邦快遞的標籤，這就有點奇怪，因爲快遞通常會把我的郵包寄放在我鄰居那裡。

我把它捧起來——天啊，眞是重，我心裡轉念道——然後拿鑰匙開了門，便立刻把那重沉沉的包裹放在地上，靠近前門的地方。我脫下外套，隨手掛在椅子上，接著進廚房倒杯果汁。我回到門邊來，包裹是用紙袋包的，紙袋已經皺了，貼滿了膠帶，各面都用奇異筆寫著約翰・丹揚佑克辯護基金會。那是什麼東西啊？

傑夫還在上班，我撥電話去給他。「不要打開，」他說：「我馬上過去。」

我被他話裡的言外之意嚇到了，於是又撥電話給華盛頓大學的警察。我焦急地形容包裹的樣子。「如果妳認為那是炸彈，」警官跟我說：「就把包裹綁住，退到三十呎外，然後把繩子一拉。」

「你要我把包裹綁起來，然後把繩子一拉，那要真的是炸彈，不就爆炸了嗎？」

「沒錯，」他答道。

「你眞的要我去綁繩子？」

「也許您打個電話給西雅圖防爆小組比較好，」他說著便把電話號碼給我了。

這時我眞是啼笑皆非，但還是報了警。不到十五分鐘，來了兩個警官。他們聽了我的故事，瞧了瞧包裹，然後互相對望著。我把那兩個大紙袋從地下室裡找出來，讓他們看了幾封相當偏激的信。「不要靠那東西太近，」其中一位警官斜睨著那個包裹，說：「我們還是叫防爆小組來吧。」

十分鐘後，又有三個警察到了，開著一輛裝甲的卡車。他們繞著包裹走了一圈，把耳朵靠上去聽聽看，問了我幾個問題，然後開始交頭接耳起來。最後他們決定要「攻擊」那個包裹。他們叫傑夫、我和另外兩名普通警察躲到屋裡的一堵磚牆之後，「預防一下，萬一它眞的爆炸了的話。」我們在牆後屈身等著，緊緊地用手捂住耳朵。過了幾分鐘，一位防爆小組的組員走過來，把一大疊文件交給我。「我想那裡面沒有炸彈，」他說。

約翰・丹揚佑克辯護基金會寄給我幾千封信件、文章、剪報和多份陳情書。在我把自己最後的決定跟丹揚佑克的律師講過之後三個月，丹揚佑克的忠實支持者們仍想盡辦法要讓我相信丹揚佑克是清白的。

華格那出庭作證

一九八七年十月，我飛到以色列去看我的好友兼同事威廉・華格那，他以記憶之專家證人的身分出庭爲丹揚佑克案作證。審判的地方很大，原來是個大劇院；我就坐在華格那的太太瑪格莉特旁邊，瑪格莉特是位小兒科醫生。威廉和瑪格莉特住在荷蘭，有四個可愛的小孩，兩男兩女。我去他們家玩過一次，我還記得他們聚在鋼琴旁邊，孩子們穿著睡衣，然後全家人一一上場彈奏的樣子。

在威廉作證的第三天，瑪格莉特趁著中場休息的時候，以她一貫柔美的音調問我：「爲什麼妳不作證？妳坐在這裡看，坐在這裡聽，妳跟威廉說過，妳會爲辯方準備關於記憶之研究的資料。為什麼妳不乾脆作證算了？」

我花了好幾秒鐘才把我的答案想好。我眼裡看著這些觀眾，他們是四代同堂的猶太人——小孩子、他們的父母輩、祖父母輩和曾父母輩——我試著對瑪格莉特解釋說，我覺得我就像是他們的親戚，好像我的至親至愛，也死在翠布林卡似的。有了這些感覺，我沒辦法一下子轉換身分，變成一個教授，一個專家。

瑪格莉特懂了嗎？我不太確定。但是我坐在那個巨大的法庭裡的時候，我知道眞正去過翠布林卡的觀眾可說是少之又少。在那一刻，他們的記憶都活起來了，活生生的記憶！但過不了多久，當老一輩逐漸凋零之後，雖然事情仍不假，這些記憶卻將成為蒙塵的二手記憶。隨著時間的前行，這些記憶將慢慢褪色，這些故事也將失去血與肉的觸感，成為二十世紀的「黑暗時代」的寓言。

我心裡想，也許我是缺乏出庭作證的勇氣。也許我最大的勇氣就表現於我的拒絕作證。但是我坐在那裡，看著一行行的眼淚，從這些在恐怖的事蹟過後三十年才出生的少年男女或孩童臉上流下來，我唯一只想到生還者的記憶有多麼珍貴。如果多死五十個人，就不會有人知道發生在翠布林卡的眞實慘境了。

我要是出庭就記憶之錯誤作證的話，觀眾席裡沒有一個人會相信我不是在侮蔑這些生還者的記憶。我會被當作是攻擊他們的記憶的人。這我做不出來。因為這太苦了，就這麼簡單。

休息結束，威廉重新就著麥克風回答辯方律師的問題。我碰碰瑪格莉特的手臂，靠過去，在她耳邊輕道：「也許啊，在這種事情上面，我的頭說好，心卻說不行。這一次，我聽心裡的。」

在希伯來大學的座談會上

我趁停留在以色列的最後一天，參加了希伯來大學的座談會，主題是心理學家在法庭中所扮演的角色。會後我們幾個心理學家和學生在一家小咖啡館吃飯，而錯誤指認之可能性則是大家脣槍舌戰的焦點。我坐在長桌的這一頭，還可聽見威廉・華格那在長桌的那一頭說：「呃，你知道的，有的目擊證人說約翰・丹揚佑克不是伊凡。」

「打個岔，威廉，」我提高音調，好讓坐在那一頭的威廉聽得到我講的話：「你說的哪一個目擊證人？」

「施洛姆・赫曼就是一個，」華格那說。

我對威廉有無比的尊重和敬佩，但我覺得我非說不可：「施洛姆・赫曼從沒說過約翰・丹揚佑克不是伊凡。」

「他看著照片，卻沒有指認，」華格那解釋道。

「是，但這跟他約翰・丹揚佑克不是伊凡差得很遠。」

我們就這點談了好幾分鐘，然後話題逐漸轉到別的地方。但我不禁想到人類心靈扭曲、重構事實的高創造力。稍微在這裡補一點、在那裡減一筆，我們就能改變我們認知及了解自己經驗的方式。

即便我跟威廉辯論過這點，我仍很明白，自己若是接了這個案子，也難免會有意無意地對事實有些扭曲。我若是接了這個案子，施洛姆．赫曼將成爲我的倚重，我的重心，在無可著力之中的秤錘。赫曼沒有指認他。赫曼面對著那些照片卻沒有指認他。赫曼說那不是他。

在法律殿堂上的心理學家，到底應該扮演辯方的保護者，抑或公正的教育者的角色？對於這個問題，如果要完全誠實的話，我的答案是，兩者皆是。如果我相信被告是清白的，如果我以全付心靈與全付靈魂去相信他確是清白的，那麼我大概會不自覺地要去保護他。

如果我爲丹揚佑克案出庭作證的話，我難免會成爲他的保護者，巧妙地運用心理學工具，讓大家相信他有可能是清白的，他有可能是錯誤指認之下的受害者。但我懷疑，我若會這樣爲他辯護，那會是因爲我全心相信他確是清白的，還是因爲我爲了給自己出現在法庭上找理由，不得不說服自己他確是清白的？

歷史悲劇的間奏曲

一九八八年四月十八日星期一，由三位法官組成的審查團達成一致決議。約翰．丹揚佑克被判有罪，罪狀有戰爭罪、違反人道罪、迫害罪和屠殺猶太民族。一週之後，四月二十五日這一天，約翰・丹揚佑克被判處死刑。

一九八八年十二月。丹揚佑克的以色列律師之一，杜夫・伊坦，從耶路撒冷一家飯店頂樓縱身跳下。他的親朋好友堅稱說他是被推下去的；他們說這是謀殺。

曾經到英國來拜訪我，試圖說服我為丹揚佑克出庭的律師，優連・謝佛特，參加了伊坦的喪禮。喪禮過後，全家都死於翠布林卡的七十一歲老人意斯瑞・耶漢茲凱里走上前去。耶漢茲凱里對謝佛特吼了幾句話，然後大叫一聲，把酸液潑在律師的臉上，謝佛特不但臉灼傷了，眼睛也受傷很嚴重。

耶漢茲凱里被控重傷害罪，判刑五年，但緩刑兩年，並必須賠償謝佛特六千美元作為眼科治療費用，以及五千三百美元作為慰問補償金。判刑之後，耶漢茲凱里說他一點也不後悔。他說，把一個「蘇貝卡波」（superkapo，意指背叛其他猶太人的猶太人）給毀容了，他感到很驕傲。

那麼，到底誰是無辜，誰是有罪的呢？在思考著約翰・丹揚佑克和環繞著這個案子的各式離奇事件時，我的心看不透黑暗。我只看見橫在正義與不義、眞實與謊言、過去與現在之間的灰色地帶。

當我思考著有罪或無辜的時候，翠布林卡的孩子們便浮現在我的眼前，他們站在那裡，一動也不動，距離死亡不過幾呎之遙。那才是眞正的無辜瞪著眞正的罪人。他們的眼睛是雪亮的。他們看到了。

而只要多走一步，我便會開始想像自己能看穿他們眼中的黑暗之池，並在他們眼中清澈的反映裡，從此得知約翰・丹揚佑克和辣手伊凡到底是不是同一個人。

10

黑痣與口吃：泰倫・布里克斯

真相終將大白，真相當還你自由。

——桃樂絲・哈利斯，泰倫・布里克斯的母親

罪惡與清白並不是非黑即白。有時候我們永遠也無法得知真相為何。

——理察・漢森，刑案辯護律師

法庭上的心理學家，其實是遊走在一條細如髮絲的鋼索上。法庭上對於有罪抑或清白的爭論，不免攙雜著激切與同仇敵愾的熱情，而我的職責，則是就事論事。作爲專家證人，我必須探討表象底下的事物，比報紙的標題，甚至比警方報告和法庭紀錄還要深入。我對於辯護律師的策略瞭若指掌；我熟知被害人對於被害的描述；我深明犯案過程中卑劣且不爲人知的情節；我也看過嫌犯指認，聽過約談的錄音。但還是有些情節我不會得知，那種超乎我的專業或考量範圍之外的情節。辯護律師對我講的，是他們要我知道的事情，他們會謹慎選取我爲了作證而需要知道的事實。我也看不到檢察官的檔案。我難得有機會跟被告長談。而且我也不會冒險進入陪審團室，去探聽他們在有罪、無罪與合理懷疑等課題上拒絕對外公開的機密談話。

連續的襲擊事件

不過在泰倫・布里克斯這個案子裡，我卻遠比過去更深入地融入案子之中。在這個案子裡，我被剝除了專家的身分，被迫只能從外面注視著審判的過程……直到一位前任陪審員找上門來，引領我進入情緒擾動的世界，亦即「華盛頓州訴泰倫・布里克斯案」的黑暗面。

傷害的情事接連發生，而每次有新的傷害行爲披露，人們的恐懼也隨之節節高升。

一九八六年十一月二十八日，也就是感恩節的次日，一位西雅圖大學的醫科學生在田徑場上慢跑時，注意到有個男子站在公共廁所旁。她繼續跑步，而到了比較接近他的地方，那男子叫道：「等等，我問妳一下。」她腳下稍微遲疑，而那男子便朝她走來，並突然撲上前，在一番拉扯之後將她按在地上。一把刀鋒呈鋸齒狀的刀子掉在她身旁，她伸手去抓，卻驀然地感到一陣劇痛，因爲那男子箝住她雙手手腕，用力往公廁的方向拖去。「進去，」那人說道，語調堅決且帶威脅。她扭身脫掉了運動衫，站了起來，僅著胸罩，沒命地向校舍跑去。「妳這搶我堂弟的女賊！」那人在她身後大喊：「妳跑不掉的！」

十二月三日，早上約八點鐘左右，一位在金郡檢察官辦公室工作的律師，在前往法院的途上，被突然冒出來的男子打倒在地。「錢包交出來，」他說：「錢通通掏出來。」這人手裡拿著一把鋸齒狀的廚刀。「老子要捅下去了，趕快把錢交出來，」這人再三說道。他把刀子抵在她的裙下，她伸手去擋，結果被利刃所傷。那人拿了她的錢包和背袋，一溜煙地跑了。

十二月四日，一位在海景醫院上班的社工人員，把車子停在亞斯樂平民住宅區附近，如常地朝醫院走去。一個男子從街角處快步地走上前來，在距離她四到五呎遠的地方，亮出一把小型的牛排刀並說道：「把錢跟皮包交出來。」她放聲大叫起來，把那男人嚇跑了。這次遭遇歷時約二十秒。

十二月十五日早上八點十五分，一位的社工走路到海景醫院去上班，突然有個手握廚刀的男子，從樹叢中跳出來，把她一把抓住，用尋常講話的音調低聲說道：「錢再不交出來，老子就往妳他媽的頭上捅下去。」她焦急地在錢包裡找了又找，然後把她身上所有的錢都拿給他——總共是五塊錢。「這怎麼夠，」那人說道，又威脅要往她頭上捅下去。接下來那人的手從她裙子摸上來，於是她開始尖叫並用指甲抓他的手。「閉嘴，不要抓了，」那人說道。她又踢又抓又叫的，終於掙脫出來，順著大街就往前跑，而那人就朝反方向溜走了。

十二月十八日，早上快八點的時候，一位海景醫院的放射線技師走路去上班，中途看到一名男子倚牆靠在一處昏暗的巷子口。她停了一下，轉頭看了他一眼，但還是決定繼續走。數秒之後，她已經被擊昏，倒臥在地；那人從背後偷襲，用一塊木板把她打昏了。他又朝她臉上打了好幾拳，然後將她拖下水泥台階，下到一個地下室裡，將她的衣服撕裂了，打算對她非禮。門突然砰地一聲打開，另一個男人衝進來吼道：「站住！我手裡有槍！」

「兄弟，幹嘛衝著我來，」那暴徒說道：「是她先衝著我來的。兄弟，要錢我就給你嘛，」拿槍的男子從樓梯上對他女朋友喊著，叫她去報警。被害人開始朝他爬過去，那暴徒便夾著尾巴從後門逃了出去。

海景之狼

十二月十九日，西雅圖警局在海景醫院召開社區大會；足足有兩、三百人湧進了醫院的禮堂。主持調查工作的蘿冰·克拉克警探坦承，這個所謂「海景之狼」——因爲襲擊事件彼此距離不過幾個街區而已——的案子，使得警方受到「極大的公眾壓力」，非得儘速破案不可；她向觀眾保證，他們會投入所有警力，全力緝捕眞凶。

警方開始在這一帶進行全面搜索，嫌犯名單慢慢累積到六、七十人。十二月十五日襲擊案的被害人跟警方的畫家合作；十二月二十九日時，歹徒的畫像出爐了，並隨即公布給各大媒體，在報紙上刊行、在電視上播放，又貼在海景醫院各處，警方人員還挨家挨戶地詢問是否有人見過長得像這畫像的人。

一九八七年一月二十日，克拉克警探在亞斯樂平民住宅的一處公寓門上敲了敲，並把歹徒畫像拿給前來應門的女子看。那女人說：「這看起來有點像是住在走廊底的那個男孩子，我記得他好像叫做泰倫。」

克拉克警探一查紀錄，發現泰倫・布里克斯有五十六美元的汽車罰單未付。當天下午一點左右，她在亞斯樂的室內籃球場裡找到布里克斯。「布里克斯先生？」她在場邊叫道。那十九歲的青年轉過頭來看著她，手裡還拿著籃球。克拉克警探解釋，她要逮捕他，因爲他逾期未繳罰款。她把他送到警察局裡，登記起來，照了照片，又問他關於海景襲擊案的事情。

「要是我對你說，」克拉克警探問道：「我認爲你就是海景之狼，你會怎麼說？」

泰倫不解地瞪著她看了好一會。她是認眞的嗎？「呃，」泰倫終於開口了，但還是口吃得很厲害：「妳是可以說啊。可是我不是海景之狼。」

幾著鐘頭之後，泰倫的父親到警局來，把他十九歲的兒子保了出去。

同日下午，曾於十二月十八日時拿槍指著暴徒的卡爾・凡斯，從二十一張照片中將泰倫・布里克斯指認出來。

逮捕泰倫・布里克斯

次日，也就是一月二十一日晚上七點鐘，克拉克警探敲了敲泰倫・布里克斯家的門。應門的是布里克斯的媽媽。她說泰倫去找朋友了，如果警探肯等一會兒，她就去找他回來。一待泰倫跟著父母親回到家來，克拉克警探便立刻將他逮捕。

一月二十二日中午十二點三十分，一組探員跟穿著制服的巡邏員在布里克斯家的門上敲了敲。他們讓泰倫的媽媽看過搜索令，然後開始徹底搜查全屋。布里克斯家的人在客廳中間相擁著，眼看著一群陌生人有條不紊地搜遍每一個櫃子和抽屜。但警方並未找到任何失竊的財物、刀子或不尋常的衣物。

當天稍後，警方通知五名受害人中的其中四名前來警局指認嫌犯。他們等了一個多鐘頭之後，負責的警官解釋說，因為找不到足夠的人來作被指認的對象，恐怕無法對目前拘留的這個人作公平的列隊指認，所以他們不做眞人的列隊指認了，只做照片的指認。

這四名被害人都指認出四號——也就是泰倫・布里克斯。一週之後，第五名受害人亦從同樣的照片的列隊指認中指認了泰倫・布里克斯。

眞人的列隊指認在數週之後舉行。全部五位受害人與持槍男子都指認泰倫・布里克斯為襲擊他們的暴徒。不久後，金郡的檢察官辦公室以七項罪名——包括襲擊、搶劫與強暴未遂——起訴泰倫・布里克斯；審判日期訂於五月。

三月初，刑案辯護律師理察・漢森打電話來，問我是否願意以專家證人的身分，於華盛頓州控訴泰倫・布里克斯一案中出庭作證。

漏洞百出的指認

「這是個非常嚴重的疏失，」理察說：「警方受到重大的壓力，非把一個攻擊了白種及亞裔婦女的黑種男子揪出來不可，而泰倫．布里克斯正好長得跟歹徒的畫像有點相似。從那時候開始，這案子就是一場陰錯陽差的悲劇。」

陰錯陽差的悲劇。說得好。

「泰倫才十九歲，他是高中籃球隊的明星球員，跟家人住在亞斯樂平民住宅區。這孩子很討人喜歡。而且，他口吃得厲害。我這輩子碰過的人裡面，就數他的口吃最糟糕。」

理察不會平白無故地提起這個細微的線索。我享受著懸疑的樂趣，等著他公布謎底。

「被害人一個也沒提起口吃的事，」他繼續說道：「一個也沒有。其實，根據被害人原來的描述，歹徒看起來還滿多話的哩。這人很鎮靜，他既不是輕聲細語，也不是大聲吼叫，而是用『尋常講話的語調』講話。妳要是聽過泰倫開口，就知道這不可能是同一個人——在父母親的印象裡，泰倫是自小就口吃得這麼嚴重。我說的可是嚴重口吃——他光是要報出姓名和地址，差不多就要一分鐘。」

我在筆記本上寫下：口吃。

「但是檢方的問題還不止於此。被害人原本的描述，和泰倫簡直是牛頭不對馬嘴。有一位被害人說，歹徒微禿，短短的非裔式頭髮，約一百九十磅重；另一位被害人說歹徒是個成人，二十五歲上下，身高在五呎八吋到五呎九吋之間。最後一位被害人描述得最詳細，她說歹徒約二十二到二十五歲，身高在五呎九吋到五呎十吋之間，牙齒泛黃且彎曲，兩顆門牙之間有個大縫，稀疏的非裔式頭髮，染成紅色，滑雪跳板式的鼻子。在案發的時候，泰倫・布里克斯還差一點才滿十九歲，頭髮是麥可・傑克遜型的大卷髮，體重一百五十五磅，門牙又白又直，鼻極寬，唇極厚，右唇之上有顆非常明顯的痣。坦白講，被害人的描述中唯一與泰倫相符的細節，就是泰倫是個黑人。我會找人把相關資料送過去給妳，先等妳看過了我們再談。我再過——」理察停了一下，把話筒夾在頭肩之間，側眼看了看手錶，「呃，再過五分鐘就要出庭了。不能再談了。妳再打電話給我。」

當晚我待在辦公室裡研究布里克斯案，一邊在留白上加註記，一邊寫筆記，並把事態過濾、區分爲幾個相關的類別。現下這案子有三個地方教人納悶。第一個，也是最明顯的一個，就是有五名女性被害人，加上一位男性指認泰倫・布里克斯爲海景之狼。目擊證人在本質上的確是問題多多；但是這次有六個目擊證人肯定地指認被告爲歹徒，連像我疑心這麼重的人，都不免開始覺得，這樣的指認說不定有它的道理。

第二個疑點是案發時的照明狀況。在自然光或人工燈光之下，人們輸入記憶中的資料較多，所以事後要將事件從記憶中叫出來的時候，相對地也會叫出較多的資料。而雖然案發所在的西雅圖灰濛多雨，時間上又將近是一年中日照最短的日子，但至少就理論上而言，照明程度仍足以讓被害人把暴徒看個清楚。

第三個問題是襲擊時間的長短。一個人看某物的時間愈久，記憶也就愈好，而這五次攻擊事件中，只有一件算是「瞬息即過」；這裡面有幾位女性與歹徒相處的時間長達一至兩分鐘。

我喝了一口咖啡，然後凝視著這些把我整個桌面都埋住了的文件。這絕對不是那種令我心悸、因爲不義而吶喊的案子。好比說，布里克斯案就不如我最近接的那個佛州的案子那麼震憾我。佛州案的被告，是個十幾歲的青年，他被控以一把八吋長的屠刀刺傷一名二十四歲的女子，並因強暴未遂及謀殺未遂兩項罪名被起訴。被害人在被襲擊的那天晚上告訴一位警探說，歹徒是個裝了牙套的十來歲青年；後來她指認了十八歲的陶德・尼利，不過尼利從未裝過牙套，又有千眞萬確的信用卡收據，證明他在案發當晚於餐廳跟家人一起用餐。警方則宣稱尼利當晚提早離開，雖然他們並無證據；更有甚者，被害人改變了關於牙套的證詞。她在出庭時說，自己大概是看到室內光線照在牙齒上的反光，卻誤以爲那是牙套。尼利被無陪審團的審判庭判定有罪，刑期是十五年。（一九九〇年八月二十四日，上訴法庭判定檢方藏匿了重要的證據，未告知辯方；檢方隨即撤回告訴，尼利的冤情也得以洗清。「我們心裡不覺得這件事已經過了，」尼利的繼父對《棕櫚灘郵報》說：「這就好像你身在戰場上，當槍林彈雨止息的時候，你卻覺得那份寧靜震耳欲聾。」尼利家爲這場耗時四年半的官司，花了差不多三十萬美元。）

衆口鑠金

我一看到那位佛州的律師寄來的警方報告和審前聽審筆錄寄給我，便深信陶德・尼利確實是錯誤指證之下的受害者。但我對泰倫・布里克斯就沒那麼肯定了。我一直在想，六個目擊證人哪。六個人。有的案子裡一連五個，六個，七個，甚至高達十四個目擊證人全都錯了，這我知道，但這些案子是那種極不尋常、又受到媒體大量披載的案子。

但是我提醒我自己，如果有可能一個人指認錯誤，那麼五個人同時指認錯誤也是有可能的。人數愈多，機率就愈小，但這種事還是有可能會發生。以前就發生過啊。

我重新以更謹慎的心情去研究警方報告、筆錄和嫌犯指認的紀錄，特別著重在可能使目擊證人記憶變質之處。許多人以爲，我們的大腦會完美無瑕地保存我們的記憶，彷彿把時間凍結起來一般，其實不然。我們的記憶，在受到外在影響污染時是會「腐敗」的，這點跟其他有機化學物質並無二致。

我戴上眼鏡，開始工作。

一月二十日，一位亞斯樂平民住宅的住戶半信半疑地指認泰倫・布里克斯爲歹徒畫像上的那個人。「這看起來有點像是住在走廊底的那個男孩子。」住戶是這麼跟克拉克警探說的。布里克斯因爲幾張汽車罰單未繳而被逮捕，所以他的照片被拍了下來，並與其他二十張照片集結在一起，交給卡爾・凡斯——也就是於十二月十八日那天拿槍指著歹徒的那個人——去指認。凡斯肯定地指認布里克斯，並簽了這份宣誓書：

今天克拉克警官給我看檔案照片，有二十一張照片。我肯定地選出四號照片就是把一名女子拖進公寓裡，而且在企圖強暴她時被我制止的那個人。我一看到就把這張照片挑出來，我知道這是同一個人。我百分之百肯定這是同一個人。

列隊指認訂於一月二十三日早上舉行；但是媒體發現警方已經逮捕一名海景之狼的嫌疑犯，所以大批報紙跟電視新聞記者蜂擁而來，聚集在公共安全大廈前，攝影機架好，各自站定最佳位置，隨時準備行動。五名被害人中的其中四名被送到大廈指認室，位於大廈五樓的一間小型禮堂。理察在筆記裡寫道，此時一名警官開始為這四名女性作心裡準備，教她們看到歹徒本人的時候不要驚怕。「一個人在再度看到嫌犯的時候產生強烈的情緒反應，並不是什麼不尋常的事。」他說：「這情緒反應可能會以各種不同方式表現出來；有的人會打個寒顫，有的人會肚裡翻攪、心臟狂跳，有的人會冒汗，有的人會重新體會到當時那種恐懼的感覺。」

這便足以使記憶變質。這番話等於是在告訴被害人說，她們馬上就要看到襲擊她們的那個人了；警官是在設圈套，暗示她們警方已將罪魁禍首緝捕到案。

照片指認的技術性偏差

警官話畢便離開了，過了好一會才回來，並道歉讓她們等了這麼久。他對被害人解釋說，因爲找不到足夠的人來作被指認的對象，恐怕無法對目前拘留的這人作個公平的列隊指認——不難看出這又是一個警方已經逮捕要犯的線索——所以他們不做眞人的列隊指認了，只做照片的指認。

警方一邊把目擊證人留住，一邊趕製檔案照片。此時負責本案調查工作的克拉克警探，拿起一枝原子筆，在每張照片上面都點上一個痣，並仔細地把痣畫得跟泰倫·布里克斯右唇上那顆痣一樣的形狀與大小。

這就比較費解了。不尋常的特徵或物體會吸引我們的注意力，這是心理學界公認的常理。例如，當人們試圖回憶戈巴契夫的臉時，最先想起的不外乎他前額那塊明顯的胎記。所以在照片指認裡，對於不尋常的特徵，警方不是將它遮蓋起來，就是把這特徵加在每一個人身上；這是標準的作業程序。如果嫌犯髮型怪異，警方會請所有「陪看者」（distractors）都戴上帽子；如果嫌犯戴了牙套，警方會請嫌犯和列隊指認裡其他的人都閉緊嘴巴；如果嫌犯臉上有很大的疤痕，就得把那疤痕蓋起來，要不就得在所有「陪看者」臉上都加上類似的疤痕。

克拉克警探之所以在另外那五張檔案照片上加上一顆大痣，其實想遵照警方的標準程序辦事，而標準程序的用意在於保護嫌犯不因偏差或偏見而受害。不過，這個行爲衍生出兩個顯而易見，甚至有可能造成嚴重後果的毛病。首先，沒有一個被害人提到過歹徒臉上有痣，但既然檔案照片裡的每一個人都有痣，一個人只要稍微動動腦筋，便可論斷警方抓到的嫌犯臉上是有痣的。

在這條強而有力的事件後資訊之衝擊下，目擊證人原始的記憶，說不定會開始變化且變質；只要用無形之筆在心裡的印象上加一顆痣就成了。記憶就是這樣，在不經思考、或只是稍有意識的情況下，爲了與新的資訊結合而開始轉變。

第二個毛病，要到稍後舉行眞人列隊指認的時候才會顯現出來。屆時泰倫・布里克斯若是列隊指認中唯一臉上有痣的人，那個整個指認的過程都會受到污染。在照片指認之後，目擊證人心中會留下「嫌犯臉上有痣」的印象；所以在眞人列隊指認的時候，她們會注意臉上有痣的人。於是乎，她們指認泰倫・布里克斯的時候，未必是因爲他確是歹徒，而是因爲他臉上有痣。

我壓制住想要馬上翻到後面去看眞人列隊指認之照片與證詞的衝動，強迫自己步步爲營，緩緩推進，把每一條線索、每一個眞相都探個究竟。

我翻開被害人「照片指認之宣誓書」的影本，發現五位被害人都指認了泰倫・布里克斯，但是每個被害人在指認的時候，都露出保留與疑惑的跡象；她們親手寫下，自己是逐步把不可能的人去掉，最後剩下泰倫・布里克斯，才把他選出來的。

於十一月二十八日那天受到攻擊的西雅圖大學學生寫道：「我選擇四號爲相貌相似、有可能是攻擊過我的那個人。從正面照片看起來，他的嘴唇很厚，但我不記得那人的嘴唇了。此外看起來都滿相像的。但嫌犯絕對不是其他那五張照片裡的人。」

十二月三日搶劫案的受害人寫道：「我不敢肯定是四號，但可能性是有的。不過絕對不是一號、二號、三號、五號或六號。」

十二月四日的攻擊案受害人寫道：「看起來比較像是四號，因爲一號不夠壯，而四號膚色比較淡，五官也比較柔和。不過，我不敢說那就是四號。」

十二月十五日的受害人寫道：「我覺得是四號。我不記得他臉上有痣，不過我也不記得他臉上沒痣。」

十案月十八日的攻擊案受害人則寫道：「絕對不是一號、二號、三號、五號或六號。我確定那就是四號，不過我不記得他臉上有痣，可是我記得他臉上有塊印子。」

從宣誓書看來，與其說被害人的反應是肯定的，不如說她們是在猜測。猜測是非常危險的，因爲在目擊證人內心動搖的時候，猜測適足以將原始事件大概的輪廓塡補起來，因而對潛藏的記憶造成實質的改變。而事後目擊證人在搜尋自己的記憶時，卻誤將先前胡亂的猜測，當作是密不可分的事實。更糟的是，儘管一開始猜測時信心不足，但後來證人誤將猜測當作是眞正的記憶之後，信心程度會隨之上升。目擊證人再也無法分辨出孰爲原始的眞相，孰爲後續的猜測；在她心目中，她「認定」那整個架構就是事實。猜測如水泥一般，將線索砌在一起，成爲不可撼動的眞相。

設想記憶如堆置在空地上，一堆堆形式大小不一的磚塊（細節、線索、觀察與認知）；而猜測便是塡補在磚塊之間的水泥，有了水泥，堆疊的磚塊才會變成堅固且前後一貫的建築。在一開始的時候，這猜測的水泥也許是流動可變的，但時間愈久，它便愈來愈強固，絲毫動搖不得。這記憶每被多喚出一次，就變得更加鮮明、更加生動、更加眞切，而目擊證人也信心滿滿地認定這的確就是當初事件發生的經過。

在眞實的罪犯指認過程中，警方和檢方通常會對目擊證人施予若有似無、卻又無所不在的壓力，要求目擊證人作出徹底且正確的指認；在這樣的壓力下，無端的猜測會迅速鞏固爲確鑿的肯定。目擊證人也會給自己壓力，因爲力求避免作出含糊或困惑的表示，是人類共通的天性。我們一旦作出答覆，就會忠於此意，並隨著時間的流逝，生出愈來愈多的信心。誰要是要求我們重新思考，或是質疑我們認爲是實情的東西，便會被認爲是在毀謗我們的聲譽、誣告我們不信不實。

跨種族辨認的可能謬誤

另外還有一個因素可能影響到目擊證人對於泰倫·布里克斯的指控。被害人中有兩位白種女性，兩位亞裔女性，而歹徒卻是個黑種男子。人們較善於辨識同種族的臉孔，較不善於辨識其他種族的臉孔，這是個不爭的事實。這個被稱爲「跨種族辨認」的現象，已經過無數心理實驗的證明，但許多人對於此仍懵懂無知。我在一九七七年與一九七八年時設計了一個實驗，目的是要測知一般人對於與影響目擊證人指認的因素有多少認識。其中一個假設性的情節正巧與布里克斯案十分雷同：

有天早上，一名亞裔女子與一名白種女子走在校園裡，突然間有一名黑人男子與一名白人男子衝上來搶奪她們的錢包。後來安排讓這兩名女子逐一觀看這一帶已知搶匪的照片。關於這兩名女子指認搶匪之能力，請就下面四段敘述，選出最符合您的觀點的講法：

一、亞裔女子和白種女子都覺得，白人搶匪比黑人搶匪更難認。

二、白種女子會覺得，黑人搶匪比白人搶匪更難認。

三、亞裔女子能比白人女子更容易把這兩名綁匪正確地指認出來。

四、白種女子會覺得，黑人搶匪比白人搶匪好認。

百分之五十五的實驗對象選了正確的答案二——白種女子會覺得，黑人搶匪比白人搶匪更難認。百分之十六的人認爲，這兩名女子都會覺得白人比黑人更難認；有百分之十六的人認爲，亞裔女子比白人女子更容易把這兩名綁匪正確地指認出來；另有百分之十三的人表示，白種女子會覺得，黑人搶匪比白人搶匪好認。換言之，在這個調查之中，有百分之四十五的人並不了解跨種族辨認的現象。

假設泰倫・布里克斯並未犯案，那麼跨種族辨認就很可能是被害人誤以爲泰倫是眞凶的原因之一。然而，跨種族辨認的現象並不能用來解釋卡爾・凡斯爲什麼會極度肯定布里克斯就是眞凶。卡爾・凡斯是黑人。如果這個年輕人確是清白的，爲什麼凡斯會指認布里克斯，而且還對於自己的指認如此之肯定？凡斯在指認布里克斯的照片時說：「我百分之百肯定這是同一個人。」

下意識移情

根據理察的筆記，卡爾・凡斯的女友就住在十二月十八日發生案子的那間空屋隔壁，而她的兒子，克萊格・米勒，是泰倫・布里克斯最要好的朋友。三年以來，凡斯每週至少有五天會到她家去——因此理察揣度，凡斯到泰倫最要好的朋友家造訪超過四百八十次，而此處又是幾年以來，泰倫天天報到，有時一天去兩、三次的地方。克萊格跟泰倫都記得他們不時與卡爾擦身而過，甚至於偶爾還會說上兩句話。換句話說，卡爾・凡斯看到過泰倫・布里克斯在平民住宅區裡出入，他認識這張臉孔，而當警方給他看那二十一張照片組時，他一定覺得這張臉很眼熟。

凡斯把布里克斯的照片從這麼一大組照片中指認出來時，說他「百分之百肯定這是同一個人」，這可能表示是他的確看過這個人；這可能不是歹徒的臉孔，而是他在亞斯樂平民住宅區附近看過不下數百次，也就是他女友之子最要好的朋友的臉孔。

我把鉛筆放下來，凝視著零落地散在桌子上的文件。到目前爲止，我已經有五個大標題：武器焦點（歹徒每次攻擊時都持刀）；壓力（這些攻擊顯然是緊張且暴力的），事件後資訊；跨種族辨認；以及下意識移情。

照片誘導偏差的列隊指認

接下來該看看眞人列隊指認了；五位被害人與卡爾·凡斯從六個人的列隊指認裡，肯定地把泰倫·布里克斯指認了出來。在指認之後，警方知道這個案子勢在必行，而檢察官也會通知布里克斯的辯護律師說，他們會起訴泰倫·布里克斯。既有六個目擊證人肯定地指認眞凶，這案子看起來必定是罪證確鑿。

但是有個地方很不對勁。那顆痣，又怎麼說呢？眞人列隊指認的照片，每張約莫八吋寬，十吋長；即使泰倫·布里克斯的臉孔在照片裡已縮到拇指頭大小，他右上唇那顆痣依然清晰可辨。我也注意到，除了泰倫·布里克斯之外，別的人臉上都沒有痣。

這是我最害怕的事情，因爲這簡直就是在爲大禍開路。目擊證人從五週前的照片指認得知，嫌犯有顆明顯可見的痣，因爲每張照片上的人都有顆用原子筆描出來的大痣。不過眞人列隊指認裡只有一個人臉上有痣，那就是泰倫·布里克斯；而且出現在照片指認裡的人，只有一個人又出現在眞人列隊指認裡，不用說，就是泰倫·布里克斯。

我在電腦裡打出了「照片誘導偏差的列隊指認」，用大寫、加黑的斜體字，又加了雙底線。目擊證人在看著眞人列隊指認這六個人時，對於先前看過的照片上的人，自然覺得比較熟悉。而這份熟悉感，沒有跟先前看照片的印象連起來，反而被錯誤地牽扯到案情的印象上；這不但有可能，而且可能性很大。我們不難想像目擊證人參加眞人列隊指認時的心路歷程：「照片指認裡的人都有痣。我當時選的是四號照片——那人現在就站在那裡，臉上有顆痣。別人臉上都沒有痣。這一定是那個攻擊過我的人。」

此時，自信的問題登場了。由於不斷的指認，以及原始記憶因爲事件後資訊而發生轉變，使得目擊證人愈來愈有信心。經過這些個列隊指認，持續地聞見泰倫．布里克斯，以及腦中不時的彩排，目擊證人變得十分自信布里克斯就是攻擊她們的那個人——縱使布里克斯的相貌跟她們當初的描述的一點都不像，縱使先前從沒有一個被害人提到痣的事情，縱使每一個被害人在指認照片的時候都是半信半疑、舉棋不定的。

為什麼沒有人提到泰倫的口吃？

我還發現，眞人列隊指認有另外兩個問題。在列隊指認的時候，泰倫．布里克斯必須把警官講的話重複一遍，而他口吃得厲害。一位被害人在列隊指認的宣誓書中提到，布里克斯會口吃，而歹徒不會口吃。另一人則注意到，布里克斯「似乎有些緊張，很引人注意。他得花上好一會兒，才能開口講個話」。另一人寫道，布里克斯「手足無措，好像非常緊張，話講不太出來」。

在原本的筆錄中，沒有一個被害人提到口吃或是言語表達障礙。但這個人——這個有痣的男子，而且是唯一出現在照片和眞人列隊指認中的人——卻結結巴巴，緊張兮兮的模樣，連一句話都講不好。從被害人的宣誓書看來，布里克斯的緊張和結巴給她們留下了深刻的印象——她們注意到他，看出他緊張的模樣，她們的注意力逐漸集中在他身上。

當時她們心裡是怎麼想的？有個可能的情況是這樣的：被害人原始的記憶並未包括口吃或是說話的問題；不止如此，還有幾位被害人說，歹徒是用「尋常語調」講話的；但是站在列隊指認裡的那個嫌犯顯然緊張得要命，講話又口吃得厲害——他為什麼這麼緊張？「可能是因為他內疚。可能是因為他曉得他會被指認出來。可能是因為他就是攻擊了我的那個人。」

檢察官在這五位目擊證人指認了泰倫・布里克斯之後，把她們聚集起來，說她們指認出來的人，就是住在案發現場附近的那個人。其實，檢察官講這話等於是在強化她們的指認，檢察官這是在「獎勵」被害人，因為她們挑對了人，她們做得「很好」。這種正向的回饋使人傾向於不斷重複該行為，因而加強了被害人對於指認的信心程度。不用到開庭，她們便已覺得更有信心而且更加肯定，她們指認出來的人就是攻擊過自己的人。陪審員會注意到她們自信滿滿，並認為她們的證詞強而有力，令人不得不信。對於陪審員來說，再也沒有比言之鑿鑿的目擊證人更令人信服的東西了。

在與檢察官短暫地會晤之後，一位目擊證人說：「我們都覺得很高興。」在這場會晤之後，五位目擊證人中有四人完全肯定布里克斯就是真凶。只有一位被害人，於十二月四日遇險的律師，一直多少覺得有疑。

排除其他人的嫌疑？

另外還有一個地方無法合理地解釋，像是一顆落到籃子外面的爛蘋果似的。有一位被害人曾經半信半疑地指認另一人爲歹徒，那人符合所有被害人原始的描述，看起來與警方找畫家畫的畫像一般無二，他是在警方於亞斯樂附近發動大規模搜索時被逮捕的，但他不住在當地，也沒什麼地緣關係。

這人叫做費爾·威莫。警方並未把費爾·威莫的照片拿給其他最後終於指認了泰倫·布里克斯的被害人看，多次的列隊指認亦從未將他收錄進來。一旦警方把注意力集中在泰倫·布里克斯身上，便迫不及待地，把威莫當成燙手山芋甩掉。爲什麼會這樣？我只能推測。西雅圖警方顯然發展出海景之狼只有一人的理論——攻擊事件都發生在同一個地區，時間都是在早上八、九點鐘，是個黑人男子，二十二歲到二十五歲左右，皮膚微黑，重約一百七十到兩百磅，非裔式短髮，前額微禿。

這樣的形容在各方面都與威莫的相貌相符，但也許是威莫針對其中一件案子提出了可信的不在場證明吧。這便足以讓警方將他從「海景之狼」的候選人中除名，因爲警方深信海景之狼是一人犯下了這五起案子。而一旦布里克斯被卡爾·凡斯指認出來，繼之而被數位被害人指認出來，威莫的事情就變得無關緊要了。警方手上既然有了個被六名目擊證人指認出來的嫌犯，那麼何必花費時間與精力去追捕別人呢？

我決定接下本案

我打好字，關閉了檔案，然後打電話給理察說我會出庭作證。

「妳是我們的救星，」理察答道：「這是個目擊證人的案子，就這麼簡單，布里克斯有不在場證明，而且相關物證幾乎沒有。」

「幾乎沒有？」我問道。

「布里克斯是左撇子，而部分被害人聲稱歹徒也是左撇子。然後警方在離布里克斯家幾戶之遙的垃圾桶裡找到其中一位被害人的皮包。就這樣。」

「什麼物證都沒有嗎——指紋、腳印、唾液、精液、毛髮或衣服纖維？」

「沒有。警察把布里克斯家徹底搜過了，但是什麼也沒找到，既找不到相符的衣服，也找不到皮包或皮夾，廚房裡更連牛排刀都沒有。沒有一絲物證能把泰倫跟這個案子連起來，就只有那幾個目擊證人的指證他而已。」

「六個目擊證人，」我接口道。

電話那一頭頓了一下。「妳是不是疑心什麼？怎麼回事？」

「只是要表現得專業一點，」我笑道，「所以不遽下結論嘛。」但我並不是全信。理察提到，泰倫・布里克斯被捕後，海景一帶便不再發生婦女受到攻擊的事情，起碼報紙或電視上都沒有報導，這使我百思不解；另一件令我傷神的事情是，我列出來的指認相關因素，無法一體套用在全部證人身上。跨種族指認及武器焦點適用於這五位白種及亞裔的被害人，但是卡爾・凡斯是黑人，而且他拿著槍指著歹徒數分鐘之久，時間是在早上八點鐘左右。我只能假設凡斯當時全神注意著那個人，而且從理察寄給我的資料看來，這兩人講了不少話。

但是事情總有另外一面。凡斯一開始說歹徒是二十二到二十五歲，短短的非裔式頭髮，微禿。這些資料總不能被推論爲頭髮濃密，燙成大卷髮的十九歲青年吧。而且凡斯從未提及口吃或面疤。

法官不准我出庭作證

我仔細地順過筆記，歸檔，然後在接下來的四週中，把自己的心思放在別的事情上。

五月五日，法官唐諾・哈利裁示，由於有充分的相關證據，在愼思之下，他決定排除我的作證。換言之，他不准我以專家證人的身分出庭作證。他提到的證據包括布里克斯的相貌大致符合被害人的描述；布里克斯是左撇子，而數位被害人作證說攻擊她們的歹徒用的是左手；以及警方在距離布里克斯家四戶之遙的垃圾桶中找到其中一位被害人的錢包。

理察・漢森怒不可遏。「妳聽著，」他說：「哈利法官所說的相關證據，裡面有一條是警方搜查過布里克斯家之後，不過什麼都沒找到；而明明是缺乏證據，法官卻硬說這是泰倫・布里克斯把武器、衣服和其他贓物藏起來的證據。」

我想像得出理察大概是一邊憤憤地說著，一邊握著鉛筆敲記事本；不曉得爲什麼，我腦海裡突然湧出了一段記憶。在《致命的觀點》（*Fatal Vision*）一書中，有位特種部隊的上尉被控謀殺其妻子與兩名幼子；所以他惡狠狠地拿著飛鏢去射檢察官的放大照片。

「我們坦白講，」理察說：「泰倫家住在平民住宅區，他們窮得要命，根本沒有錢買牛排刀。去他的，他們連買牛排的錢都沒有哩！而這個法官卻片面地以找不到牛排刀爲由，裁定說泰倫一定是把刀子藏了起來！」理察咬牙詛咒了兩句。「偏見都是有包裝的，像這個裁決，像這個裁決，看起來乾淨俐落，其實包藏的偏見才大呢。」

一九八七年五月六日，《西雅圖時報》有條新聞，標題是「法官斷然拒絕華盛頓大學心理教授」：

> 法官昨日裁決，伊莉莎白・羅芙托斯博士的專家作證應予排除，使得為十九歲的泰倫・布里克斯辯護的律師相當氣憤。泰倫・布里克斯因被控於去年十一月及十二月間，對海景醫院附近五名被害人性侵害或搶劫而被起訴。
>
> 辯護律師理察・漢森對唐諾・哈利法官說，他所作的決定是個「嚴重的錯誤」。

「我認為您已經完全剝奪了我們為這個案子辯護的機會，」漢森說。

漢森進一步警告哈利法官說，如果布里克斯是無辜的，卻被誤判有罪，那麼這一定有「很大一部分是庭上的裁示所致」。

由流審到宣判有罪

審判繼續進行了五天。五月十一日結辯，陪審團於五月十二日審議了七個半鐘頭，票選的結果一度達到十一票對一票，投全數無罪開釋的占上風，最後懸於十票對兩票，沒有進展，但仍是投全數無罪開釋的爲多；陪審團告訴法官說，他們無法達成一致判決。法官宣布流審，檢察官隨即表示將重新起訴該案。

泰倫・布里克斯的第二次審判於一九八七年七月二十二日開審。理察重新申請准許讓我出庭作證，並二度遭到法官拒絕。然而法官卻准許檢方的專家證人，約翰・賽瑪——於華盛頓大學任教的言語表達病理學家——出庭作證。泰倫・布里克斯的口吃，令一審的陪審員相當困惑：既然沒有一個被害人提到口吃的事情，那麼布里克斯怎麼可能是眞凶？所以檢察官想藉著口吃專家的證詞，來證明口吃患者在某些情況下是不會口吃的。

本案的檢察官之一對賽瑪問道，在口吃患者要求陌生人配合的時候，會有什麼反應？

「如果他覺得自己可以掌握大局，那麼口吃的情況應該是少之又少，甚至完全沒有。」賽瑪答道。

爲破解專家證詞，辯方採取的作法是傳喚一個又一個的證人，來證明泰倫·布里克斯的口吃嚴重到每一個字詞、每一段日常的談話都要分成好幾段來講。一位曾經連續八到十週，每天一對一地跟泰倫練球一個小時的助教作證說，泰倫講話的時候，總是會口吃，而且「非常嚴重，無法不注意到」。

一位擁有碩士學位及八年教學經驗的特殊教育老師，作證說泰倫的口吃「極爲明顯」，而且「他要起一個句子的時候特別困難，而等到他給句子起了頭，口吃的毛病又一定會跑出來」。

泰倫的籃球教練，賴瑞·惠特尼，作證說泰倫「講什麼都會口吃，沒有例外的……我看他每起一個句子，大概要呃、呃、呃、呃地九次才講得出來」。

泰倫·布里克斯坐上證人席，被問道他幾歲時，他答說：「呃、呃、呃、呃、呃、呃、呃、呃，十九歲。」第二個問題問他的出生日，這次他呃了十聲還講不出話來。由於口吃嚴重，有許多問題泰倫都無法答出來。

從新聞報導看來，口吃的問題確是重審時最大的問題。目擊證人的問題好像天衣無縫——六個目擊證人指認了他，事情就是這樣。坐在外面往裡看的感覺很糟糕，對於審判的過程，我一點也使不上力。尤其重審有個幾乎一眼即可看穿的不公之處：檢方獲准延請專家證人出庭作證，而辯方提出同樣的要求卻遭到拒絕。在審理的過程中，至少有這麼一個面向顯然是偏袒檢方的。而如果法庭是偏頗的，陪審員會不會也是偏頗的呢？

依我看來，若要作出公正之決斷，有許多線索是不可或缺的，但陪審員卻連接觸這些線索的機會都沒有。我的研究結果明白地告訴我，陪審員對於目擊證人的證詞不免有些錯誤的觀念，而且不消說，在重審時被害人對於自己的指認會更有自信。這份充分的自信，一定會給陪審員留下深刻的印象，甚至打動他們的心。

八月十七日，重審的陪審團在對華盛頓州控告泰倫・布里克斯案審議了將近三天之後，終於達成一致判決。泰倫・布里克斯被判有罪，罪名有兩項一級搶劫罪、兩項一級強暴未遂罪、一項二級傷害罪，以及一項一級搶劫未遂罪。

判決公布後，陪審員受到眾多新聞記者的包圍。一位陪審員告訴記者說，檢方的結辯，將他們心中僅存的一絲疑問都一掃而空；這個由五男七女組成的陪審團從第一次投票開始，便對幾乎每一件事情都抱持一致的看法。

「這六個目擊證人都非常肯定泰倫・布里克斯就是眞凶。這眞的教人不得不信。」另一爲陪審員說：「讓十個人來形容一匹馬，也許十個人有十種不同的講法，但我們仍然都會肯定那就是馬。」

口吃專家出庭作證有沒有造成影響？記者們又問。也許有那麼點影響，數位陪審員答道，但就算口吃專家沒有作證，他們應該還是會投判被告有罪的票，因爲光是有目擊證人的指認就勝過一切了。「所有的被害人，再加上卡爾·凡斯，都指認了那傢伙。我們心裡都覺得，那些女孩子們都很肯定他就是那個人。」

陪審員處置不當

一九八七年十二月十二日，費絲·恩雅法官判處泰倫·布里克斯十六年三個月的徒刑。理察·漢森隨即提起上訴。他在訴狀中提到的理由之一是法官拒絕讓我出庭，但是最重要的理由是一位陪審員處置不當的問題。在九月及十月間，布里克斯家聘請的私家偵探逐一詢問了重審的陪審員有關於他們審議的過程；結果發現有一位陪審員在陪審團審議時談到他自己也有口吃的毛病，他說，口吃只有在特別的情況下才會發生，而且是自己可以控制的。有位陪審員簽下了切結書，交給這名私家偵探：「馬克·培利說他可以控制自己的口吃。培利講了很多他親身的體驗，以及他控制自己口吃的方法；這對我的理解有很大的幫助，我聽了他的話才知道當初泰倫·布里克斯可能是怎麼控制他自己的口吃，不讓被害人發現的。」

另一位陪審員則說：「馬克·培利對陪審團談起這個話題，並講他個人口吃的體驗，以此來解釋泰倫·布里克斯可能根本不知道自己有口吃的毛病，以及像泰倫·布里克斯這樣的人爲什麼在犯案的時候不會口吃。」

在開審之前，律師們有機會在「篩選詢問」（voir dire，法院對於前來作證的證人或陪審員的初步審查）時詢問陪審員的背景、能力以及是否可能懷有偏見；當時理察曾問全體陪審員，有沒有人先前有口吃或言語障礙的經驗，或曾與這樣的人接觸，但培利什麼也沒說。開審之後，培利亦絕口不提自己言語障礙的問題。直到判決公布，培利才很不情願地承認，爲了要幫助陪審團解決事關緊要的口吃問題，他曾在審議過程中提到本身言語障礙的經驗。培利坦承他曾「提供自身經驗給陪審團，以協助陪審團了解口吃的問題……我以個人口吃的經驗，告訴陪審團說，泰倫並不是時時都會口吃的」。

一九八八年六月，我在西雅圖的一場宴會上與理察不期而遇，並藉此問他布里克斯案上訴的情形。照他看來，法院的決定什麼時候才會出來？

「至少還要再等六個月，」理察答道：「現在呢，泰倫又被關進監獄裡了。一開始在等上訴的時候，他本來是保釋在外的，可是法官用了些不足取的理由，把他關進金郡監獄裡，這一關要關到上訴法院的判決出來爲止。所以我每次開車經過監獄，一想到泰倫被關在裡面，就氣到胃痛。」

「你眞的相信他是清白的，」我說。

「這不是相不相信的問題，因爲他根本就是清白的。」他說：「我眞的忍不下去，實在是忍不下去，明明知道泰倫是清白的，陪審團卻判他有罪，而且他以後還可能會一直被關在監獄裡。現在我人生最大的目標就是要讓泰倫重獲自由，但是除了等待並祈禱上訴法庭會用我們的觀點來看事情之外，我什麼也不能做。我知道他們會採納我們的看法，我對這個比對什麼都更有信心。只是，這個等待，眞是折煞人呀。」

瓊安·史賓賽伸出正義的援手

匆匆六個月過去了。到了一九八九年五月中旬時，我接到瓊安·史賓賽的來信：

親愛的羅芙托斯博士：

您知道泰倫·布里克斯被控為「西雅圖之狼」，而我是他一審時的陪審員，但今天我是代表他給您寫這封信。我跟其他許多人都認為他是清白的，他是錯誤指認之下的受害者……

目前我們所關心的焦點是，因為他的上訴過程快要開始，而長久以來，媒體把許多負面的宣傳加在他身上，所以我們必須多贏得媒體的支持，這樣大眾才能接觸到這件事的真相。他和他的家人都因為這錯誤的判決而蒙受難以言喻的痛苦。但我們都覺得，我們應該有很大的機會，可以幫他爭取到正義。

瓊安·史賓賽，泰倫·布里克斯爭取正義協會會長

我把這封信讀了兩次，心裡還不太相信自己有這麼好的運氣。十幾年來，我一直在從事「陪審團研究」，爲的是要了解陪審團如何運作、如何「思考」，以及如何作決定。

我自一九八五年開始以顧問身分協助「美國律師協會」的研究計畫；他們有個針對陪審團如何理解、分析及判讀資料所作的研究，目的是去探討陪審團運作的方式，以及他們對複雜案件中的事項了解到什麼程度。但是這個研究和其他探究陪審團的企圖，都會面臨一個重大的問題——根據聯邦法律的規定，錄音、竊聽或窺視聯邦陪審團審議或投票的舉止，視爲犯罪，並得處以罰金或徒刑。

此外，大多數陪審員都不願費神去回答瑣碎的、分析性的問題——既然已經盡到責任，他們便希望把一切拋在腦後。

我忘不了一位審理複雜案件的陪審員所說的話：「擔任陪審員眞是恐怖。我既不聰明，也沒念多少書；我眞不曉得，把像我這樣的人放在法官的地位上是不是一件好事。那個過程眞是可怕；我得去想我從來沒想過的事情，還得努力去了解什麼正義跟眞相之類的詞……」

但我手裡就拿著一封曾經擔任複雜案件之陪審員的人寫來的信，而且是她來找我的。我要是能跟她就泰倫．布里克斯案的審判談個把鐘頭，絕對會比以意興闌珊的陪審員爲研究對象，花上數月的苦工作的正式研究更有收穫。

但是瓊安．史賓賽爲什麼會想要找我？先前那兩次審判都拒絕讓我以專家證人的身分出庭作證；而除非上訴法庭判定，審判庭未讓我出庭是屬疏失，否則往後的審判根本不會准許我出庭作證。或許瓊安．史賓賽只是想要問我問題。說不定她認爲我可以找幾個人，打幾個電話，給她的熱情一些支持。也可能她只是希望我能站在她這一邊，跟她一樣相信布里克斯。

法庭上的內幕

那是個五月天，風很大，厚厚的烏雲壓得低低的，令人想起在黑墨水裡泡過的棉花球。距離華盛頓大學校園不過咫呎之遙的「西雅圖遊艇俱樂部」，是一棟低平且樸素的樓房，坐落於聯合湖與華盛頓湖之間的水道旁，正對著數百艘風帆雲集的湖面。如成年男子手臂一般粗的纜繩，撞在四十呎高的鋁質船桅上，發出震耳欲聾的響聲。

瓊安・史賓賽在俱樂部的大廳裡等我。她個頭很小，差點就不及五呎，約莫四十多歲的年紀，神采奕奕地，聲音圓潤輕柔。她穿的是茶色套裝，搭配淡褐色的緞面女襯衫，黑色絲襪，以及棕褐雙色的高跟鞋。女招待把我們領到靠窗的桌子邊；然後我們談風，談天氣，談眼前的美景，談了好幾分鐘。暖了場之後，瓊安把一份厚厚的文件從她的大型皮質手提包裡拿出來，放在奶油碟子旁邊。

「這份訴狀，」她一邊拍著這份一吋高的文件一邊說道：「是我們冀求救贖的最後機會，也是我們爭取正義最後一個指望。說真的，」她坦承道：「我覺得我好像剛撥了一一九求救，希望有人會聽到我的呼喊似的。」

我輕抬了抬眉毛，納悶著她對我有什麼期望。我要怎麼幫忙呢？

「我只想讓人們知道這些事實，」她說：「讓我從第一次審判開始講。我永遠也忘不了，第一次檢察官把泰倫·布里克斯稱之為海景之狼時，引得我胃裡翻攪的那種異樣感覺。光是想到自己竟和這可惡的眞凶同坐一室，心裡便不禁發毛。不過，我把陪審員的任務看得非常認眞；法官跟我們說過，隨時要保持開放的心胸，除非已經得知所有的眞相，否則不要妄下結論，這些話我都牢牢記著。法官允許我們作筆記，而我筆記記得很詳盡。」

瓊安頓了一下，喝了一口水；玻璃杯緣上，留下了她橘紅色的唇印。「法官一直跟我們說：『除非已經聽過各方說法，否則要妄下結論。』可是妳知道嗎，他雖然這麼說，我卻有種非常奇怪的感覺，覺得他其實是意指被告就是眞凶。當時看來，事態的確如此，因爲所有的被害人都指認了他嘛。噢，他是一付無害的樣子，可是我轉念一想，泰德·邦迪看起來也是一付無害的樣子。」

是呀，我心裡想道，泰德·邦迪，這我很清楚。

「我聽著被害人講述自己的經歷時，」瓊安繼續說道：「心裡覺得很難過，因爲絕對是有個狠心的人對她們下了毒手，那種事情實在太可怕了。我從一開始就打算要判他有罪。我有兩個孫女兒，我可不想讓這樣的人出現在街頭巷尾。什麼攻擊婦女、暴力啦、偷竊啦、這一切的一切，令我厭惡得不得了；像這樣帶罪的人，絕不能讓他逍遙法外。犯了這案子的人，不管是誰，都應該受到懲罰，而且要把他關起來。但是審判日復一日地過去，我開始在想，慢著，這不對勁呀！案發後警方立刻就做了紀錄，但那些描述跟泰倫·布里克斯無一處吻合；畫家畫的歹徒畫像，和電腦合成的圖像，也跟泰倫不一樣。我看著坐在法庭裡的被告，這人有好多鮮明的五官特徵，我們卻從未聽任何一個被害人提起過。泰倫的鼻子很大——套句泰倫媽媽的話：『大家都知道，我兒子的鼻子大得跟張餅似的！』——他的嘴唇很厚，而且他足足有六呎一吋高（一八五公分）。案發的時候，他才剛滿十九歲。他的牙齒又直又白，頭髮又長又卷。事實上，早上九點三十分，最後一個案件發生時候，他正坐在理髮店裡，等著把頭髮修剪整燙一下呢。

「而被害人在剛被襲擊後的一、兩個小時內，對於攻擊她們的人是怎麼說的呢？一位被害人說，歹徒重約一百九十磅（八十五公斤），微禿，短髮。另一位被害人說，歹徒嘴唇的大小及形狀與常人無異，一頭未經吹整的短髮，是個二十幾歲的成年人。另一位被害人說歹徒的五官與嘴唇很平常，短短的非裔式頭髮。」

「妳把這些細節記得很清楚嘛，」我讚道。

「噢，等一等嘛，」她笑了出來，「好戲還在後頭呢。十二月十八日的被害人說歹徒是二十五歲，那就比泰倫大五歲了；又說歹徒是五呎九吋到五呎十吋高（一七五到一七八公分），不過泰倫是六呎一吋（一八五公分）；她說歹徒的牙齒既黃且彎，門牙之間還有條縫，泰倫的牙齒卻很漂亮，又直又白；她又說歹徒的非裔式短髮『硬且直，並染成紅色』，可是泰倫的頭髮已經整燙成柔軟飄逸的大波浪，而且從未染過。她還說歹徒『鼻尖往上翹』，然而泰倫的鼻子又大又扁；她說歹徒的嘴唇以黑人而言『並不算厚』——但是泰倫的嘴唇非常之厚。」

瓊安從亞麻布桌巾的那一頭看著我。她身後的的大片窗戶，框住了在微風中擺盪的一葉葉扁舟。「那個人怎麼可能會是他呢？」她一邊用著拳頭輕輕敲著桌面，一邊問道。「在案發之後沒幾分鐘就問出來的歹徒模樣，怎麼會跟目標差得這麼遠？沒有一個細節是吻合的，一個也沒有。這一切就是湊不起來，怎麼也湊不起來。而且泰倫有兩樣任何人都不可能錯過的特徵，但這兩樣特徵，我們卻從來沒聽哪一個被害人提起過。第一，他有個很明顯的痣，就在右唇上方；第二，他口吃得很厲害，說眞的，他連一個字都講不好。」瓊安的臉上露出了笑容，音調也變得柔和起來：「泰倫偶爾也會拿自己的大舌頭來開玩笑，他說，最困難的莫過於把第一個字講出來——『好不容易才把馬達發動起來』——這是他的話。這孩子很討人疼的。我從沒看過一個比他更乖的孩子。不過我離題了。剛剛講到哪裡了。」

瓊安繼續講她的故事。「泰倫出庭作證的時候，我刻意觀察坐在前排的被害人的反應。她們抱在一起，看來眞的非常懼怕這個青年的樣子。但當泰倫開始講話，以他慣有的呃、呃、呃、呃、呃、講下去的時候，她們的嘴巴張開，眼睛也瞪得大大的，她們互相看來看去，然後再看看他，然後又彼此交換著眼光。她們啞然失色，怎麼也無法相信這樣的事情。當初攻擊她們的人不會口吃呀！當然，她們在列隊指認的時候就知道泰倫會口吃，但是她們認爲那是因爲他緊張，所以才會口吃；而她們揣度道，他會這麼緊張，是因爲他就是眞凶。等到她們在法庭上聽到他講話，發現他本來就口吃得這麼厲害，她們人都傻了；妳光看她們的臉，就知道她們有多麼驚訝。」

「其他陪審員的反應如何呢？」我問。我在想，不曉得別的陪審員是不是也有跟瓊安類似的想法？

陪審團的審議

瓊安打了個寒顫。「噢，妳是說審議啊，」她說：「我這輩子從沒那麼灰心過。我們進入陪審團室，開始審議的時候，裡面有兩個死硬派，都是男的。其中一個人，最後終於對泰倫被控的七項罪名中的一項投無罪票，但另外那個從頭到尾都投有罪的票，一步也不讓。我們最多只能就單一項罪名達成十一票無罪開釋對一票投有罪，就沒辦法再過去了；但是有一刻，我們的確達到十票對兩票，投一切罪名都無罪開釋居多的局面。」

女侍送來了午餐，但瓊安把她的盤子推到一旁，手肘擱在桌上，繼續講下去：「我們一開始的時候是七票對六票，投無罪的一直都比投有罪的還多。投有罪的那兩個男人根本沒有記筆記，他們就兩手叉手抱胸，坐在那裡，瞪著我們看。講起來很怪，但打從一開始，每個人選的座位就跟自己投票的傾向暗合。那兩個認定了投泰倫有罪的男人坐在一邊；我們這些認定了泰倫無罪的人坐在這邊；而意見不定的人則坐在中間。有一次我跟那兩個死硬派說：『你們舉出證明啊，有哪一個證人在列隊指認之前看過泰倫·布里克斯的臉的——要有憑有據的才算——你們舉證明啊。』」

「呃，那兩個其中的一個就說：『那些女孩子說是他做的嘛，她們講的話我相信。』有一位深信泰倫是無辜的陪審員，她是醫院手術室的護士，很可愛的一個人，她看著那人，十分不屑地說：『噢，拜託，講點像樣的吧！』我們一直問這兩個人，爲什麼被害人所描述的相貌跟泰倫差了十萬八千里？」瓊安壓低了聲音，傾身過來對我說：「妳知道嗎，這個可憐的孩子還得走到每一個陪審員的身前，張大了嘴巴，好讓我們都看清楚，他的牙齒不是泛黃且有縫，而是潔白又整齊的？可是我們在審議的時候也講到牙齒的事情；我問其中一個死硬派：『歹徒的牙齒泛黃而且有縫，這你怎麼說？』他就說啦：『嗯，這我敢說是他的律師派牙醫生到監獄裡去幫他弄的。』」

瓊安湊過頭來對我說：「但是最糟糕的還是那個波音公司的工程師，他就抱胸坐在那裡瞪著我們。說句老實話，我當時好灰心，好生氣，覺得自己隨時都可能會心臟病發作。他那付樣子，好像在說，喂，你們別想用這些細節來煩我，我已經決定好了；我不管什麼證人，什麼相貌，什麼缺乏物證，反正那些女孩子說是他做的，這就夠了。我們就是卡在他那裡。我走出陪審團室的時候，氣得要命。我們對這個人眞是一點辦法也沒有。」

「我們只審議了七個半鐘頭，時間並不長，但是妳相信我，就算時間再延長也好不到哪裡去。在波音上班的那個人，不但在審判的時候每天拿全薪，還大放厥詞說：『我哪兒都不用去，要我下半輩子待在這裡也可以，但是我說什麼也不會改變心意。』就是這個樣子。那個情形眞的是無藥可救。」

檢察官誘導陪審團

「我們跟法官說，我們僵持不下，於是他宣布審判無效；而之後發生了什麼事情，讓我來告訴妳吧。檢察官安·布蘭娜、負責調查行動的警探蘿冰·克拉克和辯護律師理察·漢森，都到陪審團室來，問我們願不願意跟他們談一談，他們想要知道我們有什麼感想。我們全部十二個人都留了下來。克拉克警探在講到一半的時候說：『有幾件事情，我們在審判的時候不能跟你們說，其中一件就是這些案子在泰倫·被捕之後就停止了。』」

「對，報紙上也有報導。」我說。

「妳跟其他成千上萬的人，通通都被騙了。」瓊安一邊說著，一邊厭惡地搖著頭。「大眾輿論之所以會轉而背棄泰倫·布里克斯，不是因爲重大的犯案情節，而是由於這些一點一滴的風聲；可是這些風聲根本就是無中生有。我不曉得當時克拉克警探知不知道，但是我們現在曉得，泰倫入獄之後至少發生了一起襲擊案。我待會再告訴妳詳情，現在我先告訴妳克拉克警探在陪審團室裡講了什麼別的。『布里克斯這個人，』她用輕蔑的口氣對我們說：『以前曾經被控強暴罪。』然而，這個消息也是在誤導。泰倫在十四歲的時候被一宗指認生父的案子點了名，他作了血液測試，結果發現他不是孩子的父親，就這樣。這就是警方所稱的強暴案。」

「與未成年女性性交，便構成法律上所說的強暴罪了，」我說：「如果克拉克警探手上只有一張布里克斯的前科紀錄的話，她會以為他犯了強暴罪，因為她不知道事情的原委。」

「是的，這我了解，」瓊安說：「但是妳可知道，聽到這樣的消息，而且對事情的原委毫無所悉時，會讓我們心裡動搖得多麼厲害，讓我們對自己所作的決定產生多大的懷疑嗎？審判過後的隔天，在醫院擔任手術房護士的那位陪審員打電話給我。她說，克拉克警探在陪審團室講的那些話，令她感到很困擾；她問我說：『妳覺得，我們昨天投無罪開釋的票，是不是做錯了呢？』我跟她說，我們投的票絕對錯不了，泰倫根本不可能是凶手。那些女人所講的歹徒相貌，跟泰倫無一處相符；她們從沒提過泰倫嘴上的大痣，也不知道他口吃得這麼嚴重，何況現場根本找不到一絲物證，那麼泰倫怎麼會是真凶呢？她聽了之後說：『對，妳說得沒錯，我想我們投票給他是對的。』但是妳知道嗎，那位警探和檢察官在進到陪審團室之後，想盡辦法要讓我們改變心意，而且她們的作法顯然對某些陪審員是奏效了；的確有些陪審員對這個案子生出了真正的懷疑。當然，那時候事情都過了，不管發生什麼事都不會影響我們審議的結果。但是這些關於泰倫・布里克斯的謠言卻流傳得很廣。」

瓊安的音調變得尖銳起來：「我跟妳講檢察官的事吧。一開始，我覺得她很有魅力，後來才發現她吃人不吐骨頭。妳知道她在第二次審判的開場白是怎麼說的嗎？我是在電視上看的，我還有錄影。她說，口吃的名人不少，瑪莉蓮夢露、梅爾・泰利斯（Mel Tellis）、邱吉爾都有口吃的毛病，但是他們在自己能夠掌握全局的時候就不會口吃。然後她說，這是她講的原文：『瑪莉蓮夢露在演戲的時候不會口吃；梅爾・泰利斯在唱歌的時候不會口吃；而泰倫・布里克斯在非禮別人的時候也不會口吃。』」

警方藏匿證據

瓊安深惡痛絕地說：「她講給陪審團聽的開場白就是這個樣子，而法官也任由她去講，雖然理察已經整個人都站起來大叫抗議。『當他非禮別人的時候』，她就是這麼講的，雖然非禮的情形從未有過。重審從一開始就沒走上正途。結束的時候也很離譜，布蘭娜在結辯時對陪審團說：『每一位目擊證人所選出來的人，也正是其他目擊證人所選出來的人。』然而事實上，並不是每個人看了列隊指認的人都指認泰倫・布里克斯爲眞凶。另有七位涉及類似案件的目擊證人看過包括泰倫・布里克斯在內的列隊指認，而這七個人全部都很肯定泰倫絕對不是她們看過的那個人。一共七個人哪。」

「有這種事？」我說。

「噢，是啊，」瓊安嚴肅地點了點頭：「妳不知道有這些事情，對不對？這種消息，警方說什麼也不會讓它洩漏出去，而會緊緊地把它封鎖起來。的確有七名目擊證人看過列隊指認，卻沒指認泰倫・布里克斯爲凶手。這些目擊證人願意爲辯方出庭作證；但對於其他案情相似，而且目擊證人肯出庭作證說泰倫・布里克斯不是當初所見之人的案子及證據，重審的法官通通把它們排除在外。羅芙托斯博士，我說眞的，泰倫要是海景之狼，我就是開膛手傑克（Jack the Ripper，相傳是十九世紀末時，於倫敦殺害多名女性並將之開腸破肚的凶手）。」

我笑了起來。「瓊安，妳提到眞凶可能另有其人。」

「是的，就是費爾・威莫。第四名被害人跟警方的畫家合作，做出了一張歹徒的畫像，在附近的社區傳閱。不久之後，她指認了威莫，這個人跟畫像裡的人很像，和被害人所描述的極爲吻合。威莫是個登記有案的吸毒者，他不住在海景這一帶，跟這附近亦無明顯的地緣關係。警方在一次大規模搜索中把威莫攔了下來，攔下來的地點距離其中四件案子只有兩、三個街區之遙。」

瓊安緊閉著嘴，皺著前額，拿起訴狀，迅速地翻著。

「這裡，第七十五頁。」她說著，開始把警方的報告唸出來。

在第二次審判之前，已經知道威莫先生認了罪，並被判刑入獄；他被控於一九八七年四月十一日在西雅圖搶劫一名女性的皮包……被告告訴一名警探，他曾於其他的州因搶案被捕入獄。

瓊安伸手拿水杯，啜了一口，然後繼續唸下去。

因為某些無法解釋的原因，警方從未將威莫的照片拿給其他被害人看……法庭上只准予證明威莫曾經被一名被害人半信半疑地指認出來，而且威莫曾在那附近出沒，其餘一概不准舉證……而這一切證據不但與案情息息相關、值得獲准舉證，對於要決定泰倫・布里克斯是否為這些案件的真凶的陪審團而言，更是不可或缺的助力。

「這我就不懂了，」瓊安一邊說著，一邊把訴狀放回卷宗裡。「我們所關心的，不就是正義嗎！警方怎麼可以把這些線索忽略掉，怎麼可以把七個不指認布里克斯的目擊證人忽略掉，怎麼可以把完全沒有物證的情況忽略掉？我仔細地關注一審的全部經過，才開始了解到這個審判與正義無關，它的重點在於輸贏。檢方好像一點也不在乎泰倫到底是不是無辜的；反正是這個人受審，這個人被逮住了，所以他們要全心全意、不計手段地贏得這場審判。就是要贏。既然這麼注重輸贏，那麼誰還有時間去想正義不正義呀？」

我真不知道要說什麼才好。我也曾經在別的案子裡，體會過同樣的感受。我看了看手錶，才曉得再過十五分鐘，我一點半的課程就要開始了。「瓊安，不好意思，但我不走恐怕來不及了，」我說。

可憐的孩子

瓊安送我走到我車子旁邊，並熱情地擁抱我，令我有些意外。「謝謝妳聽我講這些話，」她說：「我知道妳很趕，但再讓我多說一點。我後來認識了泰倫‧布里克斯；我志願在他出獄後等著上訴的這段期間作他的監護人。我已經跟他相處了幾百個小時了，不誇張的。一開始，我是爲了正義才去的，沒別的。我希望能自己能打從心底明白正義已經得到伸張。但等我認識了泰倫跟他人之後，我開始動了感情。妳一定沒看過像他這麼乖、這麼討人喜歡的孩子。」她嘆了一口氣，在那一剎那間，她好樣要哭出來。

「我不知道妳能爲我們做什麼，」她一邊說著，她的手仍握著我的手不放：「我只是想讓妳知道事情的始末，想讓妳知道關於泰倫的不實流言和徹底的謊言。還有一件事，」瓊安從皮包裡拿出一張紙給我：「這是泰倫從監獄裡寄給我的信的影本。妳有空的時候可以看一下。」

我謝過她並讚道這午餐安排得很好，然後匆匆趕去上課。兩個小時之後，等到學生都走出了教室，我隨便找了張課桌坐下來，開始讀泰倫‧布里克斯的信。信是寫給史賓賽夫婦的：

我就坐在這裡，想著我經歷過的這一切，覺得自己好像飄進了無邊的太空似的。我就坐在這裡，一動也不能動，眼睛睜得大大的，好像被催眠了一樣，朋友們問我……到底是哪裡出了問題，我假裝好像什麼問題也沒有，但卻忍不住一再地問我自己，為什麼偏偏是我？然後我跪下來，流著眼淚問上帝，為什麼偏偏是我？昨天晚上我做了一個很好的夢……夢見自己待在家裡，每個人都跟我說，事情過去了，你不用再回去。我真的很怕閉上眼睛；我盡量保持清醒，能多晚睡著就多晚睡著。然後我聽到很大的一聲響，我醒過來，門打開了，該吃早餐了。可是我不想吃，我難過到覺得整個人又慢慢地飄開了。我希望我很快就會回到家裡。我永遠不會忘記您全家人給我的愛。願上帝保佑您。

永遠的愛

泰倫・布里克斯上

站在受害者立場的派蒂・貝特曼

跟瓊安談過之後，我覺得我失去平衡了。我怕自己因爲瓊安的情緒，以及她對於泰倫・布里克斯的關心而有偏差，並覺得有必要對這個案子採取更廣泛的觀點。我決定要打電話給要好的朋友派蒂・貝特曼。世界上有些人——而派蒂就是其中之一——認爲，當被害人說出他們遇上了什麼事情，而且指著某個人說他就是凶手的時候，是應該得到大眾的信任的。六個目擊證人指著泰倫・布里克斯，說他就是海景之狼。派蒂會認同被害人的講法，而我想聽聽看，對於這個案子，她會怎麼說。

派蒂是西雅圖女子空手道聯盟的創辦人——她是黑帶高手——十八年來，她一直在提倡「恐懼之外的選擇」，教導女性、孩童與老年人防身術，希望藉此傳達一個觀念：雖然社會上愈來愈傾向暴力，但他們不是無計可施，而是能夠保護自己的。派蒂對於暴力有親身的體驗。一九八六年五月，她在過午之後回到西雅圖的家中，把一個歹徒給趕跑了。這位高五呎二吋（一五八公分）、重一百一十五磅（五十二公斤）的女子，徒手與高六呎三吋（一百九十公分）、揮舞著獵刀的男子搏鬥了十五到二十分鐘；他劃傷了她的臉和手，割破了兩眼的眼皮，任憑她流血不止、半昏迷地躺在客廳地板上。

後來派蒂動了腦部手術，以釋出顱內血塊及壓力，又動了整形手術，以修復眼皮的組織，並把傷疤掩飾起來。但是派蒂對於罪犯和「軟弱」的正義系統仍然恨之入骨。「妳什麼時候才要開始爲好人設想呢？」她問我。我倆都盡量克制，但即使她對我微微地一笑，也難掩彼此緊張的氣氛。

我在電話上，跟派蒂說我跟瓊安講的話，以及我對於布里克斯案五味雜陳的心情。

「心情跟這案子有什麼關係？」她一邊說著，激昂的情緒突然冒了出來：「妳讓我很驚訝，妳怎麼可以讓情緒來影響事實？有五個被害人加上一個目擊證人指認了他，案子發生的時間是在白天，這些女人又跟他當面看過、也講過話，老天啊，她們可是一個接著一個地指認他爲凶手的。妳怎麼可以懷疑她們？」她的音調沉了下來，語意中帶著諷刺：「我只聽到所謂的布里克斯大軍，這個支持泰倫．布里克斯的龐大社區力量。妳倒告訴我，誰在爲那些被害人奮鬥？這五個女人被迫接受兩場審判，一次又一次地講述她們所經歷的一切。如今，要是上訴法庭決定以技術問題推翻之前的判決，那麼她們還得重新回憶起受創的傷痛。」

訴狀書裡所列舉的絕不只是單純的技術問題而已，但我沒有那個心思去和派蒂爭辯。派蒂卻緊追不捨地問：「妳怎麼可以背棄這些受害人？妳怎麼可以任由情緒擺布，連就事論事的專業能力都棄而不用了？」

我跟派蒂解釋說，我是在盡量就事論事，我打這通電話就是想要收集另一邊的，她那邊的，被害人那邊的實情和感受。我想告訴她說，這個案子非但無法分明地歸類成非黑即白，反而擴散成一團不定形的迷霧，我雖想看穿亦無能爲力。但是派蒂卻生出自己被背叛、被遺棄的感覺，而我怎麼也搆不到她。

掛上電話後，我想了很久；派蒂說我在這個案子裡是被情緒牽著鼻子走。是嗎？瓊安的熱情的確感染了我。理察堅持說泰倫是清白的，他也感染了我。何況泰倫的信讀起來這麼貼心，這麼痛苦……

也許派蒂才是對的，也許我對這案子的實情看得不夠清楚。作爲一個科學家，我可不能任由情緒擺布，並影響我對於生命的看法；我得就事論事才行。隨著時間一週接著一週過去，我又逐漸落回旁觀者的角色。畢竟，我對泰倫・布里克斯也幫不上什麼忙；已經有一位法官拒絕了我在法庭上的專業角色了，而此時我若貿然地踏出這個角色之外，也不太恰當。再說，我有別的案子，別的焦點。所以，就靜待事情發生罷。

發回更審

四個月之後，在一九八九年七月三十一日這天，上訴法庭的投票結果，扭轉了泰倫・布里克斯案的判決，理由是陪審員處置不當。上訴法庭發表了書面聲明：「該要求上訴之案件，由於陪審員處置不當而有所偏頗；而陪審員之處置不當，肇因於該案剝奪了被告擁有公正之陪審團之權利，而被告既然無公正之陪審團，也就無公正之審判。」第三次審判時間訂於一九九〇年四月。

一九九〇年三月十七日，《西雅圖時報》上刊登了整整三頁關於布里克斯案的報導。第一頁講的是案子的概況，另加兩篇對於被告和被害人家庭的訪談。看了之後，我又再次體會到實情彼此拉扯的矛盾感。「我要他親口對我說，他爲什麼要做出這種事情來，」一位被害人表示：「我要跟他說：『喂，看你把我弄得這樣子！』」另一邊，則是泰倫・布里克斯的母親描述警方敲他們公寓的門，逮捕了她兒子的情形；警方將泰倫上了手銬，帶往巡邏車上得時候，泰倫對母親叫道：「媽咪，別讓他們把我帶走！」而好幾位警官制止著她，她只能吼著：「不准把我兒子帶走！把他帶回屋子裡來！把他帶回來！」

我突然有一股衝動，拿起電話就撥了瓊安・史賓賽的號碼。「我剛剛跟泰倫講完電話，」她接到我的電話似乎滿高興的：「現在他保釋出獄了，但是我很怕他們會找個什麼理由再把他關回監獄裡。嘿，這樣子好了，妳要不要跟他見個面？」

我眞不知道要說什麼才好。要見面？不要見面？不該見面？

「只要一個小時左右就行了，」她說：「我會去接妳，再一起去他家。」

跟他見面？我心裡想，這不對吧，那我不就踰越了自己的角色，選了邊了嗎？但是慢著，我跟自己爭論著，這講的是什麼角色？我在這個案子裡可不是專家證人，只是一介西雅圖公民，跟其他讀著報紙的西雅圖公民並無二致。我爲什麼不該跟他見面？我可是不常有機會跟被告和他的家人共處呢？

「好呀，我想跟他見個面，」我答道，於是次晨九點鐘，瓊安・史賓賽開著她那輛紅色雙門的本田跑車，與我談著因泰倫・布里克斯有罪抑或清白而起的爭端兩造之苦楚，一路奔馳過邱比特山。我決定跟瓊安直說了，我有個朋友把瓊安講成「濫情的自由派」；但是這話說得太快，我知道我傷了她的心。

「原來他們是這麼講我的，」她一邊說著，一邊在緩慢的車陣中不停地超車：「說來諷刺，是不是？我呢，丈夫是個醫生，兒孫都有了，生活過得好端端的，突然之間，我竟然在做著自己先前根本沒想到自己會去做的事情。我曾經上過電視，爲了這個年輕人的清白而辯白。我曾經志願擔任監護人，在早上三點鐘起床，以確認這個『已定罪之惡徒』是乖乖地待在家裡，而不是在外頭閒晃。我曾經在浸信會教堂裡演講，而觀眾席上每一張臉孔都是黑皮膚的。我還發起過請願書，撰寫新聞稿，我甚至還爲了監獄的事情上街遊行過——嘿，我這輩子之前可是從沒參加過遊行呢！」

「原來，別人以爲我做這些事情，是爲了要有一個理由嗎？」她不耐煩地等著紅燈，十指在駕駛盤上敲打著。「呃，我需要的不是理由，我需要的是休息。我先生已經很厭倦在不是吃晚餐的時刻吃晚餐，好讓我出門去參加會議或是社區的聚會。」她原來敲打著的指頭，此時已經揑成小拳頭，往駕駛盤上一拍。「但是我不會放棄。泰倫不是理由。他像是個孩子似的。我的存在，就是爲了要讓他重獲自由。我之所以涉入這個案子，打從一開始，就是爲了正義。」紅燈轉綠，她一溜煙地衝出去。「我一定要看著這件事過去，不管我得花多少時間，不管我得從自己的錢包裡掏出多少錢，不管我得賠上多少友情或是個人情誼。這個理由不但比泰倫還大，也比這個案子大上許多，因爲我從這個案子裡學到，誰都有可能被控任何罪名。妳相信我，當被告被帶上法庭的時候，人們是推定他們有罪，而不是無罪。泰倫．布里克斯還沒受審，報紙上就先把他定罪了。我只消提起泰倫．布里克斯幾個字，人們就開始發抖，叫嚷著說他是個大騙子，他們要是知道他是個小乖就好了。他還是個孩子，不過是個孩子而已，然而他的生命幾成廢墟。」

她聳了聳肩，勉力擠出一個微笑：「濫情的自由派，說得倒好。但是我不在乎人家說什麼。我不會停的，我不能停，除非泰倫得到自由。」

我們在西雅圖比肯山的一幢工人階級的房子前面停了下來，此處離鬧區、海景醫院和亞斯樂平民住宅區都有一段距離。「泰倫被捕之後幾個月，他們就搬到這裡來了，」瓊安解釋道：「住在亞斯樂那裡，每天都回想起那些可怕的回憶，實在是受不了。」

和泰倫見面

一位穿著圍裙的女人，走到小小的水泥門廊上來，招呼著我們進屋子裡去。「嗨，嗨！」我們下車的時候她便喊著：「我幫妳們弄點早餐好吧？烤薄餅、臘腸跟柳橙汁可以嗎？」

「桃樂絲，」瓊安笑了起來，給了她一個熱情的擁抱，「這位是伊莉莎白・羅芙托斯。伊莉莎白，這位是泰倫的母親，桃樂絲・哈利斯。」

我走上門廊跟她握手，但是她揚起手中的鍋鏟，作出投降的樣子並抗議道：「不行，不行，我手油油的。進來坐，不要見外。我一下子就弄好了。」

我們在走廊上遇見了泰倫的大哥艾利克，和泰倫的妹妹，十二歲的費麗西雅。廚房的餐桌邊圍坐著幾個年紀更小的孩子，他們嘴裡塞滿了薄餅，臉上掛著害羞的笑容。我們決定到門廊上去坐，享受西雅圖難得的陽光。艾利克也湊了上來，我們談起他跟這名叫做賴瑞・達利的私家偵探合作的情形。事情開始有了好轉，艾利克說得有點神祕；他們有新的線索，新的證據，新的證人。

「新的證人？」我問道。

「我現在不能多講，」他答道：「我們得很小心才行。」

一個高大、睡眼惺忪的青年走到門廊來。「泰倫，這位是羅芙托斯博士，」艾利克一邊說著，一邊把手搭在弟弟的肩膀上。泰倫笑了笑，然後低頭看自己的腳。「嗨，」他說。他的口吃嚴重到他要花好幾秒鐘才能把這個字吐出來。我發現他手腕上有條很厚的黑帶子，上面繫著一個方盒子；他注意到我在瞪著那盒子看。

「這是大眼睛，」他笑笑著說。

「那是電子監視腕帶，」瓊安解釋道：「其實就是個電波發送器，加上一個跟泰倫房間裡的電話相連的接受器。他們監視泰倫的每一個動作，從早到晚打電話給他。」

「就像個鏈條似的，」艾利克說著，臉上露出了不屑與懼怕的表情。「泰倫就好像綁著一條一百五十呎（約四十五公尺）的鏈條，而如果他多往外走一呎，電子監視腕帶就會發送信號給警方，然後就天下大亂了。」

這時電話聲恰好響起，泰倫的媽媽趕緊衝到外面來，手裡還拿著鍋鏟。「泰倫，是你的電話，快一點，快一點！」她一邊說著，一邊揮手教兒子進去。

「妳想看看這是怎麼用的嗎？」她問道。「進來吧。」

我跟著泰倫進了屋子，走過狹窄短小的走廊，進到角落的房間。他把手腕上的黑盒子裝到電話的聽筒上，然後拿起聽筒，結結巴巴地講出自己的名字。一分鐘之後，他把聽筒放回去。

「我覺得自己像隻狗似的，」他一邊說著，一邊瞪著那個黑盒子。但他又說，爲了家人，爲了跟家人在一起，他願意忍受這些不便；要是沒有這個監視系統，他得在監獄裡待到第三次審判開始爲止。

我們也朝著那黑盒子瞪了好一會兒；大家都不知道要如何接腔。

「你有什麼希望嗎？」我這句話衝口而出。

「希望？」他重複了一遍，好像不大了解這個詞似的。當他講話的時候，他全身的力量都集中用在克服口吃；我發現，聽他講話時，我會身體前傾，張開嘴巴，隨著他用力一個字、一個字地把話擠出來，我也跟著點頭。

「沒有，」他說。他的句子很短，一截一截的，夾雜著無時不在、從未稍減的結巴：「我沒有希望。我怎麼會有希望？我不相信這個司法系統。像我這樣的窮人，我們有什麼希望？如果你孤獨在外……」他停了下來，吞了口口水，深吸了一口氣：「我們每天都是奮鬥。我每天上班，都在想，這些我們怎麼負擔得起？黑盒子、腕帶，一天要十美元。這幾場審判……好多錢……」他搖著頭，話倒沒跟上來。

「談談監獄的事吧，」我說。

「監獄，」他重複道：「我好茫然。完全不同的世界。不能假裝。好難過，門關上的時候。每天晚上禱告。我會說，爲什麼我在這裡？什麼目的？我找不出答案。」他看著我，他的眼睛既大又明亮，兩手攤開，掌心向外。然後他臉上似乎蒙上了一層怒氣，他的手掉下來，肩膀也垂著。

「人家爲什麼要對我這樣？警察他們，把我們看作是低階層的人，不把我們看在眼裡。」

我不知道要說什麼才好。我們在走廊裡站了一會兒，兩人都低頭著著綠色的地毯。沉默變得越來越古怪，我開口問道：「你是怎麼保持高昂的心情的？」

「我靠祈禱，」他說：「我請上帝把這可怕的夢魘結束掉。把一切復原成原來的樣子，好像從來沒有發生過。請祂給我家人力量，讓大家重新開始。我知道上帝聽得到。我問祂：『多久？還要多久？』」

我們走到外面去，桃樂絲和艾利克已經把廚房椅子搬到前院的草地上，排成半圓形。「桃樂絲，跟伊莉莎白講警察衝進屋子裡來的事情吧，」

「噢，那好可怕，眞的好可怕，」桃樂絲說：「一、兩個月前，警方接獲線報，有人看到泰倫三更半夜坐在西雅圖西區的旅館前面。那天雨下得很大，早上五點三十分，我聽到警車開過來的聲音。我從窗外看過去，心裡想著：『他們來了，他們要把我兒子抓走。』我趕快走到前門，對他們說：『有什麼事情嗎？』有個人說：『泰倫．布里克斯在不在？』我就說：『在，他在家裡。您可以進來看。』然後他們就進來了，手裡拿著大手電筒，腳上套著大雨鞋，雨衣的水滴答滴答地落在我家地板上。他們進房子來，，把手電筒照在泰倫的臉上，那時泰倫還睡在床上呢。我要讓他們親眼看到我的寶貝睡在他床上，那時是早上五點三十分的時候，他就在他應該在的地方。他並沒有三更半夜開車出去遊蕩。」

她看著泰倫。「妳知道嗎，」她一邊說著，一邊向我靠過來，聲音低低的：「我們呢，從小就準備當媽媽，我們對孩子照顧得也很周全，餵他們吃的，疼愛他們，給他們補衣服，受了傷幫他們敷藥。可是這些警察過來，把泰倫帶走了，他們給他吃燕麥片，而泰倫把牛奶倒下去的時候，竟然有小蟲子浮上來。泰倫跟我說：『媽咪，他們給我吃的燕麥片裡面有蟲！』我卻只能站在那裡，我很無力，我什麼也不能做。我覺得自己碎成一片一片，覺得我的家庭碎成一片一片。但我卻無能爲力。」她說著，垂眼看著自己動也不動地放在大腿上的手。

「我們的日子再也不會回到從前那樣了。我們也是受害者，但我們卻不知道自己爲什麼會受害；就是不知道。對於別的受害者和她們的家人，我覺得很遺憾，看了眞的很難過。但是報紙上寫的，有一位被害人的兒子說，如果他在街上看到泰倫，他會拿根棍子往泰倫頭上打下去。我看到這裡時，簡直想哭。在路上走的人，想拿棍子打我兒子的頭。我怎麼知道什麼時候會發生這種事？我要怎樣才能阻止這種事？」

她對我伸手過來，撫摸著我的襯衫上的滾邊。「這塊滾邊要是掉了，我可以把它縫起來。這事兒作媽媽的補得起來。妳要是餓了，我也可以把妳餵飽。我的孩子，我細心照顧，疼入心坎裡，也不忘教他們是與非。但是發生在泰倫身上的事情，我補不起來。我幫不了他；所以覺得我好像在任他墮落似的。」

我曾經問律師們，爲什麼他們會認爲某一個當事人是清白的。他們告訴我，有時候妳會有種感覺；事實湊不起來，而妳卻有種不一樣的感覺。我一直在訓練自己避免情緒的干擾，因爲情緒可能會扭曲事實，並要求自己盡可能客觀。但是坐在布里克斯家的前院曬著春陽，感受到把這一家人撕得四分五裂的情緒力量，我卻難以保持超然且不動情。

新的證人和物證

一九九〇年五月二十一日，泰倫・布里克斯在四年內第三度坐上了被告席，面對控訴他的人。他的新律師，傑夫・羅賓遜和麥可・艾里拉，看來自信滿滿，還親切地跟檢察官芮貝嘉・蘿伊與傑夫・拉森話家常。泰倫看著他們，臉上露出困惑的表情，他們怎麼一付輕鬆自若、氣定神閒的樣子？這可是攸關他一生的大事。

五月三十日，我走進金郡法院由唐諾・哈利法官主持的第九六五號法庭；一開門就看到一張手寫的標示，「證人免入」，然後我走到前排，在瓊安・史賓賽身旁坐了下來。「情況怎麼樣？」我低聲問道。「好極了！」她也低聲回應，並寫了一張紙條給我：今早出現一匿名女性證人；於十一月二十四日遭到襲擊，她說絕對不是泰倫。而且我們找到一隻印在血跡上的鞋印子！

接下來有好幾位辯方的證人出庭，就泰倫的口吃以及案發當時泰倫的行蹤作證。其中一位證人是泰倫兒時的朋友，多年前就搬到喬治亞州去了，她作證說她認識泰倫七年了，而他講話一直都是這樣。不管他是輕鬆或是緊張，他講話總是會結巴。

我注視著陪審員。他們在想什麼？他們會下什麼決定？法庭工作人員坐在法庭的角落裡，翻著一本叫做《每日不忘》的本子。辯方律師牢牢盯著證人，檢察官則瘋狂地在筆記本上寫字。哈利法官人往前靠，眼鏡拿在手裡；這位就是一審時拒絕讓我出庭的法官。要是他當初准許我出庭，情況會怎樣呢……事情會不會好轉呢？果眞如此，泰倫現在還要坐在被告席上嗎？

瓊安與我在先鋒廣場的一家小館子午餐。她告訴我，這位匿名證人被一個持刀的男子威嚇，叫她把錢包拿出來。案發時間爲一九八六年十一月二十四日——泰倫被控犯下第一宗襲擊案之前四天——的早上八點鐘，地點離其中兩件襲擊案只有一個街區遠。她坐上證人席，作證說泰倫和襲擊她的人很像，但是攻擊她的人沒有痣，頭髮不是卷曲的，年紀比較大，而且臉上有黑斑。所以呢，她說，泰倫·布里克斯絕不是攻擊她的那個人。

「辯方是怎麼找到這個證人的？」我問。

「是私家偵探賴利·達利，在一個月之前找到的，」瓊安說：「辯方團隊拿到法庭的命令，可以到警察局去看看電腦檔案和記事本。艾利克·布里克斯跟我說，達利到了警局之後，對方跟他說，他只有十五分鐘可以看檔案，而且不准抄筆記。達利發現了這宗案子，於是把這名女子的姓名和電話默記起來。而達利打電話過去的時候，她還說：『我一直在納悶，警方怎麼從未回來找我。』」

「眞是神來之筆！」我說。

「還有那個印在血跡裡的鞋印，」瓊安說：「是從十二月十八日，也就是卡爾．凡斯曾經衝進去，並拿槍指著歹徒的那個案子的現場採來的。這隻腳印既不是被害人的，也不是卡爾．凡斯的，而曾經在這個地方待過的另一個人，就是歹徒。華盛頓州犯罪實驗室的人證明說，這隻鞋印子的尺寸約爲男鞋七號半與九號之間。而泰倫穿的是十一號的鞋子。」

「沒別的人進到那屋裡去過嗎？」我問道。

「那棟公寓已經空了很久。警方的人後來進去過，但是想來他們應該是很在行，不會在屋裡亂逛，也不會一腳踩進一灘血裡。」瓊安笑了起來：「但就算眞是他們的人印的，我也不會覺得意外。打從這案子一開始，警方就一事無成。五件案子，卻連一項物證都沒有，連個指紋或是衣服纖維都找不到！」

「瓊安，」我小心地選擇合適的字眼，問她說：「如果這個陪審團判泰倫有罪，妳會改變心意嗎？」

「絕對不會，」她說。

「要怎麼樣妳才會心服口服呢？」

她往窗外眺望了一會，手支著下巴，指甲修剪得光潔亮麗。「如果他們能找到一點物證，一些不會自相矛盾的證據，我會改變心意。但是他們什麼都沒有；一審的時候是如此，三年之後依然沒變。每多審一次，檢方就應該變得更強，因爲他們得知了辯方的策略，而且有時間去把案子武裝起來，但是他們卻什麼都沒有。一樣也沒有。」

「妳認爲泰倫會無罪開釋嗎？」

瓊安嘆了一口氣。「我們有新的目擊證人，也有印在血跡裡的鞋印子。第三位被害人這次也比之前更強調她不敢肯定那人就是泰倫。但是我從這個陪審團裡，看到了幾個類似我們當年那個陪審團的那種臉孔……執拗頑固、毫無轉圜之餘地、自動認定被告是有罪的，那種叉手抱胸，說道，來呀，來說服我說他是無辜的呀！可是，事情不該是這個樣子的。這個司法系統的基礎理念是，人都是清白的，除非他被證明是有罪的。但在現實生活中並不是這樣。被告走進法庭的時候，人們心裡就已經有定論了——他要不是有罪，怎麼會進法庭來？」她搖了搖頭：「恐怕，我們最多也只能期待陪審團僵持不下。」

六月四日星期一，陪審團開始審議。六月七日下午兩點鐘，瓊安·史賓賽打電話給我報消息。經過四天共二十二個小時的審議，陪審團仍是十比二僵持不下，十票是投無罪開釋，兩票是投有罪。「跟我們那個陪審團的結果一樣，」她說。這個結果她高不高興呢？

「陪審團並未判定無罪開釋，」她說：「不過這還可以。檢察官辦公室的人不敢再審第四次的。我想他們會舔舔傷口，偷偷溜走。」

她說得不錯。六月十四日，金郡檢察官辦公室宣布，將撤回對於泰倫·布里克斯的一切告訴。瓊安寄了撤回所有告訴之動議的影本給我，文是一九九〇年六月十四日發的，簽署的人是副檢察長馬克・拉森：

本案經過三次審判，其中兩次是流審，一次判定有罪，但因陪審員處置不當而被推翻。最後這次審判的結果是流審，該陪審團明顯分裂成十票對兩票，以贊成無罪開釋的人居多。既然沒有理由相信第四次審判將對本案有更進一步的貢獻，為利於正義，宣布撤回本案告訴。

「……爲利於正義……」

不是清白的，但也不是有罪的

在這個案子裡，正義果眞得到伸張嗎？爲了證明泰倫・布里克斯有罪，華盛頓州花了數以萬計的費用以及千百小時的人力，到頭來，經過四十一個月之後，還是失敗了。就理論上而言，泰倫・布里克斯是清白的。這就是所謂的「無罪推定原則」（the presumption of innocence）的意思：除非證明被告有罪，否則他就是清白的。

但是經過這三年半，泰倫・布里克斯因爲被冠上「海景之狼」的稱號，他的名譽已經被玷污了。最終宣判之後，報紙上還有一篇專欄，提醒讀者們說泰倫・布里克斯「不是清白的，請注意，但也不是有罪的」。就算找到了另一個嫌犯，就算別的人認了罪，還是永遠會有人相信泰倫・

布里克斯是因為技術問題而逃過一劫，認定他之所以能從法治系統裡溜掉，是因為這個系統對罪犯太「軟弱」了。

「不是清白的，請注意，但也不是有罪的。」如果你既不是清白，也不是有罪的，那你算是什麼？雙重否定並不能造成一個肯定，只會造成兩個否定。果眞如此，那麼泰倫・布里克斯算是什麼呢？

這裡有兩個彼此對立的世界，這兩個世界裡，包含著兩群涇渭分明、互相矛盾的眞相。這邊的世界，是泰倫跟他的家人、瓊安・史賓賽、理察・漢森和其他所有衷心相信泰倫是清白的人。那邊的世界，則是被害人和她們的家屬、檢察官和警方等同等堅定地認為泰倫是有罪的人。這兩個世界各有自己的擁護者，而這些擁護者也以同等的狂熱相信自己這個版本的眞相。

無止盡的夢魘

三年半的控告、入獄、審判及含糊不清的宣判，的確會在人身上留下痕跡。泰倫常胃痛，所以他早上一起床就先喝一匙胃乳。此外，頭痛和流鼻血的問題也纏著他不放。夜半時分，他經常會被惡夢打斷睡眠——警察來了，敲門聲、走在狹窄走廊的聲音、強光照在他的臉上。他的夢魘，就是他現在活在夢裡。

他的夢魘，是過去經常會跑到現在來。泰倫在籃球場裡，跟大哥艾利克鬥牛，但在聽到關車門的聲音時，人卻突然凍住。他等著，準備射籃的手停在半空中，怯怯地回頭看一下，慢慢讓恐懼消散去。

警車的鳴聲會令他心跳加快。報紙的大標題，女人被強暴、逮捕某一嫌犯、開始審判等等，都立刻把他拉回過去的時光，那記憶既鮮明又恐怖。電話響了，泰倫便屏息佇立，怕得不敢呼吸。「沒事的，」他媽媽會立刻跟他說，揮揮手要他安心。

他害怕孤獨甚於一切，因爲一個人的時候，你就沒有證人，沒有不在場證明，沒有人爲你所說的故事助聲。「寫日記，」他的律師勸他說：「把你做的每一件事、去過的每一個地方、看到的每一個人都寫下來。」

這難道是清白的人的生活嗎？泰倫開始由於這幾年被恐懼的重擔壓得消沉下去而覺得憤怒了。現在他「自由」了，現在華盛頓州解開了鏈條，他可以走出離家一百五十呎之外，他有時間，也有空間可以反省自己失去了什麼。他最要好的朋友即將大學畢業；而泰倫因爲被控與審判的緣故，卻一直沒有機會完成高中的學業。現在他每天都投籃，但因爲生命中失去了三年的時光，他技巧生疏，體格也走樣了；偶爾他會擔心，自己爭取籃球獎學金是不是嫌晚了，籃球獎學金是不是會發給比他年輕、這三年來一直都在練習的人？想到這裡便突然覺得憤恨難抑。現在他跟著父親在碼頭做搬運工，幫忙裝貨、卸貨，爲了早日付清高昂的債務，他經常加班，連週末也加班。

布里克斯案宣判之前幾日，我在《紐約時報》的科學版上讀到一篇報導說，災難性的經驗會促成人腦化學物質的永久變化。科學家們發現，當老鼠受到無可逃避的電擊時，特定的腦部區域會產生生理上的變化；研究者推論道，飽受「創傷後壓力症候群」（posttraumatic stress syndrome）之害的越戰老兵，可能會由於戰爭的驚惶恐怖、無法控制，而使得腦中的化學物質起了同樣的變化。

> 單一瞬間的巨大恐懼感便足以改變腦中的化學物質，使得人們甚至在數十年之後，對於腎上腺素的暴增亦很敏感……通常人們必須體驗到對於生命或安全的災難性和全面性威脅，而且對於這種威脅無能為力，腦部才會發生這種變化……災難愈是重大，延續的時間愈久，愈有可能引發創傷後之壓力。（一九九〇年六月十二日《紐約時報》）

而解套的鎖鑰，當然就在記憶之中。如果那隻老鼠能夠神奇地忘卻從前的電擊，牠便會把每一次電擊都當成嶄新的經驗，而每次電擊襲來，腦部便會隨著而震盪一次，但就不會產生永久的變化了。如果越戰老兵能夠將所有戰爭的記憶一筆勾銷，那麼汽車燃燒不全的爆發聲，或是直昇機呼嘯的聲音，便不會引發他們腦部的反應。如果泰倫·布里克斯能把過去四年的經驗從腦出除去，不留一點殘影，那麼他說不定能夠得到眞正的自由。

但是恐懼、無力感和災難性的壓力會在心中留下痕跡。有些記憶是根深柢固、重演了無數次的，這種記憶會伴隨我們多年，而那一字一句，那一個個的印象，都如烙印般清晰且持久。我聽過委內瑞拉詩人阿里・拉美達（Ali Lameda）的故事；他曾在北韓入獄，被審問、嚴刑拷問了六年多。出獄的時候，他說：「他們殺光一切，唯有我的記憶長存。」他記得什麼？他在獄中時，默默地在心中寫了四百首自由體裁的詩和三百首十四行詩；每一首詩都銘刻在他的心中。

泰倫・布里克斯要多久才能將這些記憶淡忘掉，不再受到這些記憶的殘害？克萊倫斯・凡・威廉斯、霍華德・郝普特、提默西・漢尼斯和東尼・赫瑞拉，又要多久的時光才能忘卻一切？若是記憶長達一年，兩年，四年，若是苦楚和折磨不斷持續，日復一日，年復一年——那麼記憶會在哪一點留下鮮明、深刻而且是永久性的痕跡呢？

記憶中跪倒在史提夫・第多斯墳前，唸著墓誌銘的那一幕，永遠會縈繞在我心中，銘文刻的是：

他為自己的自由在法庭上奮戰，
他被司法利用、欺騙、出賣
連臨死都被司法所拒絕

第多斯死了五年了，但他的苦、他的恨，仍然活在在字裡行間。他的記憶刻在碑石裡，而且讀了這段話的人，沒有一個能夠忘卻他悲哀的故事。

陷於法律的黑暗面的人，必有刻骨銘心的感受。記憶也許會消退，但對於我們所知的那些人，對於曾經被他們的故事所感動的人而言，悲痛與苦悶會永遠活下來。

致謝

首先要感謝與書中個案相關的許多人士，若不是他們不吝合作，這本書是不可能問世的。我們也要藉此感謝被告、被告家人、律師、調查員、陪審員和其他被捲入這類悲劇的許多人；同時也要特別感謝理察・漢森（Richard Hansen）、大衛・艾倫（David Allen）、湯・西利爾（Tom Hillier）、萊斯・伯恩斯（Les Burns）和喬安娜・史班賽（Joanne Spencer）的幫忙。

我們希望能將基本的心理學研究成果融入眞實生活的刑事案件，如謀殺、強暴和其他重大案件之中。伊利莎白・羅芙托斯要特別感謝國家科學基金會（National Science Foundation）及國家心理健康研究所（National Institute of Mental Health）的協助。

還要感謝編輯卡羅・愛伯（Carole Abel），是她讓本書從夢想變爲現實。

我們的朋友及同事們閱讀了書中章節之後，提供了許多寶貴的意見；其中出力最多者是比利・西斯（Billy Heath）、珍・麥梅利（Jean McMenemy）、勞瑞・貝克（Laurie Becker）、米茜・彼得森（Missy Peterson）和凱倫・普雷斯頓（Karen Preston）。瑪西亞・哥薩德（Marcia Gossard）則在研究上助力甚多。

最後，要謝謝我們的家人和密友；尤其是喬飛・羅芙托斯和派屈克・史班賽兩人的愛和支持。凱撒琳・柯西亦希望藉此對她的三個孩子，羅賓、艾利森和班哲明，特別表達謝意。

國家圖書館出版品預行編目資料

辯方證人 / 伊莉莎白・羅芙托斯（Elizabeth Loftus）、凱撒琳・柯茜（Katherine Ketcham）著；浩平譯. -- 初版. --臺北市：商周出版：家庭傳媒城邦分公司發行. 1999[民88] 面： 公分.--（人與法律：5）
譯自：Witness for the defense : the accused, the eyewitness, and the expert who puts memory on trial
ISBN 957-667-316-X（平裝）

1. 證據（法律） 2. 刑事審判 - 美國 - 案例 3. 犯罪學

586.62 88003878

人與法律 5

辯方證人

原著書名 / Witness For The Defense
作　　者 / 伊莉莎白・羅芙托斯（Elizabeth Loftus）、凱撒琳・柯茜（Katherine Ketcham）
譯　　者 / 浩平
副總編輯 / 楊如玉
責任編輯 / 林宏濤、陳玳妮

發 行 人 / 何飛鵬
法律顧問 / 中天國際法律事務所周奇杉律師
出　　版 / 商周出版
104台北市民生東路二段141號9樓
電話：(02) 25007008 傳眞：(02) 25007759
e-mail:bwp.service@cite.com.tw
發　　行 / 英屬蓋曼群島商家庭傳媒股份有限公司城邦分公司
104台北市民生東路二段141號2樓
讀者服務專線：0800-020-299
24小時傳眞服務：(02) 25170999
讀者服務信箱E-mail：cs@cite.com.tw
劃撥帳號：19833503
戶名：英屬蓋曼群島商家庭傳媒股份有限公司城邦分公司
香港發行所 / 城邦（香港）出版集團
香港灣仔軒尼詩道235號3樓 E-mail：hkcite@biznetvigator.com
電話：(852) 25086231 傳眞：(852) 25789337
新馬發行所 / 城邦（馬新）出版集團 Cite (M) Sdn. Bhd. (458372 U)
11, Jalan 30D/146, Desa Tasik, Sungai Besi,57000
Kuala Lumpur, Malaysia. Email：citecite@streamyx.com
電話：(603) 90563833 傳眞：(603) 90562833

封面設計 / 李東記
打字排版 / 極翔企業有限公司
印　　刷 / 韋懋印刷事業有限公司
總 經 銷 / 農學社
電話：(02)29178022 傳眞：(02)29156275

Printed in Taiwan

■1999年5月1 日初版
■2005年12月26日二版

定價 / 300元

廣　告　回　函
北區郵政管理登記證
北臺字第000791號
郵資已付，免貼郵票

104　台北市民生東路二段141號2樓

英屬蓋曼群島商家庭傳媒股份有限公司城邦分公司　收

請沿虛線對摺，謝謝！

書號：BJ0005X	書名：辯方證人	編碼：

請於此處用膠水黏貼

讀者回函卡

謝謝您購買我們出版的書籍！請費心填寫此回函卡，我們將不定期寄上城邦集團最新的出版訊息。

姓名：__________

性別：□男　□女

生日：西元________年________月________日

地址：__________

聯絡電話：________　傳真：________

E-mail：__________

職業：□1.學生 □2.軍公教 □3.服務 □4.金融 □5.製造 □6.資訊
□7.傳播 □8.自由業 □9.農漁牧 □10.家管 □11.退休
□12.其他________

您從何種方式得知本書消息?
□1.書店□2.網路□3.報紙□4.雜誌□5.廣播 □6.電視 □7.親友推薦
□8.其他________

您通常以何種方式購書?
□1.書店□2.網路□3.傳真訂購□4.郵局劃撥 □5.其他________

您喜歡閱讀哪些類別的書籍?
□1.財經商業□2.自然科學 □3.歷史□4.法律□5.文學□6.休閒旅遊
□7.小說□8.人物傳記□9.生活、勵志□10.其他________

對我們的建議：__________

____

____

____

請於此處用膠水黏貼